Gisa Klönne
Nacht ohne Schatten

PIPER

Zu diesem Buch

In einer regnerischen Nacht wird Hauptkommissarin Judith Krieger zum Schauplatz eines Mordes gerufen: Der Fahrer einer S-Bahn liegt erstochen neben seinem Zug. Vergeblich sucht sie nach Spuren oder Zeugen. Wenig später findet sie in der Nähe der Gleise eine misshandelte junge Frau. Doch die kann nicht aussagen und ringt mit dem Tod. Als Judith zusammen mit ihrem Kollegen Manni Korzilius die Ermittlungen aufnimmt, erwachen ungute Erinnerungen an ihre Vergangenheit im Frauenhaus, wo sie während des Studiums als Nachtwächterin jobbte. Muss sie dorthin zurückkehren, um diesen Fall zu lösen? Und während Manni Judith immer weniger versteht, wittert ein anderer ihre Schwäche: Jemand, der Frauen verachtet und auch vor Mord nicht zurückschreckt. Jemand, der Judith sehr gefährlich wird.

Gisa Klönne, geboren 1964, ist die Autorin von mittlerweile sechs erfolgreichen Kriminalromanen um die Kommissarin Judith Krieger. Daneben legte die unter anderem mit dem Friedrich-Glauser-Preis ausgezeichnete Autorin mit »Das Lied der Stare nach dem Frost« und »Die Wahrscheinlichkeit des Glücks« aber auch zwei Familienromane vor. Gisa Klönnes Romane sind Bestseller und wurden in mehrere Sprachen übersetzt. Sie lebt als freie Schriftstellerin in Köln.

Gisa Klönne

NACHT OHNE SCHATTEN

Kriminalroman

PIPER
München Berlin Zürich

Mehr über unsere Autoren und Bücher:
www.piper.de
Aktuelle Neuigkeiten finden Sie auch auf
Facebook, Twitter und YouTube.

Von Gisa Klönne liegen im Piper Verlag vor:
Der Wald ist Schweigen (Judith Krieger 1)
Unter dem Eis (Judith Krieger 2)
Nacht ohne Schatten (Judith Krieger 3)
Farben der Schuld (Judith Krieger 4)
Nichts als Erlösung (Judith Krieger 5)
Die Toten, die dich suchen (Judith Krieger 6)

Das Lied der Stare nach dem Frost
Die Wahrscheinlichkeit des Glücks

FSC
www.fsc.org
MIX
Papier aus verantwortungsvollen Quellen
FSC® C083411

Ungekürzte Taschenbuchausgabe
September 2016

Erstausgabe: Ullstein Buchverlage GmbH, Berlin 2008/Ullstein Verlag
Dieses Werk wurde vermittelt durch die
Literarische Agentur Thomas Schlück GmbH, 30827 Garbsen
Umschlaggestaltung: Mediabureau di Stefano, Berlin
Umschlagabbildung: Andrew Walsh, EyeEm/Getty Images
(Schnee mit Fußspuren); kjohansen/Getty Images (Rahmen)
Satz: Kösel Media GmbH, Krugzell
Gesetzt aus der Sabon
Druck und Bindung: CPI books GmbH, Leck
Printed in Germany ISBN 978-3-492-30953-0

Für Michael,
für alles

1951

Die Männer kommen vor Tagesbeginn. Tjuollda hört sie zuerst, lauscht mit gespitzten Ohren zum Fenster hin.

»Was denn, mein Katerchen?« Sie stemmt sich hoch, blickt nun ebenfalls in die Schwärze hinter dem Fenster. Nichts ist dort zu sehen, nichts zu hören, nur das leise Ächzen der vereisten Bäume. Oder täuscht sie sich?

Sie schichtet Holz in den Ofen, und die knisternde Gier der Flammen vertreibt die Stille, die ihr auf einmal so bedrohlich erscheint. Lichtpunkte huschen über die Deckenbalken, unstet wie das Polarlicht am Abend zuvor. Grünes Polarlicht, ein Gruß der Toten.

Tjuollda wird unruhig, springt vom Bett und duckt sich unter die Ofenbank. Tjuollda, ihr Trost, als sie die Tochter holten. Ihr Halt, als sich Nachbarn und Freunde nicht mehr in ihre Nähe wagten.

Es ist vorbei, jetzt holen sie mich. Mit eisiger Sicherheit weiß sie, dass sie gleich stirbt. Schläge am Himmel, sich näherndes Donnern, so laut, dass es das Knacken des Feuers übertönt. Sie hat geglaubt, hier sei sie sicher. Wie sehr uns der Drang zu leben verblendet, denkt sie.

Die Scheinwerfer des Hubschraubers erfassen die Kate, geistern über die Birken, sinken aufs Eis. Sie hat keine

Zeit mehr, drückt gegen den Schrank, bis sie die lose Bodendiele darunter zu fassen bekommt. Sie wirft die Trommel und den Umhang hinunter ins Schwarz. Frevel, Frevel, schreit alles in ihr. Doch sie braucht die Hoffnung, dass ihre Tochter dieses Vermächtnis finden wird.

Sie trägt Tjuollda zur Tür, bittet ihn, zu fliehen. Jammernd krallt er sich an ihr fest. Und wo sollte er auch hin, wer würde ihn retten? Sicher nicht diese bis zur Besinnungslosigkeit verängstigten Kreaturen in den Blockhäusern neben ihr.

Vielleicht kommen sie gar nicht zu mir! Die alte Hoffnung, Giftfrucht des Terrors. Stillhalten und beten, dass es die anderen trifft. Sie ruft ihre Schutzgeister, den Raben, den Fuchs. Sie summt ihre Lieder, schlägt den vertrauten Rhythmus aufs Knie. Aber die Schutzgeister lösen sich einfach auf, als die Männer die Tür der Kate eintreten, sie aufs Bett stoßen und schänden und dem schreienden Tjuollda den Hals umdrehen.

Träumt sie, wacht sie, ist sie schon tot? Sie weiß es nicht mehr, als die Männer sie in den Laderaum des Hubschraubers stoßen. Junge Männer mit toten Augen, die vor ihr ausspucken, sie beschimpfen und lachen, als die Maschine vom Eis abhebt.

Das Land, das einmal ihr Land war, tief unter ihr. Weißer Rauch, der von ihrer Kate aufsteigt. Verdreckte Stiefel, die sie zur offenen Tür des Hubschraubers hintreten. Der Hohn der Männer, als sie sie in den Himmel stoßen: »Wenn du Schamanin bist, flieg!«

Sie schreit und kann nicht schreien. Fliegt und kann nicht fliegen. Sie breitet die Arme aus und stürzt durch die Nacht, quälend langsam und doch viel zu schnell.

1. Teil

Verlangen

desire is hunger is the fire I breathe
love is a banquet on which we feed
(…)
come on now try and understand
the way I feel under your command

BECAUSE THE NIGHT
Patti Smith Group

Samstag, 7. Januar

»Jetzt weißt du, wie es ist.«

Der Satz ist rätselhaft, ohne Zusammenhang. Es gibt keinen Sprecher zu ihm, kein Gesicht. Kriminalhauptkommissarin Judith Krieger liegt ganz still. Jemand hat diesen Satz zu ihr gesagt, vielleicht sogar jemand, den sie kennt. Der Satz muss einen Sinn ergeben. Sie versucht die Traumbilder noch einmal heraufzubeschwören. Sie denkt an die Akten, die sich in ihrem Büro stapeln, auf jeder freien Fläche. Dann an die unselige Weihnachtstombola. Es hilft nichts. Sie kommt nicht einmal darauf, was dieses »Jetzt« bedeuten mag, das nach Schadenfreude klingt, beinahe wie eine Drohung.

Sie zieht ihren Bademantel über und füllt in der Küche ein Glas mit Leitungswasser. 2:11 Uhr. Sie ist nicht erstaunt, als das Telefon zu klingeln beginnt. Eher ist es so, als habe sie darauf gewartet, ohne sich dessen bewusst zu sein.

»Krieger?«

»Henning, Kriminalinspektion. Tut mir leid.«

»Schon okay.« Sie sucht unter der Zeitung auf dem Küchentisch nach Notizbuch und Stift, während der Polizeibeamte am anderen Ende der Leitung weiterspricht.

»Ein Toter an der S-Bahn-Haltestelle Gewerbepark.

Wahrscheinlich der Fahrer. Könnte ein Unfall sein. Vermutlich aber nicht.«

»Schicken Sie mir einen Wagen.«

Unten auf der Straße empfängt sie Nieselregen, im Rinnstein kleben die aufgeweichten Überreste einer Silvesterrakete. Der Wochenend-Soundtrack der Innenstadt liegt in der Luft: Motorenlärm, Gesprächsfetzen, Musik. Judith schließt die Augen, während ein Polizeistreifenwagen sie durch die fiebernde Innenstadt in den Nordwesten bringt. Sie sehnt sich plötzlich nach etwas, vielleicht einfach nur nach einem jüngeren Ich. Es gab einmal eine Zeit in ihrem Leben, da glaubte sie, Gut und Böse unterscheiden zu können, und für jede Verzweiflung gab es eine Hoffnung.

Am Aufgang der S-Bahn-Haltestelle Gewerbepark warten weitere Polizeiautos. Die Haltestelle liegt erhöht auf schmuddeligem Mauerwerk, das in einen struppig bewachsenen Bahndamm übergeht. Jenseits der Unterführung erkennt Judith eine vernachlässigte Schrebergartenkolonie. Das Gebiet zwischen Ehrenfeld und Bickendorf, das der Haltestelle den Namen gab, befindet sich im Umbruch, zur Kleinindustrie aus diversen Handwerksbetrieben, Auto- und Schrotthändlern haben sich die ersten Bürokomplexe gesellt. An der Straße zum Haltestellenaufgang stehen zum Abriss vorgesehene Mietshäuser und eine alte Backsteinfabrik. Die Fenster sind dunkel. Auch das einzige Lokal weit und breit, eine Pizzeria, hat längst geschlossen.

»KHK Krieger?« Eine Polizeimeisterin mit straff gebundenem Pferdeschwanz deutet vage die Treppe hinauf. »Der Zeuge, der uns verständigt hat, ist noch hier.«

Graffiti an den Wänden des Treppenaufgangs. Abfall, Urinränder und Erbrochenes auf den Stufen. Die Polizeimeisterin folgt Judith stumm nach oben, wo weitere Polizisten einen drahtigen Mann mit grauem Bürstenhaarschnitt bewachen. Von einem Toten ist nichts zu sehen.

»Der Tote liegt da drüben«, die Polizeimeisterin zeigt auf eine etwa 150 Meter von der Haltestelle entfernt wartende S-Bahn mit leuchtenden Scheinwerfern.

»Wie hat der Zeuge ihn da gefunden?«

»Er sagt, er ist rübergelaufen, weil die S-Bahn nicht einfuhr, wollte sich beschweren.« Die Polizistin senkt die Stimme. »Der hat eine ganz schöne Fahne.«

»Ich schau mich mal um«, sagt Judith. »Behaltet ihn hier. Was ist mit dem Bahnverkehr?«

»Ist nicht unterbrochen. Aber der Zug steht ja auch auf dem Wartegleis.« Einer der Beamten gibt ihr eine Stableuchte. Sie springt ins Gleisbett, schaltet die Lampe ein. Nieselregen hängt in der Luft wie Weichzeichner, legt sich auf ihre Haare, ihr Gesicht, ihren Mantel. Millionen feiner Tröpfchen, die unaufhaltsam Spuren zerstören. Wie viel Zeit ist vergangen, seit der Tote gefunden wurde? Zu viel Zeit. Judith beschleunigt ihre Schritte. Die Gleise schimmern kalt im Licht der Taschenlampe, die Scheinwerfer der Bahn blenden Judith. Jenseits des Gewerbeparks erscheint das Großbordell Amor zum Greifen nah: neun Stockwerke, an deren Fassade sich rote Lauflichter jagen. Weiter entfernt schwimmt der Dom in den Lichtern der Innenstadt wie in buntem Nebel.

Der Tote liegt neben dem Führerstand der S-Bahn im Schotter, ein Knie angezogen, halb seitlich auf dem Bauch, als schliefe er. Doch sein grotesk in den Nacken gebogener Kopf macht den ersten Eindruck friedlicher Entspannung zunichte. Der Kopf und das Blut, das aus seinem leicht geöffneten Mund geflossen ist. Beinahe schwarz sieht es aus. Ölig. Judith hockt sich hin und leuchtet dem Mann ins Gesicht. Seine Augen sind schon trüb, trotzdem ist es ihr, als sehe er sie an und bitte um etwas, nicht verstehend, was mit ihm geschehen ist, nicht bereit, seinen Tod zu akzeptieren. Der Geruch von Blut steigt ihr in die Nase. Metallisch. Süßlich. Lebenssaft, der sich bereits zersetzt, nutzlos wird. Urin und Kot mischen sich dazu. Wahrscheinlich hat der Mann im Moment seines Todes in die Hosen gemacht.

»Ich denk die ganze Zeit, dass er was zu sagen versucht.« Der Polizist, der neben dem Toten gewartet hat, kreuzt die Arme vor der Brust.

»Was?«

»Was?« Irritiert sieht er Judith an.

»Was, glaubst du, versucht er zu sagen?«

Der Mann zieht die Schultern hoch. »Keine Ahnung, ist ja auch Quatsch.«

Wortlos zwingt Judith Latexhandschuhe über ihre klammen Finger. Der Tote ist korpulent. Er trägt Sweatshirt, Hose und Schuhe, alles in Dunkelblau oder Schwarz. Das Blut ist wirklich überall. Sie fasst unter den Kopf des Mannes, registriert Schürf- und Platzwunden auf Stirn und Wange. Die Leichenstarre hat noch nicht eingesetzt. Wie schwer ein menschlicher Schädel wiegt, wenn die Halsmuskeln ihn nicht mehr stabilisieren. Die Gesichtshaut ist blass, wächsern, kühl. Judith entdeckt keine Totenflecken. Behutsam lässt sie den Schädel zurück auf den Schotter gleiten. Ein Schwall lauwarmen Blutes ergießt sich aus dem Mund des Toten über ihre Hand. Sie unterdrückt einen Fluch.

»Seine Lunge muss verletzt sein.« Sie spricht laut, um das Unbehagen zu übertönen, das der unverwandt starre Blick des Toten und die Erinnerung an die rätselhafte Traumbotschaft in ihr auslösen. »Wir brauchen die Spurensicherung, Licht, Abdeckplane oder Zelt, und zwar schnell. Gibst du das durch? Verfluchter Regen.«

Der Tote trägt keine Jacke, fällt ihr plötzlich auf. Wieder schickt sie den Lichtstrahl über seinen Leib. Das Bahnlogo prangt auf seiner Sweatshirtbrust. Die linke Hand ist unter dem Körper vergraben. Die andere ist zur Faust geballt. Judith tritt hinter den zusammengekrümmten Mann, geht erneut in die Hocke. Hier ist der Stoff seines Sweatshirts dunkel verkrustet. Sie beugt sich näher zu ihm. Risse im Gewebe, links und rechts der Wirbelsäule. Fadendünne Schnitte, fransige Schnitte, kreuz und quer.

Judith richtet sich auf. »Jemand muss wie von Sinnen auf ihn eingestochen haben. Rücklings. Besser, du rufst auch die Rechtsmedizin.«

Der Polizeimeister spricht erneut in sein Funkgerät.

»Müller hat Dienst«, sagt er zu Judith, als er fertig ist.

Sie nickt, leuchtet weiter die Umgebung ab, dann den Führerstand der S-Bahn. Ihr Haar klebt jetzt an ihrem Kopf, der Regen wird dichter, hüllt sie ein. Er ist zu warm für eine Januarnacht, der ganze Winter ist zu warm, die Nachrichten sind voll davon: Schmelzende Polkappen, steigende Meeresspiegel, Wirbelstürme, Hungersnöte, alles selbst verschuldet, alles menschengemacht. Und trotzdem ist die Nacht zu kalt, um ohne Jacke zur Arbeit zu gehen.

Wieder leuchtet Judith über den Körper des Toten. Was ist mit der Jacke des S-Bahn-Fahrers passiert? Hat er sie ausgezogen, bevor er ermordet wurde? Hat der Täter sie ihm weggenommen, und wenn ja, warum? Die Nase des Toten ist zu groß, der Mund zu klein, das hellbraune Haar wird am Hinterkopf licht. Sie sieht ihn vor sich, wie er an der Bahn entlang durch den Schotter schlurft, vom hinteren zum vorderen Triebwagen, ein müder Mann mit gekrümmten Schultern, der nichts auf Sport und Haltung gibt. Die Schnürsenkel seiner Schuhe sind aufgebunden, registriert sie auf einmal. Wollte er sie ausziehen, in seiner letzten Pause, mitten auf den Gleisen? Wohl kaum.

»Von wo ist der Täter gekommen?«, fragt der Polizeimeister.

»Vielleicht war er in der Bahn. Wir brauchen jemanden von den Verkehrsbetrieben, mit etwas Glück gibt es da drin Kameras.« Judith schickt den Lichtstrahl ihrer Taschenlampe über die S-Bahn-Waggons. Sie sehen alt aus. Verdreckt. Hat der Tote eine Frau? Kinder? Er trägt keinen Ehering, jedenfalls nicht an der rechten Hand.

»Warte hier und lass KOK Korzilius rufen«, sagt sie zu dem Polizeimeister. »Ich red jetzt mit dem Zeugen.«

Der Wind nimmt zu und peitscht ihr Nässe ins Gesicht. Der Weg zurück zur Haltestelle über die Gleise ist zu einsichtig, als dass der Täter ihn gewählt haben dürfte, auch wenn hier um diese Tageszeit absolut niemand wach oder unterwegs zu sein scheint. Auf dem Bahnsteig stehen jetzt die Spurensicherer bereit, die Gesichter grünlich blass vom trüben Neonlicht. Sie hören sich an, was Judith berichtet, und schwärmen dann über die Bahngleise aus, wie eine Spezies flügelloser weißer Käfer.

Judith streicht sich die nassen Haarsträhnen aus dem Gesicht. Es läuft gut, hat Millstätt, ihr Chef, gestern gesagt, als er sie zur Bereitschaft einteilte. Die Kollegen betrachten dich als rehabilitiert. Es ist genau das, worum sie gekämpft hat, nach ihrer Krise, der Auszeit und der Rückkehr, aber ist es auch das, was sie will? Ja, denkt sie, ja, verdammt, das ist es. Hör endlich mit dem Zweifeln auf. Judith strafft die Schultern, blickt durch den Regen hinüber zum Tatort. Sie hat dort drüben eine Gefahr gespürt, die sie noch nicht benennen kann. Als ob sich hinter den offensichtlichen Fakten dieses Verbrechens noch eine dunklere, kältere Wahrheit verbirgt.

»Hauptkommissarin Krieger?« Die Streifenbeamtin mit dem straff gebundenen Pferdeschwanz tritt auf Judith zu. »Ich hab unserem Zeugen vorhin Kaffee und Brötchen organisiert, da wurde er plötzlich gesprächig.«

»Und?«

»Er behauptet auf einmal, er hätte da drüben jemanden gesehen. Möglicherweise den Täter.«

* * *

Die Umgebung der S-Bahn-Haltestelle Gewerbepark könnte locker jeden Wettbewerb in Sachen hässlichster Flecken von Köln gewinnen. Es gibt weder einen Park noch besonders viel boomendes Gewerbe, auch wenn die Stadtoberen fest daran glauben, dass sich das in den nächsten Jahren ändern wird. Ein paar der alten Sozialwohnungsblocks stehen schon leer, in anderen harren die verbliebenen Mieter noch aus, aber normalerweise dürfte hier nachts um drei absolut tote Hose herrschen. Jetzt jedoch ist die Action im vollen Gange. Streifenwagen, Spurensicherung, Karl-Heinz Müllers Fiat Spider und ein Einsatzfahrzeug der Bahn parken kreuz und quer vor der Bahnunterführung, sogar zwei Pressegeier drängeln sich am Absperrband und brüllen Manni ihre Fragen entgegen. Ohne sie eines Blickes zu würdigen, hält er auf die Treppe zu. Der Anruf ist im allerallerungünstigsten Moment gekommen, absolut *worst case,* anders kann man das nicht sagen. Und als Krönung des Ganzen schifft es aus vollen Kübeln.

Auf dem Bahnsteig läuft ihm Kollegin Krieger entgegen, einen dampfenden Pappbecher in der Rechten, eine ihrer stinkenden Selbstgedrehten im Mundwinkel. Ihr Ledermantel ist dunkel vor Nässe, das Haar klebt an ihrem Kopf, was ihr den Charme einer ertrinkenden Katze verleiht – eine Tatsache, die sie nicht weiter zu stören scheint.

»Das Opfer heißt Wolfgang Berger, 43 Jahre alt, S-Bahn-Fahrer«, referiert sie, ohne Manni Zeit für eine Begrüßung zu lassen. »Er wurde rücklings erstochen. Tatzeit: während seiner letzten Pause, zwischen 1:35 Uhr und 1:55 Uhr. Wir haben sogar einen Zeugen.« Sie steckt ihre Zigarette wieder in den Mund und kneift die Augen zusammen. »Ein Fahrgast, der hier gewartet hat. Angetrunken, aber immerhin. Er ist rübergelaufen, als die S-Bahn zur fahrplanmäßigen Zeit nicht einfuhr.« Sie wischt die freie Hand an ihren Jeans trocken und klemmt sich die Zigarette zwischen die Finger. »Er hat da drüben jemanden gesehen, bevor er quasi über den Toten gestolpert ist. Aller Wahrscheinlichkeit nach unseren Täter. ›Und, wie sieht er aus?‹, frag ich ihn. Weißt du, was er geantwortet hat?«

Manni schüttelt den Kopf. »Wie Michael Jackson?«

»›Wie ein Penner‹«, faucht die Krieger. »›Beschreiben Sie ihn‹, sage ich.«

»Und?«

»Er habe ›irgendwie streng gerochen‹, hat er ausgesagt. ›Und sonst‹, frage ich, denn der Geruch könnte sehr gut auch vom Opfer stammen. Er sei normal groß gewesen, habe wahrscheinlich einen Mantel getragen und eventuell halblange Haare gehabt. Und das war's dann schon. Es sei zu dunkel gewesen. Es sei zu schnell gegangen. Nicht mal auf eine ungefähre Größenbeschreibung will er sich festlegen. Er habe einen Schatten gesehen, den er für einen Penner hielt, und gleich darauf das Opfer. Wir sollten dankbar sein, dass er uns überhaupt verständigt habe. Ende, aus.«

»Vielleicht lügt er und ist in Wirklichkeit unser Täter. Der Rächer aller frustrierten Fahrgäste.«

»Sehr witzig. Das ist das reinste Blutbad da drüben, seine Kleidung wäre voll davon.«

»Wo ist er?«

»Ich hab ihn heimbringen lassen.«

Manni zieht die Augenbrauen hoch.

»Ausführliche Vernehmung später im Präsidium, wenn er hoffentlich wieder nüchtern ist.« Judith Krieger zerstampft ihre Zigarettenkippe, sehr viel nachdrücklicher, als es nötig wäre.

»Keine erkennungsdienstliche Behandlung?«

»Wir überprüfen seine Kleidung und die Schuhe, wegen der Abdrücke am Tatort. Wird aber nicht viel bringen. Mistregen.« Sie schüttelt sich, dass die Tropfen fliegen. Manni wirft sich ein Fisherman's in den Mund, hält ihr die Tüte hin, doch wie zu erwarten, lehnt sie ab.

»Wir haben jetzt einen Kollegen erreicht, der ganz gut mit Berger bekannt ist.« Ein fettbäuchiger Glatzkopf in dunkelblauem Bahn-Ornat watschelt auf sie zu. »Berger war Single. Er lebte allein. Die nächsten Verwandten sind seine Eltern in Paderborn. Berger hatte kaum Kontakt zu ihnen. Die Mutter hat Alzheimer.«

»Wir schicken einen Kollegen hin«, sagt die Krieger. »Was ist mit den Überwachungskameras?«

Der Glatzkopf windet sich. Das Geld, der Vandalismus, die Fallstricke der öffentlichen Hand, blablabla. Selbstverständlich werde man alles tun, die Ermittlungen der Polizei zu unterstützen. »Geben Sie uns bitte ein paar Stunden Zeit.«

Judith Krieger zerknüllt ihren Kaffeebecher und schleudert ihn in einen Abfalleimer. Die Geste ist unmissverständlich, so gedenkt sie mit allen zu verfahren, die sie behindern. KHK Krieger in Höchstform. Die letzten Monate Zusammenarbeit mit ihr waren tatsächlich richtig nett. Warum ist Manni jetzt plötzlich sauer auf sie? Weil sie ihn so spät gerufen hat. Weil sie ihn überhaupt gerufen hat. Weil sie sich aufführt, als sei sie der Chef. Er zieht den Reißverschluss seiner Jacke hoch. Seine Finger duften noch nach der Frau in seinem Bett. Er hat verflucht noch mal gehofft, dass diese Nacht ohne Anruf vergeht.

Die Spurensicherer wuseln um das Zelt herum, das sie neben der S-Bahn über dem Opfer errichtet haben. Kamerablitzlicht zuckt. Weitere Kollegen kriechen über den Bahndamm und wühlen im Müll, der sogar hier liegt, wo eigentlich niemand entlanglaufen darf. Manni späht unter die Zeltplane. Das Opfer ist fast völlig mit nummerierten Klebestreifen bedeckt.

»Jede Menge Faserspuren, wir werden viel zu tun haben in den nächsten Tagen!« Der Kriminaltechniker Klaus Munzinger hat rote Apfelbäckchen, wie immer, wenn er in Schwung ist. Auch seine Gattin dürfte nicht weit sein, Karin. Vor ein paar Monaten haben die beiden geheiratet. Als ob es noch nicht reichte, Tag für Tag zusammen zu arbeiten.

»Habt ihr die Tatwaffe?«, fragt die Krieger.

»Wir suchen noch.«

Suchen, denkt Manni, na klar. Die Jacke, die der Fahrer getragen haben muss. Den Rucksack, den er seinem Kollegen zufolge immer dabeihatte. Den Täter, sein Motiv, einen brauchbaren Zeugen, irgendeine Spur. Der Regen wird stärker, einer der Spurensicherer stolpert und flucht. Wo verläuft die Grenze zwischen Sorgfalt und Irrsinn? Das ist eine Frage, die sich, was polizeiliche Ermittlungsarbeit angeht, nicht immer befriedigend beantworten lässt.

* * *

Ein feuchtwarmer Wind weht vom Westen her auf den Balkon, der Himmel ist schwarz. Der Wind bringt nichts Gutes. Der Gedanke ist plötzlich da, nein, kein Gedanke, eine Gewissheit, die sie nicht begründen kann und deshalb augenblicklich zu ignorieren beschließt. Ekaterina Petrowa zieht den Morgenmantel enger um sich und geht zurück in ihre Küche. Es ist Samstag, gerade erst fünf Uhr, sie hat frei, es gibt keinen Grund, irgendetwas zu befürchten. Sie könnte sich noch einmal hinlegen, aber sie ist eine Frühaufsteherin, und sie mag Gewohnheiten, also bereitet sie wie jeden Morgen einen Teller Haferbrei mit Butter und braunem Zucker zu, trinkt eine Kanne schwarzen Tee und liest die *Prawda* und die *FAZ*. Um 6:30 Uhr ist sie fertig und spült das Geschirr unter fließendem Wasser. *Prawda* heißt Wahrheit, aber die Zeitung ist voller Lügen, wie früher auch, nur dass ihr neuer Gott freie Wirtschaft heißt, was wiederum bedeutet, dass einige wenige sich die Freiheit nehmen, Russland noch skrupelloser auszubeuten als die alten Machthaber, die sich Kommunisten nannten, denen es angeblich auch um Gerechtigkeit ging.

Ich sollte die *Prawda* wirklich abbestellen, denkt sie, während sie den Pullover anzieht, den sie sich zu Weihnachten gekauft hat. Violettes Mohair mit eingewirktem Glitzerfaden, sehr, sehr schön. Die *Prawda* taugt allenfalls dazu, Fisch einzuwickeln oder den Ofen anzuheizen, Katjuschka. Sie lächelt bei der Erinnerung an die Inbrunst, mit der ihre Großmutter dies ein ums andere Mal wiederholt hat. Und trotzdem muss man den Feind beobachten, denn das heißt ihn kennen. Also liest Ekaterina die *Prawda*, obwohl sie längst die Hoffnung aufgegeben hat, dass sich in ihrer Heimat so etwas wie Pressefreiheit durchsetzen wird.

Pudrig violetter Lidschatten, passend zum Pullover,

nicht viel, nur ein Hauch. Lippenstift, dessen Farbton winterlich kühl ist, ebenfalls perfekt zum Pullover passend. Sie fährt mit der Bürste über ihr kurzes Haar, bewundert die neuen, kirschroten Strähnchen im glänzenden Schwarz. Sie hat dieses Schwarz schon oft verflucht, aber so gefällt es ihr. Sie lächelt ihrem Spiegelbild zu. Zwei bis drei Stunden will sie ins Institut, ein paar Kleinigkeiten erledigen, die unter der Woche liegengeblieben sind. Danach zum Markt, Gemüse und Gardinenstoff kaufen, am Nachmittag vielleicht ein gutes Buch auf dem Sofa, ein Schaumbad und abends tanzen gehen.

Sie wählt den Weg am Kanal entlang, in den sie sich sofort verliebt hat. Die Luft schmeckt nach Regen, der Asphalt glitzert. Die kahlen Kronen der Kastanien akzentuieren das spärliche Licht der Straßenlaternen, von den Ausfallstraßen der Stadt weht gedämpfter Verkehrslärm herüber. Am Wochenende ist sie hier um diese Uhrzeit allein, nicht einmal die unermüdlichen Jogger und die Rentner mit ihren fett gefütterten Schoßhunden sind schon unterwegs. Schlafende Schwäne gleiten über das Wasser wie Träume. Sie hält inne, sieht ihnen zu. Schwäne sind Luxusgeschöpfe, dort, wo sie herkommt, gibt es keine Schwäne. Eine Windbö schlägt ihr den Schal vors Gesicht. Sie fährt zusammen, unterdrückt einen Schrei. Nur der Wind. Sie stopft das Schalende unters Mantelrevers. Der Wind bringt nichts Gutes. Wieder dieser Gedanke, genährt von einem Wissen, das älter ist als sie. Auf einmal fühlt sie sich unwohl so allein und beschleunigt ihre Schritte, dass die Stiefelabsätze ein wildes Stakkato aufs Pflaster hämmern.

Der Anblick des Rechtsmedizinischen Instituts, das sie eine Viertelstunde später erreicht, bringt ihr die Ruhe zurück. Ihr Arbeitsplatz, ihr Glück. Das Stipendium für das Medizinstudium in Deutschland war ihr Ticket in die

Freiheit. Sie hat hart gearbeitet, sehr hart, und trotzdem war ihr Abschluss mit Auszeichnung keineswegs ein Garant dafür, dass sie bleiben durfte. Aber sie hat es geschafft. Einer ersten Anstellung in Kiel folgte ein Jahr Frankfurt. Und nun ist sie hier in Köln gelandet, mit einem Arbeitsvertrag für drei weitere glückliche deutsche Jahre, mit der Lizenz, die unzähligen Facetten des Todes noch weiter zu ergründen. Dr. Ekaterina Petrowa, Rechtsmedizinerin an der Universität zu Köln. Sie lächelt, als sie den Institutsschlüssel aus ihrer Handtasche nimmt. Ja, sie hat allen Grund, zufrieden zu sein.

Sie vermag nicht zu sagen, woher die Frau gekommen ist. Wie aus dem Boden gewachsen steht sie neben ihr, gerade als Ekaterina die Glastür neben der Pförtnerloge aufschließen will.

»Bitte. Sie müssen mir helfen.«

»Helfen?« Ekaterina widersteht dem Impuls, sich an der Frau vorbeizudrängen und die Tür von innen zu verriegeln. Irgendetwas an ihr ist beunruhigend, vielleicht die fiebrige Entschlossenheit, mit der sie Ekaterina fixiert. Andererseits sieht die Frau nicht wie eine Asoziale oder Verbrecherin aus, eher im Gegenteil, reich und gepflegt, auch wenn sie offenbar ziemlich lange durch den Regen gelaufen ist.

»Das Projekt«, flüstert die Frau. Ihre Stimme klingt wie Wind in Birkenlaub. »Sie sind doch die Nachfolgerin von Frau Doktor Schmitt-Mergel?«

Die Vorfreude auf diesen Tag, die Ekaterina soeben noch erfüllt hat, verfliegt. Wie festgefroren steht sie da. Häusliche Gewalt. Das Kölner Modellprojekt. Das Vorzeigeprojekt. Lieblingskind ihrer Vorgängerin Antje Schmitt-Mergel. Beim Vorstellungsgespräch hat Ekaterina ganz vorsichtig gefragt, ob die Projektleitung unabänderlich an ihre Stelle gebunden sei, sie habe sich ja bislang eher auf die Toten konzentriert, nicht so sehr auf Gesellschaftspolitik, kenne ja auch die Kölner Mentalität und Behörden noch nicht, ob nicht ein Kollege … – Die Frauen werden sich Ihnen schon anvertrauen, von Frau zu Frau, hatte ihr künftiger Chef gesagt. Und die Untersuchungen schaffen Sie allemal. Oder wollen Sie die Stelle nicht? Was für eine Frage. Natürlich hatte Ekaterina eilig erklärt, sie werde das Projekt zusätzlich zu ihren sonstigen Aufgaben im Institut mit großer Freude übernehmen.

»Dr. Petrowa, das sind Sie doch?« Die Frau nestelt einen Zeitungsausschnitt aus ihrer Anoraktasche, den unübersehbar ein Foto von Ekaterina ziert. »Diese Frau kämpft gegen Gewalt« brüllt die Überschrift, ein klarer Beweis dafür, dass auch deutsche Zeitungen es mit der Wahrheit nicht immer genau nehmen.

»Das Institut ist samstags geschlossen.«

»Bitte«, wiederholt die Fremde heiser. »Sie sind doch oft auch am Wochenende hier. Mein Mann … er hat mich …«, sie fasst sich an die Kehle, »er wollte mich …«

»Haben Sie die Polizei verständigt?«

Die Frau beginnt zu schwanken, als ob sie nun, da sie sich Ekaterina anvertraut hat, alle Kraft verließe. »Das Projekt«, murmelt sie und tastet nach einem Halt.

Was bleibt ihr übrig? Ekaterina stemmt ihre Schulter stabilisierend unter den Arm der Fremden und schiebt sie ins Institut. Ohne erkennbare Gegenwehr oder Mithilfe lässt die Frau es geschehen. Trotz ihrer beachtlichen Größe wiegt sie nur wenig, doch als sie sich schließlich bis ins Büro vorgearbeitet haben, ist Ekaterina außer Atem. Sie bugsiert ihre ungebetene Besucherin auf die Untersuchungspritsche und wirft ihren Mantel ab. Die Frau beobachtet sie. Abschätzend? Verängstigt?

»Sie sind sehr stark für eine so kleine Person«, flüstert sie.

»Wie heißen Sie?«

»Ines. Nennen Sie mich Ines.«

»Nachname?«

Die Frau schließt die Augen, ihr Kopf rollt zur Seite. Kollabiert sie etwa? Ekaterina sehnt sich nach dem vertrauten Prozedere einer Obduktion, bei dem sich Fragen dieser Art nicht stellen.

»Winkeln Sie die Beine an, Ines, stellen Sie sie auf«, befiehlt sie mit ihrer Ärztinnenstimme. »Atmen Sie tief durch. Und dann erzählen Sie bitte. Was hat Ihr Mann getan? Weshalb sind Sie hier?«

Statt zu antworten, beginnt die Frau zu zittern, lautlos, ohne dabei eine Miene zu verziehen. Ekaterina breitet eine Wolldecke über sie und versucht zu rekapitulieren, was ihre Vorgängerin über misshandelte Frauen gesagt hat. Sie stehen unter Schock, unterliegen starken Stimmungsschwankungen. Einige berichten die ungeheuerlichsten Dinge in so neutralem Ton, als sprächen sie über das Wetter. Andere sind nicht fähig, überhaupt etwas zu sagen. Wieder andere leugnen. Sehr hilfreich, wirklich, sehr, sehr hilfreich.

Sie beschließt, sich lieber nicht auf ihre psychologischen Fähigkeiten zu verlassen, sondern sich stattdessen auf den Körper zu konzentrieren. Die Frau, die sich Ines nennt, konnte ihre Gliedmaßen eben noch bewegen. Sie scheint keine inneren Verletzungen zu haben, keine gebrochenen Rippen, sonst hätte sie den Transport ins Büro nicht klaglos mitgemacht. Vorsichtig streicht Ekaterina ihr die nassen Ponyfransen aus der Stirn. Keine Platzwunden oder kahlen Stellen im Haar. Keine sichtbaren Hämatome im Gesicht. Die Haut ist weich. Makellos. Die Augen öffnen sich wieder und starren angstvoll zu Ekaterina empor.

Die Bindehaut ist gerötet. Ekaterinas Herzschlag beschleunigt sich. Sie nimmt eine Untersuchungslampe, während sie beruhigend auf die Frau einredet und sich weiter herunter beugt. Petechien, Punktblutungen, ganz eindeutig. Blutzufluss und -abfluss zum Gehirn müssen unterbrochen gewesen sein. Sie überprüft auch die Mundschleimhaut, leuchtet hinter die Ohren.

»Ihr Mann hat Sie gewürgt. Ich vermute, Sie sind sogar ohnmächtig geworden.« Nein, denkt sie wild, ich weiß, dass du schon weggetreten warst. So wie es aussieht, ist es ein Wunder, dass du wieder zu dir gekommen bist. Jemand hat versucht, dich zu töten, so viel steht fest.

»Kommen Sie, ich untersuche Sie. Deshalb sind Sie doch gekommen, nicht wahr? Ziehen Sie sich aus, Ines. Vertrauen Sie mir, ich tue Ihnen nicht weh.«

Durchnässte Pumps, Designerjeans, ein beigefarbener Rollkragenpullover. Darunter Seidenwäsche, blutbefleckt. Die Hämatome am Hals sind noch sehr blass. Fingerabdrücke in lichtem Himmelblau, ganz ungefährlich sehen sie aus, ganz zart. Aber die Flecken an den Innenseiten der Oberschenkel sind alles andere als dezent. Hämatome in verschiedenen Entwicklungsstadien. Mehrere Zentimeter groß. Dunkelblau, violett, gelblich, braun schillern sie.

»Ihr Mann vergewaltigt Sie.«

Die Frau schüttelt den Kopf, beginnt wieder zu zittern.

Ekaterina fotografiert, vermisst, dokumentiert.

»Sie müssen zur Polizei gehen. Wer auch immer das getan hat, ist gefährlich.«

Wieder schüttelt die Frau den Kopf, greift nach ihrer Kleidung. Nun, da ihre Verletzungen untersucht worden sind, kehrt Leben in sie zurück, nun will sie gehen.

»Wie heißen Sie mit Nachnamen?«

Die Frau umklammert ihren Anorak, hastet auf den Flur. Ekaterina hat keine Befugnis, sie zum Bleiben zu zwingen. Sie muss den Wunsch der Patientin nach Vertraulichkeit respektieren. So will es das Projekt, so ist es ihre Pflicht als Ärztin. Erst als sie allein ist, erinnert sie sich an das Blut auf dem seidenen Unterhemd und daran, dass es am ganzen Körper der Frau keine offene Wunde gab. Von wem stammte dieses Blut, wenn nicht von ihr? Ekaterina rennt die Außentreppe hinunter auf die Straße. Zu spät. Nur der Wind ist noch hier, der feuchtwarme Westwind, der von Unheil kündet.

* * *

Schritte. Knistern. Was zum Teufel? Benommen öffnet Manni die Augen. Die Frau, die er in der Nacht nur äußerst widerwillig allein in seinem Bett zurückgelassen hat, lächelt auf ihn herab, unverschämt sexy, hinreißend schön.

»Guten Morgen, Herr Oberkommissar. Ich hab Frühstück mitgebracht.«

Manni hievt seinen vom nächtlichen Einsatz lädierten Körper in eine halbwegs sitzende Position. Stundenlang ist er mit den Spurensicherern im strömenden Regen über den Bahndamm gekrochen und hat Müll eingesammelt. Kippen, Verpackungen jeder Art in diversen Stadien des Verfalls, angegammelte Klamotten. Als er schließlich auch noch eine Klobrille fand, hat er es drangegeben. Zu spät, wie sich herausstellte, denn als er endlich zu Hause ankam, war sein Bett gähnend leer. Er ist auf dem Sofa eingeschlafen, hat sich nicht einmal ausgezogen, die Jeans klebt noch immer feucht an seinen Beinen, und sein Nacken ist steif und schmerzt höllisch. Manni angelt sein Handy aus der Hosentasche. Heilige Scheiße, es ist kurz vor acht. Warum hat Sonja nicht auf ihn gewartet? Und wie ist sie jetzt wieder in seine Wohnung gekommen? Er entdeckt seinen Ersatzschlüssel auf dem Tisch, neben einer Brötchentüte. Diese Frage wäre zumindest geklärt.

»Wo warst du?« Seine Stimme klingt mindestens eine Oktave tiefer als sonst.

»Zu Hause.« Sonja macht sich in Hausherrinnenmanier an seinen Schränken zu schaffen, stellt Tassen und Brettchen auf den Tisch. »Hast du grünen Tee?«

»Ich hab O-Saft, wenn du keinen Kaffee magst.« Er stampft ins Bad, reißt sich die Klamotten vom Leib und stellt sich unter die Dusche. Sonja. Ewig hat es gedauert, bis er sie im Bett hatte, und dann, kaum ging es endlich zur Sache, war's schon wieder vorbei mit dem Spaß. Er denkt daran, wie perfekt ihre Brüste in seine Hände passen, während das heiße Wasser auf seine Schultern prasselt. Wie sie lacht, wie sie riecht, wie sie ihn angefasst hat. Auf dem Bauch hat sie ein interessantes Tattoo, dessen Bedeutung sie ihm nicht verraten will. Es hilft nichts. Als Manni sich abtrocknet, fühlt er sich trotzdem wie ein ausgemusterter Zugochse, was insofern nicht weiter tragisch ist, als ihm keinerlei Zeit für eine Morgennummer bleibt. Im Stehen stürzt er ein Glas Saft runter und schnappt sich ein Croissant. Sonja hat ihr rotblondes Haar zu einem Pferdeschwanz gebunden. Sie riecht noch immer nach diesem Orientparfum und mustert ihn, ohne etwas zu sagen.

»Sorry, ich muss los. Ich ruf dich an. Lass meinen Schlüssel hier, wenn du gehst.«

Sie deutet einen Militärgruß an, winkt dann zum Abschied und lächelt.

Unten fegt der Wind Zeitungsseiten den Rinnstein entlang. Fettbäuchige Wolken verschlucken das Morgenlicht, nur wenige Autos sind unterwegs, so dass Manni zügig vorankommt und sogar direkt vor den Waschbetontreppen des Rechtsmedizinischen Instituts einen Parkplatz ergattert. Vor der gläsernen Eingangstür des Obduktionsgebäudes steht eine zierliche Frau mit einer irrsinnigen Fellmütze in einem die Augen beleidigenden, violetten Plüschpullover. Ein Hauch von Kälte scheint sie zu umgeben. Sie drückt eine Pappmappe aus einer Hängeregistratur an ihre Brust. Manni nickt ihr zu, aber sie schaut mit ihren Kohleaugen einfach durch ihn durch in den Himmel. Der Obduktionssaal ist noch leer, Judith Krieger und Karl-Heinz Müller lungern, Nikotinschwaden ausatmend, drei Stockwerke höher im Büro des Rechtsmediziners herum und wärmen sich an Kaffeebechern. Die Kaffeemaschine blubbert einladend. Manni angelt eine einigermaßen sauber aussehende Tasse hinter einem grinsenden Totenschädel hervor und schenkt sich ein.

Der Kaffee ist so stark, dass er Lebende töten oder Tote wecken könnte, je nachdem. Der Krieger scheint er jedenfalls zu bekommen. Nur die Schatten auf ihren sommersprossigen Wangen zeugen noch davon, dass sie genauso wenig geschlafen hat wie Manni. Er entdeckt einen Teelöffel, reibt ihn an seiner Jeans notdürftig sauber und rührt Zucker in seine Tasse. »Ich glaub, ich hatte grad 'ne Erscheinung. Da draußen steht 'ne Eskimofrau.«

»Inuit«, sagt die Krieger und gähnt.

»Hä?«

»So lautet die politisch korrekte Bezeichnung.«

»Eskimo heißt Rohfleischesser, das hören die nicht so gern.« Karl-Heinz Müller zündet eine Davidoff an der Glut ihrer Vorgängerin an. »Trug die Frau eine Kaninchenfellmütze?«

»Yep.« Manni versucht, an den Fenstergriff zu gelangen, ohne die statisch höchst gewagte Aktenstapelkonstruktion auf dem Schreibtisch des Rechtsmediziners zu berühren. Keine Chance. Resigniert stellt er seine Bemühungen um Frischluftzufuhr wieder ein.

Müller grinst, offenbar zufrieden mit Mannis Einsichtigkeit. »Es handelt sich um meine neue Kollegin. Dr. Ekaterina Petrowa aus Russland. Ein großes Talent.«

Groß ist übertrieben, unten im Obduktionskeller geht das russische Talent Manni gerade mal bis zur Brust, aber im grünen Ornat sieht die Russin immerhin manierlicher aus als in Violett und Pelz. Und mit Skalpell und Messer kann sie auch umgehen, wie sie augenblicklich beweist, als die langwierige äußere Besichtigung und akribische Beschreibung des bekleideten Leichnams abgeschlossen ist.

Manni atmet erleichtert auf, als die Knochensäge des Präparators endlich ihr nervtötendes Sirren einstellt. Eine Obduktion ist per se niemals appetitlich, aber die Schädelöffnung ist aus seiner Sicht jedes Mal wieder der Tiefpunkt.

»Judith hat bei unserer Weihnachtstombola übrigens das große Los gezogen«, sagt er zu Karl-Heinz Müller, um sich davon abzulenken, wie der Präparator das Gehirn entnimmt, wiegt und unter den Argusaugen der Russin millimeterdünne Scheibchen davon absäbelt und in Formalin gibt. Außerdem ärgert es ihn immer noch, dass er nicht selbst gewonnen hat.

»Tatsächlich?«, fragt der Rechtsmediziner im selben Moment, als die Krieger »Das ist doch nun echt nicht wichtig« zischt.

Die Russin räuspert sich, ohne die Nase vom Rücken des Toten zu heben. Offenbar ist sie nicht sehr angetan von jeglicher fachfremden Konversation.

»Elf Einstiche, das entspricht dem äußeren Erscheinungsbild«, verkündet sie in die entstehende Stille. Ihr Deutsch ist beinahe akzentfrei, nur ein minimaler slawischer Zungenschlag verrät bei sehr genauem Hinhören ihre Herkunft. Sie hebt den rechten Arm des Toten, tappt in ihren grünen Gummiclogs um den Obduktionstisch herum, wiederholt das Prozedere auf der anderen Seite. »Ich erkenne immer noch keine Abwehrverletzungen«, sagt sie.

»War er sofort tot?«, fragt die Krieger.

Unentschlossen runzelt die Petrowa die Stirn, macht sich dann wieder an den Wunden zu schaffen. Diktiert ihre Beschreibungen ins Mikrofon, das über dem Obduktionstisch baumelt. Spreizt mit einer Pinzette die Wundränder und schiebt einen Messstab hinein.

»Zwei Stiche sind ins Herz gegangen, fünf weitere haben die Lungen punktiert«, sagt sie schließlich. »Ich kann nicht sagen, welcher der Stiche ihm zuerst zugefügt wurde.«

Irgendwann in dieser Nacht, während er mit den Spurensicherern im Müll rumwühlte, hat Manni plötzlich geglaubt, jemand beobachte ihn. Er hat den anderen nichts gesagt, weil absolut niemand zu sehen war, aber ein unangenehmes Gefühl von Verletzlichkeit ist geblieben. Hätte er bemerkt, wenn sich jemand bis dicht an ihn herangeschlichen hätte? Wäre er schnell genug gewesen, sich zu wehren? Wie viel Zeit hat man dafür, mit einem Messer im Rücken? Hat man überhaupt eine Chance? Wieder spreizt die Russin Wundränder auseinander, späht in die dunkel verkrustete Höhle.

»Das reinste Gemetzel.« Judith Krieger betrachtet die bräunlichen Stichwunden auf dem käsigen, teils dunkel behaarten Rücken mit Widerwillen.

»Ein Profi tötet anders«, bestätigt die Petrowa. »Effektiver.« Ihre Kohleaugen glühen.

»Was wissen wir über die Tatwaffe?«

Die Petrowa beugt sich tiefer über den Leichnam. Sie wechselt einen schnellen Blick mit Karl-Heinz Müller, bevor sie Judith Krieger antwortet.

»Einschneidig. Scharf.«

»Vermutlich ist die Klinge glatt.« Auch Karl-Heinz Müller hängt jetzt so dicht über dem Opfer, dass sein Mundschutz beinahe dessen Haut berührt. »Der Täter ist Rechtshänder, würde ich tippen. Etwa so groß wie das Opfer, vielleicht etwas größer. Die Klingenlänge können wir erst beziffern, wenn wir fertig untersucht haben. Das kann dauern. Verdammt viel Arbeit ist das, jede einzelne Wunde aufzubereiten.«

Als sei das Wort »Arbeit« ein Code, beginnt Judiths Handy Rockmusik zu dudeln. Sie dreht sich weg, hält ihr freies Ohr zu, um das halblateinische Fachkauderwelsch, mit dem sich Müller und sein Talent über ihre Beobachtungen verständigen, auszublenden.

»Auf Bergers Schuhen sind fremde Fingerabdrücke«, berichtet sie, als sie ihr Telefonat beendet hat.

»Von seinem Schuhverkäufer.«

»Klaus sagt, die Schuhe sind nicht neu und auch nicht frisch besohlt. Die Schnürsenkel waren offen, ist dir das aufgefallen?«

»Jemand wollte ihm die Schuhe ausziehen.«

»Und wer?« Judith Krieger lehnt sich an einen freien Obduktionstisch.

»Wenn unser Täter tatsächlich ein Tippelbruder ist, macht das doch Sinn. Jacke, Rucksack, Schuhe – kann er alles gebrauchen. Und dann kommt unser Zeuge und stört ihn, also haut er ab.« Manni betastet seinen Nacken.

Eine Massage täte jetzt gut. Nicht nur im Nacken. Von Sonja.

»Okay, angenommen, es war ein Obdachloser. Wie ist er zum Tatort gekommen?« Der sonst so auffällige türkisblaue Rand um die grauen Iris der Krieger ist im grellen Licht der Obduktionslampen kaum zu erkennen.

»Er hat die Endstation verpennt«, schlägt Manni vor.

»Mag sein.« Sehr überzeugt sieht seine Kollegin nicht aus.

»Berger schmeißt ihn raus, da wird er sauer. Wartet, bis der ihm den Rücken zukehrt, dann sticht er zu.«

»Elf Mal?«

»Vielleicht ist er durchgeknallt. Oder er wollte einfach nur sichergehen, dass Berger wirklich tot ist.«

»Hass.« Judith Krieger fixiert den toten S-Bahn-Fahrer, als erwartete sie, dass der diese Theorie bestätigt.

Schweigend sehen sie zu, wie die Russin ihre Pinzetten und Messer in den ohnehin schon geschundenen Rücken pikt. Wie immer bei Obduktionen ist Karl-Heinz Müller bester Laune. Er klimpert mit seinen Instrumenten und pfeift *Kalinka*, ein offensichtlicher Tribut an seine Kollegin, die dies jedoch völlig kaltzulassen scheint. Ohne eine Miene zu verziehen, schnippelt sie an Berger herum. Wenigstens hat der noch nicht begonnen zu stinken. Man muss ja für die kleinen Freuden dankbar sein. Die Erinnerung an das ungute Gefühl während der fruchtlosen nächtlichen Sucherei drängt sich erneut in Mannis Bewusstsein. Hat ihn tatsächlich jemand beobachtet, oder hat er sich das nur eingebildet?

Er räuspert sich. »Vielleicht wusste der Täter, wann Berger Pause macht, und hat ihm neben den Gleisen aufgelauert.«

»Wenn es so war, muss es eine Beziehung zwischen Berger und dem Täter geben«, sagt Judith Krieger. »Vielleicht hat einer der Anwohner was gesehen. Oder die Kameras. Die Kriminaltechnik ist dran, Ralf Meuser klappert die Häuser ab. Lass uns jetzt erst mal in Bergers Wohnung fahren.«

Ein rotgesichtiger Hausmeister empfängt sie im Parterre des Ehrenfelder Hochhauses, in dem der S-Bahn-Fahrer für 447 Euro Warmmiete 59 Quadratmeter im sechsten Stock angemietet hatte. Die Wohnung ist spartanisch eingerichtet. Sofa, Schrankwand, Esstisch, Fernseher und Stereoanlage im Wohnzimmer. Eine winzige Küche mit vergilbten Hängeschränken. Das Schlafzimmer müffelt nach Schmutzwäsche. Über dem französischen Bett hängt das Acryllackgemälde einer sich am Meer räkelnden, nackten Blondine, die ihre unnatürlich spitzen, aufrecht stehenden Kegelbrüste einem Schwan offeriert. Die Farbgebung soll wohl Romantik demonstrieren: Rot, Orange und Schwarz dominieren.

»Sehr hübsch.« Die Krieger zieht die Augenbrauen hoch.

Manni öffnet die Schublade des Nachttischschränkchens. Nasentropfen, Taschentücher und Pornoheftchen, geschmacklos, aber legal. Das fensterlose Bad riecht nach Schimmel, die Armaturen sind blind von Kalk. Es gibt nur eine Zahnbürste und kein Parfum, keine Tampons, keinen Lippenstift, einfach nichts, was auf die Anwesenheit einer Frau in Bergers Leben hindeuten würde. Die Innenseite der Schranktüren in Schlafzimmer und Küche sind mit Playboy-Pin-ups dekoriert. Schwul war Berger wohl jedenfalls nicht.

»Er hat kein Telefon.« Die Krieger tigert auf und ab, ihre latexbehandschuhten Hände fingern routiniert durch Schubladen und Schränke.

»Vielleicht reichte ihm sein Handy.«

»Und wo ist das?«

Entnervt sehen sie sich an. Die Jacke. Der Rucksack. Immer wieder läuft es darauf hinaus. Sie teilen sich auf, während sie auf die Ankunft der Spurensicherung warten. Manni übernimmt das Schlafzimmer, Judith den Wohnraum. Wie hat Berger gelebt? Wofür hat er sich interessiert, von nackten Frauen einmal abgesehen? Wer könnte ihn so sehr gehasst haben, dass er ihn ermordete? Die Wohnung verrät es nicht, alles in ihr erscheint unpersönlich.

Der Vibrationsalarm seines Handys enthebt Manni weiterer Grübeleien.

»Ich habe für morgen Mittag Sauerbraten eingelegt! Den isst du doch so gern.«

»Tut mir leid, Ma, ich hab einen Fall.«

Er wimmelt seine Mutter ab, versucht, sich deswegen nicht wie ein Schwein zu fühlen. Judith Krieger steht mit einem Packen Rechnungen in der Hand im Wohnzimmer und schaut den staubblinden Fernseher an. Ganz still, ganz konzentriert, als warte sie auf etwas, nein, als bereite sie sich auf einen Zweikampf vor. Kriegerin. Irgendetwas an ihrem Gesichtsausdruck verunsichert Manni.

»Der war ganz schön allein«, sagt sie leise, als sie auf ihn aufmerksam wird.

Ja, verdammt, wer ist das nicht, denkt er.

* * *

Theodora Markus kommt an diesem Samstag erst am Nachmittag in ihr Atelier, zu spät, um noch wirklich etwas zu schaffen, und das macht ihre Laune nicht besser. Stundenlang musste sie in ihrer Wohnung herumwarten. Der

Abfluss im Bad war wieder verstopft, die Waschmaschine pumpte nicht mehr ab, Theas Wäsche saß in einer düster-klebrigen Suppe fest, und der Klempner, ein Bekannter eines Bekannten, hatte zwar versprochen, gleich morgens da zu sein, doch dann wurde es trotzdem Mittag, bis er erschien. Das ist der Nachteil, wenn man auf Gefälligkeiten aus dem Freundeskreis angewiesen ist. Man kann nicht reklamieren oder stornieren, sondern muss sich in Demut üben, einer Tugend, die noch nie Theas Stärke war. Der Vorteil ist natürlich, dass die Schwarzarbeit bezahlbar ist. Thea hofft inständig, dass sich das leidige Badezimmerproblem damit erledigt hat.

Mühselig kämpft sie sich die farbbekleckten Steintreppen hinauf. Das Bein macht ihr zu schaffen, das feuchte Wetter. Sie hasst den Stock, aber heute braucht sie ihn, in ihrem Knie lodert Feuer, jede der Stufen ist eine Qual. In der oberen Etage der alten Fabrik lehnt sie sich einen Moment an die Wand. Unten sind ein paar Kollegen bei der Arbeit, aber hier oben ist alles still, und die Ateliers sind verschlossen, auch das von Theas Nachbarin Nada, was ungewöhnlich ist, denn Nada hat es geschafft, bei der Galerie Heuger und Berkewitz unter Vertrag zu kommen. Wie eine Besessene hat sie in den letzten Wochen gearbeitet, so überzeugt war sie von ihren Ideen. Ständig stand sie in Theas Atelier und redete, redete, redete, nahm sich wichtig wie immer.

Thea nimmt die letzten Meter bis zu ihrem Atelier in Angriff. Sie öffnet die Eisentür und atmet scharf ein. Der Raum ist dämmrig und leer, aber das Gefühl einer fremden Präsenz ist übermächtig. Sieht sie jetzt auch noch Gespenster? Das hat ihr gerade noch gefehlt. Sie schaltet das Licht ein und lauscht. Aus den Nachbarateliers dringt kein Laut. Soll sie nachschauen, wer unten ist? Die Vorstellung, sich mit ihrem Knie nochmals über die Treppen zu quälen, ist wenig verlockend.

Schwer auf ihren Gehstock gestützt, hinkt Thea durch ihr Atelier, wachsam wie eine Katze, die man unversehens in einer fremden Umgebung ausgesetzt hat. Aber hier in ihrem ganz persönlichen Refugium ist ihr nichts fremd. Alles ist genau so, wie sie es am Vorabend zurückgelassen hat. Die Tonbecher im Spülstein, Teekanne, Topf und Wasserkocher. Die angebrochene Tüte H-Milch, die leeren Weinflaschen. Die rote Tulpe in der Steinvase auf dem Fenstersims. Die Hobelbank, das Treibholz, das sie am Rhein gesammelt und an der Wand zum Trocknen aufgestellt hat, die Holzvorräte und die Kästen mit den Schnitzmessern und Spachteln. Auch der Arbeitstisch in der Mitte des Raums wirkt unberührt. Maschendraht und Gips liegen darauf, die Materialien, aus denen sie versucht, einen Flügel zu kreieren. Einen Flügel, der nicht kitschig ist wie der eines Weihnachtsengels und auch nicht gegenständlich wie eine Vogelschwinge. Die Essenz eines Flügels versucht sie zu erschaffen, eine Abstraktion, die dennoch das Wesen des Fliegens wiedergibt, diese Fähigkeit zur Schwerelosigkeit, die sie sich oft für sich selber wünscht, vor allem an Tagen wie diesem, an denen jeder einzelne Schritt kochendes Blei durch ihre Knochen jagt.

Niemand ist in ihrem Atelier gewesen, absolut niemand. Wie auch, wenn die Tür verschlossen war und keiner außer Thea einen Schlüssel besitzt? Sie hat gestern Abend abgeschlossen, wie immer. Sie hat gerade den Schlüssel zweimal im Schloss drehen müssen, um die Eisentür zu öffnen. Natürlich hat sie das. Sie kann sich nur nicht richtig erinnern, wegen der Schmerzen.

Sie schlurft zu ihrem Sofa, legt das kaputte Bein hoch und betrachtet die Flügelmodelle, die auf dem Boden liegen. Die Ausstellung heißt *Angels*, wahrscheinlich weil die Veranstalter das schicker finden als das deutsche Wort Engel. Eine Menge Prominenz hat sich angesagt, Schloss Wahren ist für die Qualität seiner Ausstellungen bekannt. Wenn Theas Exponate gefallen, wird sie vielleicht etwas verkaufen. Außerdem belohnt eine Jury die besten Beiträge mit einem Preisgeld, das ihr ein paar unbeschwerte Monate bescheren würde.

Der Steinkorpus ist das geringste Problem, immer fällt es ihr am leichtesten, mit Stein zu arbeiten. Goldenen Sandstein hat sie gewählt und sanfte Wellen hineingemeißelt, die Wüste und Meer zugleich symbolisieren, vom Wind gekräuselt, Extreme des irdischen Lebens. Treibholz darüber, vergehende Schönheit, auch das wird gelingen. Und dann das Wichtigste, der Flügel. Doch bislang ist sie noch nicht einmal annähernd zufrieden mit ihren Modellen. Vielleicht ist Gips das falsche Material. Vielleicht muss sie mit Gaze arbeiten. Oder mit Metall.

»Hallo?«

Die Sprecherin steht ganz plötzlich in Theas Atelier, in Jeans, Stiefeln und dickem Pullover. Ihr Gesicht ist fleckig von Sommersprossen, schön, auf eine aparte Art. Wilde Locken umrahmen es, genau genommen wirkt die ganze Frau ziemlich wild, als habe sie der Wind hereingeweht. Manchmal kommen Künstler und fragen nach einem Arbeitsplatz. Die Kunstfabrik, wie sich Theas Ateliergemeinschaft nennt, ist eine der letzten Kölner Oasen für freischaffende Künstler. Die Arbeitsräume sind erschwinglich und geräumig, wenn auch nicht unbedingt komfortabel. Es könnte paradiesisch sein, wären sie nicht latent von Grundstücksspekulanten bedroht, die die alte Waschmittelfabrik abreißen oder zumindest in schicke, zu ihren Gewerbepark-Fantastereien passende Bürolofts verwandeln wollen, ganz so, als gebe es keine Arbeitslosen und keine leer stehenden Büros in Köln.

Die Frau nimmt Theas Schweigen als Einladung und tritt näher. Schade, dass wir kein Atelier frei haben, denkt Thea, es könnte Spaß machen mit ihr, viel mehr Spaß als mit der eitlen, lauten Nada, von Paul ganz zu schweigen. Wir haben leider kein Atelier frei, will Thea sagen und fragen, ob sie einen Tee kochen soll, denn vielleicht können sie ja trotzdem ein bisschen fachsimpeln, aber die sommersprossige Besucherin ist schneller und beweist mit ihren Worten, dass ein Tag, der unschön angefangen hat, in der Regel auch so weitergeht.

»Krieger, Kriminalpolizei«, sagt sie und nestelt einen Ausweis aus der Gesäßtasche ihrer ausgebleichten Jeans. »Ich möchte gern mit Ihnen sprechen.«

Das Pochen in Theas Bein nimmt zu, während die Kommissarin die unschönen Details eines Mordes erläutert, der quasi direkt vor Theas Atelier geschehen ist. Die Kommissarin geht zum Fenster und späht zur S-Bahn-Strecke, als sie ihre Ausführungen beendet hat.

»Ich war gestern Nacht nicht hier. Ich kann Ihnen nicht helfen«, sagt Thea zum Rücken der Kommissarin.

»Von nebenan muss der Blick auf den Tatort noch besser sein.« Die Kommissarin dreht sich zu Thea um. »Aber dort scheint im Moment niemand zu sein.«

»Das ist das Atelier meiner Kollegin Nada. Sie ist heute nicht da. Sie schließt immer ab. Das tun wir alle.«

»Wissen Sie, wie ich sie erreichen kann?«

»Versuchen Sie's auf ihrem Handy.« Thea kritzelt die Nummer auf einen Zettel. »Nada macht es oft aus, aber wenn Sie eine Nachricht hinterlassen, meldet sie sich.« Manchmal jedenfalls, wenn sie dazu Lust hat und den Anrufer interessant genug findet. Doch das muss Thea der

Kommissarin nicht gleich auf die Nase binden. Genauso wenig, wie sie ihr von dem Ersatzschlüssel erzählen muss, den Nada bei Thea deponiert hat. Die Atmosphäre eines Ateliers ist heilig und sehr verletzlich. Auch eine so eitle Person wie Nada hat ein Recht darauf, dass man ihre Privatsphäre respektiert.

* * *

Regen prasselt an die Fenster des Polizeipräsidiums, Regen, der sie durch diesen ersten Ermittlungstag begleitet hat, durch die Nacht davor und durch diesen Winter. Regen, der Spuren verwischt und vielleicht sogar Erinnerungen, jedenfalls vermag Judith einen Moment lang nicht mehr zu sagen, ob es in den zurückliegenden Stunden überhaupt hell geworden ist. Jetzt ist es draußen dunkel, so dass sich der kunstlichtgeflutete Besprechungsraum in den Fensterscheiben spiegelt. Der Geruch geschmolzenen Käses hängt in der Luft, die Soko S-Bahn isst lauwarme Pizzastücke direkt aus den Kartons, zu hungrig und zu müde für ein Gespräch. Nach der fruchtlosen Fragerei in den Ateliers hat Judith Pizza für alle in der Pizzeria Rimini gekauft. Der Anblick ihrer Dienstmarke hatte den Wirt sichtlich nervös gemacht. Ein ums andere Mal betonte er, dass sein Laden sauber sei, die Lizenz einwandfrei, dass er spätestens um 24 Uhr schließe und weder davor noch danach irgendetwas Verdächtiges oder auch nur Ungewöhnliches auf der Bahntrasse oder an der Haltestelle Gewerbepark bemerkt habe, die von den Fenstern seiner Pizzeria aus ganz ausgezeichnet zu sehen ist.

Niemand hat etwas gesehen, es gibt kein Motiv und keine Spur, wenn man von dem Hinweis eines angetrunkenen Fahrgasts auf einen Obdachlosen ohne Gesicht einmal absieht. Bergers Vater hat die Nachricht vom Tod seines einzigen Sohns mit der Lethargie des emotional und körperlich Ausgelaugten zur Kenntnis genommen, haben die Kollegen aus Paderborn berichtet. Die Mutter sei dank ihrer Demenz jenseits jeden Verstehens. Erklären kann sich Bergers Vater nicht, wer seinen Sohn genug gehasst haben könnte, um ihn zu töten. Ebenso wenig wie die Kollegen und Nachbarn, die sie bislang befragt haben.

Und auch die Durchsuchung von Bergers Wohnung hat nichts gebracht. Ein Umschlag mit zerknitterten Kindheitsfotos ist das Persönlichste, was sie gefunden haben. Kein Telefon, keinen Anrufbeantworter, kein Adressbuch, keinen Kalender haben sie entdeckt. Nichts, was auf ein Hobby oder irgendeine Art krimineller Verwicklung hindeutet. Die Rechnungen besagen, dass er mit dem Handy kaum telefoniert hat, und wenn doch, dann meistens mit Kollegen. Berger besaß keine Bücher, und sein Musikgeschmack war belanglos: Greatest Hits, Karnevalssampler, Kuschelrock – Sonderangebote, wie die Preisschilder auf den Hüllen verraten. Wer war Wolfgang Berger? Ein Mann, der nichts preisgab von sich und zurückgezogen lebte. Unauffällig, wie man das nennt. Ein Mann, dem trotzdem jemand während der letzten Pause in seiner Spätschicht elfmal ein Messer in den Rücken rammte.

Ralf Meuser, den einige Kollegen hinter seinem Rücken immer noch Anfänger nennen, erbarmt sich und räumt die leeren Pizzakartons beiseite. Die Kriminaltechnikerin Karin Munzinger wirft eine Tüte Gummibärchen auf den Tisch. Die hastig heruntergeschlungene Pizza verklumpt sich in Judiths Magen, fettig und zäh. Während ihrer Auszeit im letzten Jahr hatte sie abgenommen, jetzt sitzen ihre Hosen wieder enger, weil sie es nicht mehr ins Fitnesscenter schafft, weil sich Polizeiarbeit nun einmal nicht mit regelmäßigen, gesunden Mahlzeiten verträgt. Sie denkt an die sterilen Playboy-Pin-ups in der Wohnung des S-Bahn-Fahrers und an seine Pornofilme. Hechelnde Frauen in immer gleichen Posen: Mach's mir, fick mich, ja, ja, ja. Sie denkt an die unentschlüsselbare Botschaft, die sich auf dem Bahndamm in Bergers Augen spiegelte. Er lag so allein im Regen, wie er gelebt hatte, ein Mann, den sie zu seinen Lebzeiten wohl kaum besonders sympathisch gefunden hätte. Doch ihre Gefühle haben bei diesen Ermittlungen nichts zu suchen, genauso wenig wie die Bilder des letzten Sommers, die irgendwo am Rande ihres Bewusstseins lauern, bereit, sie anzuspringen, sobald sie anfängt sich zu entspannen.

»Showtime, Kollegen!« Manni hat den Beamer zum Leben erweckt. Axel Millstätt, der Kommissariatsleiter, betritt den Konferenzraum und lehnt sich hinter Judith an die Wand. Klaus Munzinger schiebt eine CD mit Fotomaterial aus den Bahn-Überwachungskameras in den DVD-Player und schaltet das Licht aus. Die Kameraaufnahmen sind schwarzweiß, unscharf, das Innere der Waggons und die wenigen Fahrgäste wirken verzerrt, ihre Gesichter konturlos. Unten rechts ist eine Zeile mit Uhrzeit und Datum eingeblendet. Eine Registriernummer zeigt an, aus welchem Zugteil die Aufzeichnung stammt. Kameraprotokoll für Kameraprotokoll arbeiten sie sich vorwärts durch die Nachtfahrt der Linie S 5 von Leverkusen bis zum Wendepunkt Gewerbepark. Einstieg, Ausstieg. Hinsetzen. Aufstehen. Jugendliche mit Bierflaschen in der Hand und Gelfrisuren, die die Turnschuhe auf die Sitzpolster stemmen. Eine afrikanische Großfamilie, die ein kulleräugiges Kleinkind von Schoß zu Schoß hebt. Geschäftsleute. Zwei voluminöse Türkinnen mit Kopftuch. Niemand, der auch nur im Entferntesten wie ein Obdachloser im weiten Mantel aussieht. Ab dem Hauptbahnhof leert sich die S-Bahn zusehends. An den letzten beiden Stationen vor dem Wendepunkt steigt überhaupt niemand mehr ein. Wer nicht in der Nähe der Haltestelle Gewerbepark wohnt, hat nach Mitternacht keine Veranlassung, dorthin zu fahren.

»Das war wohl nix.« Manni ist der Erste, der etwas sagt, nachdem das letzte Bild erloschen ist.

»In zwei Waggons haben die Kameras nicht funktioniert«, widerspricht Klaus Munzinger. »Wir müssen auch noch überprüfen, ob es einen toten Winkel gibt, in dem jemand unbemerkt von den Kameras hätte ans Ziel kommen können.«

Millstätt drückt auf den Lichtschalter, nimmt dann am Kopfende des Konferenztischs Platz. Wie scheue, nachtblinde Tiere bemühen sie sich, ihre Augen wieder an die Helligkeit zu gewöhnen.

»Ihr solltet auch noch die Fahrten davor überprüfen«, sagt Judith schließlich. »Sicherheitshalber. Trotzdem glaube ich, dass Manni recht hat. Es ist ziemlich unwahrscheinlich, dass der Täter mit der S-Bahn gekommen ist.«

»Also, wie geht ihr vor?« Millstätts Schokoladenaugen betrachten Judith, abwägend, ohne seine Gedanken preiszugeben. Die Aufmerksamkeit der anderen ist beinahe physisch zu spüren.

Judith wendet sich an die Spurensicherer. »Habt ihr in Bergers Wohnung ein Pendant zu den fremden Fingerabdrücken gefunden? Oder irgendetwas anderes, das auf die Identität des Täters hinweist?«

»Keine Entsprechung bis jetzt, auch nicht in unserer Kartei«, antwortet Karin Munzinger. »Wir haben eine Vielzahl fremder Faserspuren auf Bergers Pullover, einige passen zu denen auf dem Fahrersitz, aber nicht alle. Es gibt eine Menge dunkler Wolle, doch das ist im Winter nicht weiter verwunderlich. Dann sind da noch die Säcke mit den Asservaten vom Bahndamm. Wir brauchen mehr Zeit.«

»Macht einfach weiter, so schnell ihr könnt. Und wir anderen gehen morgen erst mal der Obdachlosenspur nach. Wir müssen bei Suppenküchen und Heimen nachfragen. Gibt es diesen Mann mit halblangen Haaren, der einen weiten Mantel trägt? Taucht irgendwo im Milieu ein Bahn-Anorak auf oder Bergers Rucksack? Sobald wir die fremden Fingerabdrücke von Bergers Schuhen zuordnen können, sind wir einen großen Schritt weiter.«

»Vielleicht gibt es in der Nähe des Tatorts einen Unterschlupf, den Obdachlose benutzen«, sagt Manni. »Oder in diesem Schrebergartengelände.«

»Gut, Manni, kümmere dich darum.« Millstätt steht auf. »Und du, Judith, koordinierst vorläufig das weitere Vorgehen und hältst mit mir Kontakt.«

Heißt das, dass ich die Ermittlungen leite? Sie ist zu stolz, diese Frage zu stellen, oder einfach zu müde. Geht in ihr Büro und tippt den Bericht. Legt die Füße hoch, als sie damit fertig ist, betrachtet den Regen und denkt über Möglichkeiten und Wahrscheinlichkeiten nach. Wenn der Täter ein Obdachloser ist, welches Motiv hat er? Haben alle, die sie bislang befragt haben, die Wahrheit gesagt? War wirklich keiner der Künstler zur Tatzeit im Atelier? Die Künstlerin Theodora Markus war erst ganz offen und dann reserviert. Das Handy ihrer Ateliernachbarin Nada verkündet ein ums andere Mal, dass Nada vorübergehend nicht erreichbar ist. Hatte Berger Kontakt zu den Künstlern? Sehr unwahrscheinlich, wenn man seine Wanddekorationen bedenkt. Wer hat ihn getötet, wenn nicht jemand, der ihm nahestand?

Erst als Judith zu Hause ist, kommt die Erinnerung an ihren Traum zurück, die rätselhafte Botschaft, die aus welchem Grund auch immer nun noch bedrohlicher wirkt als in der Nacht zuvor.

Jetzt weißt du, wie es ist.

Eine glatte Lüge.

Im CD-Player liegt noch Patti Smith, die davon singt, dass die Nacht der Liebe gehört. Auch das ist falsch, wenn man die Polizeistatistiken betrachtet, aber Judith dreht sich eine Zigarette und hört trotzdem zu.

* * *

Ekaterina mag den Regen, der hier in Deutschland auch im Winter fällt, denn eine ihrer frühesten Kindheitserinnerungen ist die Kälte. Traniges Fett auf roten Wangen. Vereiste Wimpern. Hart gefrorene Wollhandschuhe. Der Schmerz, wenn sie endlich wieder drinnen war und die dünnen Finger vor dem Ofen aneinanderrieb. Und draußen, über allem, der Himmel: hoch, majestätisch still und unerbittlich dunkel, sobald die kalte Sonne hinter den Horizont zurückgesunken war, von dem sie sich nur für Minuten erhoben hatte.

Ekaterina steht auf, sortiert die letzten Mappen zurück in die Hängeregistratur. Die Patientinnenakten aus dem Modellprojekt zur Eindämmung häuslicher Gewalt sind die Hinterlassenschaft ihrer Vorgängerin. Wie besessen hat Ekaterina sich nach der Obduktion durch diese Fälle gelesen und dafür alle anderen Wochenendpläne aufgegeben. Hämatome. Verbrennungen. Kahle blutige Stellen auf der Kopfhaut, wo Haar gleich büschelweise ausgerissen wurde. Jede Pappsammelmappe enthält Leid. Ohne nachzudenken, greift Ekaterina nach der Teekanne, aber die ist fast leer, und die letzten Tropfen sind bitter. Ein Schluck Wodka wäre jetzt gut, Wärme von innen, ein Hauch Vergessen. Doch Unaufmerksamkeit darf sie sich nicht gestatten. Sie zerkaut ein Stück Würfelzucker, eine schlechte Angewohnheit aus Kindertagen, die sie sich heute nur noch in Stresssituationen zugesteht. Eine Akte für die Frau, die sich Ines nennt, ist nicht in der Hängeregistratur, auch unter einem anderen Namen ist sie nicht aufgeführt, jedenfalls hat Ekaterina sie auf keinem der Fotos wiedererkannt. Wer ist diese Frau, die jemand brutal vergewaltigt und beinahe erwürgt hat? Was wollte sie hier? Und warum ist sie so schnell wieder weggerannt?

Es fällt Ekaterina schwer, sich einzugestehen, dass sie am Morgen einen Fehler gemacht hat. Fehler sind gefährlich, sie können sie ihren Job kosten, womöglich die Aufenthaltsgenehmigung, und dort, wo sie herkommt, sogar das Leben. Sie hätte darauf bestehen sollen, dass diese Ines sich ausweist, bevor sie sie untersucht. Sie hätte sie auf das Blut auf ihrer Unterwäsche ansprechen müssen. Hatte diese Patientin doch innere Verletzungen? Steckt sie jetzt wegen Ekaterinas Nachlässigkeit in medizinischen Schwierigkeiten? Ich hätte auf eine gynäkologische Untersuchung bestehen müssen, denkt Ekaterina. Ganz egal, was die Frau selbst für richtig hielt, ich bin die Ärztin, ich hätte mich durchsetzen müssen.

Aber das genau ist das Problem. In Fachdiskussionen hat Ekaterina keinerlei Schwierigkeiten, ihren Standpunkt zu vertreten, Obduktionen führt sie mit fast schlafwandlerischer Sicherheit aus. Es liegt auch nicht an der Sprache, ihr Deutsch ist beinahe perfekt. Sie hat sich an den Regen gewöhnt, ans Essen, an funktionierende Heizungen, pünktliche Bahnen und Busse und all den anderen Komfort, den hier alle als gottgegeben hinnehmen. Nur die Deutschen selbst sind ihr fremd geblieben. Und jetzt ist sie die Leiterin eines Projekts, das sie nicht nur zur zartfühlenden Behandlung geschlagener Frauen verpflichtet, sondern ihr auch noch die enge Zusammenarbeit mit Frauenorganisationen abverlangt, deren Weltanschauung sie nicht nachvollziehen kann.

Ekaterina setzt neues Teewasser auf, zwingt sich zur Ruhe. Die Frau, die sich Ines nannte, hatte diesen dummen Zeitungsartikel dabei, das wirkte nicht so, als käme sie von einer dieser Beratungsstellen oder hätte gar vor, sich dort später über Ekaterinas Versäumnisse zu beschweren. Andererseits sprach sie von Ekaterinas Vorgängerin Antje Schmitt-Mergel, als ob sie sie kenne.

Du darfst keine Angst haben, Katjuschka, dann bist du sicher. Wie oft hat ihr die Großmutter diesen Satz gesagt. Und ich habe auch keine Angst, denkt Ekaterina. Ich habe keine Angst, ich habe nichts falsch gemacht. Ich bin einfach unsicher, was allein daran liegt, dass ich vor einer neuen Aufgabe stehe und hier in dieser Stadt noch niemanden kenne. Sie gießt sich Tee ein, rührt Zucker in ihre Tasse, setzt sich an ihren Schreibtisch und trinkt. Wer ist diese Ines? Was ist ihr geschehen? Wie sie Ekaterina angesehen hat. Panisch. Aber zugleich war noch etwas anderes in ihren schönen, hellgrünen Augen. Etwas Gefährliches.

Ekaterina fährt ihren Computer herunter, spült das Teegeschirr, zieht Mantel und Pelzmütze an, die, wie sie festgestellt hat, auch gegen das Kölner Regenwetter schützt. Sie ist übermüdet nach diesem langen Tag, aufgewühlt, und das ist wahrscheinlich der Grund, weshalb sie sich im Treppenhaus entschließt, noch einmal in den Kühlkeller zu gehen. Das leise Sirren der Neonröhren ist hier das einzige Geräusch, und wie immer macht die Anwesenheit der Toten Ekaterina ruhiger. Die Klinge, die dem S-Bahn-Fahrer Wolfgang Berger durch den Rücken Herz und Lungen zerfetzt hat, war sehr scharf und sieben bis acht Zentimeter lang. Sie haben jeden Stich akribisch dokumentiert, der Kollege Karl-Heinz Müller nervte zwar mit seinem Gepfeife, doch was seine Fachkompetenz angeht, hat Ekaterina große Hochachtung vor ihm. Es kann also nicht sein, dass sie etwas übersehen haben, und doch ist sie plötzlich nicht mehr zufrieden mit dem Bericht, als ob darin ein Mosaiksteinchen fehle, dessen Bedeutung man erst bemerkt, wenn man es ins Gesamtbild einfügt.

Der S-Bahn-Fahrer liegt in Kühlfach Nummer 18 der Mittelreihe. Ekaterina fährt einen elektrischen Hubwagen vor das Fach, lässt die Stahlwanne mit dem Toten auf die Schienen gleiten. Es gelingt ihr nicht, ihn auf den Bauch zu drehen, sie muss sich mit der Seitenlage begnügen. Sie fährt den Hubwagen unter eine Lampe im Obduktionsraum und nimmt die Lupe. Betrachtet die Wunden noch einmal, Zentimeter um Zentimeter. Da sieht sie es: ein leichter, wirklich sehr, sehr leichter Abdruck, quer zum Einstich Nummer fünf, nur wenige Millimeter breit. Er muss nichts bedeuten, kann schon vor der Tat da gewesen, vielleicht sogar erst bei der Obduktion entstanden sein. Oder aber er ist der Hinweis, den sie brauchen, die erste Spur.

Die Hand auf Bergers kalter, nackter Schulter, steht Ekaterina da. Doch auch der Hautkontakt mit dem Toten verrät seine letzten Geheimnisse nicht.

Sonntag, 8. Januar

Sie hört das Telefon wie durch einen Tunnel, mitten in einem traumlosen Schlaf, der aus Erschöpfung geboren ist.

»Krieger, hallo?« Ihre Stimme ist belegt, kaum mehr als ein Flüstern.

»Wir haben eine Brandmeldung an der S-Bahn-Haltestelle Gewerbepark.«

»Feuer? Wo genau?«

»Fabrikstraße 28. Pizzeria Rimini.«

»Schickt mir einen Wagen.«

2:35 Uhr, beinahe dieselbe Zeit wie in der Nacht zuvor. Sie knipst die Nachttischlampe an, kämpft sich hoch. Vor zwei Stunden ist sie zu Bett gegangen und hatte gehofft, dass die Nacht ohne Einsatz vergeht. Kühles, glattes Holz unter ihren nackten Füßen. Schwindel. Auf der unbenutzten Seite ihres Betts liegt noch das Tarotdeck, obenauf die Karte, die sie vor dem Einschlafen gezogen hat. Der Prinz der Kelche, nackt, mit geschlossenen Augen, von einem Adlerwesen gezogen über das Wasser gleitend. Verlangen ist die Interpretation der Karte. Leidenschaft, und das weckt schon wieder die Erinnerung an den letzten Sommer, was sie nun wirklich nicht gebrauchen kann. Judith wirft die Bettdecke über die Karten, stolpert ins

Bad. Sie schöpft sich kaltes Wasser ins Gesicht, friert und beginnt dennoch plötzlich zu schwitzen. Ihre Augen sind gerötet, die Haut ist blass, beinahe transparent. Die Sommersprossen stechen scharf hervor. Sie versucht gar nicht erst, ihre Locken zu bändigen.

Jeans, Stiefel, Pulli. Dienstwaffe, Notizbuch, Brieftasche und Handy. Fast wie in Trance wiederholt sie die Handgriffe der vorigen Nacht. Der Pizzeriabesitzer war nervös. Der Tatort ist von der Gaststätte aus hervorragend zu sehen. Es kann kein Zufall sein, dass die Pizzeria brennt. Worin aber besteht der Zusammenhang? Das ist die Frage, die sie beantworten muss, wenn sie diese Ermittlungen leitet.

Flackerndes Blaulicht empfängt Judith an der S-Bahn-Haltestelle Gewerbepark: Notarzt, Polizei und Löschzüge der Feuerwehr. Anwohner lehnen aus ihren Fenstern und drängeln sich leicht bekleidet an der Polizeiabsperrung, entschlossen, keinen Moment des Katastrophenszenarios vor ihrer Haustür zu verpassen. Auch die ersten Pressevertreter treffen ein, schreien Judiths Namen, rangeln um ihre Aufmerksamkeit. Judith schüttelt den Kopf, duckt sich unter dem Absperrband durch. Beißender Brandgeruch hängt in der Luft und kratzt in ihrer Kehle. Löschtrupps formieren sich, offenbar wollen sie ins Gebäude eindringen. Warum erst jetzt, wie lange sind sie schon hier?

»Wir dachten schon, wir hätten's im Griff!«, schreit einer der Männer, den Judith zu fassen bekommt. »Wir wollten schon abrücken, da ging's plötzlich rund.«

Feuerwehrleute mit Atemschutzmasken klettern in den Rettungskorb eines Drehleiterfahrzeugs, das langsam auf das Haus zurollt. Mit ihren Pressluftflaschen auf dem Rücken erinnern sie an Taucher. Wo ist der Einsatzleiter? Es ist schwer, sich inmitten der Löschzüge und Männer zu orientieren, deren Bewegungen einer für Außenstehende nicht erkennbaren Choreografie gehorchen. Im Gastraum der Pizzeria flackern Flammen, gespenstisch leise, gemessen an ihrer Zerstörungskraft, als hätten sie mit der lärmenden Hektik auf der Straße nichts zu tun. Das Obergeschoss der Pizzeria ist dunkel. Aus dem Mauerwerk über den Fenstern quillt schwarzer Qualm.

Auf einmal erkennt Judith, was sie am Abend nicht gesehen hat. Das Haus ist schon vor diesem Brand verwundet worden. Die Stuckelemente an der Fassade und die hohen Fenster des brennenden Gastraums im Parterre sind typisch für ein Wohngebäude, das um 1900 erbaut wurde. Die oberen Stockwerke müssen den Bomben des Zweiten Weltkriegs zum Opfer gefallen sein. Lediglich die erste Etage wurde mit einem hässlichen Flachdach versehen und so wieder bewohnbar gemacht.

Judith entdeckt endlich den Einsatzleiter und schlängelt sich zu ihm durch. Er spricht in sein Funkgerät, unterstreicht seine Befehle mit knappen Handbewegungen, auch wenn die meisten seiner Männer die nicht sehen können. Seit im vorigen Jahr ein Feuerwehrmann bei einem Löscheinsatz nicht mehr aus einem brennenden Gebäude herausgefunden hat, gehören Funkgeräte zur Standardausrüstung der Kölner Feuerwehr.

Judith packt den Einsatzleiter am Arm, um seine Aufmerksamkeit zu gewinnen.

»Was ist mit dem ersten Stock? Wohnt da jemand?«

»Der Inhaber.«

»Ist er da drin?«

Ein hässlich kreischendes Geräusch kommt seiner Antwort zuvor. Die Fenster der Gaststube zerbersten, Glassplitter und glühender Schutt hageln auf die Straße, der

Brand explodiert zu einem Feuerball, der aus der Fassade bricht und in Sekundenschnelle das ganze Haus erfüllt. Aus dem oberen Stockwerk schlagen jetzt Flammen in den Nachthimmel. Verlangen. Leidenschaft. Liebe. Hingabe. Der Gedanke an ihre Tarotkarte ist völlig absurd.

»Was war das?« Sie muss schreien, um sich verständlich zu machen. Mit jedem Wort beißt der Rauch stärker in den Lungen, scheint tiefer einzudringen, ein tödliches Gift.

»Die Gaszufuhr ist abgedreht. Vielleicht waren Propangasflaschen in der Küche. Kann auch ein Flashover sein!« Der Einsatzleiter wendet sich von Judith ab und bellt weitere Befehle in sein Funkgerät. Die Löschtrupps, die sich bei der Explosion zurückgezogen haben, rücken wieder vor. Wasserkaskaden zischen in die Flammen.

Und dann ist es vorbei, so plötzlich, wie es begonnen hat. Wie eine schwärende schwarze Wunde liegt die Brandruine im Scheinwerferlicht. Nur der ätzende Qualm hängt noch in der Luft. Judith kämpft sich ein weiteres Mal zum Einsatzleiter durch.

»Ich muss wissen, ob das Brandstiftung war!«

»Ein Flashover ist eine ganz normale Rauchgasexplosion. Wie gesagt, auch Gasflaschen könnten die Ursache sein.«

»Keine Brandstiftung also?«

Er zuckt die Schultern. »Kann ich so nicht sagen. Das Gebäude ist alt. Stein, Holzdecken, Holzmöbel – das brennt wie Zunder, wie man so sagt. Alles Weitere wird sich zeigen. Die Brandermittler sind unterwegs.«

Manni steht plötzlich neben Judith und sieht beinahe so müde aus wie im letzten Sommer, als sie tagelang nach dem verschwundenen Jungen Jonny suchten und zeitgleich Mannis Vater starb. Es muss ein Brandanschlag sein, denkt Judith, es gibt keine andere Möglichkeit, wir müssen es nur beweisen.

Ein Feuerwehrmann rennt auf sie zu, reißt sich im Laufen die Schutzmaske vom Gesicht. »Ein Toter im ersten Stock!«

»Der Inhaber?«

»Ich weiß es nicht.«

Der Rettungskorb der Drehleiter hebt sie an der rußigen Fassade hoch. Früher hatte Judith Höhenangst. Während der Polizeiausbildung hat sie die überwunden, doch seit dieser unseligen Weihnachtstombola neulich ist die Angst vor dem Fallen wieder da, lauert in ihr, bereit, sie anzuspringen und außer Gefecht zu setzen. Doch das wird sie nicht zulassen. Sie umfasst das Geländer des Drehkorbs, weitaus fester, als es nötig ist, versucht sich auf etwas anderes zu konzentrieren und vor allem nicht hinunter auf die Straße zu starren. Ich versuche einen Flügel zu erschaffen, der den uralten Menschentraum vom Fliegen symbolisiert, hat die Künstlerin Theodora Markus gesagt. Judith sieht zu der alten Fabrik hinüber. Gibt es dort ein Geheimnis, das relevant für diese Ermittlungen ist? Ist irgendjemand dort, jetzt, in diesem Augenblick? Unmöglich, das zu erkennen. Die Fenster sind dunkel.

Der Korb kommt vor einem aufgebrochenen Fenster zum Halten, der Feuerwehrmann, der sie begleitet, strahlt mit einer Lampe auf die Überreste eines Betts. Wie hältst du das aus? All diese verkohlten, verwesenden, verstümmelten, stinkenden Körper, die du ansehen musst, so oft hat Judith diese Frage schon gehört. Man konzentriert sich auf die Fakten, man lernt, damit zu leben, erwidert sie meistens. Doch die Wahrheit ist, dass ein toter Körper längst nicht so schwer zu ertragen ist wie die Vorstellung davon, was zuvor mit dem Menschen geschah.

Judiths Augen tränen. Kunststoffe, Textilien, Elektrogeräte sind zu stinkender, giftiger Asche verklumpt. Sie wischt sich mit dem Jackenärmel über die Augen, konzentriert sich auf den Innenraum. Im Dielenboden klafft ein Loch. Der einzige noch erkennbare Einrichtungsgegenstand ist ein Bett an der Wand. Was einmal eine Matratze war, ist weggebrannt. Reste einer Decke oder eines Pyjamas sind mit den verkrümmten Gliedmaßen der durch die Hitze geschrumpften Person, die darin liegt, verschmolzen. Die Beine sind angewinkelt, als wollten sie nach jemandem treten. Schwarze Zahnreihen blecken in dem zur Unkenntlichkeit verkohlten Gesicht.

»Okay, das reicht.« Manni signalisiert mit dem Daumen, dass der Korb wieder herunterfahren kann. »Ein klarer Fall für Karl-Heinz Müller.«

»Warte«, sagt Judith. »Ich will näher ran. Etwas ist komisch an der Körperhaltung.«

»Fechterstellung halt.«

Sie schüttelt den Kopf, versucht mit zusammengekniffenen Augen deutlicher zu sehen. Ja, die Beine und der linke Arm entsprechen dieser für Brandopfer typischen Körperhaltung, die durch von der Hitze zerplatzte Gelenke und Sehnen zustande kommt. Und trotzdem stimmt etwas nicht, möglicherweise mit dem rechten Arm.

»Ich muss da rein.«

Der Löschzugführer schüttelt den Kopf. »Der Boden ist instabil.«

»Ich muss näher ans Bett.«

»Zu viel Giftgas, zu gefährlich.«

Die Drehleiter bringt sie wieder nach unten, und für einen Moment will sie aufgeben, nicht nochmals freiwillig den festen Boden unter den Füßen verlieren, schon gar nicht oben herumkriechen, wo der Boden unter ihr wegbrechen kann. Aber sie hat etwas gesehen, will diese alte Angst nicht siegen lassen, und so wird ein Druckluftgerät in Position gebracht, das die Rauchgase aus dem Schlafzimmer pumpen soll, damit sie dort oben wenigstens nicht erstickt.

Sie spielen es durch, während sie warten. Möglichkeiten. Theorien. Hat der Täter Berger von der Pizzeria aus beobachtet und will nun sichergehen, dass es dort keine Zeugen gibt? Soll der Brand womöglich von dem S-Bahn-Mord ablenken oder umgekehrt, der Mord an Berger von einem Anschlag auf die Pizzeria? Gibt es eine Verbindung zwischen Berger und dem Toten, von dem sie annehmen, dass er der Mann ist, bei dem Judith ein paar Stunden zuvor Pizza für die Soko-Kollegen gekauft hat? Was macht der Brandanschlag mit der Obdachlosentheorie?

»Sie können dann.«

Die Drehleiter bringt Judith erneut nach oben. Eine Leiter auf dem Boden des ausgebrannten Schlafzimmers, die vom Fenster zum Bett führt, ist ihre Sicherung. Zentimeter um Zentimeter schiebt sie sich darauf vorwärts, auf allen vieren, ihren Starrsinn verfluchend, denn nun, wo sie ihren Willen durchgesetzt hat, kommt die Angst mit solcher Wucht, dass sie zu zittern beginnt. Der verkohlte Dielenboden unter ihr knarrt. Schweiß läuft ihr in kleinen Bächen am Rücken und zwischen den Brüsten entlang. Sie hätte auf die Spurensicherer warten sollen. Sie hätte nicht so stur sein sollen. Aber dann wäre etwas verflogen, verändert, sie kann und will nicht benennen, was, weiß nur, dass sie sehen muss, alles sehen muss, und zwar allein.

Halt dich flach über der Leiter, verteil dein Gewicht. Verursache keine Erschütterung. Und vor allen Dingen denk nicht daran, dass du einbrechen kannst, fallen, unter stinkenden Trümmern begraben werden. Noch mehr Schweiß, in stetigen Bächen. Noch ein Zentimeter, noch eine Armlänge. Denk nicht ans Fallen, konzentrier dich auf diesen Raum, dieses Bett, diesen Toten. Jetzt hat sie ihn erreicht, richtet sich auf und sieht, was sie sehen muss. Holt keuchend Atem und schiebt sich zurück, vorsichtig, so vorsichtig, Zentimeter um Zentimeter, bis sie das Fensterloch erreicht und die Männer sie packen und zurück in den Rettungskorb ziehen.

»Ich glaube, sein rechtes Handgelenk war an den Bettpfosten gefesselt.« Ihre Stimme ist heiser, das Kratzen in ihrer Lunge schier unerträglich. Sie hustet, schüttelt sich. Ich muss mit dem Rauchen aufhören, denkt sie und sehnt sich trotzdem nach einer Zigarette.

»Also Mord.« Manni hält ihr seine unvermeidliche Tüte Fisherman's hin. Ich mag ihn, denkt sie. Ich arbeite gern mit ihm zusammen. Wer hätte das vor einem Jahr gedacht.

Etwas bewegt sich im Hauseingang, jemand schreit.

»Notarzt, Notarzt, schnell, schnell, schnell!«

Bevor sie irgendetwas begreifen, stolpert ein Feuerwehrmann ins Freie. Eine Frau hängt reglos in seinen Armen, nein, eigentlich noch ein Mädchen. Blondes Haar fällt über die Uniform des Mannes. Wären nicht die Rußschlieren auf ihrem rosafarbenen Nickianzug, die bläuliche Gesichtsfarbe und die besorgte Hektik der Rettungsleute, könnte man denken, sie schliefe.

»Schwere Rauchgasvergiftung. Sauerstoff! Schnell!« Die Finger des Notarztes fliegen.

»Wo um Himmels willen habt ihr sie her?« Manni scheint unfähig zu sein, den Blick von der Bewusstlosen zu wenden.

»Sie war im Keller«, erwidert ein Feuerwehrmann.

»Ein alter Luftschutzkeller. Ausgestattet mit Klimaanlage und einer modernen Feuerschutztür.«

Im Gänsemarsch folgen sie ihm in die Brandruine. Ich friere, denkt Judith. Trotz der Hitze hier drinnen. Ich will nicht sehen, was da unten ist. Ich weiß schon jetzt, dass es diesen Fall noch weiter verkompliziert.

Ruß an Wänden und Möbeln. Herzförmige Kissen, ein Sonnenuntergangsposter mit Palmen, eine Lichterkette mit roten Herzen, ein französisches Bett, rosa bezogen. Eine Schachtel Kleenex steht auf dem Boden davor. Kein Tisch. Kein Fenster. Auf einer weißen Kommode Kosmetika, Billigmodeschmuck und eine herzförmige Pappschachtel mit Kondomen. Über einem Stuhl hängt ein Spitzen-BH. *Because the night belongs to lovers.* Die Erinnerung an Patti Smith ist falsch, so furchtbar falsch in diesem Keller.

»Was ist das hier, ein Jungmädchenzimmer?«, fragt einer der Brandmeister rau.

»Es ist ein Gefängnis«, sagt Judith und wundert sich, wie vollkommen sachlich ihre Stimme klingt.

* * *

Wie spät ist es? Manni ist zu kaputt, um auf die Uhr zu schauen, ohnehin ist die Uhrzeit nicht von Belang, die Spurensicherung ist unterwegs, die Brandermittler, Karl-Heinz Müller und die Feuerwehrleute zelebrieren ihre eigenen Routinen. All das dauert, solange es eben dauert, und es spielt dabei absolut keine Rolle, ob sich die ermittelnden Personen aufgrund eines akuten Schlafdefizits und beinahe sauerstoffloser Kellerluft gerade etwas unpässlich fühlen. Wenn er wenigstens gestern Abend früh schlafen gegangen wäre, statt mit zwei Kumpels in einer Bar Billard zu spielen, was, wenn er ehrlich ist, eine alberne Trotzreaktion darauf war, dass Sonja sich weder bei ihm gemeldet hatte noch telefonisch zu erreichen war.

Judith Krieger, die soeben mal wieder ihren berühmten Instinkt unter Beweis gestellt hat, widmet sich mit offenbar ungebrochenem Elan der Untersuchung des Kommodeninhalts. Das Schränkchen selbst ist ein klassisches Ikea-Modell: Troll, Björn, Elch, irgend so einen putzigen Namen wird es wohl haben. Manni versucht sich vorzustellen, wie der Italiener, dessen Pizza allenfalls mittelmäßig schmeckte, den Möbelkarton im Einkaufswagen über den Ikea-Parkplatz in Godorf zum Auto schob, wie so viele Familienväter und Studenten auch. Judith Krieger wühlt unterdessen T-Shirts, Pullis, Miniröckchen und Strumpfhosen aus dem Kommodenunterteil hervor. In der Mittelschublade befinden sich Absatzpantöffelchen und Sandaletten. Ganz oben Unterwäsche in verschiedenen Farben.

»Arbeitskleidung!« Aus spitzen Fingern lässt seine Kollegin einen weißen Stringtanga zurück in die Schublade fallen.

»So was gibt's doch heute in jedem Kaufhaus.«

»Und wieso hat sie nur so Zeugs und überhaupt keine Straßenkleidung? Und wo ist ihr Ausweis? Und außerdem …«, die Krieger tippt vielsagend auf die Kondomschachtel.

»Verhüterli.« Aus irgendeinem Grund will Manni sie provozieren. Vielleicht weil es ihm auf den Zeiger geht, wie die Knaben von der Feuerwehr um sie herumgockeln. Oder weil es für sie überhaupt keine andere Möglichkeit zu geben scheint, als dass das Mädchen hier zur Prostitution gezwungen wurde. Vielleicht auch nur, um sich davon abzulenken, wie deprimierend dieser Keller tatsächlich ist.

»Komm schon, Manni.« Judith Kriegers Augen schießen Blitze.

»Ja, ja, ja! Du hast ja recht. Das ist kein normales Mädchenzimmer hier. Ich will ja auch nur, dass wir offenbleiben und in alle Richtungen ermitteln.«

»Als da wären?«

»Vielleicht ist das gar kein Gefängnis, sondern ein Versteck.«

»Die Tür war aber von *außen* verriegelt. Die Feuerwehrleute mussten sie aufbrechen, so gut war die gesichert.«

»Ja, schon, aber was war vorher? Wurde sie mit oder ohne Einverständnis des Mädchens verschlossen? Vielleicht geschah es ja zu ihrem Schutz?«

»Der barmherzige Pizzabäcker als Retter missbrauchter Mädchen? Oder der barmherzige Brandstifter? Ein rührender Gedanke.«

»Aber doch nicht völlig auszuschließen.«

Die Krieger ist Profi genug, dem nicht zu widersprechen. In der sich anschließenden Gesprächspause überlegt Manni unwillkürlich, was sie wohl für Wäsche trägt. Blümchen? Rote Spitze? Sehr unwahrscheinlich. Wenn schon was Extravagantes, dann in Schwarz. Würde ihr das stehen? Der satte Knall, mit dem seine Kollegin die Kommodenschublade zurammt, beendet seine Gedankenspiele.

»Das Feuer«, sagt er und fühlt sich wie ein Pennäler, den seine Lehrerin dabei erwischt, wie er unter Mädchenröcke schielt.

»Ja?« Die Krieger verschränkt die Arme vor der Brust.

»Wenn jemand wollte, dass das Mädchen verbrennt, hätte er doch die Feuerschutztür geöffnet.«

»Er wollte vermeiden, dass sie wegläuft, und baute darauf, dass die Klimaanlage ausfällt.«

»Oder er dachte, die Feuertür schützt sie.« Manni merkt selbst, wie lahm das klingt.

»Wer ist sie überhaupt?«, fragt Judith Krieger.

Wer, warum? Was für einen Zusammenhang gibt es zwischen der Brandleiche im ersten Stock, dem S-Bahn-Fahrer und dem Kellermädchen? Immer neue Fragen, auf die sie keine Antworten haben. Und wo steckt Sonja in dieser Nacht? Noch so eine Frage, die ihn nervt.

»Der Gastraum hat ein Hinterzimmer, die Tür war nur angelehnt, als ich gestern die Pizza holte. Ich hatte den Eindruck, da war jemand drin«, sagt die Krieger nachdenklich. »Und der Inhaber war ordentlich nervös, als er meinen Dienstausweis sah.«

»Aber du hast ihn nicht nach dem Hinterzimmer gefragt.«

»Scheiße, nein. Ich hab nicht mal richtig drauf geachtet. Hab einfach gedacht, der ist so nervös, vielleicht hat er doch was gesehen. Ich wollte wiederkommen. Mich vorher beim Gewerbeamt nach ihm erkundigen.«

Manni betrachtet die Kleenexschachtel auf dem Boden, die fleckige Matratze, die Kondome auf der Kommode.

»Wir brauchen die Sitte.«

»Und wir brauchen Platz, um hier zu arbeiten.« Die Spurensicherer poltern in den Keller und verscheuchen sie. Auch oben im Gastraum sind jetzt Brandermittler im Einsatz, zu überzeugt von der Wichtigkeit ihres Tuns, als dass sie sich zu Spekulationen über die Brandursache hinreißen ließen. Warten, immer dieses verfluchte Warten.

Die Gaffer aus den Nachbarhäusern haben sich in ihre Betten verzogen. Nur zwei Pressegeier liegen noch auf der Lauer. Einer hat sogar seine Hausaufgaben gemacht.

»KHK Krieger«, krakeelt er. »Bitte, Frau Hauptkommissarin, nur einen Moment!«

Zu Mannis Erstaunen schreitet seine Kollegin tatsächlich zu den Männern hinüber und spricht mit ihnen. Brav trotten die beiden danach zu ihren Autos.

»Was hast du ihnen gesagt?«, fragt Manni.

»Dass ich mich bald bei ihnen melde, weil wir vermutlich ihre Hilfe brauchen, da wir in diesem Haus zwei unidentifizierbare Personen gefunden haben.«

»Du hast ihnen gesagt, dass das Mädchen noch lebt?«

»Ich habe gesagt ›unidentifizierbar‹.« Judith Kriegers Stimme schneidet. In den letzten Monaten hat sie selten ihren Dienstgrad raushängen lassen, doch seit sie in diesem Keller war, scheint ihre Sanftmut aufgebraucht. Mit ungewohnt fahrigen Bewegungen dreht sie sich eine Zigarette und hustet ausgiebig, bevor sie sie anzündet.

Auf einmal denkt Manni an die Waschtage seiner Mutter. Immer hat sie alles in den Garten gehängt, wenn das Wetter es zuließ. Bettwäsche, Hosen, Socken, Pullis, Tischtücher, die Feinripp-Garnituren seines Vaters – kurz im Sommer, lang im Winter –, ausgeleiert und mit Eingriff, vollkommen asexuell. Nur ihre eigene Unterwäsche hat seine Mutter im Keller getrocknet, dabei war die aus heutiger Sicht wahrlich kein Reißer. Zeltartige, hautfarbene Bustiers und Miederhosen, die Manni als Jungen dennoch so faszinierten, dass er sich an Waschtagen heimlich in den Keller stahl und den Zeigefinger in die Synthetikseide pikte.

Und mein Vater, überlegt er jetzt, wie fand der diese Kollektion? Genügte sie ihm oder nahm er sie klaglos hin, weil er die Hausmannskost während seiner Reisen aufpeppte? Günter Korzilius, der große Fernfahrer. Immer hatte seine Mutter auf ihn gewartet und Manni ebenso. Doch glücklicher waren sie ohne ihn.

Der Regen setzt wieder ein, der Wind. Die Bahntrasse

über ihnen ist leer. Die S-Bahn, die der Bahnfahrer Wolfgang Berger als eine seiner letzten Taten auf dieser Welt zur Warteposition gelenkt hatte, haben die Spurensicherer wegbringen lassen, die erste S-Bahn des Sonntags wird erst in zwei Stunden fahren. Ist es theoretisch denkbar, dass Berger sterben musste, weil der Streit mit einem Fahrgast eskalierte, hat Manni einen Kollegen Bergers gefragt, der dieselbe Strecke fährt. Selbstverständlich sei das denkbar, hat der Mann, ohne zu zögern, geantwortet. Wahnsinnige seien in jeder Bahn unterwegs. Verzweifelte, Frustrierte, Abgestumpfte, Heimat- und Haltlose, und täglich würden es mehr.

»Morgen«, sagt die Krieger mit Chefinnenstimme. »Lass uns gehen. Ich brauch jetzt 'ne Dusche.«

Sie hat recht, sie müssen Pause machen, hier können sie im Moment eh nichts mehr tun. Dennoch fährt Manni nicht nach Hause, sondern zur städtischen Klinik, wo es nach Desinfektionsmittel und Kräutertee riecht. Sein letzter Krankenhausbesuch vor einem halben Jahr endete damit, dass er seinen Vater anschrie. Manni klingelt an der Intensivstation, nachdrücklicher, als es nötig wäre.

»Wann können wir das Brandopfer aus der Pizzeria vernehmen?«

Die Stationsärztin blinzelt ihn an, als habe er den Verstand verloren. »Bis jetzt können wir noch nicht mal sagen, ob die junge Frau überlebt, und wenn sie das tut, ob sie sich an irgendwas erinnern kann.«

»Sie meinen, sie könnte durch die Rauchvergiftung einen Hirnschaden erlitten haben?«

Statt ihm zu antworten, lässt ihn die Ärztin einfach stehen.

* * *

Theodora Markus fährt an diesem Sonntagmorgen schon früh in ihr Atelier. Treibholz ist die Lösung für ihr Problem, diese Idee hat sie aus dem Schlaf gerissen und elektrisiert. Treibholz ist ein ganz einzigartiges Material, das seinen Lebenszyklus schon beendet hat, das Vergänglichkeit symbolisiert, den ewigen Kreislauf von Leben und Tod. Treibholz wird diese Bedeutung mit in die Skulptur transportieren und zugleich als stilisierter Flügel noch eine neue Bedeutung bekommen.

Thea lächelt, beinahe glaubt sie, das Endprodukt schon vor sich zu sehen. Stein, von ihrem Meißel gezeichnet, darüber das Holz: glatt gewaschen und gebogen von der Natur, bleich und knöchern. Es ist ihr 51. Geburtstag heute, nicht wirklich ein Grund zum Jubeln. Nachmittags werden natürlich trotzdem ein paar Freunde und Kollegen ins Atelier kommen, um ihr zu gratulieren. Aber bis dahin ist noch viel Zeit, kostbare Stunden, die sie allein mit ihrer Arbeit verbringen kann.

Die S 5 zockelt am Hauptbahnhof vorbei, weiter nach Westen. Thea ist allein in ihrem Waggon. Sie streckt ihr krankes Bein aus, krümmt es wieder, beißt die Zähne zusammen, als der Schmerz wie eine Welle bis zur Hüfte schießt. Einen Augenblick lang glaubt sie, das Blut in ihrem Unterleib zu spüren, das Blut, das seit einigen Jahren wochenlang aus ihrem Körper sprudelt. Blut, das nicht zu stoppen ist, und niemand kann ihr sagen, warum es fließt oder wie lange noch, oder zumindest, wann sie die Wechseljahre endlich hinter sich hat. Die Gebärmutter ist das Zentrum weiblicher Kreativität, versöhnen Sie sich mit Ihrem Körper, hatte eine Heilpraktikerin geraten, die Thea schließlich konsultierte. Thea hatte sie ausgelacht. Es geht nicht um Versöhnung, das hat sie gelernt in ihrem Leben, es geht ums Durchhalten, ums Trotzdem, jeden Tag.

Trotzdem. Obwohl. Theas ganzes Leben ist voll davon. Gegen den Widerstand ihrer Eltern hat sie eine Schreinerlehre gemacht und später am Abendgymnasium das Abitur. Obwohl niemand sie unterstützte, ist es ihr gelungen, einen Studienplatz an der Düsseldorfer Kunstakademie zu ergattern. Trotz des Unfalls arbeitet sie noch immer mit Stein.

Kalter Schweiß perlt auf ihrer Stirn, als sie an der Haltestelle Gewerbepark auf den Bahnsteig klettert. Sie wirft den Kopf in den Nacken, hält sich sehr gerade, auch wenn ihr der Rucksack mit dem Wein für ihre Gäste tief in die Schultern schneidet. Es ist noch dunkel, niemand außer ihr ist hier ausgestiegen, das Quietschen der S-Bahn, die mit verriegelten Türen zu ihrer Warteposition rollt, ist das einzige Geräusch. Ein Mensch ist dort drüben erstochen worden, hat die Kommissarin gesagt. Ein S-Bahn-Fahrer. Die Kommissarin hat ihr ein Foto gezeigt, aber Thea hat den Mann darauf nicht erkannt. Auch wenn sie die S 5 jeden Tag benutzt, hat sie noch niemals auf den Menschen in der Fahrerkabine geachtet.

Unwillkürlich schaut Thea hinüber zu den Fenstern der Ateliers. Nada ist anders. Unbändig neugierig auf alle und alles. Außerdem ist sie eine Nachtarbeiterin. Manchmal schon ist Thea ihr am frühen Morgen auf der Treppe begegnet, wenn sie selbst gerade kam und Nada erst ging. Ist Nada vorgestern Nacht hier gewesen? Hat sie den Mord an dem S-Bahn-Fahrer beobachtet, war sie deshalb gestern nicht im Atelier? Nirgendwo in der Kunstfabrik brennt Licht, ein sicheres Zeichen dafür, dass niemand da ist. Das ist um diese Uhrzeit nicht weiter ungewöhnlich, und normalerweise freut sich Thea immer auf die Ruhe, warum hat sie jetzt so ein merkwürdiges Gefühl?

Konzentrier dich auf dich und auf deine Schritte, drück

den Schmerz weg, denk nicht an den Stock, sondern an das Treibholz, mit dem du gleich arbeiten wirst. Der Aufzug zur Straße stinkt nach Pisse und braucht so lange, dass Thea die fischigen Ammoniakdämpfe einatmen muss. Der kurze Weg über die Straße zur Kunstfabrik erfordert weitere Disziplin. Künstlerin sein. Frei sein, sich nicht verbiegen, das ist das Leben, für das sie sich entschieden hat. Das ist, was sie nicht aufgeben will, auch wenn dieses irrwitzige, rauschhafte Glück der ersten Jahre an der Kunstakademie längst verflogen ist. Die Welt wollten sie und die anderen Auserwählten damals verändern, die Kunst revolutionieren, mindestens. Sie schliefen wenig und ernährten sich von Baguette, Camembert, Rotwein und ihren Gesprächen. Sie vergaßen die Realitäten und gaben sich hin: der Kunst, ihren Utopien, einander. Ich bin angekommen, hatte Thea damals geglaubt. Nichts kann mich bremsen. Zielstrebig arbeitete sie, die Autodidaktin, sich vorwärts bis zur Meisterklasse. Schnell gab es sogar erste Kontakte zu Galerien.

Thea erreicht die Fabrik, schiebt den Schlüssel in die Stahltür, verschließt sie von innen wieder. Die Gerüche von Farbe, Holzstaub, Leim und Terpentin begrüßen sie. Thea lehnt sich einen Moment an die Wand, beruhigt ihren Atem, bevor sie die letzten Treppen in Angriff nimmt. Vor Nadas Tür hält sie inne, klopft, lauscht, drückt auf die Klinke. Die Tür ist verschlossen, alles ist still. Thea hinkt weiter, öffnet ihr eigenes Atelier, befreit sich als Erstes von dem schweren Rucksack. Ihr Bein pocht heiß und unerträglich, Tränen schießen ihr in die Augen, Tränen, die sie zurückblinzelt, weil Weinen nichts nützt.

Du bist so hart wie deine Steine, hatte ihr einer ihrer Liebhaber in Düsseldorf vorgeworfen. Sie ließ ihn abblitzen, ohne etwas zu erklären. Sie war kein Stein, sie war die Herrin der Steine, formte sie, wie es ihr gefiel. Natürlich wechselte sie auch die Liebhaber, wann und wie sie das wollte.

Sie hatte nicht daran gedacht, dass Zurückweisung Rache nach sich ziehen kann. Sie hatte nicht wahrhaben wollen, dass es Kräfte gibt, die so groß sind, dass selbst Stein zerbricht.

* * *

Der Tag schwimmt bleigrau auf die Windschutzscheibe zu, während Judith den Dienstwagen auf die Zoobrücke lenkt. Links ragt der Dom aus der Altstadt, die spitzen Türme von Wolken verhangen. *Because the night,* singt Patti Smith beharrlich in Judiths Kopf, und die Bilder aus dem Gefängniskeller unter der ausgebrannten Pizzeria tanzen dazu, drehen sich, foppen sie, versuchen ihr etwas zu sagen, was sie nicht versteht.

Es gibt zu viele Einzelheiten, zu viele Fragen. Das Feuer war gelegt, haben die Brandermittler inzwischen bestätigt, an der exakten Analyse tüfteln sie noch. Es gilt einen Mörder zu finden, der für zwei Tote und eine Schwerverletzte verantwortlich ist, deren Überleben an einem seidenen Faden hängt. Polizeiarbeit ist immer ein Trial-and-Error-Prozess – nichts vorschnell ausschließen, offen bleiben, immer wieder neu kombinieren –, doch diesmal stehen sie vor einem Rätsel mit zu vielen Unbekannten, und es ist nicht auszuschließen, dass einer dieser Unbekannten weitere Menschen töten wird. Judith wechselt auf die Mittelspur und flucht, als sich auch dort der Verkehr verlangsamt. Sie muss in die Rechtsmedizin, ist schon zu spät. Morgenmeeting, Pressekonferenz und die Vernehmung eines S-Bahn-Fahrers liegen hinter ihr, der angeblich mit

Wolfgang Berger befreundet war. Unbedingt habe Berger im November auf einmal auf die S 5 versetzt werden wollen, hat der Mann zu Protokoll gegeben. Doch den Grund dafür konnte oder wollte er nicht nennen. Und auch alles andere, was er über den Ermordeten zu berichten wusste, blieb unpersönlich, diffus, fast so, als habe er Berger doch nicht so gut gekannt, wie er zunächst behauptet hatte. Doppelkopf hatten die beiden hin und wieder gespielt, oder gekegelt. Sich über ihren Job ausgetauscht. War Berger unglücklich? Glücklich? Hatte er sich vor seiner Ermordung verändert, wollte Judith wissen. Bergers Kollege knetete seine Hände und schüttelte ein ums andere Mal den Kopf. Wolfgang war bescheiden, sagte er schließlich, zufrieden mit dem, was er hatte. – Warum hat er sich dann auf die Linie S 5 versetzen lassen? – Ich weiß es nicht. Darüber hat Wolfgang nicht gesprochen. Aber es schien ihm sehr wichtig zu sein.

Judiths Handy reißt sie aus ihren Gedanken. Sie nimmt das Gespräch an, ohne aufs Display zu sehen, wechselt ein weiteres Mal die Spur.

»Frau Krieger?« Eine ihr fremde Stimme dringt aus der Freisprechanlage. Warm, tief und aus irgendeinem Grund viel zu nah.

»Ja?« Die Rauchgase kratzen noch immer in ihrem Hals.

»Mein Name ist Gero Sanders, ich bin Journalist. Ich wollte Sie vorhin nach der Pressekonferenz noch erwischen, aber Sie waren zu schnell.«

Die Pressestelle des Polizeipräsidiums bezeichnet Journalisten neuerdings als Medienpartner und rät zur Kooperation. Doch das, was die Medienpartner wollen, ist ein Immermehr und Immerschneller und vor allem immer grausigere Details. Sie haben beim Morgenmeeting hin und her diskutiert, ob sie das Foto der bewusstlosen Frau aus dem Keller veröffentlichen sollen. Sie müssen herausfinden, wer sie ist, das spricht dafür, doch zugleich müssen sie die Schwerverletzte auch schützen. Vorläufig keine Presse, hat Millstätt schließlich entschieden. Millstätt, der die Leitung der Ermittlungen übernommen hat, ein sicheres Anzeichen dafür, dass auch der Chef des KK 11 diesen Fall für extrem schwer zu handhaben hält.

»Ich kann Ihnen nichts Neues sagen.« Woher hat dieser Kerl eigentlich ihre Handynummer?

Er lacht, als hätte er genau mit dieser Antwort gerechnet. »Vielleicht doch. Es geht mir nämlich gar nicht so sehr um den aktuellen Fall. Es geht mir um Sie.«

»Tatsächlich.«

»Ich schreibe eine größere Reportage über Polizeiarbeit in Großstädten für das Magazin *Stern*. Eine Hauptkommissarin der Mordkommission, das ist sehr reizvoll, ich dachte, wir könnten…«

»Die Antwort ist Nein.« Die Pressestelle muss ihre Handynummer rausgegeben haben. Sie muss sie zurückpfeifen. Gleich nachher. Unbedingt.

»Ich verstehe natürlich, dass Sie momentan sehr eingespannt sind.« Der Mann sollte Hörbücher besprechen, im Rundfunk auftreten, sich als Märchenonkel verdingen, irgendetwas Sinnvolles mit seiner Mokkastimme anfangen, statt sie zu belästigen. Judith lässt ihn reden, biegt in die Innere Kanalstraße ein. Sie denkt an den Brand und Wolfgang Berger. Ob es Zufall sein kann, dass er, der sich außer für seine Versetzung auf die S 5 offenbar nie für irgendetwas engagiert hatte, ausgerechnet auf dieser Linie ermordet wurde, und wie das mit dem Brandanschlag auf die Pizzeria zusammenhängt.

»Ich melde mich wieder«, sagt der Journalist, und aus

irgendeinem Grund hinterlässt seine Stimme eine unbestimmte Sehnsucht, gerade als Judith am Rechtsmedizinischen Institut parkt, unmittelbar neben dem Melatenfriedhof, wo Patrick nun schon seit mehr als drei Jahren begraben ist.

Karl-Heinz Müller und Manni sind bereits im Obduktionskeller. Der Rechtsmediziner hat gute Laune, wie immer, wenn er seziert. Er zwinkert Judith über seinem Mundschutz zu, nennt sie *Star of the Night,* pfeift sogar ihr zu Ehren ein paar Takte von Manfred Manns *Davy's on the Road Again.* Seine russische Kollegin scheint beim Arbeiten lieber zu schweigen. Sie nimmt Judiths Ankunft mit einem kurzen Nicken zur Kenntnis und beugt sich sofort wieder über das Brandopfer, das geschrumpft und grotesk verbogen auf dem Metalltisch liegt. Die dunklen Augen der Russin sind unergründlich.

»Leichenbittermiene«, flüstert Manni Judith zu. »Endlich weiß ich, was das ist.«

Judith lächelt. In der Nacht hat sie auf einmal befürchtet, die mühsam erarbeitete Harmonie mit Manni sei vorbei. Es war der Keller, beruhigt sie sich jetzt, die verkitschte Grausamkeit, mit der dieser Raum die Bedeutung von Liebe ad absurdum führt.

Judith hat schon vor langer Zeit begriffen, dass man Karl-Heinz Müller nicht mit Fragen bedrängen darf. Sie spürt, wie Manni anhebt, etwas zu sagen, berührt seinen Arm und schüttelt den Kopf. Ekaterina Petrowa ist diese Geste nicht entgangen, doch sobald sie bemerkt, dass Judith sie ansieht, senkt sie erneut den Blick. Für eine Weile sind Karl-Heinz Müllers fröhliches Pfeifen und das Klappern der Instrumente das einzige Geräusch im Raum. Die leeren Augenhöhlen des Toten scheinen etwas an der Decke zu fixieren. Sein Geruch erinnert an verkohltes

Grillfleisch – eine Assoziation, die alles andere als appetitanregend ist.

Der Rechtsmediziner konzentriert sich jetzt auf den rechten Unterarm des Toten. Etwas, das kein verbranntes Fleisch ist, hängt daran. Nach etwa zehn Minuten winkt er Judith näher an den Tisch. Ihr Magen flattert, sie zwingt sich, mit leicht geöffnetem Mund zu atmen. Ein Moschushauch Aftershave steigt ihr in die Nase. Azzaro, einer von Karl-Heinz Müllers persönlichen Favoriten, der sie an die gemeinsamen Bouleabende im Sommer erinnert.

»Die Kunststoffummantelung der Handschelle ist sehr tief eingebrannt.« Die Pinzette des Rechtsmediziners drückt in das schwarze, ledrige Fleisch.

»Hat er gelebt, als er ans Bett gefesselt wurde?«

»Eine gute Frage.« Müllers stahlblaue Augen blinzeln listig. »Jedenfalls dürfte er schon bewusstlos gewesen sein, als die Flammen ihn erreichten.«

Der Präparator setzt die Knochensäge auf dem Brustkorb an. Das Hochfrequenzsirren klingt wie ein Jammerton. Die Haustür der Pizzeria war verschlossen, die Feuerwehr musste sie aufbrechen. Wie ist der Täter hinein- und wieder hinausgekommen? Hat er sein Opfer im Schlaf überrascht, hat es ihn eingelassen? Hat er es getötet, bevor er das Feuer legte? Nein, denkt Judith, so war es nicht. Beinahe glaubt sie, das Szenario vor sich zu sehen. Nacht. Einsamkeit. Der Schmerz der Fesselung, die in die Haut schneidet, wenn man sich bewegt. Spätestens davon muss der Mann, dessen Körper jetzt auf dem Sektionstisch liegt, aufgewacht sein, und bald darauf muss er das Feuer bemerkt haben, das Prasseln der Flammen, den Rauch. Die Angst zu verbrennen ist stark genug, Menschen dazu zu bringen, in den Tod zu springen; nicht erst seit dem 11. September ist das bekannt.

Die russische Ärztin richtet sich auf. »Rußpartikel im linken Lungenflügel«, sagt sie leise. »Und auch im Magen.«

Daliegen, nicht fliehen können, das Feuer kommen hören. Was hat dieser Mann getan, so viel Hass auf sich zu ziehen? Judith räuspert sich.

»Wir müssen wirklich dringend wissen, wer er ist.«

Karl-Heinz Müller deutet eine Verbeugung an. »Die Röntgenaufnahmen seines Kiefers befinden sich bereits per Kurier auf dem Weg zum Zahnarzt des Pizzeriabesitzers, der versprochen hat, damit direkt in seine Praxis zu fahren.«

Auf einmal hat Judith das Gefühl, keine Luft zu kriegen, ins Schwarze zu fallen, so wie letzte Nacht, als sie über den verkohlten Dielenboden kroch. So wie in ihren schlimmsten Vorstellungen von dem Moment, in dem sie gezwungen sein wird, ihren Weihnachtstombola-Hauptgewinn einzulösen. Ein Fallschirmsprung. Sie muss verrückt gewesen sein, das zu akzeptieren. Stand auf der Bühne, sprachlos vor Entsetzen, mechanisch lächelnd, während die Kollegen johlten und der Moderator wahre Begeisterungshymnen über ihr einmaliges Glück ins Mikrofon schwadronierte. Ich freue mich sehr, brachte sie schließlich heraus, hob den Gutschein hoch, immer noch lächelnd, weil sie zu stolz war, zu dumm war, zu feige, ganz einfach zu sagen: Danke, nein.

Sie stolpert die Treppe rauf, hinaus auf den Vorplatz, setzt sich auf die regennasse Betoneinfassung des Kiesbeets, in dem Karl-Heinz Müller im Sommer Boule trainiert. Sie braucht eine Pause, hat zu wenig geschlafen, und außer einem verschrumpelten Apfel und einem Kirschjoghurt, den allerletzten Restbeständen ihres Kühlschranks, nichts im Magen. Ihr Handy spielt Queen, sie findet ihr

Tabakpäckchen und darin eine fertig gedrehte Zigarette, die sie anzündet, bevor sie den Anruf entgegennimmt.

»Mir ist noch was eingefallen«, sagt der Mann, der mit dem S-Bahn-Fahrer Wolfgang Berger befreundet gewesen sein will und dennoch so wenig über ihn zu sagen weiß.

»Ja?« Sie unterdrückt ein Husten, inhaliert tief. Sie muss mit dem Rauchen aufhören, wirklich, bald, auch wenn sie sich nicht vorstellen kann, wie.

»Ich glaub, im Spätsommer, da war er verliebt. Er hat sogar einmal was von Heiraten erzählt.«

»Lassen Sie mich raten: Sie wissen aber nicht, wen.«

»Bitte«, sagt der Mann. »Mehr kann ich nicht sagen. Es gab im September eine Frau in Wolfgangs Leben, aber er hat mir nicht einmal ihren Vornamen verraten. Und dann hat sich das wohl wieder erledigt gehabt.«

* * *

Der Waschraum des Rechtsmedizinischen Instituts ist für deutsche Verhältnisse nicht gerade luxuriös, aber das Wasser, das auf Ekaterinas Körper herunterströmt, ist warm, der Strahl kräftig, und ihr neues Duschgel duftet nach Passionsblüten. Komm doch gleich mal in mein Büro, ich hab da noch was für dich, hat Oberarzt Karl-Heinz Müller nach der Obduktion gesagt. Ekaterina schließt die Augen, knetet eine Kurpackung in ihr Haar, gönnt sich eine Extradosis Duschgel. Das Schicksal des toten Italieners – noch während der Obduktion hat dessen Zahnarzt die Identität des Brandopfers als Luigi Baldi, Inhaber der Pizzeria Rimini, bestätigt – hat sie mitgenommen, was unverständlich ist, unprofessionell, und schon deshalb nicht passieren darf.

Als Ekaterina mit dem Medizinstudium begann, war

nicht klar gewesen, dass sie sich für die Rechtsmedizin entscheiden würde. Ärztin wollte sie werden, auch das, wie so vieles in ihrem Leben, das Resultat des sanften, beharrlichen Einflusses ihrer Großmutter. Doch schon im ersten Semester erkannte Ekaterina, dass ihr Beweggrund nicht das Heilen war, sondern das Forschen. Sie wollte verstehen, wie dieser komplexe, fragile Organismus Mensch funktionierte, die Geheimnisse des Lebens ergründen und vielleicht noch mehr die des Sterbens. Die erste Nachtwache auf einer Intensivstation für Brandopfer und die erste Lektion in der Pathologie gaben dann den Ausschlag. Die Schmerzen und das Leid konnte Ekaterina nicht ertragen. Die Geheimnisse der Toten schreckten sie nicht.

Sie trocknet sich ab, holt Deo, Gesichtscreme und Körperlotion aus ihrem Spind. Was will Oberarzt Müller von ihr? Warum bringt ihre neue Stelle in Köln, auf die sie sich so gefreut hatte, eine unangenehme Überraschung nach der anderen mit sich? Sie wählt einen dunkelroten Lippenstift, passend zu dem taillierten Pulloverkleid, das sie heute trägt. Sie hat sich fest vorgenommen, den Rest des Wochenendes zu genießen, einen Schaufensterbummel durch die Fußgängerzone zu machen oder eines der Kunstmuseen zu besuchen und auf jeden Fall irgendwo ein großes Stück Torte zu essen.

Der vollkommen unerwartete Geruch eines Nudelgerichts mit Tomatensoße empfängt sie auf dem Flur vor dem Büro ihres Vorgesetzten. Die Erklärung dafür besteht in zwei dampfenden Plastikschalen matschiger Lasagne, die Karl-Heinz Müller und die sommersprossige Kommissarin Krieger, deren Blick Ekaterina aus irgendeinem Grund nervös macht, auf den Knien balancieren. Die Art, wie die beiden sich ihre Mahlzeit einverleiben, hat etwas

Intimes. Der blonde Kommissar mit dem anzüglichen Grinsen hat sich offenbar schon verabschiedet.

»Hunger?« Karl-Heinz Müller deutet mit dem Ellbogen auf das Regal, wo sich zwischen Fachbüchern, anatomischen Modellen und allerlei staubigem Krimskrams weitere Fertiggerichte stapeln. Auf dem Boden unter Müllers hoffnungslos chaotischem Schreibtisch klafft die geöffnete, von diversen Mahlzeiten bespritzte Glastür einer Mikrowelle.

»Nein, danke. Sie wollten mich sprechen?«

»Du.« Der Oberarzt schaufelt einen Löffel Nudeltomatenmatsch in seinen Mund, kaut, schluckt und betupft seinen Mundwinkel mit einem gebügelten Stofftaschentuch, bevor er weiterspricht. »Karl-Heinz, Judith, Ekaterina! Unter Kollegen duzen wir uns.«

Ekaterina nickt, was bleibt ihr auch übrig. Sie ist die Neue, muss die Regeln akzeptieren. Sie weiß nicht, wo sie hingucken soll, während sich die beiden erneut dem Tomatenmatsch widmen. Vorsichtig lehnt sie sich an ein Regal und schaut in den Regen, der auf dem nicht gerade sauberen Fenster Schlieren zieht. Sie zählt sich all die guten Seiten ihres deutschen Lebens auf. Die Schwäne, denen sie am Morgen Brot gebracht hat, ihr Gehalt. Russland ist ein trauriges Land, selbst die Birken der Taiga sehen auf mysteriöse Art so aus, als trügen sie an den Folgen von Unterdrückung und Krieg. Auch die Geschichte Deutschlands ist alles andere als fröhlich, aber hier sind die Bäume trotzdem nicht traurig, und falls die Menschen es sind, verbergen sie das hinter dem Glauben an Fortschritt und hektischer Betriebsamkeit. Niemand sitzt hier irgendwo herum und singt melancholische Lieder.

Koordiniert wie Synchronschwimmer beenden Karl-Heinz Müller und die Kommissarin ihre Mahlzeit und greifen nach Tabak und Zigaretten. Ekaterinas Vorgesetzter seufzt zufrieden.

»Judith möchte, dass jemand sich unsere Überlebende ansieht. Ich habe dich empfohlen, weil du ja jetzt unsere Frauenexpertin bist.«

Die Kommissarin fixiert Ekaterina mit ihren eigentümlich zweifarbigen Augen, als zweifele sie an ihrer Eignung für diesen Job. »Ich glaube, diese Frau wurde gefangen gehalten und zur Prostitution gezwungen. Ich brauche eine genaue Diagnose, will wissen, wann sie wieder vernehmungsfähig ist. Am besten, wir fahren gleich los.«

Ich habe frei, ich bin nicht zuständig, will Ekaterina sagen. Und schon gar nicht bin ich eine Expertin für Frauen. Doch wenn sie das sagt, wird sie das Misstrauen der Kommissarin nur noch mehr schüren, also nickt sie und holt Tasche, Mantel und Mütze aus ihrem Büro.

Es ist nicht weit bis zur Universitätsklinik. Wind drückt Regenböen gegen die Windschutzscheibe, immer noch Westwind, ohnehin zu stark für einen Schaufensterbummel. Die Kommissarin fährt schnell. Keine Widerrede, ich habe hier das Sagen, signalisiert jede ihrer Gesten, und das scheint auch im Krankenhaus zu wirken, denn im Handumdrehen sind sie und Ekaterina im Krankenzimmer, allein mit der Patientin. Das Beatmungsgerät summt leise. Die Herzfrequenz auf dem Monitor läuft stabil. Ekaterina streift Kittel, Handschuhe und Mundschutz über. Die Kommissarin macht eine Bewegung hinter ihr, die Ekaterina als Aufforderung, sich zu beeilen, missversteht. Doch zu ihrer Überraschung drängt sich die Kommissarin wortlos an ihr vorbei, beugt sich über die Komapatientin und streichelt ihre Wange.

»Ich habe jemanden mitgebracht, der Sie noch mal untersucht«, sagt sie beinahe zärtlich. »Sie brauchen keine

Angst zu haben, es ist eine Frau, sie tut Ihnen nicht weh.«

Arzt ist Arzt, will Ekaterina sagen, beherrscht sich aber und konzentriert sich auf die Patientin. Ihre Wangen sind bleich. Irgendetwas an ihr ist beunruhigend vertraut. Ekaterina zieht die Augenlider hoch und leuchtet. Die Iris sind himmelblau, die Pupillen weiten sich nur sehr verzögert. Keine Petechien, die Haut am Hals ist makellos, der Luftröhrenschnitt, durch den die Patientin mit Sauerstoff beatmet wird, ist die einzig sichtbare Verletzung. Auf dem linken Handrücken klebt ein Injektionskatheter. Die Finger der rechten Hand sind leicht gekrümmt, als versuche die Patientin nach etwas zu greifen. Vorsichtig öffnet Ekaterina sie und erkennt augenblicklich die für Zigarettenbrandwunden typischen kreisrunden Narben. Sie legt die Hand wieder aufs Laken, schlägt die Bettdecke zurück, schiebt das Nachthemd hoch. Die Brüste sind klein, der Bauch knabenhaft flach, das Schamhaar ist zu einem schmalen Strich rasiert, links und rechts stechen die nachwachsenden Härchen unschön durch die sahnige Haut. Die Beine sind schlank, auch hier zeigen Haarstoppeln, dass die Frau sie rasiert.

Die Hämatome an den Innenseiten der Oberschenkel sind schon beinahe nicht mehr zu sehen. Ein kalter Schauer kriecht über Ekaterinas Rücken. Das ist nichts Spezifisches, was auf einen bestimmten Täter hinweisen muss, sagt sie sich. Das hat nichts mit dieser Ines zu tun. Sie fühlt den Blick der Kommissarin auf sich. Wachsam. Misstrauisch. Ekaterina dreht die Patientin auf die Seite. Diesmal wird sie nichts übersehen. Diesmal nicht.

* * *

Die S-Bahn-Haltestelle Gewerbepark sieht bei Tageslicht tatsächlich noch trübseliger aus als in der Nacht. Eine Rentnerin bemüht sich, einen steifbeinigen Pudel zum Treppenaufgang zu zerren, dessen Fell an einen mottenzerfressenen Flokatiteppich erinnert. Unbeeindruckt von der Machtdemonstration seiner Herrin macht das Vieh den Hals lang und schifft ausgiebig gegen die Betonwand. Manni angelt ein Fisherman's aus der Jackentasche und zerkaut es nachdenklich, während er das Szenario auf sich wirken lässt. Ein wirklich hübsches Fleckchen Köln ist das. Und natürlich muss es jetzt, wo der nächste Outdooreinsatz bevorsteht, einmal mehr aus vollen Eimern kübeln.

Judith Krieger wartet bereits auf einer Bank im überdachten Teil der Haltestelle. Sie raucht eine ihrer unvermeidlichen Zigaretten und trinkt Kaffee aus einem Pappbecher. Ein laubfroschgrünes Regencape, das exakt wie das von Karl-Heinz Müller aussieht, liegt neben ihr.

»Hey«, sagt Manni, »hast du dir schon mal 'n Fallschirm gekauft?«

»Sehr witzig.« Sie schießt ihm einen ihrer Bis-hierhin-und-nicht-weiter-Blicke zu und knüllt das Cape zusammen, um Manni Platz zu machen, aber er zieht es nach der ganzen Sitzerei in Konferenzen und Archiven vor zu stehen. Von den Polizeimeistern, die sie beim erneuten Filzen des Terrains nach dem möglichen Unterschlupf eines Obdachlosen und dessen Fluchtweg unterstützen sollen, ist noch nichts zu sehen.

»Die Russin gefällt mir nicht.« Judith Krieger nippt an ihrem Kaffee.

»Wieso? Sie macht doch was aus ihrem Typ.« Manni grinst.

»Wie die mich angeguckt hat, als ich vor ihrer Untersuchung ein paar beruhigende Sätze zu unserer Komapatientin gesagt habe. Als sei jedes freundliche Wort ein Wort zu viel.«

Manni senkt seinen Blick demonstrativ auf das Regencape. »Dein Müller steht aber auf sie.«

»Er ist nicht ›mein Müller‹.«

»Nein? Ist er eigentlich schwul?«

»Nicht jeder Mann in meiner Umgebung, mit dem ich kein Verhältnis habe, ist deshalb gleich homosexuell.«

»Weiß ich.« Manni zwinkert aus der vollen Höhe seiner 1,85 Meter auf die Krieger herunter.

Sie verdreht nur die Augen, unterdrückt ein Grinsen. Schweigen konnte sie schon immer gut. Nicht nur bei Vernehmungen ist das eine ihrer stärksten Waffen.

»In der Kartei von der Sitte ist unser Kellermädchen jedenfalls nicht registriert«, sagt Manni, als ihm die Krieger'sche Stille zu ungemütlich wird. »Und als vermisst ist sie auch nirgendwo gemeldet.«

»Das muss nichts bedeuten.« Seine Kollegin tritt ihre Zigarette aus und beginnt augenblicklich, eine ihrer Haarsträhnen mit dem Zeigefinger zu traktieren. »Sie kann neu sein im Geschäft. Oder sie ist einfach noch bei keiner Razzia aufgefallen.«

»Prostitution ist seit 2002 nicht mehr strafbar. Sie schafft an, unser Luigi, Gott hab ihn selig, stellt ihr dafür seinen Keller zur Verfügung, das ist völlig legal.«

»Ja, ja, weiß ich alles. Auf Neudeutsch heißt Prostitution *sexuelle Dienstleistung*, und die Freier sind Kunden und Zuhälter Unternehmer, und alles ist ganz toll. Die Prostituierten zahlen Steuern und können sich krankenversichern, sogar eine Ich-AG können sie theoretisch gründen und sich von Vater Staat für den Verkauf ihrer Körper bezuschussen lassen, und natürlich machen sie das alles ganz freiwillig, so wie einen stinknormalen Job.«

Manni nickt, zieht es vor, nichts zu sagen, weil Judith Krieger, wenn sie so in Fahrt ist, ohnehin keine Ermunterung zum Weitersprechen braucht.

»Aber es funktioniert nicht. Kaum eine Prostituierte hat sich seit der Gesetzesänderung krankenversichert oder gibt Steuererklärungen ab, es ist eben doch kein so normaler Job. Und wenn unser Mädchen minderjährig ist, sieht es sowieso anders aus«, beendet sie ihren Vortrag. »Oder wenn sie dazu gezwungen wurde.«

»Stimmt. Aber das ist bis jetzt reine Spekulation.«

»Himmel, Manni, sie hat Brandwunden von Zigaretten in den Handflächen. Blaue Flecke, die auf eine Vergewaltigung hinweisen. Sie hat keine Papiere, und sie war eingesperrt.«

Vergewaltigung. Das Wort hängt zwischen ihnen und bläht sich auf.

»Herrgott, es gibt keine Frau, die sich freiwillig an fremde Männer verkauft!«, faucht die Krieger.

Manni denkt an seine Zeit bei der Essener Sitte. »Es gibt Frauen, die mögen sogar Sado-Maso-Spiele.«

»Weil sie vorher schon kaputt gemacht worden sind.« Die Augen der Krieger schießen Blitze. Sie steht auf, wirft sich das Laubfroschcape über. »Komm, bringen wir's hinter uns. Da sind die Kollegen.«

Sex, denkt Manni und fühlt sich plötzlich sehr müde, als sie im Gänsemarsch über die Gleise trotten. Sex, Sex, Sex, darauf läuft doch immer alles hinaus. Die irre Gier nach ein paar Minuten verschwitzter Rammelei, die immerwährende Hoffnung, dass das mehr bringt als vorübergehende Erleichterung, diese absurde Jagd nach dem, was Liebe heißt. Was ist mit Sonja, warum ist die abgetaucht? Nässe kriecht unter Mannis Kragen, er setzt die Baseballkappe mit dem Schild nach hinten auf, zieht den

Reißverschluss seiner Fliegerjacke bis zum Kinn. Rechts unter ihm klafft die Brandruine der Pizzeria Rimini zwischen den schmuddeligen Mietshausblocks wie ein verfaulter Backenzahn. Die Feuerwehr hat die Brandwache offenbar eingestellt. Polizeisiegel und Baugitter sollen nun verhindern, dass Kinder, Gaffer oder Penner hineinspazieren.

»Hallo, Gewinnerin!« Ein weiterer Polizeimeister schließt zu ihnen auf und strahlt Judith Krieger an. »Zwölf Lose hab ich mir gekauft und nur eine Flasche Wein gewonnen. Das ist doch einfach nicht gerecht.«

»Dann hast du wohl Glück in der Liebe.« Die Krieger lächelt säuerlich. Sie mag es nicht, wenn man sie auf die Weihnachtstombola anspricht, wird Manni bewusst. Warum eigentlich nicht?

»Die Schrebergärten da unten sind sauber«, berichtet der Polizeimeister. »Keine Spur von einem illegalen Untermieter dort.«

Na klar, denkt Manni, was auch sonst. Glaubt hier irgendjemand an die Obdachlosennummer? Glaubt hier irgendjemand im Ernst, dass wir gleich etwas anderes finden werden als weiteren Müll – oder noch einen Schatten? Sie teilen sich auf, drei Trupps mit Funkgeräten, die sich entsprechend der Gleisabzweigungen trennen. Hat ihn hier in der Nacht jemand beobachtet oder nicht? Jetzt, bei Tageslicht, erscheint ihm das unwahrscheinlicher denn je, ein paar Stunden zuvor war er vom Gegenteil überzeugt.

Was, verdammt noch mal, ist mit Sonja los? Warum hat sie auf keinen seiner Anrufe reagiert? Denk nicht an sie, konzentrier dich aufs Suchen: einen Fluchtweg, einen Unterschlupf, einen Rucksack, eine Jacke. Irgendwas. Zunehmend verbissen, quälend langsam arbeiten sie sich an den Gleisen entlang. Die Böschung runter und wieder rauf. Nichts auslassen, kein Gebüsch, keinen noch so schmalen Trampelpfad. Schweiß vermischt sich auf Mannis Gesicht mit Regen. Nicht aufregen, Mann, nicht nachdenken, ob das hier sinnvoll ist, einfach weitermachen, konzentriert bleiben und zur Seite springen, wenn ein Zug heranrast, dessen Fahrtwind sie mit Regenböen besprüht.

»Manni? Wir haben was!« Adrenalin kickt in Mannis Körper. Selbst durch das Funkgerät kann er die Erregung in Judith Kriegers Stimme hören.

Er lässt sich die Koordinaten durchgeben und hastet los, erreicht die Kollegen in knapp fünf Minuten. Sie stehen unter einer Bahnbrücke, den Blick auf ein mannshohes Loch im Gewölbe gerichtet.

»Da ist jemand drin«, sagt die Krieger heiser. »Der könnte auf die Zeugenbeschreibung passen. Weiter Mantel, halblanges Haar.«

»Hat er euch gesehen?«

»Er ist da rein, als wir ihn entdeckt haben. Sieht aus, als ob er sich da vor uns verstecken will. Wir haben ihn aufgefordert rauszukommen.« Die Krieger wischt sich eine Haarsträhne aus dem Gesicht. »Nichts. Keine Reaktion.«

Manni greift nach seiner Walther. »Also, gehen wir rein.«

Wie ein Mann bewegen sie sich auf die Öffnung zu, Manni und ein weiterer Polizeimeister mit gezogener Waffe. Ein dritter Kollege leuchtet ihnen. Manni spürt jemanden in seinem Rücken. Die Krieger? Noch einen Polizeimeister? Es ist ihm egal, seine Aufmerksamkeit ist nach vorne gerichtet.

Ein Güterzug donnert über ihre Köpfe, als sie die Öffnung betreten. Das Mauerwerk zittert, brüllt, verhindert jede Kommunikation. Dunkle Feuchtigkeit umgibt sie.

Unrat liegt auf dem Boden. Exkremente. Schritt für Schritt tasten sie sich weiter vor. Angespannt, jeder noch so kleine Fehler kann tödlich sein. Kann es tatsächlich sein, dass hier jemand lebt? Es kann nicht sein, denkt Manni und weiß aus Erfahrung, dass das trotzdem möglich ist.

Im nächsten Moment hört er die Stimme. Tief, verzerrt, seltsam entmenschlicht. Ein monotones Leiern.

»Ficken. Blasen. Lecken. Ich fick euch alle, ich leck euch, ich …«

Der Lichtkegel des Kollegen irrt über die Wände, ortet die Sprecherin, heftet sich an sie. Die Frau kniet auf einem Matratzenlager und wiegt sich im Rhythmus ihrer Worte hin und her. Eine Pennerin, ganz unverkennbar. Ihr Haar ist strähnig, ihr plumper, ältlicher Körper ist in Lagen von Lumpen gehüllt. Manni lässt die Waffe sinken.

»Kriminalpolizei, Personenkontrolle. Können Sie sich ausweisen?«

Sie lächelt zahnlos, die Augen wirr, hört nicht auf, sich im Takt ihrer Worte zu wiegen. »Ficken. Blasen. Lecken …«

»Kriminalpolizei, beantworten Sie meine Frage!«

Nichts. Keine Reaktion. Nur der fischige Geruch ihres Körpers scheint intensiver zu werden.

»Zugriff?«, fragt einer der Polizeimeister.

»Nein, wartet.« Bevor Manni etwas entschieden hat oder auch nur antworten kann, drängt sich die Krieger nach vorn und geht vor der Pennerin in die Hocke.

»Hallo, können Sie mich verstehen?«

Eine Weile lang wiegt sich die Pennerin noch weiter, dann hält sie abrupt inne und zeigt auf Manni.

»Der will nicht mit mir ficken!«, sagt sie in einem Tonfall, der irgendwo zwischen Anklage und Staunen liegt.

»Mit mir fickt er auch nicht«, sagt Judith Krieger trocken. »Aber das ist jetzt nicht so wichtig. Ich möchte mit Ihnen reden.«

* * *

Kommunizieren, denkt Judith. Fragen stellen und Antworten bekommen, die verständlich sind und sich auf die Fragen beziehen. Frage. Antwort. Wie einfach das klingt. Dabei ist das kein bisschen selbstverständlich, weil es, je nachdem in welcher Wirklichkeit wir leben, zu viele unüberbrückbare Differenzen gibt. Die Frau aus den Bahnkatakomben sitzt Judith gegenüber wie erstarrt, die Arme vor der Brust verschränkt. Nur ihr Blick, der durchs Vernehmungszimmer flattert, verrät, dass sie keinesfalls freiwillig im Polizeipräsidium ist. Anfangs hatte Judith gehofft, sie mit Argumenten und guten Worten zum Mitkommen überreden zu können. Schließlich hat sie aufgegeben und sie den routinierten Griffen der Polizeimeister überlassen, was eine weitere Kanonade von Schmähungen nach sich zog. Ficken. Blasen. Blöde Nutte.

Judith schiebt einen Pappbecher Kaffee, Orangensaft, ein Salamibaguette und ein Stück Käsekuchen über den Tisch zu der Obdachlosen hinüber.

»Hier, für Sie. Abendessen.«

»Schlampe!« Der Blick der Frau huscht über Judiths Ausbeute aus der Polizeikantine. Sie ist wahnsinnig, denkt Judith. Verrückt geworden vom Leben. Vielleicht eine Zeugin, aber sicherlich keine Doppelmörderin, die die Fähigkeit hätte, einen Mann zu erstechen, in eine Pizzeria einzubrechen, den Inhaber ans Bett zu fesseln, alles in Brand zu setzen und unbemerkt zu verschwinden. Oder täusche ich mich?

»Essen Sie.«

Die Frau beginnt sich wieder zu wiegen. »Alte Vettel.«

Judith steht auf, rastlos und zugleich erschöpft. Wie soll sie brauchbare Aussagen bekommen, wenn sie nicht einmal sicher sein kann, ob die Obdachlose sie überhaupt versteht?

»Kommst du mal?« Manni streckt den Kopf zur Tür herein. Manni, mit dem die Kommunikation aus irgendeinem Grund seit Ermittlungsbeginn in Sachen S-Bahn-Mord mehr und mehr zu einem Minenfeld wird.

»Negativ«, sagt Manni, als Judith die Tür des Vernehmungszimmers hinter sich zugezogen hat. »Die Fingerabdrücke auf den Schuhen des S-Bahn-Fahrers stammen definitiv nicht von ihr.«

»Wissen wir inzwischen, wer sie ist?«

»Keine Papiere bis jetzt. Und auch nix in der Kartei.«

Judith tritt an den Spiegel, durch den sie die Frau im Vernehmungszimmer beobachten kann, ohne dass diese es bemerkt. Wir wissen nicht einmal, wie alt sie ist, denkt sie. Fünfzig oder sechzig, älter oder jünger, es ist unmöglich, das zu sagen.

»Was ist mit dem Zeugen?«

»Kommt morgen früh um acht zur Gegenüberstellung. Bis dahin sind auch die Spurensicherer durch.«

»Also behalten wir sie über Nacht hier.«

»Millstätt hat das schon veranlasst.«

»Das wird ihr nicht gefallen.«

»Ich würde eine beheizte Arrestzelle diesem Bahndammloch vorziehen.«

»Du.«

Die Frau im Vernehmungszimmer leert nun, da sie allein ist, Zuckertütchen in ihren Kaffeebecher und fällt über das Sandwich her. Hastig wie eine Straßenkatze. Jederzeit bereit, vor etwaigen Tritten zu fliehen.

»Alte Vettel«, sagt Manni nachdenklich. »Sehr dankbar ist sie dir für deine Bemühungen ja nicht.«

»Vielleicht meint sie gar nicht mich, sondern sich selbst.«

»Wer weiß.« Manni sieht plötzlich so müde aus, wie Judith sich fühlt, und einen Moment lang ist die alte Verbundenheit wieder da. Vielleicht ist die Frau eine Mörderin. Vielleicht hat sie etwas gesehen, vielleicht nicht. Vielleicht will oder kann sie das niemals sagen. Und mit Sicherheit – das jedenfalls hat die nachmittägliche Durchsuchung des Geländes ergeben – ist sie nicht die einzige Obdachlose, die in der Nähe der S-Bahn-Haltestelle Gewerbepark einen Unterschlupf hat.

»Ich versuch's noch mal.« Judith geht zurück ins Vernehmungszimmer, setzt sich der Obdachlosen gegenüber. Deren Körperausdünstungen scheinen während Judiths Pause auf dem Flur intensiver geworden zu sein. Es riecht nach fauligem Fisch. Bemüht, sich nichts anmerken zu lassen, dreht Judith sich eine Zigarette.

»Rauchen Sie?«

Die Frau schafft es nicht, ihre Gier zu verbergen. Judith schiebt ihr Tabakpäckchen in die Mitte des Tischs. Die Frau reißt es an sich, dreht sich geschickt eine hauchdünne Zigarette, lässt den Tabak danach in den Falten ihrer Kleidung verschwinden und bedenkt Judith dabei mit einem für den Bruchteil einer Sekunde wachen und listigen Blick. Judith gibt ihr Feuer, ohne das Feuerzeug aus der Hand zu geben, und ein paar Züge lang rauchen sie schweigend, ja beinahe einvernehmlich. Jetzt weißt du, wie es ist. Ohne Vorwarnung sind die Worte aus dem Traum wieder da, so nah, so intensiv, dass es schmerzt.

Die Obdachlose bläst Judith Zigarettenrauch ins Gesicht. Ohne ein Wort, ohne sie eines Blickes zu würdigen. Judith vergewissert sich, dass das Aufnahmegerät funktioniert. Waren Sie vor zwei Nächten an der Haltestelle Gewerbepark? Haben Sie den Mord an dem S-Bahn-Fahrer beobachtet? Irgendetwas, irgendwen? Ein Haus ist niedergebrannt, letzte Nacht, eine Pizzeria. Haben Sie das denn gar nicht bemerkt?

Die Obdachlose schweigt beharrlich, ja, es erscheint keinesfalls sicher, dass sie die Fragen überhaupt hört. Es hat keinen Sinn, denkt Judith. Ich vergeude meine Zeit, jedenfalls solange wir nichts Konkretes in der Hand haben. Dreizehn Plastiktüten mit diversen Habseligkeiten haben die Spurensicherer aus dem Bahndammversteck geholt, doch laut Mannis Bericht scheint sich darin weder eine Tatwaffe noch irgendetwas anderes zu befinden, das die Besitzerin der Tüten mit den Morden in Verbindung bringt.

Die Obdachlose dreht sich eine weitere Zigarette.

»Feuer«, sagt sie und streift Judith mit einem auffordernden Blick.

»Ja, Feuer.« Judith lässt ihr Feuerzeug aufschnappen, ohne die Zigarette der Frau anzuzünden. »Feuer in der Pizzeria Rimini. Ein Mann ist dort ums Leben gekommen, Luigi Baldi, der Inhaber. Ich möchte von Ihnen wissen, ob Sie etwas gesehen haben.«

Einen Moment lang sieht es beinahe so aus, als wolle die Frau etwas Konstruktives sagen. Dann rülpst sie und lässt die Zigarette in ihrer Kleidung verschwinden.

»Scheißkanaken«, sagt sie. Und das ist alles, was aus ihr herauszukriegen ist.

* * *

Ekaterina Petrowa liegt bis zum Hals in Maiglöckchenbadeschaum und löffelt Eiscreme direkt aus der Packung. Kerzen flackern auf dem Wannenrand, über dem Heizkörper hängen ihr Nachthemd und der rosafarbene Bademantel mit der Silberblumenstickerei bereit. Sie vergegenwärtigt sich die Beschaffenheit von Messern, während sie das kühle, sahnige Eis auf der Zunge zergehen lässt. Cremebirne, wirklich eine hervorragende Wahl. Eis in der Badewanne ist eine ihrer deutschen Angewohnheiten, eine geheime Leidenschaft, die sie normalerweise alle Sorgen des Tages vergessen lässt. Doch heute Abend wird sie ihre Grübeleien über den Obduktionsbericht Wolfgang Bergers nicht los. Fleischermesser, Fahrtenmesser, Küchenmesser tanzen vor ihren Augen. Sie weiß, dass jeder fachgerechte Nutzer auf die einzigartigen Vorteile des Messers seiner Wahl schwört. Doch wenn es ums Töten geht, muss eine Klinge nur scharf genug sein, um beinahe mühelos ins Fleisch zu dringen, und die Spuren, die dies hinterlässt, sind so gut wie niemals spezifisch genug, um die Tatwaffe exakt zu beschreiben.

Ekaterina rutscht noch etwas tiefer in die Wanne, versucht sich auf die Musik von Tatjana und Sergej Nikitin zu konzentrieren, die aus dem Wohnzimmer herüberklingt. Sie hat die CD bei ihrem letzten Besuch in Nikel auf dem Markt gekauft. Musik, die in der UdSSR streng verboten war, weil sie von Freiheit kündete, so hoffnungsvoll und heiter, wie es in russischen Liedern eben geht. Ekaterina schließt die Augen und summt leise mit. Sie denkt an ihre Großmutter dabei, die Kate, in der es nicht einmal einen Kühlschrank gab, die Banjarituale unten am See. Es war in Ordnung damals, sie hat es nicht anders gekannt. Klopfte der Großmutter am Waschtag mit nassem Birkenreisig den Rücken rot, wälzte sich im Schnee, begleitet vom Gelächter und Getratsche der anderen Frauen. Es war ganz selbstverständlich, sich mit ihnen die Banja zu teilen, die Männer hatten ihre eigenen Rituale. Trotz dieser Geschlechtertrennung in Sachen Körperhygiene wäre niemand auf die Idee gekommen, von einer examinierten Ärztin automatisch zu erwarten, sich besser mit Frauen auszukennen als ein männlicher Kollege.

Ekaterina wäscht sich die bröckelig gewordene Vitaminmaske vom Gesicht, klettert aus der Wanne und trocknet sich ab. Sie hat keine Lust mehr zu baden, sie fühlt sich rastlos. Es ist das Projekt, denkt sie wütend. All diese Ansprüche und Erwartungen, die sich nicht greifen lassen. All die Erinnerungen, die es heraufbeschwört. Sie cremt sich ein, zieht den Bademantel über. Warum kann sie sich nicht entspannen? Sie hat an diesem Wochenende alle Untersuchungen fachgerecht ausgeführt und dokumentiert. Sogar von zu Hause aus hat sie noch versucht, die Kommissarin Krieger telefonisch zu erreichen, um sie über das vorläufige Ergebnis in Sachen Komapatientin zu informieren. Nicht ihr Problem, wenn die schon Feierabend gemacht hat. Oder doch? Einmal noch, beschließt sie und drückt auf Wiederwahl.

»Ich war bis eben in einer Vernehmung.« Die Stimme Judith Kriegers ist kühl. Zwangsprostitution – ich will einen Beweis dafür, hat sie am Nachmittag im Krankenhaus gefordert. Ekaterina hat ihr die Hämatome auf den Oberschenkeln der Komapatientin gezeigt und die Brandwunden in der Handfläche. Das ist aber kein Beweis, hat sie erklärt, auch wenn der Kommissarin das überhaupt nicht gefiel.

»Es gibt keine weiteren Spuren von Misshandlungen«, sagt Ekaterina jetzt.

»Sicher?«

»Ich habe diese Patientin sehr gründlich untersucht.«

Die Kommissarin schweigt. Ekaterina glaubt zu hören, wie sie Zigarettenrauch in den Hörer atmet.

»Die Hämatome an den Oberschenkeln können von einer Vergewaltigung stammen oder einfach nur die Folge eines etwas heftigeren Liebesakts sein. Die Brandwunden kann sie sich durchaus selbst zugefügt haben. Borderline, Sie wissen schon.«

»Weiß ich, ja.«

»Ich habe einen Vaginalabstrich ans Labor geschickt. Morgen früh erhalte ich vom Krankenhaus Einblick in die Röntgenaufnahmen, und vielleicht gibt es alte Knochenbrüche, die uns weiterbringen. Versprechen Sie sich aber nicht zu viel davon.«

»Wenn wir wenigstens wüssten, wer sie ist.« Die Kommissarin spricht jetzt leiser, beinahe wie zu sich selbst, und vielleicht ist es die plötzlich fehlende Schärfe in ihrer Stimme, die Ekaterina erkennen lässt, was sie schon längst hätte überprüfen müssen, auch wenn ein Erfolg dabei äußerst unwahrscheinlich ist. Du hast Angst, Katjuschka, deshalb kannst du nicht sehen. Wie ein böses Echo hört Ekaterina die Worte ihrer Großmutter, während sie das Gespräch mit der Kommissarin so schnell es geht beendet, sich anzieht und zum dritten Mal an diesem eigentlich freien Wochenende am Kanal entlang zum Institut hastet.

Es ist still dort, leer, die grünliche Notbeleuchtung verleiht den Fluren etwas Unwirkliches, als ob nun, in der Nacht, die Toten aus dem Keller das Kommando übernommen hätten, nicht mehr die Lebenden. Und vielleicht ist es ja wirklich so, wie ihre Großmutter sagt. Sie sind da, Katja, mitten unter uns, wenn sie noch etwas zu erledigen haben. Existieren in einer Zwischenwelt. Wir können sie nur nicht sehen. Ekaterina friert nach dem heißen Bad. Sie brüht Tee auf und öffnet die Hängeregistratur mit dem Schlüssel, den sie wie ihre Vorgängerin Antje Schmitt-Mergel in der obersten, ebenfalls verschließbaren Schublade des Schreibtischs verwahrt. Sie legt das Foto der unbekannten Komapatientin neben sich auf ein Ablagetischchen. Sie ist schön und sie ist jung. Jünger als die Frau, die ähnliche Verletzungen an den Beinen hatte und sich Ines nannte. Überhaupt sind die meisten in der Kartei erfassten Patientinnen älter, soweit Ekaterina sich erinnern kann. Trotzdem vergleicht sie ein Foto nach dem anderen mit dem Bild der Komapatientin, notiert gewissenhaft, wenn sie auf ähnliche Verletzungssymptome stößt. Doch eine exakte Übereinstimmung gibt es nicht, und eine Frau, die der Komapatientin auch nur entfernt ähnelt, ist ebenfalls nicht registriert.

Ekaterina verschließt die Registratur wieder und legt ihre Notizen in das Ablagekörbchen für die Berichte. Sie sollte nach Hause gehen, endlich Feierabend machen. Aber sie hat zu viel schwarzen Tee getrunken, und wenn sie schon mit den Frauen nicht weiterkommt, kann sie ebenso gut nochmals die Einstiche auf Wolfgang Bergers Rücken begutachten. Fleischermesser, Küchenmesser, Springermesser, Taschenmesser. Sie murmelt diese Bezeichnungen wie ein Gebet, während sie Berger aus seinem Kühlfach zieht und unter Aufbietung aller während ihrer Krankenhauspraktika erlernten Hebeltricks seitlich auf eine Metallbahre wuchtet. Das leise Quietschen der Räder übertönt das Summen der Klimaanlage. Ekaterina rollt die Bahre in den Obduktionsraum, schaltet die Untersuchungslampen ein und konzentriert sich auf Einstich Nummer fünf. Der Schatten, den sie in der Nacht zuvor entdeckt hat, ist ein bisschen dunkler geworden. Auch über Einstich Nummer acht ist jetzt die Andeutung eines Schattens zu erkennen, ebenfalls im rechten Winkel über dem Schnitt. Die Verfärbungen stammen vom Griff der Tatwaffe, es gibt keine andere Möglichkeit. Der Messergriff muss aufgrund der Wucht der Einstiche an einigen Stellen oberhalb der Wunden minimale Hautabschürfungen verursacht haben, die durch die mit dem Tod einhergehende Austrocknung der Hautoberfläche nachgedunkelt sind und so erst nach der Obduktion zum Vorschein kamen.

Welches Messer hinterlässt solche Spuren? Sosehr Ekaterina auch überlegt, es fällt ihr nicht ein, und wahrscheinlich ist das der Grund, dass sie keinen Triumph fühlt, während sie die Wunden fotografiert und Berger erneut in sein Kühlfach bringt. Oben in ihrem Arbeitszimmer überspielt sie die Fotos auf ihren Rechner, bevor sie ihn herunterfährt, packt ihre Sachen zusammen und löscht das Licht. Wie wird Karl-Heinz Müller auf ihre eigenmächtigen Untersuchungen reagieren, die das von ihm bereits unterschriebene und an Kriminalpolizei und Staatsanwalt weitergeleitete Obduktionsergebnis um eine durchaus nicht unwichtige Facette erweitern? Soll sie sie lieber verschweigen?

Ekaterina presst die heiße Stirn ans Fenster. Es hat schon wieder zu regnen begonnen, und sie hat ihre Pelzmütze in der Eile des Aufbruchs zu Hause vergessen. Still und verlassen liegt der jüdische Friedhof vor ihr, wie Schemen erkennt sie die Grabmale im gedämpften Licht der Straßenlaternen. Ein Fuchs löst sich von einem der Steine, hält inne und sieht zu Ekaterina hoch. Unfähig, sich zu bewegen, starrt sie ihn an. Der Fuchs ist ein Bote, denkt sie und hört ihren Herzschlag viel zu laut.

* * *

Der Motor des 2 CV erstirbt mit einem schwachbrüstigen Huster, die Windschutzscheibe beginnt erneut zu beschlagen. Im Sommer hat Judith die schaukelnden Fahrten mit offenem Verdeck genossen. Jetzt, im Winter, offenbart ihr Nostalgiekauf vor allem seine Nachteile. Judith wühlt auf dem Beifahrersitz nach einer Notpackung *Benson & Hedges*. CD-Hüllen klappern. Manfred Mann, Pink Floyd, Fleetwood Mac. Vertraut nach all den Jahren, ein Soundtrack ihrer Gefühle und Erinnerungen. Aber in letzter Zeit hat sie manchmal keine rechte Lust mehr, sie zu hören, im Auto nicht, zu Hause nicht. Als hätte sie sich von etwas verabschiedet, ohne zu begreifen, wovon oder warum.

Judith steckt die Zigarettenpackung in die Tasche ihres Ledermantels und steigt aus. Vor zwei Tagen hätte sie die Haltestelle Gewerbepark allenfalls vage beschreiben können. Jetzt ist das Gelände in ihr Gedächtnis gebrannt, auch wenn sie seine Geheimnisse nicht einmal ansatzweise deuten kann. Die ausgebrannte Pizzeria wirkt tot, die S-Bahn-Haltestelle ebenso, aber in einigen Fenstern im ersten Stock der alten Kunstfabrik brennt noch Licht. Judith vergegenwärtigt sich die Aufteilung der Ateliers. Die Arbeitsräume der Künstlerin Nada haben tatsächlich den besten Blick auf das Wartegleis, doch sie sind dunkel.

Es gibt keinen konkreten Grund dafür, nicht einmal einen Anfangsverdacht gegen die Künstler, dennoch läuft Judith über die Straße zur Fabrik. Die stählerne Eingangstür lässt sich problemlos öffnen. Die Türen der Ateliers im Parterre sind verschlossen, trotzdem riecht es nach Farbe und Leim. Aus dem Obergeschoss klingen Stimmen, Gelächter, kubanische Musik. Rote Grablichter illuminieren den Treppenaufgang, ganz offensichtlich haben die Künstler etwas zu feiern. Ein Mann mit akkurat getrimmtem grauen Vollbart und farbbekleckster Jeans lehnt neben der

Tür zum Atelier der Künstlerin Theodora Markus, in dem die Party stattzufinden scheint. Er hebt ein Rotweinglas und prostet Judith zu, als er sie wahrnimmt, stumm und angestrengt in sein Handy lauschend, das er mit der freien Hand ans Ohr presst.

»Sie?« Theodora Markus hinkt auf Judith zu, auch sie hält ein Rotweinglas in der Hand. Ihre Statur wirkt kräftiger, als Judith sie in Erinnerung hat, die Kleidung wie ein Panzer, der Muskeln oder Fett verbirgt. Es ist schwer zu sagen, denkt Judith, ob die Männerhose, die Sweatshirts, das kantige Kinn und die kühn gebogene Nase nicht nur die grandios inszenierte Tarnung einer ganz anderen Persönlichkeit sind, einer zarteren, weichen.

»Ich habe noch Licht gesehen.«

»Ich feiere meinen Geburtstag«, sagt die Künstlerin kühl. »Das ist ja wohl nicht verboten.«

»Nein, natürlich nicht. Herzlichen Glückwunsch.«

Theodora Markus stützt sich auf ihren Gehstock, trinkt einen Schluck Wein. »Das Altwerden lässt sich nicht ignorieren, also kann man es auch feiern.«

»Ich hatte gehofft, Ihre Ateliernachbarin hier zu treffen. Ich muss wirklich mit ihr sprechen, doch bislang hat sie auf keinen meiner Anrufe reagiert.«

»Sie suchen Nada?« Ohne dass Judith es bemerkt hat, ist der Graubärtige vom Flur zu ihnen getreten, deutet eine Verbeugung an und reicht Judith eine Visitenkarte. Paul Klett – LebensKUNST steht darauf.

»Nada zieht sich manchmal zurück«, sagt er, nachdem Judith sich vorgestellt hat. »Sie ist noch jung und schon ein Star. Das ist nicht immer leicht.«

»Sie kennen sie näher?«

»Wir sind Kollegen. Ich gebe ihr hin und wieder einen Tipp. Auch ich habe mal angefangen, mich auf dem

Kunstmarkt zu behaupten. Und ich weiß, wie wichtig es ist, sich in einem kreativen Prozess vor äußeren Einflüssen zu schützen.«

»Aber Nadas Arbeitsplatz ist hier.«

»Sie verreist gern.«

»Aber Sie wissen nicht, wohin?«

»Kroatien vielleicht, da stammt ihr Vater her.« Er hebt die Schultern. »Sie ist ein freier Mensch.«

»Trinken Sie ein Glas Wein mit mir.« Theodora Markus nickt zu ihrem Arbeitstisch in der Mitte des Ateliers hin, auf dem zwischen weiteren Grablichtern und filigranen Treibholzzweigen Flaschen, Gläser, Fladenbrot und Tonschalen mit Oliven und Schafskäse stehen. Ohne Judiths Antwort abzuwarten, setzt sie sich in Bewegung. An ihrer Schläfe pocht eine Ader. Sie will nicht mit mir reden, und sie mag ihren graubärtigen Kollegen nicht, denkt Judith, während sie zu ihr aufschließt. Oder sie mag nicht, was er über Nada zu sagen hat. Theodora Markus erreicht den Tisch, lehnt ihren Gehstock daran und füllt ein Weinglas. Judith nimmt das Glas und ein Stück Brot, prostet ihr zu.

»Nada ist also ein Star«, sagt sie, nachdem sie ein paar Belanglosigkeiten ausgetauscht haben.

»Sie ist ›in‹, wie man so sagt. Die Kritiker und Kuratoren lieben sie.«

»Mehr als die anderen Künstler hier.«

Theodora Markus lacht. »Wenn Sie es so zuspitzen wollen. Ja.«

»Tut das nicht weh?«

»Geschmack ist wandelbar. Kunst bedeutet vor allem, bei sich selbst zu bleiben. Trotzdem. Immer wieder.«

»Was für eine Art Kunst macht Ihre Kollegin Nada? Was unterscheidet die von Ihrer?«

»Sie sind doch nicht hier, weil Sie sich für Kunst interessieren?«

»Vielleicht doch.« Judith trinkt noch einen Schluck Rotwein.

»Nada macht Konzeptkunst, Performances, arbeitet viel mit Fotografie. Ich selbst bin Bildhauerin.« Theodora Markus deutet auf die Flügelmodelle, die nun an groben Haken an der Wand hängen wie verstümmelte Engel. Wieder pocht eine Ader an Theodora Markus' Schläfe. »Paul hat recht, Nada zieht sich manchmal zurück, und niemand weiß so genau, wohin. Auch ich weiß das nicht. Ich kann Ihnen wirklich nichts zu dem Mordfall sagen.«

»Mordfälle. Plural. Inzwischen ist hier um die Ecke auch noch die Pizzeria Rimini niedergebrannt, das haben Sie doch sicher bemerkt.«

Die Bildhauerin umfasst den Griff ihres Gehstocks fester, so dass die Fingerknöchel weiß aussehen wie das Treibholz. »Schrecklich, ja. Ich habe es heute Morgen erfahren.«

»Es war Brandstiftung. Der Inhaber ist tot. Kannten Sie ihn?«

Theodora Markus schüttelt den Kopf. »Ich hab dort hin und wieder eine Pizza bestellt. Telefonisch.«

»Und wer hat die geliefert?«

»Irgendwelche Aushilfen, nehme ich an. Ich hab nicht drauf geachtet. War froh, dass ich nicht selber gehen musste.«

»Eine junge Frau hat dort in einem Kellerraum unter der Pizzeria gelebt.«

»Tatsächlich?« Theodora Markus' Augen sind unnatürlich hellblau im Kontrast zu ihrem schwarzen Haar, das sie zu einem straffen Pferdeschwanz aus dem Gesicht gebunden hat. Um Mund und Augen haben sich Linien eingegraben, wie Risse in Pergamentpapier. Das Haar muss gefärbt sein, sie ist sicher schon fünfzig, wenn nicht älter, wird Judith bewusst, und unwillkürlich fragt sie sich, ob die Künstlerin auch einmal ein Star war, dem die Kritiker zu Füßen lagen, und wie es sich anfühlen muss, von einer jüngeren Kollegin aus dem Licht des Erfolgs verdrängt zu werden.

»Thea, kommst du mal?« Eine grauhaarige Frau in grellroter Kleidung tritt auf sie zu.

Theodora Markus entschuldigt sich bei Judith und folgt der rot Gewandeten, um einen Gast zu verabschieden. Judith trinkt noch einen Schluck Wein und mustert die anderen Anwesenden, die in kleinen Grüppchen zusammenstehen, aufeinander einreden und sich dabei ganz offensichtlich hervorragend amüsieren. Einige tragen noch farbverschmierte Overalls, andere sind so unscheinbar gekleidet, dass man sie für Sachbearbeiter im Finanzamt halten könnte. Wieder andere inszenieren sich selbst und ihr Outfit als Gesamtkunstwerk. Es muss Konkurrenz und Begehrlichkeiten zwischen diesen so grundverschiedenen Mietern der Ateliers geben, Streit und Neid, auch wenn im Augenblick nichts davon zu spüren ist. Wie aber hängt das mit den Morden in der Nachbarschaft der Kunstfabrik zusammen? Wie sollte aus internen Rangeleien zwischen Künstlern ein Motiv erwachsen, erst einen S-Bahn-Fahrer und dann einen Pizzabäcker zu ermorden?

Ich vergeude meine Zeit, denkt Judith und stellt ihr leeres Glas in eine dafür vorgesehene Plastikwanne unter dem Werktisch. Diese Ateliers hier bilden eine eigene Welt, die nur durch ihre geografische Lage in Berührung mit zwei Verbrechen geraten ist. Es gibt hier nichts, was mich weiterbringen kann, nur neue Fragen, die ich nicht beantworten kann und auch nicht beantworten muss. Die Pennerin fällt ihr ein, das dunkle Verlies im Bahndamm, nicht weit von hier, das für diese namenlose Frau Sicherheit bedeutete, nein, mehr noch: Heimat. Ist sie manchmal an den Gleisen entlanggeschlichen, hat zu den Ateliers aufgeschaut und sich gefragt, was dort drinnen geschieht? Kunst, das Gute, Schöne, Wahre, Einzigartige. Wie abstrakt das ist. Wie irrsinnig weit entfernt von einer Existenz mit ein paar Plastiktüten, in kaltem Dreck.

Judith drängt sich an einem Künstlergrüppchen vorbei zu Theodora Markus.

»Wem gehört eigentlich das Eckatelier am Ende des Flurs, dessen Fenster zur Pizzeria hinausgehen?«

»Das ist unser Abstellraum.«

»Jeder von Ihnen hat also Zugang dazu?«

Die Künstlerin nickt. »Wollen Sie ihn sehen?«

Farbdosen, Werkzeuge, zwei alte Ölöfen, Holz und allerlei Gerümpel befinden sich in dem nur wenige Quadratmeter großen Abstellraum. Die Fenster sind blind vor Schmutz, die Griffe ebenso. Die schwach beleuchtete Straße, an der die Pizzeria Rimini liegt, ist allenfalls zu erahnen.

»Zufrieden?« Theodora Markus lehnt am Türrahmen. Das Gehen hat sie angestrengt. Kleine Schweißperlen haben sich auf ihren Schläfen gebildet.

»Danke. Auch für den Wein. Bitte informieren Sie mich, wenn Ihre Kollegin Nada sich meldet«, sagt Judith und gibt ihr eine Visitenkarte.

Die Künstlerin schiebt sie in eine der zahlreichen Taschen ihrer schwarzen Cordhose und verschließt den Abstellraum sorgfältig, nachdem Judith ihn verlassen hat. »Kommen Sie am Donnerstag zu unserer Benefizgala, wenn Nada sich bis dahin nicht bei Ihnen gemeldet hat«, sagt sie. »Da ist sie bestimmt, die hat sie nämlich organisiert.«

Der Lebenskünstler Paul Klett schlendert ihnen auf dem Flur entgegen. Judith spürt, dass sich Theodora Markus neben ihr versteift, wie ein Tier auf der Hut. Wieder hat sie das Gefühl, dass sich hinter der burschikosen Fassade der Künstlerin eine weitaus zartere Persönlichkeit verbirgt und möglicherweise doch ein Geheimnis, das für diese Ermittlungen von Bedeutung ist.

»Holst du der Kommissarin eine Benefiz-Einladung und lässt sie unten raus, Paul, du weißt schon, mein Bein.« Die Worte der Bildhauerin verraten nichts von der Anspannung, die Judith an ihr wahrzunehmen glaubt.

»Was ist eigentlich mit Ihrem Bein passiert?«, fragt Judith.

»Ein Unfall. Jemand hat mich angefahren.«

»Das tut mir leid.«

»Muss es nicht. Das ist jetzt über 25 Jahre her. Ich habe gelernt, damit zu leben.«

Montag, 9. Januar

Die Pennerin ist sauber, nun ja, jedenfalls was einen Tatverdacht angeht. Der Zeuge, der sich schon am Tatort als Tölpel erwies, hat sie nicht identifiziert. Zu dunkel sei es auf dem Bahndamm gewesen, hat er bei der Gegenüberstellung gejammert. Zu schnell sei alles gegangen, außerdem sei er in der Mordnacht müde gewesen und es habe geregnet. Und auch die Spurensicherer haben nichts Brauchbares vorzuweisen. Marianne Dorn, 62 Jahre, kinderlos, verwitwet, ohne festen Wohnsitz. Die Nacht in der Zelle und die damit verbundene Ausnüchterung haben immerhin dazu geführt, dass sie sich an ihren Namen erinnerte und nicht mehr jeden Polizeibeamten sofort mit Obszönitäten bedachte. Mehr war bei ihr nicht zu holen. »Scheißkanaken« hat sie zum Abschied geschrien, ohne dass klar wurde, wen sie damit meinte.

Manni lenkt den mehr als schrottreifen Dienst-Focus im schnittigen Bogen auf den Parkplatz des Rechtsmedizinischen Instituts. Das ausgeleierte Getriebe ächzt, als er den Wagen vor dem Treppenaufgang zum Stehen bringt. Gestern Abend hat endlich Sonja angerufen. Gut gelaunt, als ob nichts geschehen wäre. Sie habe ihm doch erzählt, dass sie am Wochenende an einem Yoga-Workshop teilnehme und ihr Handy auslasse, ob er das vergessen habe?

Ein hämmerndes Geräusch am Fenster der Beifahrertür reißt ihn aus seinen Gedanken, der Wagen würgt und macht einen Satz vorwärts, weil Mannis Fuß vor Schreck von der Kupplung rutscht. Wie eine Erscheinung taucht die Russin im Rückspiegel auf. Wasser tropft von ihrer Pelzmütze auf einen weißen Anorak, giftgrüne Hosenbeine schauen darunter hervor. Sie trippelt auf hochhackigen weißen Lederstiefeln zur Beifahrertür und lugt prüfend durchs beschlagene Fenster, bevor sie die Tür öffnet und auf den Sitz klettert. Jetzt, von Nahem, während sie ihren Anorak öffnet und ihre absurde Kopfbedeckung abnimmt, erkennt Manni, dass sie mitnichten ihre Obduktionsklamotten trägt, sondern einen Hosenanzug mit akkuraten Bügelfalten. Auf ihrem Bauch blitzt eine goldene Schnalle.

»Ist alles in Ordnung?«, fragt die Rechtsmedizinerin.

»Yep.« Manni rührt mit dem Zündschlüssel im Schloss. Nach dem dritten Versuch erbarmt sich der Anlasser und erweckt den Dienstwagen keuchend zum Leben. Die Russin klemmt ihre Untersuchungstasche auf den Boden und drapiert sich die Pelzmütze auf die Knie. Offenbar hat ihr noch nie jemand erklärt, dass farbiger Lidschatten eindeutig nicht dem aktuellen Schönheitsideal entspricht. Grün hat sie heute gewählt, natürlich, was auch sonst. Immer schön Ton in Ton.

Sie fahren, ohne miteinander zu reden, und das Schweigen ist kein angenehmes Schweigen, sondern eines, das mit jeder Sekunde mehr Gewicht bekommt, sich wie eine Mauer zwischen ihnen türmt. Er könnte dagegen anreden, die Petrowa fragen, wie es ihr in Köln gefällt oder nach ihrer russischen Heimat, so wie er es normalerweise bei neuen Kollegen tut. Doch er hat keine Lust dazu, keinen Elan, und so überlässt er sich den Gedanken an Sonja, die ihn für den Abend zum Essen eingeladen hat. Hatte sie ihm wirklich von dem Yoga-Workshop erzählt? Wie sieht ihre Wohnung aus, was wird sie kochen? Er stellt sich Sonjas Körper vor, ihren Geruch, ihr Lachen. Er denkt an das, was sie nach dem Essen tun werden. Er sollte ihr ein paar Blumen mitbringen. Oder eine Flasche Wein.

Die Russin räuspert sich.

»Warum wollen Sie, äh, willst du dabei sein?« Ihre Stimme ist in Relation zu ihrem zierlichen Körper erstaunlich dunkel und kräftig, einmal mehr fällt Manni das auf.

»Dienstanweisung«, sagt er knapp und weicht einem parkenden Lieferwagen aus, zieht direkt vor einen fetten BMW, dessen Fahrer die Hupe malträtiert und wütend gestikuliert. Ekaterina Petrowa taxiert ihn von der Seite, verzieht keine Miene. Manni quetscht den Focus wieder auf die rechte Spur. Dienstanweisung ist nur zum Teil korrekt, er selbst hat im Morgenmeeting dafür plädiert, ins Krankenhaus zu fahren, allerdings allein. Er vermag nicht zu sagen, warum ihm das so wichtig ist, schließlich ist das Geheimnis des bewusstlosen Mädchens nur ein Puzzlestein von vielen. Und doch ist Manni davon überzeugt, dass bei ihr die Suche nach dem Täter beginnen muss, dass sie vielleicht sogar das Bindeglied zwischen den beiden toten Männern darstellt. Wie komme ich eigentlich darauf, fragt er sich jetzt unter dem prüfenden Blick der Russin und sieht für den Bruchteil einer Sekunde nicht das Komamädchen vor sich, sondern Sonja, was ihn nun wirklich überhaupt nicht weiterbringt.

Die Russin dreht den Kopf zum Seitenfenster und starrt in den Regen. Die Stille zwischen ihnen bläht sich wieder auf. Millstätt hat ihm die Petrowa aufs Auge gedrückt, und wer weiß, vielleicht erweist sich Karl-Heinz Müllers russisches Talent ja tatsächlich als nützlich. Die Ampel schaltet auf Grün, Manni gibt Gas. Die Zeit läuft ihnen weg, sie müssen sich beeilen. Seine Unruhe ist nicht greifbar, nicht begründbar. Er lenkt sich ab mit Gedanken an die Pennerin, die sie vorhin entlassen haben. Für ihre obdachlosen Kollegen wird es heute ungemütlich. Polizeibeamte wirbeln ihre behagliche Welt durcheinander, in Heimen, Teestuben, Treffpunkten auf der Platte. Werden sie den ominösen Zeugen oder gar Mörder des S-Bahn-Fahrers so finden? Judith Krieger scheint das zu glauben.

Am Krankenhaus manövriert Manni den Dienstwagen in eine Miniaturparklücke direkt am Eingang, was die Russin zum Glück dazu bewegt, ihre Pelzkopfbedeckung auf dem Beifahrersitz zu lassen. Ihre Absätze klappern auf dem gefliesten Boden im Eingangsbereich, die schwere Tasche schlägt im Takt ihrer Schritte gegen die Knie. Während ihrer schweigsamen Fahrt hat Manni geglaubt, sie sei unsicher, doch sobald sie die Oberärztin begrüßt hat, ist davon nichts mehr zu spüren. Inhalationstrauma, Bronchoskopie, Methämoglobinmessung, Trachotomie, Luftröhrenintubation. Die beiden Frauen schnattern im Fachkauderwelsch aufeinander ein, scheinen sich blendend zu verstehen. Schweigend trabt Manni hinter ihnen her, bemüht, die Erinnerungen an seinen Vater in Schach zu halten. Beinahe im Viertelstundentakt hatte seine Mutter ihn nach dem Streit am Krankenbett bekniet, sich wieder mit seinem Erzeuger zu versöhnen, damit der in Frieden sterben könne, aber Manni war zu sauer gewesen, hatte geglaubt, sie dramatisiere wie immer. Und er hatte andere Sorgen gehabt, er hatte den Fall lösen wollen, den verschwundenen Jungen finden, und dann war es zu spät gewesen.

Am Eingang der Intensivstation müssen sie ihre Jacken gegen hellgrüne OP-Hemden tauschen und streifen gleichfarbige Hosen, Schuhschoner und Mundschutz über. Das Komamädchen liegt viel zu reglos in den Kissen, eingekesselt von diversen Maschinen, die dezent summen und fiepen. Ein durchsichtiger Schlauch führt in ihre Kehle, sie wird also noch immer künstlich beatmet. Ein schönes Mädchen, wahrscheinlich noch nicht einmal achtzehn. Heute Abend wird ihr Foto in den Lokalnachrichten gezeigt, morgen früh in den Zeitungen abgedruckt. Wird jemand sich melden, sie wiedererkennen, ihre Geschichte erzählen? Nein, denkt Manni, so wird es nicht sein, und dieses Wissen, das er nicht begründen kann, schürt seine Unruhe noch mehr.

Die Oberärztin winkt sie weiter, zurück auf den Flur, in ihr Büro.

»Wie geht es ihr?«, fragt Manni, bevor die beiden Frauen erneut zu fachsimpeln beginnen.

Die Oberärztin wühlt in den Ablagekörbchen ihres Schreibtischs. »Ihr Kreislauf ist stabilisiert. Wir beatmen sie mit Sauerstoff, hoffen, das Kohlenmonoxid im Blut so vollständig zu binden. Sie hat eine sehr schwere Rauchvergiftung erlitten, eine ganze Reihe von durch den Brand freigesetzten Schadstoffen eingeatmet.«

»Und das heißt was?«

Die Oberärztin richtet sich auf, sieht Manni direkt in die Augen. »Ich kann leider nicht eindeutig prognostizieren, wie es weitergeht.«

»Sie kann einen Hirnschaden haben«, meldet sich die Petrowa zu Wort.

Die Oberärztin nickt. »Wir wissen leider nicht, wie lange sie in diesem Keller den Rauchgasen ausgeliefert war.«

»Aber es könnte auch sein, dass sie gesund wird?« Die Vorstellung, dass der schöne Körper des Mädchens nicht mehr ist und niemals mehr sein wird als eine Hülle, macht Manni nervös, obwohl er in den Jahren bei der Polizei wahrlich genug Scheiße zu sehen bekommen hat.

»Erwarten Sie nicht zu viel.« Die Oberärztin hat nun endlich gefunden, was sie suchte, kommt hinter dem Schreibtisch hervor und heftet Röntgenaufnahmen auf die Lichtkästen an der Wand.

»Bitte, Frau Kollegin«, sagt sie zur Petrowa und verzieht sich dann erneut hinter ihren Schreibtisch.

Wie ein Tier, das Witterung aufnimmt, tritt die russische Rechtsmedizinerin an die Leuchtkästen heran. Sie scheint alles andere um sich herum zu vergessen, ist vollkommen auf die Analyse konzentriert, kneift die Augen zusammen, tritt vor, zur Seite, wieder zurück. Nach etwa einer Minute bleibt sie stehen, tippt mit dem Fingernagel auf eine der Aufnahmen und reißt die grün ummalten Augen auf.

»Sehen Sie mal.«

Die Gummisohlen der Oberärztin quietschen auf dem PVC-Boden, als sie erneut hinter ihrem Schreibtisch hervorkommt.

»Mein Gott«, sagt sie, als sie neben der Petrowa steht. »Wer hatte denn am Wochenende Dienst? Warum hat das denn noch niemand bemerkt?«

»Kann mich bitte mal jemand aufklären?« Manni positioniert sich dicht hinter die beiden Ärztinnen, die irgendetwas von Verkalkung faseln und dabei einen verschwommen-verästelten Fleck auf der Röntgenaufnahme fixieren. Ein Fleck im unteren rechten Lungenflügel, sofern Mannis anatomische Kenntnisse ihn nicht täuschen. Ein Hauch süßliches Parfum steigt ihm in die Nase, ohne dass er entscheiden könnte, welche der beiden Frauen es benutzt. Wahrscheinlich die Russin.

Als habe sie seine Gedanken gehört, dreht sich die Petrowa zu Manni herum und mustert ihn.

»Sie hat Tbc«, verkündet sie nach einer Kunstpause. »Tuberkulose. Eine ältere Infektion, nicht akut, aber auch nicht völlig ausgeheilt.«

»Ich dachte, Tuberkulose gibt es nicht mehr.«

»Nicht in Deutschland«, erklärt die Oberärztin. »Doch in ärmeren Ländern sehr wohl.«

»Ukraine. Weißrussland«, sagt die Petrowa. »Russland natürlich.« Und obwohl sie von ihrer Heimat spricht und noch dazu Karl-Heinz Müllers hohe Meinung von ihren Fähigkeiten eindrücklich unter Beweis gestellt hat, sieht sie alles andere als glücklich aus.

* * *

In der Nacht hat sie wieder den Traum gehabt. Schwebte allein in fast abstrakter Leere, die Landschaft unter ihr weit und verödet, die Sehnsucht nach Leben übergroß. Jetzt weißt du, wie es ist. Im Moment des Aufwachens glaubte sie plötzlich Fallschirme am Himmel zu sehen, tödliche Pilze, und sie war sicher, die Stimme identifizieren zu können, den Sprecher zu sehen, ja, ihn zu kennen. Sie griff nach Schreibblock und Stift, die sie auf dem Nachttisch neben dem Telefon bereitgelegt hatte. Doch mit jeder Sekunde nach dem Klingeln des Weckers war ihr die Stimme weiter entglitten, bis nichts als ein diffuses Unbehagen blieb, das Judith nicht als Angst bezeichnen will. Trotzdem hat sie an diesem Morgen ihre Kleidung sorgfältiger ausgewählt als sonst, hat sich für die Marlene-Dietrich-Hose, die schwarze Bluse und den meerblauen, grobmaschigen Mohairpullover mit dem V-Ausschnitt entschieden. Sie hat noch einen Augenblick vor dem Garderobenspiegel gestanden und versucht, das Rätsel der Nacht zu lösen, in der es diesmal keinen Anruf gab. Ich muss mich wappnen, hat sie gedacht, ohne sagen zu können, wofür.

Judith lehnt sich im Bürostuhl zurück, dreht sich eine Zigarette. Es ist fast Mittag, die meisten Kollegen sind unterwegs. Schlingen in der Kantine das Tagesgericht runter. Befragen Anwohner, ermitteln die Personalien der Kunstfabrikmieter und Angestellten der Pizzeria Rimini. Fahnden im Obdachlosenmilieu nach dem ominösen Mann, den der Zeuge auf den Gleisen gesehen haben will, auch wenn es immer unwahrscheinlicher wird, dass es diesen Mann überhaupt gibt. Judith selbst ist auf Millstätts Anweisung hin im Präsidium geblieben und versucht, die Spuren und Fragmente zu ordnen und daraus eine Strategie für das weitere Vorgehen zu entwickeln. Ein Job, den klassischerweise die Teamleitung übernimmt, aber wieder war sie zu stolz, Millstätt darauf anzusprechen. Hofft sie, dass er sie befördert? Nicht einmal dessen ist sie sich sicher. Auf jeden Fall sehnt sich ein Teil von ihr nach etwas, das nicht hier in diesem Präsidium liegt.

Judith zündet ihre Zigarette an. Die Vernehmung der obdachlosen Frau aus den Bahnkatakomben hängt ihr noch nach. Die Unmöglichkeit, sie zu erreichen. Judith inhaliert tief, betrachtet das Flipchart. Sie hat die Namen der Opfer in rote Kreise geschrieben: Wolfgang Berger. Luigi Baldi. Das Mädchen X. Pfeile zeigen mögliche Verbindungen zwischen ihnen und weiteren Namen in Blau an, die sie umgeben. Zeugen. Anwohner. Verdächtige. Fragezeichen stehen auf den Pfeilen und neben den Namen, zu viele Fragezeichen.

Sie trinkt einen Schluck lauwarmen Kaffee, wendet sich wieder den Stapeln auf ihrem Schreibtisch zu. Die Brandermittler sind immer noch nicht mit dem Abschlussbericht rübergekommen. In einer Mappe liegen die Porträtfotos der Opfer, Judith heftet sie an die Magnettafel. Luigi Baldi hatte schwarzes, krauses Haar und Augen, die, soweit sie das auf dem vergrößerten Passfoto erkennen kann, gutmütig aussehen und lustig. Das Mädchen X ist von beinahe durchsichtiger, elfenhafter Schönheit. Wolfgang Berger hat Hamsterbacken und ein fliehendes Kinn. Alle drei sehen Judith an. Was verbindet sie, fragt Judith sich einmal mehr. Warum hat der S-Bahn-Fahrer sich auf die Strecke versetzen lassen, die neben der Pizzeria Rimini endet, in der Luigi Baldi nur einen Tag nach ihm qualvoll starb? Bislang gibt es keinerlei Hinweis darauf, dass die beiden Männer, die nun nebeneinander in Kühlfächern der Rechtsmedizin liegen, sich lebend je begegnet sind, und die junge Frau kann nicht aussagen, was sie weiß.

Judith blättert einmal mehr durch Bergers Obduktionsbericht, dann durch die Protokolle der Spurensicherung. Irgendwo, zwischen all den Informationsbröckchen, die die Soko S-Bahn in den letzten Tagen zusammengetragen hat, steckt der Schlüssel zur Lösung. Sie betrachtet die Fotos aus Bergers Wohnung, das grotesk kitschige Gemälde der nackten Blonden über seinem ungemachten Bett. Um 17 Uhr hat sie einen Termin bei Bergers Bank vereinbart, auch wenn sie es für wenig wahrscheinlich hält, dort etwas Außergewöhnliches über ihn zu erfahren. Sie versucht sich vorzustellen, wie der S-Bahn-Fahrer nach einer langen Schicht in seine Wohnung kam, vielleicht eine Flasche Bier öffnete, sich ein Wurstbrot schmierte, die Bahn-Uniform gegen eine Jogginghose vertauschte. Er ist selten ausgegangen, hatte keine zeitintensiven Hobbys, kaum Kontakt zu seinen Eltern, keine engen Freunde, und seiner Einzelverbindungsübersicht zufolge hat er auch niemals mit Luigi Baldi telefoniert. Gibt es diese Frau, die er, wie sein Kollege behauptet, angeblich einmal heiraten wollte, oder war sie Bergers Erfindung? Man habe nie etwas von ihm gehört, sagen die Nachbarn. Auch von Besuch bei ihm wissen sie nichts.

Judith betrachtet die Aufnahmen aus dem Wohnzimmer. Berger wird auf dem Sofa gesessen und Fernsehen geschaut haben, und wenn das Programm zu öde war oder die Einsamkeit zu groß, wird er einen seiner Pornos in den DVD-Player geschoben haben. Nichts Verbotenes, nichts allzu Hartes, nur ein bisschen Aufregung gegen die Einsamkeit. Judith nimmt die braune Papptüte mit den Porno-DVDs aus ihrem Regal, das schon jetzt viel zu vollgestopft ist mit Asservaten. Wahllos greift sie nach einer DVD und schiebt sie in ihren Computer. Die Frau, die auf ihrem Monitor erscheint, ist kaum älter als die Komapatientin. Ihre kleinen Brüste wackeln heftig unter den Stößen des Mannes, der hinter ihr kniet. Bitte, stöhnt sie, bitte, bitte, bis ein weiterer Mann mit erigiertem Schwanz ins Bild kommt, den sie augenblicklich in den Mund nimmt. Judith wirft die DVD aus, steckt willkürlich eine andere in den Computer, deren Inhalt sich nur wenig von dem der ersten unterscheidet. Haben Berger diese stets willigen, stets lächelnden, stets geilen Frauen aus den Filmen auf Dauer genügt? Wahrscheinlicher ist, dass er sich aufgemacht hat, die industriell gefertigte Scheinwirklichkeit mit Leben zu füllen, besser gesagt, mit lebendigem Fleisch.

Judith steckt die DVDs zurück zu den anderen. Jemand muss sich die Filme von Anfang bis Ende ansehen und kontrollieren, ob womöglich in einem die Komapatientin agiert. Makowski von der Sitte, den Millstätt ins Team geholt hat. Sie steht auf, schlängelt sich zwischen Aktenstapeln, Asservaten und Schreibtisch zum Fenster durch.

Die Pornobilder sind alles andere als erotisch, und deshalb ärgert es sie umso mehr, dass sich nun auch noch die Erinnerungen an David in ihr Bewusstsein drängen. Das Wasser des kanadischen Sees, an dessen Ufern sie sich geliebt hatten, war wie Seide auf ihrer Haut. Ihr Körper fühlte sich fließend und weich an, sie war glücklich, unschlagbar – bis zum jähen, ernüchternden Ende dieser Liaison. Seitdem hat sie sich in die Arbeit gestürzt. Zu sehr vielleicht, zu lange, denkt sie jetzt, mit unerklärlicher Wut.

»Hier ist die Nummer, die du haben wolltest.« Ralf Meuser steckt die Nase zur Tür ihres Büros herein und wedelt mit einem gelben Post-it-Notizzettel.

»Danke, kleb ihn aufs Telefon.« Sie schickt den jungen Kollegen wieder los, diesmal um herauszufinden, was vor über 25 Jahren mit dem Bein der Künstlerin Theodora Markus geschah. »Frauen für Frauen« steht auf dem Zettel, den er zurückgelassen hat. Ein Name, Adresse, Telefonnummer darunter. Sogar eine Website. Immer noch auf der Rückseite ihres Schreibtischs stehend, wählt Judith die Nummer, legt aber sofort wieder auf, als sie das erste Freizeichen hört. Sie schafft es nicht. Jetzt nicht. Nicht so. Durch das Fenster sieht sie den Dom: zwei dunkle Spitzen in verschwommenem Grau. Wieder hat sie dieses Gefühl, dass etwas auf sie zukommt, eine Gefahr, unaufhaltsam, immer schneller. Sie braucht Bewegung, muss raus aus dem winzigen Eckbüro, das sie bei ihrer Rückkehr im Sommer bezogen hat. Eine Notlösung war das eigentlich gewesen, doch weil sie es mit niemandem teilen muss, ist sie geblieben.

Ihr Handy spielt Queen, als sie schon den Ledermantel übergezogen hat. Die Nummer auf dem Display ist die des Journalisten Gero Sanders. Noch so eine Sache, um die sie sich kümmern muss. Sie drückt den Anruf weg, steckt das Handy in die Manteltasche, stürmt auf den Flur.

»Du gehst«, stellt Millstätt fest, den sie auf dem Weg zum Aufzug beinahe über den Haufen rennt.

Sie nickt, hat keine Lust, ihm etwas zu erklären. Hat keine Lust, ihn zu fragen, was er mit ihr plant.

»Gero Sanders«, sagt sie zwei Stockwerke tiefer im Büro des Polizeipressesprechers. »Der will unbedingt eine Story mit mir, hat sogar meine Handynummer. Kommt das von dir?«

»Ein guter Mann, red mit ihm.« Der Pressesprecher knüllt eine Brötchentüte zusammen und wirft sie zielsicher in seinen Papierkorb.

»Ich hab keine Zeit für eine Personalitystory.«

Ihr Gegenüber hält ihr eine Klarsichthülle hin. »Er schreibt diese Story für den *Stern*! Tu es fürs Image unseres geschätzten Arbeitgebers. Hier, das hat Sanders für dich abgegeben. Arbeitsproben. Wollt ich dir gerade schicken.«

»Frag mich, bevor du das nächste Mal meine Handynummer rausgibst.«

»Dein Chef hat bereits grünes Licht gegeben.«

Millstätt, na prima. Warum hat er ihr nichts davon gesagt, und, noch wichtiger, warum hat er sie nicht erst mal gefragt? Er lässt sie schuften und hält sich bedeckt. Judith reißt dem Pressesprecher die Klarsichthülle aus der Hand, stopft sie in ihre Umhängetasche. Wirft die Visitenkarte des Journalisten, die der Pressesprecher ihr hinhält, hinterher. Sie wird Sanders nicht anrufen, und wenn ihr das noch so viele Minuspunkte einbringt. Niemand kann sie dazu zwingen. Sie ist nicht das weibliche Aushängeschild der Mordkommission.

Die Dienstwagen sind alle unterwegs, zwei Streifenkollegen fahren Judith zur Wohnung der Künstlerin Nada. Nanette Dannen heißt die mit bürgerlichem Namen und ist unter einer Adresse im Stadtteil Eigelstein gemeldet. Türkische Restaurants, Schmuckläden, Metzger dominieren hier das Straßenbild. Die Straßen sind eng, Tauben scharren in den Rinnsteinen, verschleierte Frauen huschen wie Schatten an den jugendlichen Möchtegernmachos vorbei, die mit ihren Mobiltelefonen protzen und den Studentinnen der nahe gelegenen Musikhochschule nachgaffen. Nada lebt in einem leicht baufällig wirkenden Haus, direkt über einem Döner-Imbiss. Ihr bürgerlicher Name ist auf ein Stück Klebeband neben dem Klingelknopf geschrieben. Judith klingelt, einmal, mehrmals, immer nachdrücklicher. Erst bei der Künstlerin, dann bei ihren Nachbarn, bis schließlich eine verschlafen klingende Frau durch die Gegensprechanlage antwortet und die Tür aufdrückt.

Sie ist noch jung, etwa Mitte zwanzig, und lebt in der Wohnung neben Nada. Sie hält mit der linken Hand ihren seidenen Bademantel zu, während sie Judiths Dienstausweis inspiziert. »Patricia Lohmann« steht über der Klingel neben ihrer Tür. Auf ihrem Bademantel sind Blütenzweige und Schmetterlinge eingestickt.

»Nada verreist manchmal für ein paar Tage«, nuschelt sie und gähnt.

»Sagt sie Ihnen dann Bescheid?«

»Manchmal. Meistens. Diesmal nicht.« Die Frau niest, fördert ein zerknülltes Papiertaschentuch aus ihrer Bademanteltasche zutage und schnäuzt sich ausgiebig. »Sorry, der Boden ist saukalt.« Sie deutet auf ihre nackten Füße. »Ich hab noch geschlafen, hab bis vier Uhr morgens bedient«, fügt sie hinzu.

»Sie sind Kellnerin?«

»Studentin. Aber von irgendwoher muss die Kohle ja kommen.«

»Wie gut kennen Sie Nanette Dannen?«

Patricia Lohmann gähnt erneut. »Wir sind Nachbarinnen, seit ich vor zwei Jahren hier eingezogen bin. Hängen manchmal zusammen ab, wenn es sich ergibt. Gießen gegenseitig unsere Blümchen, nehmen Pakete füreinander an, so was halt.«

»Sie haben einen Schlüssel zu ihrer Wohnung?«

»Ja.«

»Ich würde gern einen Blick reinwerfen.«

»Warum? Hat sie was verbrochen? Brauchen Sie dafür nicht so ein Durchsuchungsdingsda?«

Kluges Kind. Judith zwingt sich zu einem Lächeln. »Ich will nur kurz nachsehen, ob alles in Ordnung ist.«

»Wieso? Wo ist das Problem?«

»Ich versuche seit Tagen, Nanette Dannen zu erreichen. Ich brauche ihre Aussage in Zusammenhang mit einer Mordermittlung, und zwar schnell. Aber sie ruft nicht zurück.«

»Macht sie nie, wenn sie beschäftigt ist.« Patricia Lohmann niest erneut, zieht den rechten Fuß unter den Bademantel.

»Kann es sein, dass sie in Kroatien ist?«

»Im Januar? Das glaub ich nicht.«

»Vielleicht gibt es in ihrer Wohnung einen Hinweis, wo sie sich aufhält«, sagt Judith.

»Also gut, aber nur ein Blick.« Patricia Lohmann verschwindet in ihrem Flur und kommt kurze Zeit später mit einem Schlüssel in der Hand und neongrünen Filzpantoffeln an den Füßen zurückgeschlurft. Statt eines Gürtels hat sie sich einen Wollschal um den Bauch gebunden. Nadas Wohnungsschlüssel gibt sie nicht aus der Hand.

Die Wohnung der Künstlerin besteht aus einer winzigen Schlafkammer, die fast vollständig von einer Zweimal-zwei-Meter-Matratze eingenommen wird, Flur, Miniküche und einem Wohnzimmer. Alles ist sauber und peinlich aufgeräumt. Der Flur ist mit Schränken vollgestellt, in denen Nada vermutlich ihre Kleidung aufbewahrt. An der Tür zum Schlafzimmer hängt die Fotografie einer blauhaarigen, nackten, mit blauer Körperfarbe bemalten Frau, die Stacheldraht in den Händen hält.

»Das war bei ihrer Friedensperformance«, sagt Patricia Lohmann und gähnt.

»Das ist Nada?«

»Na ja, so blau angemalt ist sie natürlich nicht immer, und ihre Haare sind momentan lila.«

Eine Wand des Wohnraums ist verspiegelt, vielleicht, um ein wenig mehr Licht von der Fensterfront hereinzulotsen, wahrscheinlicher aber, weil Nada sich durchaus gern im Spiegel betrachtet. Auch Patricia Lohmann beginnt den Spiegel sofort zu nutzen und pult Kajalbröckchen aus ihren Augenwinkeln. Vor der beeindruckenden Stereoanlage liegt eine einsame CD-Hülle auf dem Boden. Aus dem schwarzen Cover leuchten Judith der helle nackte Arm und das Gesicht einer jungen Frau entgegen. Sie hebt die CD auf. Erst jetzt erkennt sie, dass sich die Frau an einen schwarzen Pferderücken schmiegt.

»Was ist das?«, fragt Judith.

»My brightest Diamond«, erklärt Patricia Lohmann. »Eine englische Sängerin. Hab ich Nada neulich geliehen, seitdem hat sie die CD fast ununterbrochen gehört, vor allem den einen Song, warten Sie«, sie nimmt die Plastikhülle, dreht sie um. »Ja, den hier: *We Were Sparkling*. Du meine Güte, glauben Sie, dass das etwas zu bedeuten hat?«

»Was glauben Sie?«

»Keine Ahnung. Nada hört ständig Musik, wenn sie arbeitet. Sie sagt, das braucht sie zur Inspiration. Und bei ihren Performances ist Musik natürlich auch sehr wichtig.«

Judith notiert den Namen der Musikerin, legt die leere CD-Hülle wieder auf den Boden. Nirgendwo in der Wohnung liegt ein Zettel mit einem Hinweis auf Nadas Aufenthaltsort. Auf dem Arbeitstisch thront ein weißes Apple-Notebook. Der Anrufbeantworter blinkt. Unwillkürlich streckt Judith die Hand aus.

»Hey, das ist aber privat.« Patricia Lohmann nimmt ihren Job als Hüterin von Nadas Heim ernst.

»Und Sie haben wirklich keine Idee, wo Ihre Nachbarin gerade sein könnte?«

Die Studentin zieht die Schultern hoch. »Sie klinkt sich manchmal aus. Ist doch verständlich, sie stand ja in letzter Zeit ganz schön unter Strom.«

»Warum?«

»Na, wegen der Ausstellung und dem Preis, den sie gewonnen hat, und dem ganzen Pressetrara.«

»Nur deswegen?«

»Haben Sie schon mal Stress mit der Presse gehabt? Die können ganz schön lästig sein.«

Judiths Handy meldet sich einmal mehr, und diesmal nimmt sie den Anruf an, weil sie die Nummer auf dem Display nur allzu gut kennt.

»Du rätst nie, was meine verehrte neue Kollegin entdeckt hat, das könnte ein echter Durchbruch sein«, verkündet der Rechtsmediziner Karl-Heinz Müller bestens gelaunt. »Kannst du sofort kommen? Manni ist schon da.«

* * *

Ekaterina Petrowa steht vor dem Spiegel im Umkleideraum des Rechtsmedizinischen Instituts, reglos, ohne ihr Ebenbild wirklich zu sehen. Die Möglichkeit, dass die junge Komapatientin aus Russland kommt, hat sie durcheinandergebracht. Der wissenschaftlich weder erklärbare noch messbare Eindruck, dass die Patientin sich entspannt und sie versteht, wenn sie russisch mit ihr spricht. Ekaterina zwingt ihren Blick zurück in die Gegenwart, starrt sich in die dunkelbraunen Augen. Denk nicht daran, denk nicht an Russland, zieh dich fertig um und konzentrier dich auf die bevorstehende Leichenschau. Doch die Bilder von der Insel sind heute hartnäckig und lassen sich nicht verscheuchen. Solowetzkij. Die Insel im weißen Meer. Am Ende des Meers, hat sie früher gedacht.

Ekaterina hat ihre ersten fünf Lebensjahre mit ihren Eltern auf dieser Insel verbracht. Es gab dort eine riesige Klosteranlage mit Zwiebeltürmen und meterdicken Schutzmauern. Man sah sie von den meisten Punkten der Insel aus, und wenn man mit dem Boot hinausfuhr, wirkte es manchmal so, als sei die Klosteranlage nicht ganz von dieser Welt und schwebe über der Insel. Aber so etwas sollte man nicht sagen, ja am besten erwähnte man nicht mal, dass es sich bei dem majestätischen Gebäude überhaupt um ein Kloster handelte, denn Klöster, Kirchen und Gott gehörten zu einer anderen Zeit. Die Glocken der Kirchen schlugen nie. Es gab auch keine Mönche und Priester mehr. Die Armee hatte das Kloster eine Zeit lang genutzt. Dann die Bauern, die ihr mageres Vieh in die Innenhöfe pferchten und ein paar der einst heiligen Räume als Kornspeicher verwendeten.

Ekaterinas Eltern lebten in einem der Holzhäuser, die sich in der Nähe des Hafens aneinanderdrängten und mit jedem Sturm ein bisschen schiefer wurden. Die Eltern redeten wenig und lachten noch seltener. Sie fielen nicht weiter auf damit. Die Kinder auf der Insel kränkelten oft. Die Erwachsenen hatten Furchen neben den Mündern und auf der Stirn, und ihre Augen suchten immer wieder das Meer, als ob sie vor etwas fliehen wollten. Das Kloster, in dessen Schatten sie lebten, schienen sie oftmals gar nicht zu sehen. Die Männer stanken nach Schnaps, vor allem dann, wenn ein neuer Monat begann. Eine gläserne Glocke schien über der Insel zu liegen, die alle Fröhlichkeit erstickte.

Ekaterina hatte einen Lieblingsplatz, abseits von Dorf und Hafen, am Ufer der See. Der Sand war sehr weiß und glitzerte. Auch die Stämme der Birken, die die Bucht umstanden, blitzten hell, wenn die Sonne zwischen den Wolken hervorbrach. Jede der Birken besaß statt eines einzigen eine Vielzahl von Stämmen, die sich in bizarren Windungen umeinander krümmten und weit verästelten. Man konnte ganz schwindelig werden von diesen Birken. Sie tanzen, sagte Ekaterinas Mutter, die Bäume tanzen einen Reigen mit dem Wind. Ekaterina wagte es nicht, ihr zu widersprechen, doch insgeheim war sie davon überzeugt, dass die Birken gar keine Bäume waren, sondern Geisterwesen.

Sie liebte die Birken, doch zugleich machten sie ihr Angst, weil sie von Leid und Tod flüsterten, Geschichten, die Ekaterina zwar hören, aber nicht verstehen konnte. An manchen Tagen war es so schlimm, dass sie die Hände auf die Ohren presste und schrie, wenn sie mit ihren Eltern durch den Wald gehen musste. Es summt, es summt, schrie sie, erleichtert, auf diese Weise nur noch ihre eigene Stimme zu hören. Aber die Erwachsenen hatten kein Verständnis für sie, und wenn Ekaterina nicht still war, riss ihr der Vater die Hände von den Ohren, hielt sie in seinen rauen Pranken, zwang Ekaterina zu hören, was sie nicht ertrug. Die Blätter rascheln und die Mücken surren, knurrte er, das ist alles, stell dich nicht so an. Doch die Birken raunten immer weiter und erzählten von der Traurigkeit, die über dieser Insel lag und die Gesichter der Erwachsenen zerfurchte, auch wenn die die Birken nicht hörten.

»Doktor Petrowa? Sind Sie da drin?«

Die Stimme der Institutssekretärin katapultiert Ekaterina zurück in die Gegenwart. Erschrocken starrt sie sich ins Gesicht. Ihr ist kalt geworden, nur in BH und Slip steht sie vor dem Spiegel. Wie lange musste Karl-Heinz Müller schon auf sie warten, weil sie sich in unnützen Tagträumereien verloren hat?

»Ich komme!«, ruft sie.

Hastig fährt sie in die Obduktionskleidung und die Gummigaloschen, überprüft ihre Frisur mit der Hand, während sie in den Keller eilt. Sie hat in der vergangenen Nacht noch lange überlegt, wie sie Karl-Heinz Müller von der Veränderung der Stichwunden in Kenntnis setzen soll. Schließlich hat sie sich für einen sehr sachlichen, sorgfältig bebilderten Bericht entschieden, den sie wortlos zwischen die Tagespost des Oberarztes schmuggelte. So konnte er ihre Ergänzung des offiziellen Obduktionsberichts in Ruhe lesen und überlegen, welche Schlüsse er daraus ziehen wollte, ohne sich durch Ekaterinas Anwesenheit zu einer überstürzten Reaktion genötigt zu sehen. Sie ist unsicher gewesen, wie er auf ihr eigenmächtiges Handeln reagieren würde. Und auch jetzt weiß sie noch nicht, ob er sich von ihr hintergangen und bloßgestellt fühlt, wie ihr Chef in Frankfurt das in einer vergleichbaren Situation getan hatte, oder ob er ihre Arbeit als seinen eigenen Erfolg ausgeben wird. Die Versuchung, ihren Bericht einfach für sich zu behalten, war groß gewesen, doch das hätte gegen Ekaterinas Berufsethos verstoßen. Und Karl-Heinz Müllers erste Reaktion schien ihr recht zu geben. Mit keinem Wort hat er sie beschimpft, im Gegenteil. Da müssen wir der Staatsanwaltschaft wohl eine Ergänzung schicken, war das Einzige, was er sagte, und dann hat er augenblicklich zu einem Ortstermin im Sektionssaal gebeten.

Ekaterinas Herz schlägt bis zum Hals, als sie die Glastür zur Seite gleiten lässt. Ihr Vorgesetzter scheint es wirklich ernst zu meinen, denn neben ihm stehen die wildlockige Kommissarin Krieger und ihr schnöseliger Kollege Korzilius, von dem sich Ekaterina erst vor einer Stunde verabschiedet hat. Er zwinkert ihr zu und grinst, wirkt dabei aber nicht mehr ganz so von oben herab wie vor ihrem gemeinsamen Termin im Krankenhaus.

»Also, Vorhang auf«, sagt Karl-Heinz Müller und hebt mit Schwung das grüne Leichentuch von dem S-Bahn-Fahrer, den er schon in Bauchlage auf dem Obduktionstisch platziert hat. Eine kräftige Brise Aftershave steigt Ekaterina in die Nase, und es dauert einen Moment, bis sie begreift, dass natürlich nicht der Tote parfumiert ist, sondern ihr Chef.

»Katja«, intoniert Müller theatralisch. »Bitte schön. Zeig uns, warum wir die verehrte Staatsanwaltschaft und die Kriminalpolizei mit einer Ergänzung zu unserem Bericht belästigen müssen.«

»Katja?«, fragt Manfred Korzilius.

»Die russische Kurzform von Ekaterina«, verrät Müller mit Besitzerstolz. »Hat sie mir beim Vorstellungsgespräch verraten.«

Ekaterina fühlt, wie ihr die Röte ins Gesicht schießt. Sie hatte damals einen Moment nicht aufgepasst und ihr Prinzip vernachlässigt, Privates und Berufliches strikt zu trennen, ganz beseelt von der mündlichen Zusage, in Köln arbeiten zu können. Das rächt sich jetzt.

»Katja«, wiederholt der Schnöselkommissar überflüssigerweise, wodurch sich auch seine Kollegin bemüßigt fühlt, persönlich zu werden.

»Wo genau aus Russland kommst du eigentlich her?«, fragt sie.

»Kolahalbinsel«, sagt Ekaterina knapp, weil die Erinnerungen an ihre ersten Lebensjahre mit den traurigen Birken auf der Klosterinsel nun wirklich niemanden etwas angehen. »Ein Dorf in der Nähe von Nikel.«

Sie sieht genau, dass keiner der drei Deutschen Nikel kennt oder auch nur eine Vorstellung davon hat, wo die Kolahalbinsel liegt, aber sie weiß aus Erfahrung, dass jede Erklärung nur zu weiteren Fragen führen wird. Energisch zieht sie sich den Mundschutz vors Gesicht und positioniert die Untersuchungslampe im optimalen Winkel zu Einstichwunde Nummer fünf.

»Hier ist ein Schatten über der Wunde«, beginnt sie ihren Bericht, der die Aufmerksamkeit der Deutschen augenblicklich in eine weniger gefährliche Richtung lenkt. »Und hier über diesem Einstich gibt es einen identischen Befund. Sichtbar wurde das jedoch erst 24 Stunden nach der Obduktion.«

Wie immer, wenn sie über ihre Arbeit spricht, gewinnt sie schnell an Sicherheit. Präzise skizziert sie ihre Nachuntersuchungen und die typische Post-mortem-Wundentwicklung unter Kühlbedingungen. So einfach wie möglich erläutert sie, dass Wunden vertrocknen und dadurch in der Regel schwerer zu begutachten sind, dass aber minimale Hautabschürfungen wie die vorliegenden durch das Austrocknen nachdunkeln können.

»Die Stiche wurden mit erheblicher Wucht ausgeführt,

wodurch die Klinge teils in voller Länge in den Körper stieß. Bei den Schatten über den Wunden handelt es sich um Abdrücke des Messergriffs«, endet sie. »Ihr Abstand zu den Wunden beträgt etwa einen Zentimeter.«

Einen Moment lang sagt keiner etwas. Ekaterina hebt den Blick. Karl-Heinz Müller zeigt noch immer keine Anzeichen von verletzter Eitelkeit, im Gegenteil, er wirkt bestens gelaunt. Der Kommissar federt auf den Ballen seiner Sportschuhe, als bereite er sich für einen Dauerlauf vor. Judith Kriegers merkwürdige Augen mustern Ekaterina aufmerksam.

»Ein wichtiger Hinweis«, sagt sie.

Ekaterina wiegt den Kopf. »In der Tat erlauben die Schatten gewisse Rückschlüsse auf die Beschaffenheit der Tatwaffe.«

»Es gibt Messer mit Griffschutz«, sagt Korzilius. Sie wirft ihm einen abschätzenden Blick zu. Er ist schnell, denkt sie. Ich darf ihn nicht unterschätzen.

»Australische Bowiemesser«, verkündet der Kommissar, wie zur Bestätigung ihrer Gedanken. »Die haben so ein Quermetall über der Klinge, damit man mit den Fingern nicht versehentlich auf die Klinge rutscht, wenn man ein Krokodil absticht.«

»Das Quermetall nennt man Parierelement«, sagt Karl-Heinz Müller. »Bowiemesser haben das zwar, kommen aber für unsere Zwecke nicht in Frage, denn ihre Klinge ist zweischneidig und bis zu zwanzig Zentimeter lang.«

Korzilius pfeift durch die Zähne. »Da spricht ein Kenner.«

Karl-Heinz Müller grinst. »Ich hab Google bemüht, während du mit Katja im Krankenhaus warst.«

»Ekaterina«, murmelt Ekaterina, doch ihr Protest geht in Judith Kriegers nächsten Worten unter.

»Was also suchen wir?«, fragt die Kommissarin.

»Wir suchen ein kleineres Messer, einschneidig, mit glatter Klinge und Parierelement, mit einer Klingenlänge von maximal acht Zentimetern«, antwortet Karl-Heinz Müller. »Das heißt natürlich: Ihr sucht das. Wir haben nämlich unseren Job fürs Erste getan.«

Ekaterinas rechte Socke hat sich irgendwie in dem Gummiclog zusammengerollt. Ekaterina hebt den Fuß und zerrt sie zurecht. Warum ist sie selbst nicht auf die Idee gekommen, im Internet zu recherchieren, wie die Tatwaffe aussehen könnte? Sie hat sich gestern in der Badewanne Gedanken über Messer gemacht, ja, aber das ist natürlich nicht genug. Trotzdem macht ihr Vorgesetzter keinerlei Anstalten, sie zu tadeln, verkauft sein Wissen stattdessen so lässig, als wäre es ihr gemeinsames Untersuchungsergebnis. Einmal mehr wird ihr klar, wie gut sie es mit der Stelle in Köln getroffen hat und dass sie noch einiges von Oberarzt Müller lernen kann.

»Wir geben den Bericht sofort an die Kriminaltechnik«, sagt Judith Krieger. »Irgendwo hab ich so ein Messer schon mal gesehen.«

»Ich hab da noch was für eure Kollegen«, sagt Karl-Heinz Müller und schreitet zum hinteren Obduktionstisch, auf dem sich unter einem Tuch, wie Ekaterina erst jetzt bemerkt, ebenfalls die Konturen eines Patienten abzeichnen. Einvernehmlich wie ein Schwarm junger Enten tappen die Kommissare und sie hinter dem Oberarzt her. Vielleicht wird doch noch alles gut, denkt Ekaterina. Vielleicht lernen wir tatsächlich, ein Team zu sein, vielleicht bekomme ich sogar dieses Gewalt-Projekt in den Griff. Immerhin hat die Frau, die sich Ines nannte, sich nicht über mich beschwert. Sie überlegt, ob sie ihre mitternächtliche Überprüfung der Kartei auf Ähnlichkeiten mit der

Komapatientin ansprechen soll, entscheidet sich aber dagegen. Noch ist sie mit diesen Recherchen nicht fertig. Außerdem unterliegen die Daten aus der Kartei der ärztlichen Schweigepflicht.

Karl-Heinz Müller pfeift einen seiner nervtötenden Schlager, während er das Leichentuch beiseiteschlägt. Der Geruch verbrannten Fleischs beißt in Ekaterinas Nase. So vieles kann sie ertragen, aber das fällt ihr schwer. Sie atmet flach, zwingt sich, die Augen nicht von dem Toten zu wenden.

»Ich habe mir noch mal das Handgelenk unseres Luigi vorgenommen«, sagt Karl-Heinz Müller und schaltet die Obduktionslampe an. »Es ist mir gelungen, eine ordentliche Portion von der Plastikummantelung der Handschelle zu extrahieren. Eine kriminaltechnische Untersuchung kann vielleicht den Hersteller der Handschelle ausfindig machen.«

»Scheiße«, sagt Kommissar Korzilius. »Das dauert.«

Der Oberarzt hebt die Schultern. »Ich kann nur weitergeben, was ich habe.«

»Derweil wäre es doch interessant, sich mal die Messerkollektion im Handel anzusehen«, sagt Judith Krieger. »In einem Baumarkt, der in der Nähe der S-Bahn-Haltestelle Gewerbepark liegt zum Beispiel.«

»Wir müssen los, die Presse wartet.« Der Kommissar blickt auf seine Armbanduhr.

»Die Berichte für die KTU liegen im Sekretariat«, sagt Karl-Heinz Müller. »Katja gibt sie euch.«

Katja, schon wieder Katja. Aber es ist wohl besser, die Namensfrage unter vier Augen zu klären, also nickt Ekaterina und setzt sich in Bewegung.

»Unsere Komapatientin hat übrigens Tbc«, sagt Korzilius im Sekretariat zu Judith Krieger, während Ekaterina nach den Unterlagen sucht, denn von der Sekretärin ist wieder einmal nichts zu sehen. »Katja hat das entdeckt«, fügt Korzilius hinzu, immer noch über Ekaterinas Kopf hinweg. »Eine russische Krankheit, sagt sie. Was wiederum die These stützt, dass das Mädel in dem Keller eingesperrt war und anschaffen musste.«

»So langsam wird's doch«, antwortet Judith Krieger, und etwas an der Art, wie sie das sagt, macht Ekaterina noch wütender.

»Hier sind die Unterlagen«, sagt sie steif, dreht sich um und lässt die Kommissare einfach stehen, auch wenn sie dadurch die eben erst schüchtern aufgekeimte Harmonie zum Teufel jagt.

* * *

Der Konferenzraum riecht nach kaltem Zigarettenrauch, Kaffee und Rasierwasser. Die Pressegeier drängeln und stürzen sich auf die Fotos wie ausgehungerte Krähen. Ein unbekanntes, bewusstloses Mädchen mit einem hübschen Gesicht, das ist definitiv eine willkommene Zutat zur verkohlten Leiche eines Pizzabäckers. Man kann förmlich zuschauen, wie die Schlagzeilen und Bildunterschriften in ihren Köpfen zu tickern beginnen. Manni betrachtet das Foto zum x-ten Mal. Wird dieses Mädchen je wieder aufwachen und dann etwas aussagen können, oder ist sie nur noch ein schöner Körper, den die Intensivmedizin am Sterben hindert? Wir wissen es nicht, hat die Oberärztin gesagt. Wir können nicht sagen, wie lange ihr Gehirn ohne Sauerstoff auskommen musste. Manni versucht sich vorzustellen, wie sie herkam aus Russland, was sie hier wollte, wie es ihr ergangen ist. Ein naives Mädchen, wie so viele andere auch, die seit dem Fall des Eisernen Vorhangs aus ihren armseligen Dörfern im Osten in die EU transportiert worden sind. Menschenhandel ist ein Milliardengeschäft. Es gibt seriöse Schätzungen, nach denen jede Zwangsprostituierte, die in einem reichen Industrieland anschafft, ihren Besitzern pro Jahr 50000 Euro Gewinn einbringt, ohne Steuerabzug natürlich, ein ansehnliches Jahresgehalt.

Millstätt, Judith und der Polizeipressesprecher sitzen nebeneinander auf dem Podest und blicken mit ernsten Mienen in die wabernde Journalistenhorde. Schon in der Rechtsmedizin ist Manni aufgefallen, dass seine Kollegin sich heute schick gemacht hat. Jetzt hat sie auch noch dunkelbraunen Lippenstift aufgetragen, was ihre sommersprossige Haut noch blasser wirken lässt als sonst. Ein cleverer Trick, denn das suggeriert natürlich schwere Arbeit und Last der Verantwortung und Distinguiertheit, kein PR-Heini der Welt hätte sie besser beraten können.

Manni lehnt sich in seinem Stuhl zurück und verschränkt die Arme. Versucht Millstätt die Krieger in Richtung Teamleitung zu pushen? Das wäre nicht wahnsinnig überraschend, schließlich hat er sie schon oft protegiert. Dass er das aber tut, ohne ein Wörtchen darüber zu verlieren, und dass auch Judith sich darüber ausschweigt, obwohl es seit Etablierung der Soko S-Bahn durchaus Gelegenheiten gegeben hätte, Manni über ihren bevorstehenden Karrieresprung zu informieren, steht auf einem anderen Blatt. Und dann heißt es in diesen blödsinnigen Kommuniqués, die die Chefetage in schöner Regelmäßigkeit auf ihre ohnehin schon zugemüllten Schreibtische absondert, dass effiziente und transparente interne Kommunikation das Allerwichtigste überhaupt sei, die Krönung erfolgreicher Polizeiarbeit, unentbehrlich für den *Workflow*.

»Entschuldigen Sie, Sie arbeiten doch mit Hauptkommissarin Krieger zusammen, oder?« Ein Presseheini sackt auf den Stuhl neben Manni und drückt ihm seine Visitenkarte in die Hand. »Gero Sanders, Journalist«, steht darauf. Manni betrachtet den Besitzer der Karte. Ein Mann um die vierzig, sportlich lässig, mit einem Blick, der genau jene Hartnäckigkeit ausstrahlt, die fast allen Vertretern seines Berufsstandes zu eigen ist, wenn sie sich an etwas festgebissen haben. Manni hält Sanders die Visitenkarte wieder hin.

»Judith Krieger sitzt da vorn, wenn Sie Fragen an sie haben.«

»Weiß ich.« Der Journalist ignoriert die Karte und lacht. Er hat eine dieser extrem tiefen Stimmen, die selbst dem größten Schwachkopf noch eine gewisse Autorität verleihen. Frauen mögen so was angeblich. Aber Manni hat nicht vor, sich davon beeindrucken zu lassen.

»Ich schreibe eine Reportage über Polizeiarbeit«, erklärt der Journalist, als Manni seine Aufmerksamkeit wieder in Richtung Podium lenkt, wo der Pressesprecher den Zeigefingernagel gegen das Mikrofon schnippt. Der Sound überträgt sich nicht in den Konferenzraum, hektisches Gerenne und Gefummele sind die Folge. Jedes Mal dasselbe Theater, warum kriegt man das nicht endlich einmal in den Griff.

»Eine attraktive Frau bei der Mordkommission, das ist mein Ansatz, gar nicht so sehr der aktuelle Fall. Und da Sie mit Judith Krieger zusammenarbeiten, würde ich gern auch Ihnen ein paar Fragen stellen.«

Attraktiv? Judith Krieger als Medienstar? Ist das ein Trick von Axel Millstätt? Manni starrt Sanders an, der dies als Aufforderung versteht, weiter auf ihn einzulabern.

»Im Jahr 2005 gab es im deutschen Fernsehen 125 leitende Mordermittlerinnen, aber bei der realen Kriminalpolizei keine einzige, wussten Sie das?«

»Ruhe«, zischt jemand hinter ihnen, weil nun die Mikrofone endlich ihren Dienst tun und der Pressesprecher auf gewohnt umständliche Art und Weise die Damen und Herren Pressevertreter aufs Allerherzlichste begrüßt.

»Rufen Sie mich an«, flüstert Sanders und wendet seine Aufmerksamkeit nun ebenfalls der Konferenz zu.

Eine Viertelstunde lang folgt das übliche Blabla. Nur das Nötigste rausgeben, hier und da ein Zugeständnis, ja, aber das Heft immer in der Hand behalten ist die Devise, und Judith Krieger beweist, dass sie dieses Spiel hervorragend beherrscht.

»Wir sind auf Ihre Hilfe angewiesen«, appelliert sie am Ende ihres Berichts und stützt sich auf die Ellbogen, als wolle sie sich im nächsten Moment mit den Pressefuzzis verbrüdern. »Veröffentlichen Sie das Foto der schwer verletzten Unbekannten, dann können wir sie vielleicht schon bald identifizieren. Auch Gäste der Pizzeria Rimini sollen sich bitte dringend bei uns melden.«

Fragen folgen: nach dem derzeitigen Aufenthaltsort der Frau, ihrem Verhältnis zu Luigi Baldi. Nach einer Weile schaltet sich Millstätt ein. Eventuell wurde die junge Frau gefangen gehalten, eventuell stamme sie aus Russland, mehr könne man derzeit aus ermittlungstechnischen Gründen nicht preisgeben, man bitte um Verständnis. Murrend beginnt die Meute sich aufzulösen. Nur der Reporter Sanders schnürt zum Podium.

»Frau Krieger, wir haben schon telefoniert«, tönt er sonor und wedelt mit einer weiteren Visitenkarte. »Ich bin Gero Sanders.«

Judith Krieger taxiert ihn mit Katzenaugen. »Die Antwort ist Nein.« Sie drängt zum Ausgang, ohne sich um den Protest des Reporters zu kümmern.

»Geben Sie mir eine Chance, gehen Sie wenigstens mit mir essen«, posaunt er.

Judith Krieger drückt die Glastür, die den öffentlich zugänglichen Bereich des Polizeipräsidiums vom internen trennt, vor seiner Nase zu.

»Herrgott, ist der hartnäckig«, stöhnt sie.

»Was hast du gegen Publicity?« Manni drückt auf den Aufzugknopf.

»Als Quotenmausi für ein Hochglanzmagazin? Vielen Dank.«

»Karriere machst du ja auch so.«

»Weil ich gerade den Ermittlungsstand referieren durfte? So ein Quatsch. Das ist wohl eher ein Belastungstest.«

Sie starrt beharrlich auf ihre Stiefelspitzen, während der Aufzug sie hinauf ins KK 11 trägt, und plötzlich hat Manni keine Lust mehr, mit ihr die Suche nach der Identität des Komamädchens in Puffs und Nachtclubs abzusprechen, zumal dies allzu leicht in die nächste Grundsatzdiskussion ausarten kann. Besser, er überrascht Judith Krieger mit Resultaten – und Axel Millstätt gleich dazu. Besonders kollegial ist das natürlich nicht, aber gerade als er sich dazu durchgerungen hat, das Thema Bordellsuche doch noch anzusprechen, verscherzt es sich die Krieger endgültig für diesen Tag.

»Checkst du den Baumarkt?«, sagt sie oben im KK 11 und verdrückt sich, ohne Mannis Antwort abzuwarten, in ihr Büro.

Missmutig schlendert Manni zu seinem Schreibtisch, der sich seit ein paar Monaten wieder im Doppelbüro mit Holger Kühn befindet. Das ist okay, weil Kühn ein ruhiger

Mensch ist und außerdem, wie auch heute, häufig fehlt und an seiner Bandscheibe herumlaboriert. Was allerdings die Optik angeht, ist ihre Bürogemeinschaft eine Katastrophe. Manni wirft den Köterporträts, mit denen Kühn seinen Wandanteil zugepflastert hat, einen bösen Blick zu. Früher hingen wenigstens noch ein paar Surfbilder dazwischen. Doch seit Kühn dieses Hobby aufgeben musste, haben sich die plattnasig-glupschäugigen deutschen Boxer rapide vermehrt.

Manni schwingt die Füße auf den Schreibtisch. Wenn er jetzt die Biege macht, kann er noch zwei Stündchen Karate trainieren und sich frisch machen, bevor er in den Genuss von Sonjas Kochkünsten kommt. Er ruft den Anfänger an, um dem den Job mit dem Baumarkt aufs Auge zu drücken, erreicht ihn aber nicht. Er starrt das Foto des Komamädchens an und denkt dabei an Sonja. Die anderen Mädels, mit denen er bislang was Ernsteres hatte, haben ihn immer mit Anrufen bombardiert, und wenn sie das mal nicht taten, hieß das unweigerlich, dass sie schmollten. Er hatte gedacht, das sei typisch weiblich, weil auch seine Mutter sich exakt dieses Verhaltensmusters bedient. Doch Sonja ist ganz offensichtlich anders, und das steigert seine Spannung auf die bevorstehende Nacht mit ihr noch mehr.

Manni steckt das Foto des Komamädchens in seine Jackentasche und fährt seinen Rechner herunter. Auf dem Weg zum Aufzug schaut er noch kurz bei Makowski rein, der im abgedunkelten Medienraum mit glasigen Augen Pornos guckt und hastig den Zeigefinger aus der Nase nimmt, als er Manni wahrnimmt.

»Und?«, fragt Manni.

»Nur das übliche Geficke.« Makowski zuckt die Schultern, ohne die Augen vom Bildschirm zu wenden, auf dem sich gerade eine vollbusige Blondine in Reizwäsche und hochhackigen Sandaletten ohne jegliches schauspielerisches Talent an einem Typ mit Ganzkörperrasur zu schaffen macht. »Unser Mädel ist bislang nicht dabei.«

»Wie viele musst du noch?«

»Fünf.«

Die Blondine spitzt die silikonunterspritzten Lippen und beginnt zu stöhnen. Makowski drückt auf Schnellvorlauf. »Nu macht schon voran«, fordert er und winkt Manni mit einer unwirschen Handbewegung hinaus.

* * *

»Thea, hallo, alles klar?«

Sie hat Paul nicht kommen hören und kann gerade noch verhindern, dass ihr vor Schreck die Schleifmaschine von dem Sandsteinblock, den sie gerade bearbeitet, in den Oberschenkel fährt. Sie schaltet sie aus, wischt sich mit der Hand über die Stirn, wo Schweiß und Steinmehl sich zu einer juckenden Schicht vermischt haben.

»Was willst du, Paul?«

Er schlendert zu ihrem Arbeitstisch, fegt die Meißel, die Thea sich bereitgelegt hat, zu einem Haufen zusammen und setzt sich auf die frei gewordene Fläche. Er trägt dieselbe Jeans wie am Vorabend, die seine muskulösen Beine hervorragend zur Geltung bringt. Sein grauer Bart ist frisch getrimmt. Als er bemerkt, wie sie ihn mustert, lächelt er sein Verführerlächeln.

»Ich arbeite, Paul.« Die Tatsache, dass das bei Weitem nicht so barsch klingt, wie es klingen sollte, bringt die Bitterkeit des Morgens zurück, die Thea bei der Arbeit endlich abgeschüttelt zu haben glaubte. Paul trägt das eng anliegende Sweatshirt wie früher auf der bloßen Haut, es spannt über seiner Brust. Wieder lächelt er sie an. Thea platziert das Schleifgerät auf der Oberkante des Steinblocks, weitaus nachdrücklicher, als es nötig wäre. Ihre Geburtstagsfeier, zu der sie sich erst spät und mit durchaus zwiespältigen Gefühlen entschlossen hatte, ist ausgeufert, so sehr, dass sie am Morgen die Tabletten, mit denen sie ihre hämmernden Kopfschmerzen betäuben wollte, augenblicklich wieder erbrechen musste. Sie hat zu viel Wein getrunken, viel zu viel. Vielleicht wegen der Kommissarin mit ihren beunruhigenden, nicht ausgesprochenen Unterstellungen, vielleicht auch einfach nur, weil ihr Bein so brannte wie lange nicht mehr und die Blutung nicht aufhört und jeder Blick in den Spiegel ihr vor Augen führt, dass sie alt ist, unsichtbar für Männer, indiskutabel, ausgezählt.

»Ich will Geld«, sagt Paul in Theas Gedanken hinein. »Dein Obolus für unser Benefizevent ist der einzige, der noch fehlt. Sechzig Euro pro Nase für Plakate, Getränke und Musik hatten wir gesagt.«

Sechzig Euro. Thea streift die Schutzbrille herunter, die an dem Gummiband wie eine Kette um ihren Hals baumelt, was sich plötzlich anfühlt, als drücke ihr jemand die Luft ab. Thea tastet nach der Brille, dann nach dem Reißverschluss am Kragen ihrer Fleecejacke, öffnet ihn, obwohl sie ganz genau weiß, dass dies das Engegefühl in ihrer Kehle in keinster Weise erleichtern wird. Anfang des Monats und sie ist bereits pleite. Die schmale Rente von der Versicherung hat wie immer gerade für die Mietkosten für Atelier und Wohnung gereicht, die blödsinnige Party und der Klempner haben das Minus auf Theas Konto noch vergrößert. Sie wird zur Bank gehen müssen, wieder einmal betteln und lügen und den eventuellen Gewinn bei der *Angels*-Ausstellung als Sicherheit verkaufen. Egal, denkt sie, während sie zu ihrem Rucksack hinkt. Es wird schon gehen, ich werde das schaffen, und vielleicht gewinne ich ja wirklich, und wenn nicht, heißt es halt wieder einmal Callcenter, auch wenn ich das hasse.

Fünfzig Euro und ein paar Münzen stecken noch in ihrer Brieftasche, ihre Reserve für die gerade erst angebrochene Woche. Sie reicht Paul den Schein, zählt die Münzen in seine Hand. »Die letzten vier Euro bekommst du morgen«, sagt sie, »tut mir leid, durch die Party hab ich vergessen, zum Geldautomat zu gehen.«

Fast sieht es so aus, als zögere er, dann lässt er das Geld doch in seiner Hosentasche verschwinden.

»Du sagst doch, wenn du Hilfe brauchst, Thea?«

Die Worte verstärken den Druck auf Theas Hals. So hat Paul früher mit ihr gesprochen, und es hat ein paar Jahre gedauert, bis sie verstand, dass das nur eine Masche ist, um Menschen für sich zu gewinnen. Sie strafft die Schultern und schluckt hart. Neidzerfressene, klimakterische Kuh. Du selbst hast Paul nicht mehr gewollt, ihn nicht und sein Gerede von Marketing und Image, das jede ernsthafte Hingabe an die Kunst ad absurdum führt, erst recht nicht. Du selbst hast dir auch schon mal andere Liebhaber ins Bett geholt. Also beschwer dich nicht, wenn er jetzt ebenfalls eine andere hat, auch dann nicht, wenn es sich bei ihr um deine eigene Entdeckung handelt, deinen Schützling. Und hör endlich auf, ihr zu neiden, dass sie jünger ist als du, sehr viel jünger und so erfolgreich, wie du in diesem Leben nie mehr werden wirst.

Thea hinkt zurück zu ihrem Sandsteinblock, fährt mit der Hand über die raue, staubige Oberfläche, fühlt, wie sich die Kraft des Steins auf sie überträgt.

»Wo ist Nada eigentlich?«, fragt sie. »Doch nicht etwa unterwegs mit einem Mäzen?«

»Du weißt doch, wie sie ist.« Jetzt ist die Wärme aus Pauls Stimme verschwunden.

Thea unterdrückt ein Lächeln. »Nicht so gut wie du.«

»Nada arbeitet. Sie muss sich konzentrieren. Allein.«

»Du weißt nicht, wo sie ist.«

Pauls granitgraue Augen bohren sich in Theas. »Und du? Was weißt du?«

Sie schüttelt den Kopf, zerrt sich die Schutzbrille wieder vors Gesicht, greift nach der Schleifmaschine.

Er springt auf den Boden, baut sich vor ihr auf. »Du bist eifersüchtig. Immer noch.«

»Ich muss arbeiten, Paul. Lass mich in Ruhe.«

* * *

Es grenzt an ein Wunder, im Belgischen Viertel einen Parkplatz zu ergattern, doch Judith hat tatsächlich Glück und kann ihre Ente in eine Lücke direkt vor dem Restaurant manövrieren, in dem sie mit ihrem Bruder verabredet ist. Sie stellt den Motor ab, hört noch die letzten Takte Manfred Mann. Sie hat keine Lust auf dieses Abendessen, zu dem ihr Bruder sie mit seinem völlig überraschenden Anruf eingeladen hat, aber er ist so gut wie nie in Köln, und es ist über ein Jahr her, dass sie ihn oder ein anderes Familienmitglied zuletzt gesehen hat. Sie schließt für einen Moment die Augen. *You told me you were gonna win*, singen Manfred Mann, doch das erscheint ebenso falsch wie Patti Smith' Hommage an Nächte voller Liebe und Leidenschaft. Judith schaltet die Musikanlage aus. Schemen, Aussagen, Bilder, Fragen schwirren durch ihren Kopf, wild durcheinander, ohne Struktur. 23 437 Euro heißt das letzte Puzzlesteinchen, das sich zu diesem Chaos gesellt hat. 23 437 Euro, die der S-Bahn-Fahrer Wolfgang Berger am 5. Oktober letzten Jahres von seinem Sparkonto abgehoben hat, beinahe sein gesamtes Vermögen. Es war eine Barabhebung, er habe bei der Transaktion sehr entspannt gewirkt, hat der Bankangestellte berichtet, der Berger damals bediente. Doch was der S-Bahn-Fahrer mit dem Geld wollte, behielt er für sich, und nirgends in seiner Wohnung findet sich ein Hinweis darauf.

Judith verschließt ihr Auto, kauft an einem Kiosk Tabak, Blättchen und Filter und zieht sich in der Spiegelung eines Schaufensters die Lippen nach. Drei Stufen führen zu dem Lokal hinauf, das Ralf Meuser ihr empfohlen hat, weil sie keinerlei Lust auf das sterile Ambiente des Nobelhotels verspürte, in dem ihr Bruder logiert. Schlichte Holzbänke und Tische. Eine Glasvase mit Lilien und ein paar gerahmte Grafiken und historische Landkarten sind der einzige Schmuck im Raum. Die Wand neben der Bar dient als Weinregal. Ein paar Medienleute sitzen an einem Tisch und rauchen, offenbar zu erschöpft von den Anstrengungen des Tages, um noch miteinander zu sprechen. Die Tische sind mit Stoffservietten und weißen Kerzen eingedeckt. Dies ist kein 08/15-Lokal. Der verführerische Duft mediterraner Gewürze macht Judith bewusst, wie wenig sie ihren Kollegen Meuser kennt, obwohl er jede Aufgabe, die sie ihm überträgt, prompt und gründlich erledigt. Hätte Manni dieses Restaurant empfohlen? Wohl kaum.

»Schwesterherz!« Ihr Bruder Edgar, schon lange kein Rotzlümmel mehr, der sich mit seinem Zwilling Artur gegen Judith verbündet, sondern ein junger Mann mit den Gesichtszügen ihres Stiefvaters und den Augen ihrer Mutter, winkt aus einer Nische. Er umarmt Judith und küsst sie enthusiastisch auf die Wangen. »Gut schaust du aus!«

»Schön, dich zu sehen, Kleiner«, erwidert Judith und merkt, dass sie das ehrlich meint. Wenn es in ihrer Familie jemanden gab, mit dem sie hin und wieder eine gewisse Verbundenheit fühlte, dann war es Edgar, der lustige Zwilling, der zwar nicht selbst aufbegehrte, doch Judiths wilde, unerklärliche Sehnsucht nach einem anderen Leben als dem der Eltern zumindest nicht als spinnerte Jungmädchenträume verlachte.

»Ich wusste gar nicht, dass du Feinschmeckerin bist«, sagt er, nachdem sie die Speisekarte studiert und bestellt haben.

»Die Empfehlung eines Kollegen. Mir war nicht nach Pizza.« Und auch nicht nach Currywurst, ergänzt Judith stumm.

»Sie vermissen dich. Ich soll dich grüßen.«

»Bist du deshalb hier?«

»Ich bin geschäftlich hier, wegen der Messe. Und ich wollte mit dir essen gehen.«

»Ja, natürlich. Schon gut.«

»Mensch, Ju, das war jetzt das zweite Weihnachtsfest mit einer schnöden Karte von dir. Nicht mal angerufen hast du. Ich sage ja nicht, dass zu Hause immer alles toll war oder ist, aber wir sind immer noch deine Familie.«

»Es ging nicht. Ich konnte nicht feiern.« Judith dreht sich eine Zigarette. »Ich brauchte Abstand. Zeit für mich.« Sie trinkt einen Schluck alkoholfreies Bier, zündet die Zigarette an. »Sag jetzt bloß nicht, dass ich endlich mit dem Rauchen aufhören muss, das weiß ich selber.«

»Es ist dein Job, der dich fertigmacht, das ganze Elend.«

Es sind all die Fragen, die ich einfach nicht beantworten kann, denkt Judith. Früher nicht, heute noch weniger. Fragen zum Leben, zum Tod und vor allen Dingen nach dem Sinn. Sie drückt ihre Zigarette aus, schiebt den

Aschenbecher beiseite, weil der Kellner ihnen das Essen serviert.

»Lass uns nicht streiten, Ed, erzähl mir von dir.«

»Ich werde heiraten!« Er schneidet mit Appetit in seinen Lammrücken, berichtet von den geplanten Flitterwochen in einem italienischen Luxusdomizil und seiner Auserwählten, die Managerin ist wie er. Ich hätte auch so ein Leben haben können, denkt Judith. So einfach, so geradlinig, und der Mann, dessen Nachnamen ich trage, und seine Frau, die meine Mutter ist, hätten mich dabei unterstützt. Doch Judith wollte nicht BWL studieren, interessierte sich nicht für Anlage- und Managementstrategien, konnte den Traum vom Kapitalismus als Garant für Wohlstand und Freiheit und Weltfrieden nicht teilen.

Das Essen ist köstlich, aromatisch, das Beste, was Judith seit Tagen gegessen hat. Nach diesem Fall werde ich etwas ändern, schwört sie sich wieder einmal. Besser auf meine Ernährung achten, aufhören zu rauchen, Sport machen, irgendwas.

»Und du?« Edgar stippt den Rest Sauce auf seinem Teller mit Weißbrot auf.

Judith lehnt sich zurück. »Ein Mann spart jahrelang jeden Euro auf einem Tagesgeldkonto, ein einfacher Mann um die vierzig. Nicht besonders reich, nicht attraktiv, ledig. Und dann, eines Tages, spaziert er in seine Bank und hebt fast all seine Ersparnisse ab. 23 437 Euro. In bar. Warum?«

»Gehört das zu deinem aktuellen Fall?« Ihr Bruder mustert sie interessiert.

Judith nickt.

»Wenn er das Geld legal anlegen wollte, hätte er es überwiesen«, sagt Edgar. »Vielleicht hat er es nach Liechtenstein geschmuggelt. Oder in die Schweiz.«

»Es gibt keinerlei Hinweis darauf, auch keine Quittung.«

Edgar winkt nach dem Kellner, bedeutet ihm, neue Getränke und die Dessertkarte zu bringen. »Wer transferiert über 20000 Euro irgendwohin, ohne eine Quittung dafür zu verlangen?«

»Wer bar bezahlt, hinterlässt weniger Spuren.« Judith bläst den Rauch einer frisch gedrehten Zigarette Richtung Decke. »Das Problem ist nur, dass unser Mann absolut nichts Teures besitzt. Was also hat er mit dem Geld gemacht?«

»Vielleicht hatte er Schulden. Spielschulden zum Beispiel. Oder er wollte jemanden bestechen.«

»Hey, du bist richtig gut!«

»Oder er wollte jemandem helfen, das Geld verleihen.«

»Er scheint keine engen Beziehungen gehabt zu haben.« Judith spricht schnell weiter, bevor ihr Bruder erneut auf Weihnachten zu sprechen kommen kann. »Allerdings hat ein Kollege ausgesagt, er hätte im Sommer etwas von Heiratsplänen erzählt.«

»Flitterwochen!« Edgar grinst wissend. »Das kann ganz schön teuer werden.«

»Aber man bezahlt nicht vorab alles in bar. Und die Frau, die es angeblich mal gab, kennt auch niemand.«

»Vielleicht ist sie mit dem Geld durchgebrannt.«

»Aber warum hat er sie dann nicht angezeigt?«

»Oder er hat das Geld gar nicht ausgegeben, sondern irgendwo gebunkert. Es gibt doch diese Sparstrumpftypen, die glauben, unter ihrer Matratze sei ihr Vermögen am besten aufgehoben.«

Der Rucksack, denkt Judith. Der Rucksack, den wir immer noch nicht gefunden haben. In dem Berger offenbar alles wirklich Wichtige mit sich herumtrug. Handy.

Adressbuch. Brieftasche. Und 23 437 Euro? Das ist zwar unwahrscheinlich, wäre aber zumindest endlich ein plausibles Motiv für diesen Mord.

Der Kellner bringt das Dessert für Judiths Bruder und einen Espresso für sie selbst. Erinnerungen erwachen, als sie erneut über ihre Familie sprechen, die ewigen Umzüge, die mit der Karriere Wolfgang Kriegers verbunden gewesen waren, die Unterschiede zwischen Köln und Bremen, wo Edgar seit ein paar Jahren wieder lebt. Die alte Einsamkeit meldet sich wieder, das ewige Gefühl, fremd zu sein in ihrer Familie, aber es tut nicht mehr weh, ist eher ein Echo, ein Grundrhythmus von Judiths Identität, anschwellend und abschwellend, wie die Dünung des Meeres.

»Komm, Schwesterherz, gehen wir noch aus«, sagt Edgar, nachdem er die Rechnung beglichen hat. Sie laufen auf die Straße, Arm in Arm, plötzlich beschwingt, und gerade als Judith beschließt, ihre Ente stehen zu lassen und mit ihrem Bruder in einer dieser neuen, coolen Bars zu versacken, die überall im Belgischen Viertel aus dem Boden schießen, spielt ihr Handy ein weiteres Mal Queen.

»Wir haben einen Obdachlosen, der auf die Beschreibung des Zeugen passt«, sagt der Einsatzleiter und macht damit alle weiteren Ausgehpläne für diesen Abend zunichte. »Er trägt eine Jacke mit Bahn-Emblem. Wir haben ihn am Bahndamm in der Nähe des Amor aufgegriffen.«

»Hat er Bergers Brieftasche? Sein Handy? Oder den Rucksack?« Judith fühlt das vertraute Prickeln im Nacken. Es geht weiter, endlich. Der erste Durchbruch. Sie muss Manni anrufen, sofort. Sie muss eine weitere Gegenüberstellung veranlassen. Sie wirft ihrem Bruder einen entschuldigenden Blick zu.

»Freu dich nicht zu früh«, sagt der Einsatzleiter. »Er leugnet. Und außer der Jacke haben wir nichts.«

* * *

Sie liegt auf ihm, bewegt sich sanft, fliegend, kleine flatternde Hüftbewegungen, die ihn aufstöhnen lassen. Manni packt ihre Hüften, will es schneller, will mehr.

»Halt.« Sonja stemmt die Hände auf seine Brust, setzt sich auf, lächelt auf ihn herunter. »Lass uns Zeit.«

Kerzen und Lichterketten überall. Bücher. Ein kugelbäuchiger Buddha lugt aus einer Wandnische aufs Hochbett. Unten, verstreut, die hastig abgestreiften Klamotten, seine Walther und das Handy, das er ausgestellt hat, nachdem seine Mutter zum dritten Mal nervte. Nebenan in der Küche das Essen, zu dem sie nicht gekommen sind, weil der andere Hunger größer war.

Räucherstäbchen, exotisch, womöglich sogar aphrodisisch, verglühen in ihren Haltern, vermischen sich mit Sonjas Parfum. Manni schickt seine Hände über ihren Bauch. Dieses chinesische Schriftzeichen-Tattoo direkt über einer ziemlich heftigen Narbe macht ihn wahnsinnig, vielleicht, weil die Kombination beides zu symbolisieren scheint, Kampfgeist und Verletzlichkeit.

»Blinddarmdurchbruch, war knapp«, erklärt Sonja. »Danach war die Tätowierung irgendwie fällig.«

»Was bedeutet es?«

Sie lächelt. Schweigt. Er umfasst ihre Brüste. Sie schließt die Augen, atmet heftiger, bewegt sich jetzt schneller. Gier, Hunger, Hitze, Lust explodieren irgendwo tief in Mannis Bauch. Dann ist ihr Gesicht wieder nah an seinem, und er nimmt sie fester, härter, und ihre Hände sind überall, auf seinem Gesicht, in seinem Haar, und ihr Geruch und ihr

Atem sind süß und fremd und trotzdem vertraut, und er kommt wild und lange und doch viel zu früh, weil es ewig so weitergehen soll mit ihr.

Er muss eingedöst sein, vermag nicht zu sagen, wie viel Zeit vergangen ist, als sie sich aus seiner Umarmung zu lösen beginnt.

»Ich muss mal«, sagt sie. »Und ich sterbe vor Hunger.«

»Ich auch.« Er greift nach ihr, zieht sie wieder neben sich, grinst. Ihre Haut ist Sahne, hell, perfekt. Das lange, glatte Haar schimmert rötlich blond, wie ihre Scham. Gut, dass sie sich nicht rasiert, er mag es lieber so, wird ihm bewusst. Er hat sich nie vorstellen können, eine Rothaarige zu begehren, jetzt weiß er, dass das ein blödsinniger Fehler war, den er zum Glück, ohne auch nur drüber nachzudenken, korrigiert hat, weil er Sonja im Schummerlicht der Kneipe, in der er sie anbaggerte, für blond gehalten hat.

Sie windet sich. Er gibt nach, lässt sie los. Ein Hauch des Orangenöls aus dem Massagesalon, den sie mit einer Freundin betreibt, kitzelt ihn in der Nase, und augenblicklich wird er wieder geil. Ganz flüchtig denkt er an Makowski und die Pornos, drängt diese Bilder sofort wieder beiseite, drängt alles beiseite, was nicht in diese Wohnung gehört. Sonjas Brüste wippen, als sie die Leiter des Hochbetts runterklettert. Manni stützt sich auf den Ellbogen, verfolgt sie mit seinen Blicken. Sie bewegt sich anmutig, kein bisschen verklemmt, eine nackte Königin. Er macht keine Anstalten, seine erneut wachsende Erektion unter der Decke zu verbergen, als sie aus dem Badezimmer kommt und zu ihm aufsieht. Wieder lächelt sie dieses wissende Lächeln, das ihn wahnsinnig macht.

»Ein verlockendes Angebot«, sagt sie. »Aber tatsächlich brauch ich jetzt erst mal was zu essen.«

In der Küche ist es so warm, dass Manni nur seine Boxershorts anzieht, und die Hitze steigert sich noch, als Sonja Herdplatte und Backofen einschaltet und weitere Kerzen entzündet. Erst mal, denkt er, sie hat erst mal gesagt, und merkt, wie es in seinen Lenden prickelt, aber gleichzeitig meldet sich auch sein Magen, die lauwarme Pizza vom Mittag ist ewig lang her.

»Mach mal auf«, sagt Sonja und reicht ihm eine Flasche Weißwein aus dem Kühlschrank.

Sein Handy steckt immer noch ruhiggestellt in dem Klamottenberg. Es wird schon nichts passieren, denkt er. Auch ein Kriminaloberkommissar hat ein Recht auf Feierabend. Und selbst wenn ich die ganze Nacht nichts anderes tu als vögeln, werd ich den Tag morgen überstehen. Sonja hat ein violettes, knielanges T-Shirt übergezogen und die Haare zu einem Knoten hochgebunden. Er ist nicht ganz sicher, ob sie irgendwas drunter trägt, versucht das zu ergründen, während er die Bewegungen verfolgt, mit denen sie im Suppentopf rührt, Teller, Gläser, Besteck und allerlei Schälchen mit geheimnisvollem Inhalt auf dem Küchentisch zurechtrückt, einen duftenden Brotfladen in den Ofen schiebt. Regen prasselt an die Balkontür. Manni streckt die Beine aus, prostet Sonja zu. Er trinkt eigentlich nie Wein, macht sich nichts daraus, aber jetzt ist es das perfekte Getränk. Blöd, dass er nach dem Training nicht mehr dran gedacht hat, ihr eine Flasche mitzubringen.

Sonja nimmt das Brot aus dem Ofen, füllt zwei Schalen mit einer bräunlich-gelben Pampe, streut etwas Grünes, klein Gehacktes darüber und mustert das Resultat sehr zufrieden.

Misstrauisch beäugt Manni die Schüssel. Dass Schönheit, guter Sex und Kochkünste einander nicht notwendigerweise bedingen, hat er schon öfter festgestellt.

»Dal«, erklärt Sonja munter. »Eine indische Suppe aus roten Linsen, Ingwer und Knoblauch.«

»Aha.«

»Ich hab frischen Koriander drübergestreut.« Sie deutet mit ihrem Löffel auf das Grünzeug. »Eigentlich wollte ich noch einen Dip draus mixen, aber auf den letzten Drücker kam noch total unangemeldet ein Stammkunde, den ich nicht wieder wegschicken konnte.« Sie schiebt sich einen Löffel Pampe in den Mund, bricht ein Stück Brot ab, zeigt damit auf die Schüsseln. »Also gibt es Fertigchutneys. Vorsichtig, das dunkelbraune da ist scharf.«

»Ich glaub, ich hab noch nie indisch gegessen.« Wenig zuversichtlich stippt Manni den Löffel in seine Schüssel. Ich hab dir Sauerbraten aufgehoben, hat seine Mutter vorhin gesagt. Klöße mach ich dir frisch. Rotkohl ist noch da. Man kann nicht alles haben, denkt Manni und ist überrascht, dass die Pampe deutlich genießbarer ist, als ihr Erscheinungsbild es vermuten lässt. Scharf, aber nicht zu scharf, und das Grünzeug ist auch nicht ohne, wenn auch sehr fremd. Besänftigt probiert Manni den Inhalt der anderen Schalen, löscht die Schärfe mit Weißwein und Brot. Erinnerungen an Sonjas Vorgängerinnen geistern ihm durch den Kopf. Frauen, die in sein Leben traten und wieder gingen, mal langsamer, mal schneller. Frauen, deren Zuneigung ihm gewissermaßen zugeflogen war, in der Schule, später dann auf den Rheindorfer Schützenfesten, im Fußballerheim und manchmal in einer Kneipe oder Diskothek. Melanie, die Letzte in dieser Reihe, hatte schon bald von Hochzeit und Kindern gefaselt, und als sie damit anfing, Mannis Mutter allein zu besuchen, wusste Manni, dass es Zeit war zu gehen. Im Sommer darauf war sein Vater gestorben, und außer der irrwitzigen und erfolglosen Jagd nach der kühlen Blonden aus dem Maybach-

Biergarten ist seitdem nichts mehr gelaufen, kein Wunder, dass er jetzt nicht genug bekommt.

»Ich hab noch frische Ananas zum Nachtisch«, verkündet Sonja mit Hausfrauenstolz.

»Noch so eine Massage wär mir lieber.« Er zieht Sonja auf seinen Schoß, lässt sie fühlen, wie er das meint. Sie trägt tatsächlich gar nichts unter dem T-Shirt, was außerordentlich praktisch ist, wo sie schon mal auf seinem Schoß sitzt, nur ein Kondom müssen sie noch von nebenan holen, dabei lässt er sie nicht los. Und diesmal hält Manni länger durch, lange genug auch für sie und noch etwas länger. Er hat es noch nie auf einem Stuhl getrieben, aber es geht gut, ausgesprochen gut, geradezu genial, obwohl die Lehne ein klein bisschen in seinen Rücken drückt.

»Ich hoffe, so eine Massage bekommen nicht alle deine Kunden«, sagt er Sonja ins Ohr, als sich ihr Atem langsam beruhigt.

Sie wird ganz steif in seinen Armen, funkelt ihn an. »Idiot!«

»Hey, schon gut, das war ein Scherz.«

»Schon gut?«

»Es war ein Scherz, nur so dahergeredet, nicht ernst gemeint«, sagt Manni und muss auf einmal wieder an das Komamädchen denken und die Männer, die wahrscheinlich in dem Keller ein und aus gingen.

»Ich bin müde«, sagt Sonja. »Ich hab morgen einen anstrengenden Tag.«

Und aus irgendeinem Grund nimmt Manni das zum Anlass, ins Wohnzimmer zu trotten und sich anzuziehen. Erst als er unten auf der Straße steht, wird ihm klar, wie blöd das ist, wirklich dämlich und vermutlich das Ende von etwas, das ganz und gar nicht zu Ende gehen soll, jedenfalls nicht schon jetzt. Er macht kehrt, starrt die Klingel an, legt den Finger darauf, drückt dann doch nicht. Ein Mann steht auf der gegenüberliegenden Straßenseite in einer Einfahrt, weicht zurück, als Manni ihn entdeckt. Wieder betrachtet Manni das Klingelschild. »S. Konrad«. Sonja. Morgen, beschließt er, zieht den Reißverschluss seiner Fliegerjacke hoch und stapft in den Regen.

* * *

Es ist ein Déjà-vu. Der Gestank, der Schmutz, der von jahrelangem Alkoholismus gezeichnete Blick: verschwommen und zugleich stierend, rot unterlaufen. Finger so schwarz, dass die Farbe zum Abnehmen der Fingerabdrücke kaum auffällt. Der leiernde Sprachsingsang. Doch der Mann, der Judith im Vernehmungszimmer gegenübersitzt, ist 38, jünger als die Obdachlose Marianne Dorn, sogar jünger als Judith selbst, und er schreit keine Obszönitäten und scheint durchaus in der Lage zu sein, ihre Fragen zu verstehen. Judith vergewissert sich, dass das Aufnahmegerät funktioniert.

»Sie sind Gregor Schmidt«, beginnt sie das Vernehmungsritual, spult dann die Lebensdaten des Mannes herunter. Geburt in Paderborn. Realschule, Lehre geschmissen, Hilfsarbeiter, irgendwann auf der Straße. Paderborn, denkt Judith, während sie die Daten liest. Auch der ermordete S-Bahn-Fahrer stammte dorther. Ist das die Verbindung, die wir suchen? Altersmäßig könnten sich Schmidt und Berger durchaus von früher her kennen. Wollte der S-Bahn-Fahrer einem alten Kumpel mit seinen Ersparnissen aus der Klemme helfen? Doch warum hätte er das tun sollen? Und selbst wenn, warum hätte Schmidt ihn dann getötet und 24 Stunden später auch Luigi Baldi? Jemanden von hinten zu erstechen ist etwas anderes, als einen Menschen zu fesseln und bei lebendigem Leibe verbrennen zu lassen. Letzteres erfordert mehr Hass, mehr Planung, mehr Kaltblütigkeit. Oder nicht?

Judith lehnt sich zurück, nachdem sie die Formalitäten hinter sich gebracht haben, und betrachtet den Mann, der ihr gegenübersitzt. Mittelgroß, mit halblangem, strähnigem Haar, genau wie ihr bislang einziger Zeuge den Mann am Tatort beschrieben hat. Manche zerbrechen halt, hat neulich ein Kollege über die Obdachlosen und Junkies gesagt, die schräg gegenüber dem Polizeipräsidium an der U-Bahn-Haltestelle Kalk Post vor sich hin dämmern. Menschen zerbrechen. Nicht jeder ist zum Leben geschaffen. Doch längst nicht jeder, der zerbricht, wird deshalb zum Mörder.

Die Stille macht den Obdachlosen nervös, er rutscht auf seinem Stuhl hin und her.

»Hey, Lady, bitte, ich hab nichts gemacht!«

»Woher haben Sie die Jacke mit Bahn-Logo?«

»Gefunden.« Der Mann zieht die Nase hoch, fährt sich mit dem schmuddeligen Pulloverärmel übers Gesicht.

»Die Jacke gehört dem S-Bahn-Fahrer Wolfgang Berger. Berger wurde ermordet. Ganz in der Nähe vom Tatort haben meine Kollegen Sie vorhin festgenommen.«

»Ich hab nichts gemacht!«

»Sie haben Wolfgang Bergers Jacke gestohlen.«

»Gefunden.«

»Wo?«

»Weiß ich nicht mehr, irgendwo an den Gleisen.« Wieder zieht der Mann Rotz hoch, ein Geräusch, das Judith schon immer schwer ertragen konnte. Früher haben Edgar und Artur sie damit geärgert. Sie stützt die Ellbogen auf die Resopalplatte, fixiert Gregor Schmidt, bis er den Blick senkt.

»Sie haben Wolfgang Berger umgebracht.«

»Nein!« Schmidts Kopf schießt wieder hoch. »Ich schwör's.«

»Sie haben Wolfgang Berger umgebracht«, wiederholt Judith. »Sagen Sie mir, warum.«

Der Obdachlose schüttelt den Kopf, langsam, beinahe wie in Zeitlupe, als würde er sich wirklich Mühe geben, aber Judith trotzdem nicht verstehen. Die Tür zum Vernehmungszimmer quietscht, doch statt Manni, dem sie bereits vor einer Stunde auf die Handymailbox gesprochen hat, steckt ein Polizeimeister den Kopf herein und bedeutet Judith zu kommen. Sie stoppt das Aufnahmegerät, tritt an dem Polizisten vorbei auf den Flur, wo die Kriminaltechnikerin Karin Munzinger durch den venezianischen Spiegel ins Vernehmungszimmer schaut.

»Bingo«, sagt sie und tippt auf das Glas. »Das sind ohne jeden Zweifel Gregor Schmidts Fingerabdrücke auf Bergers Schuhen.«

»Klasse.«

»Kleine Fische.« Karin schiebt mit der Zungenspitze ihr Kaugummi in die rechte Backe.

»Was ist mit der Jacke?«, fragt Judith.

»Das dauert länger. Steht ja kein Name drin.«

Es sind Schmidts Fingerabdrücke, es ist Wolfgang Bergers Jacke, denkt Judith, ich weiß das einfach. Es wäre geradezu aberwitzig, wenn es anders wäre. Sie spürt das Adrenalin, das vertraute Prickeln, mit dem ihr Körper auf den ersten Durchbruch reagiert. Wieder wählt sie Mannis Handynummer, wieder erreicht sie ihn nicht. Sie schiebt ihr Mobiltelefon in die Hosentasche. Der Zettel mit der Adresse, die Ralf Meuser am Mittag für sie recherchiert hat, knistert. Sie hat den Anruf vor sich hergeschoben, dann nur zu gern vergessen, als ihr Bruder anrief. Sie versucht sich vorzustellen, wo Edgar jetzt ist: allein in einer der Bars oder – was wahrscheinlicher ist – in seinem Hotelzimmer. Vielleicht telefoniert er mit seiner Verlobten, erzählt ihr von seiner Kommissarinnen-Schwester, die heute wie damals keine Zeit für ihn hat. Sagt so etwas wie gute Nacht, mein Schatz, und die Verlobte wird sagen, dass sie ihn liebt und immer für ihn da ist, und dabei so aussehen wie auf dem Foto, das Edgar Judith gezeigt hat: froh und zuversichtlich, als könne sie nichts jemals aus der Bahn werfen oder gar zerbrechen, auch wenn das natürlich nicht stimmt. Judith tastet nach dem Zettel in ihrer Hosentasche, vergewissert sich, dass er noch da ist. Die Frau, deren Telefonnummer darauf notiert ist, steht wie Judith auf der dunkleren Seite des Lebens. Eine Zeit lang hatten sie sogar gemeinsame Pläne, bis sich ihre Wege dann doch wieder trennten.

»Er muss über die Gleise gekommen sein oder dem S-Bahn-Fahrer schon am Wartepunkt aufgelauert haben.« Karin Munzinger mustert den Obdachlosen, der nun zum Tatverdächtigen geworden ist, immer noch. »Wir sind jetzt fertig mit den Überwachungskameras aus der S-Bahn. Es ist ausgeschlossen, dass jemand bis zum Wartepunkt mitgefahren und dort ausgestiegen ist. Auch an der Haltestelle Gewerbepark war die S-Bahn schon leer.«

»Und das sagst du erst jetzt?«

»Das Ergebnis liegt seit exakt zweieinhalb Stunden vor. Morgen früh werden wir natürlich als Erstes berichten.«

»Ja, natürlich. Tut mir leid.«

»Es ist der Fall«, sagt die Kriminaltechnikerin nachsichtig. »Ein Doppelmord. Ein drittes Opfer, das mit dem Tod ringt. Die ganzen Überstunden wegen Weihnachten. Wir drehen ja momentan alle am Rad.«

»Auf der Polizeischule hab ich gedacht, dass es einfach

ist. Indizien. Beweise. Motiv und so weiter. Immer schön der Reihe nach. Doch je länger ich dabei bin, desto mehr beginne ich zu zweifeln. Nicht nur daran, dass es so etwas wie Gerechtigkeit überhaupt gibt. Auch daran, ob es uns selbst mit den gründlichsten Ermittlungen überhaupt jemals gelingen kann, die Wahrheit eines Verbrechens zu verstehen. Es ist, wie wenn man in die Sterne schaut. Man versucht sich das Universum vorzustellen, Unendlichkeit, aber je mehr man es versucht, desto weniger kann man es.«

Karin nickt. »Und irgendwann denkst du an Kündigung.«

»Ja. Aber was kommt dann?«

»Ich geh jetzt öfter mal ins Fitnessstudio, hetz mich auf so 'nem dussligen Laufband ab«, sagt Karin nach einer Weile. »Du glaubst gar nicht, wie viele Leute das machen. Frühmorgens. Nachts. Zu jeder Tageszeit.«

»Und?«

»Es hilft. Ich jedenfalls kann danach immer schlafen.«

»Vielleicht probier ich's mal«, sagt Judith und geht zurück in den Vernehmungsraum, setzt sich dem Obdachlosen Gregor Schmidt gegenüber und mustert ihn.

»Ihre Fingerabdrücke sind am Tatort«, eröffnet sie die nächste Vernehmungsrunde. »Das sieht nicht gut aus für Sie.«

Der Mann windet sich auf seinem Stuhl, leugnet, jammert, beteuert seine Unschuld. Sie treibt ihn weiter in die Enge, schweigt, wenn es sein muss, wiederholt ihre Fragen. Es ist ein Ritual, das sie beinahe blind beherrscht, ein zähes Ringen um jeden Millimeter. Ein Teil ihres Bewusstseins wundert sich über Manni dabei, der ganz gegen seine sonstige Gewohnheit unerreichbar ist, denkt an ihren Bruder, an ihre vom Nikotin verklebten Lungen und an Menschen, die vor ihren eigenen Leben davonrennen und dabei auf Fernsehmonitore starren oder sich von der Musik ihrer MP3-Player in Scheinwelten tragen lassen, so wie sie selbst von Patti Smith oder Manfred Mann.

Ja, er sei am Tatort gewesen, gibt der Obdachlose schließlich zu. Er habe den Toten gesehen, die Jacke lag neben ihm, er wollte auch die Schuhe, aber dann sei plötzlich ein Mann über die Gleise gekommen, und er sei weggelaufen. Die Jacke habe er mitgenommen, aber nur die Jacke, keinen Rucksack, und er kenne den Toten auch nicht, habe ihn niemals gesehen, auch nicht früher in Paderborn. »Hey, Lady, bitte, ich hab den nicht umgebracht, das müssen Sie mir glauben.«

Judith schüttelt den Kopf. »Wo ist der Rucksack?«

Der Obdachlose zieht gurgelnd Rotz hoch, funkelt sie an. »Ich hab keinen Rucksack, hey, Lady, bitte, kann ich jetzt gehen?«

»Warum haben Sie Wolfgang Berger getötet?«

»Da war noch ein Mann, als ich kam, so ein reicher Pinkel im dunklen Mantel, fragen Sie doch den.«

»Machen Sie sich nicht lächerlich.«

»Ehrlich, so war's, der hatte ein Messer, lief an mir vorbei die Böschung runter.«

»Ich mag keine Märchen.« Judith verschränkt die Arme vor der Brust, lehnt sich zurück, betrachtet den Obdachlosen. Er ist ein Dieb, er weiß mehr, als er zugibt, trotzdem wird sie immer unsicherer, ob seine Festnahme tatsächlich ein Durchbruch ist.

»Luigi Baldi«, sagt sie müde. »Inhaber der Pizzeria Rimini. Kennen Sie den?«

»Ich weiß nicht, wovon Sie reden. Ich will einen Anwalt! Das ist mein Recht«, jammert Gregor Schmidt. »Ich hab nichts gemacht.«

Judith steht auf, bedeutet dem Polizeimeister, den Obdachlosen abzuführen. »Morgen«, sagt sie zu ihm. »Überlegen Sie sich bis dahin, ob Sie mir nicht doch mehr zu sagen haben.«

Sie sieht die Panik in seinen Augen, Panik vor einer Nacht allein auf Entzug, ein Umstand, der für sie arbeiten wird. Sie kann es plötzlich nicht mehr ertragen. Die Ungerechtigkeit, die einen Gregor Schmidt auf immer zum Verlierer macht, und auch ihn selbst erträgt sie nicht, die Art, wie er jede Verantwortung für das, was ihm widerfährt, weit von sich schiebt.

Sie muss nach Hause, schlafen, vergessen. Sie trinkt die feuchte Nachtluft in gierigen Zügen, als sie endlich auf der Straße steht. Aber zu Hause kommen die Gedanken an das bewusstlose russische Mädchen zurück, und in Judiths Bett liegt immer noch die Tarotkarte Prinz der Kelche, der ein besseres Leben verspricht, ein leichteres, wenn sie sich nur dem Verlangen hingibt, das angeblich irgendwo tief in ihr darauf wartet, befreit zu werden, das angeblich Glück bringt, nicht Verderben. Entnervt räumt Judith die Tarotkarten beiseite, öffnet eine Flasche Kölsch, setzt sich im Wohnzimmer auf die Fensterbank. Sie hatte bei der Weihnachtsfeier kein Los kaufen wollen, sich dann doch von den Kollegen überreden lassen, für einen guten Zweck. Sie hatte sich darauf verlassen, dass sie sowieso eine Niete ziehen würde. Nun wartet das ganze Polizeipräsidium darauf, dass sie ihren Hauptgewinn einlöst.

Ich werde springen, entscheidet sie, als sie die zweite Flasche Kölsch geöffnet hat und eine weitere Zigarette dreht. Es wird schon gehen, ich werde das schaffen und wahrscheinlich sogar überleben, wie all die Tausenden Verrückten vor mir auch. Und wahrscheinlich wird der Sprung an sich gar nicht so schlimm sein, nicht so schlimm jedenfalls wie die Tage davor, die Nächte davor, die Stunden davor und vor allem nicht so schlimm wie die Minuten, wenn das Flugzeug mit mir in den Himmel steigt, Kilometer um Kilometer, bis sich schließlich die Absprungrampe öffnet und ich die Kraft aufbringen muss, ach was, den Wahnwitz, gegen alle meine Instinkte zu verstoßen und mich in den Himmel fallen zu lassen – ohne Halt, ohne Umkehrmöglichkeit.

2. Teil

Traum

there was a silver tree
down by a river wide
that's where we would go
to hang our pretty things
& watch the wind blow

WE WERE SPARKLING
My Brightest Diamond

Mittwoch, 11. Januar

Der Wind ist abgeflaut und kommt jetzt von Norden. Er hat Kälte mitgebracht, Sehnsucht nach Prirechnij, dem Dorf am See, eine Ahnung von Winter, auch wenn das Thermometer auf Ekaterinas Balkon immer noch fünf Grad plus anzeigt. Sie zieht den Flanellbademantel enger um sich, geht zurück in ihre Küche, wo der Haferbrei inzwischen fertig gequollen ist. Sie ist um 4:30 Uhr aufgewacht, noch bevor ihr Wecker geklingelt hat. Etwas kommt näher, denkt sie. Etwas, das ich noch nicht benennen kann und auch nicht benennen will. Etwas, das nicht existieren dürfte. Sie steht ein paar Sekunden lang sehr still und lauscht, schüttelt dann unwillig den Kopf. Hör auf, Gespenster zu sehen, reiß dich zusammen. Aus den anderen Wohnungen und von der Straße erklingt kein Laut.

Ekaterina füllt einen Tonbecher mit Tee und löffelt ihren Haferbrei. Sie blättert durch die *Prawda* und verzieht angesichts all der Schönfärbereien unwillkürlich das Gesicht. Der Kreml ist stark, der Kreml ist gut. Die Wirtschaft blüht, dem russischen Volk geht es so gut wie nie. Aber nicht den Verlierern und nicht den Alten, die wie Ekaterinas Großmutter ihr Leben lang geschuftet haben und deren Monatsrente nun trotzdem kaum mehr als umgerechnet 35 Euro beträgt, wenn sie überhaupt eine bekommen, während die Preise in manchen Läden mittlerweile das Westniveau überschreiten und in den Städten das Faustrecht regiert. Wer es sich leisten kann, kauft sich in Moskau für ein paar 10000 Euro die Lizenz für ein Blaulicht, damit er die ewigen Staus auf der Überholspur hinter sich lassen kann. Ekaterina macht sich eine Notiz in ihren Kalender, neues Geld für die Großmutter anzuweisen. Sie trinkt eine zweite Tasse Tee, überfliegt die vermischten Meldungen, bleibt an einer über Nischnij Tagil hängen. Fünfzehn Mädchenleichen hat man in einem Birkenwald nahe der 400000-Einwohner-Stadt im Ural ausgegraben, die einst das stolze Zentrum sowjetischer Panzerproduktion war. Junge Mädchen, die von einem Zuhälterring systematisch gefangen worden waren. Jahrelang hatten die Behörden die Hinweise und Vermisstenmeldungen ignoriert.

Es sollte ein großes Geschäft werden, planten die sechs Täter, Handel mit Sexsklavinnen, vielleicht sogar international. Aber etwas war schiefgegangen, einige Mädchen ließen sich nicht brechen, oder sie gingen zu schnell kaputt oder zu sehr, oder sie erschienen ihren Peinigern nach den ersten Vergewaltigungen ganz einfach nicht gut genug, und so hatten sie sie erwürgt und im Wald verscharrt, der in Nischnij Tagil nun beschönigend Friedhof der Bräute heißt. Ekaterina stopft die *Prawda* zum Altpapier, greift zur *FAZ*. Selbst hier wird die russische Nachricht aufgegriffen. Einer der geständigen Täter saß bereits wegen Vergewaltigung in Haft. Auch die Knochen seiner ältesten, fünfzehnjährigen Tochter lagen auf dem Friedhof der Bräute, doch seine Ehefrau verlässt ihn trotzdem nicht, besucht ihn mit den jüngeren Töchtern im Gefängnis. Sagt, dass die toten Mädchen im Wald eben Huren waren.

Ekaterina spült ihr Frühstücksgeschirr und putzt sich die Zähne, weitaus kraftvoller, als nötig wäre. Sie denkt an das arrogante Lächeln der Kommissarin Krieger, als ihr blonder Kollege vom Tbc-Befund der Komapatientin berichtete. Russland, na klar, dann muss sie ja eine Prostituierte sein, besagte dieses Lächeln, jetzt weiß ich Bescheid. Aber die Wahrheit ist, dass die Kommissarin sich nicht einmal im Ansatz vorstellen kann, was es heißt, in einem Land zu leben, das trotz seiner schier endlosen Weite zu eng ist, wund, verstümmelt, ausgeblutet von den Kriegen und von einer Diktatur, die freies Denken, Hoffnung und Menschlichkeit so gründlich vernichtete, dass der Kapitalismus wie eine Urgewalt über das Land hereinbrechen konnte.

Ekaterina trägt Make-up und Lippenstift auf. »Gar nichts weißt du von Russland, Judith Krieger«, sagt sie zu ihrem Spiegelbild, als sie fertig ist, und merkt erst jetzt, dass das Rotorange ihrer Lippen überhaupt nicht zu ihrem rosafarbenen Pullover passt. Sie wischt sich mit einem Wattebausch über den Mund, findet den passenden Lippenstift, starrt sich ins nun perfekt geschminkte Gesicht, für einen Moment den Tränen nah. Sie würde ihr Land gern verteidigen, sagen, dass es trotz allem auch Gutes dort gibt, Menschen wie ihre Großmutter, die Frauen, die sich wieder in die Kirchen trauen, und ihre Gesänge, die Stille und die Banja am See, aber es ist vergebens, die andere Wirklichkeit ist stärker, und Ekaterina weiß, dass sie ihr nichts entgegenzusetzen hat.

Draußen auf der Straße schreitet sie kräftig aus, wählt, ohne nachzudenken, den Weg zum Kanal. Der gestrige Tag ist ohne Kontakt zu den Kommissaren vergangen, weil sie auf Wunsch Karl-Heinz Müllers den ganzen Tag mit einer Selbstmörderin beschäftigt war, die sich vor einen Zug geworfen hatte. Ein ruhiger Tag war das gewesen, arbeitsam, effizient, und die nagende Ahnung, dass dies ein trügerischer Frieden ist, hat Ekaterina rigoros beiseite gedrängt, selbst abends noch, als sie die Komapatientin im Krankenhaus besuchte, deren Zustand unverändert kritisch ist. Sie erreicht den Kanal, verlässt den gekiesten Gehweg und tritt ans Wasser. Majestätisch und geräuschlos gleiten die Schwäne auf sie zu, mystische weiße Schemen, beinahe sieht es so aus, als wollten sie Ekaterina begrüßen, als reagierten sie auf eine Botschaft, die sie ausgesandt hat, ohne sich dessen bewusst zu sein.

»Ich habe gewusst, dass ich Sie hier treffe.«

Die Worte sind wie ein Eishauch und so nah, dass Ekaterina vor Schreck ganz starr wird, wie ein in die Enge getriebenes Tier. Langsam, wie in Trance, dreht sie sich zu der Sprecherin um. Die steht direkt hinter ihr, groß und schlank, merkwürdig vertraut, und dass Ekaterina sie nicht hat kommen hören, ängstigt sie noch mehr. Ines. Ihre Augen glänzen fiebrig im mattgelben Schein des Laternenlichts, das durch die kahlen Äste einer Kastanie sickert.

»Was machen Sie hier?« Ekaterina hört ihre eigene Stimme wie von weit her.

»Sie müssen mir helfen.«

»Dann müssen Sie einen Termin vereinbaren und ins Institut kommen.«

Die hochgewachsene Frau schließt die Augen, öffnet sie wieder, scheint einen Moment lang das Gleichgewicht zu verlieren. »Das geht nicht. Niemand darf mich sehen.«

»Kommen Sie erst mal weg vom Kanal.« Ekaterina fasst die Frau am Oberarm. Ein Jammerlaut ist die Antwort. Die Frau taumelt rückwärts, hält sich den Arm.

»Er schlägt Sie immer weiter«, sagt Ekaterina. »Auf die

Arme, auf die Beine, auf Rücken und Bauch. Lauter Stellen, wo es wehtut, die man aber unter der Kleidung nicht sieht, nicht wahr?«

Die Frau, deren Nachnamen Ekaterina noch immer nicht kennt, erschauert fast unmerklich. »Ich habe überlegt, zu dieser Organisation zu gehen, Frauen für Frauen.«

Ekaterinas Herz beginnt zu rasen. Das ist es, was sie befürchtet hat, ihr Versäumnis wird auffliegen, und noch dazu hat sie es sich vorgestern Abend durch ihren wütenden Abgang mit dieser Judith Krieger verdorben. Es wird nicht lange dauern, bis Karl-Heinz Müller davon erfährt. Vielleicht weiß er es auch schon längst, und sie ist raus, vielleicht hat er sie deshalb gestern mit der Untersuchung der Selbstmörderin betraut. Und sie war zu feige, der Wahrheit ins Auge zu schauen. Zu feige, zu dumm. Zu erleichtert, weil die sterblichen Überreste der Selbstmörderin tiefen Frieden auszustrahlen schienen, ganz anders als die Körper des Pizzabäckers und des S-Bahn-Fahrers und erst recht als die Komapatientin im Krankenhaus.

»Es wird nichts bringen, bei Frauen für Frauen. Sie sagen doch nur, dass ich mich scheiden lassen soll, wollen mich in ein Frauenhaus schicken.«

Ines' Worte zwingen Ekaterina zurück in die Gegenwart. Reiß dich zusammen, ermahnt sie sich stumm. Du weißt doch überhaupt nicht, was sie von dir will. Streng dich an, mach jetzt nicht noch einen Fehler, noch hast du deinen Job nicht verloren, noch weißt du nicht mal, ob sie sich überhaupt über dich beschweren würde. Es scheint doch sogar so, als ob sie dich mag. Sie zwingt sich zur Ruhe, greift erneut nach dem Arm der großen, dünnen Frau, behutsamer jetzt. Wie bei ihrer ersten Begegnung im Institut lässt diese nun, da Ekaterina die Führung übernimmt, plötzlich jeden Widerstand fahren und stützt sich auf sie, bis sie eine der hölzernen Sitzbänke erreichen.

»Ihr Mann schlägt Sie«, sagt Ekaterina, die Absurdität der Tatsache übergehend, dass sie nun trotz der feuchten Kälte wie zwei dösige Rentner nebeneinander auf einer Parkbank sitzen. »Letzte Woche hat Ihr Mann versucht, Sie zu erwürgen. Vielleicht wird es ihm beim nächsten Mal gelingen. Oder beim übernächsten Mal. Wollen Sie das?«

»Er liebt mich.«

»Sie nennen das Liebe?« Ekaterina deutet auf Ines' Oberarm.

»Sie verstehen das doch! Sie sind nicht so wie diese deutschen Frauen, die immer nur von Emanzipation reden. Sie kennen auch die dunkle Seite der Liebe, das habe ich auf diesem Zeitungsfoto gleich erkannt.«

Sie ist verrückt, denkt Ekaterina. Sie lauert mir auf, wer weiß, wie lange sie mir schon nachspioniert. Wer weiß, was sie eigentlich im Schilde führt.

»Ich habe einen Tigerkater«, sagt Ines, wie um Ekaterinas Spekulationen über ihren Geisteszustand zu bestätigen. »Ich mache mir Sorgen um ihn. Ich habe schon einmal eine Katze gehabt. Dann ist sie eines Tages verschwunden. Was ist, wenn ich diesen Kater auch noch verliere? Er ist doch so lieb, ich streichele ihn so gern.«

»Sie könnten ihn mitnehmen, wenn Sie gehen.«

Die Frau neben ihr lacht. Ein trockenes, bitteres Geräusch, wie Herbstlaub, das im Frost zerbricht. »Ich kann meinen Mann nicht verlassen, er liebt mich doch. Und ich, ich bin nichts ohne ihn.«

»Er wird Sie töten, wenn Sie bei ihm bleiben«, sagt Ekaterina, und dann jagen die Erinnerungen an die Insel im weißen Meer heran, die Nachtgeräusche ihrer Kindheit, die namenlose Angst und die traurigen Birken – Birken, immer sind es Birken, die an den russischen Gräbern stehen, in Nischnij Tagil und anderswo. Ekaterina zwingt die Erinnerungen zurück. Bleib vernünftig, redet sie sich zu. Mach deinen Job. Sie mustert die Frau an ihrer Seite. Eine schöne Frau, von der Kleidung, Frisur und dem dezenten Goldschmuck zu schließen eindeutig wohlhabend, bestimmt auch gebildet. Aber ihr Habitus verrät nichts von der Macht, die damit eigentlich einhergehen müsste. Wie eine von ihrem Puppenspieler vergessene Marionette wirkt sie.

Ekaterina räuspert sich. »Warum haben Sie hier auf mich gewartet, Ines, was wollen Sie von mir?«

Die Frau zuckt zusammen, als kehre sie aus einem fernen Traum zurück auf die Parkbank.

»Sie müssen mir helfen.«

»Wenn ich Ihnen helfen soll, muss ich Sie untersuchen, und das geht nur im Institut.«

»Nein! Niemand darf mich sehen.«

Die Scham geschlagener Frauen sei groß, hat Antje Schmitt-Mergel erklärt. Das Anti-Gewalt-Projekt nehme das sehr ernst. Auf jeden Fall müsse man den Frauen, die um Hilfe bitten, größtmögliche Anonymität garantieren. »Es ist noch sehr früh«, sagt Ekaterina eindringlich. »Wenn Sie jetzt mit mir kommen, sind wir allein.«

»Nein! Nicht dort.«

»Wir sind allein im Institut. Und alles, was Sie mir sagen, unterliegt selbstverständlich der ärztlichen Schweigepflicht.« Ekaterina bemüht sich, der Frau neben sich in die Augen zu sehen, ihr Vertrauen zu erwerben, alles richtig zu machen. Es funktioniert nicht. Die Frau weicht ihrem Blick aus, schüttelt den Kopf. Ich kann das nicht, denkt Ekaterina. Ich bin für die Toten geeignet, nicht für die Lebenden. »Ich möchte Sie gern noch einmal untersuchen«, sagt sie trotzdem. »Ihre Unterwäsche war neulich voller Blut.«

»Mir geht es gut.« Die Frau springt auf, mit weit mehr Energie, als die letzten Minuten es vermuten ließen.

»Woher stammte das Blut?«

»Ich muss jetzt gehen.« Die Frau beginnt zu laufen, überraschend kraftvoll und schnell. Wut packt Ekaterina, sie rappelt sich auf, hastet hinter Ines her. Doch ihre Füße sind kalt und ihre Beine zu kurz, um dieses Wettrennen zu gewinnen, und die hohen Absätze ihrer Westernstiefel behindern sie zusätzlich. Dann ist Ines verschwunden, wie vom Erdboden verschluckt, ganz so, als hätte es sie nie gegeben, ganz so, als hätte Ekaterina sich die frühmorgendliche Begegnung nur eingebildet. Ungläubig dreht sie sich um ihre Achse. Lauscht. Ruft. Wartet. Aber es gibt keine Antwort, sie ist allein, allein mit dem entfernten Summen des Autoverkehrs und den schlafenden Schwänen. Ekaterina beginnt zu laufen, zurück auf den Hauptweg, dann zum Institut. Es ist eine Kapitulation, nein, mehr noch, eine Flucht.

Nur den Erinnerungen an die Insel im weißen Meer kann sie nicht davonlaufen. Erinnerungen an die harten, schwieligen Hände des Vaters, die ihr die Hände von den Ohren reißen, im Wald, am Meer und in dem zugigen Holzhaus, das sie bewohnen. Du hörst nichts, Katja, du hörst nichts, du siehst nichts, da ist nichts, du bildest dir das ein! So lange, bis sie nickte, klein beigab, ein ums andere Mal. Ja, du hast recht, Papa, alles ist gut.

Aber die Birken haben trotzdem geweint. Und Ekaterinas Mutter auch.

* * *

Manni hat geglaubt, dass er früh dran ist, doch als er um kurz nach halb sieben im Präsidium ankommt, blubbert die Kaffeemaschine schon, und aus dem Kabuff am Ende des Ganges, das Judith Krieger seit einem halben Jahr als Hauptquartier dient, fällt Licht auf den spärlich beleuchteten Flur. Sie sitzt an ihrem Schreibtisch und fixiert ihren Computermonitor wie das sprichwörtliche Kaninchen die Schlange. Hektisch klickt sie den Bildschirm dunkel, als sie Manni bemerkt. Trotzdem hat er noch erkennen können, was sie so faszinierte: Fallschirmspringer im freien Fall, die einen Kreis bilden und lachen.

»Sieht geil aus.« Manni lehnt sich an den Türrahmen, den ad hoc einzig verfügbaren freien Platz, denn auf Boden, Schreibtisch und auf dem Besucherstuhl seiner Kollegin türmen sich Akten und Asservate.

»Geil.« Sie langt nach ihrem Tabak und lächelt säuerlich. »Du bist früh dran.«

»Du auch.«

Ohne auf diese Feststellung weiter einzugehen, bettet die Krieger ein Filterstückchen in ein Zigarettenpapier und bröselt Tabak dazu.

»Die Tatwaffe könnte ein kleinerer Hirschfänger mit Griffschutz sein, so 'ne Art Bowiemesser für Anfänger«, bringt Manni seine neuste Erkenntnis vor, weil ihm aus Erfahrung klar ist, dass Judith Krieger das entstandene Schweigen nicht brechen wird.

Sie hebt fragend eine Augenbraue, während sie sich das Ergebnis ihrer Fummelei zwischen die heute ungeschminkten Lippen schiebt.

»Ich war gestern noch in so 'nem Jagdbedarfladen«, erklärt Manni. »Nachdem ich im Baumarkt war. Der als Quelle für das Messer, das wir suchen, definitiv nicht in Frage kommt. Und selbst wenn, das kannst du vergessen, dass jemand sich an einen einzelnen Käufer erinnert.«

Judith Krieger lässt ihr Feuerzeug aufschnappen und entzündet ihren Glimmstängel. »Du bist also doch noch hingegangen.«

Manni nickt. Höchstpersönlich hat er diesen Botengang absolviert, doch statt dies nun anzuerkennen, stößt seine Kollegin lediglich Rauch aus den Nasenlöchern und sieht an ihm vorbei zum Fenster hin.

»Irgendwas im Zusammenhang mit dem Messer weiß ich oder hab es gesehen und komm doch nicht drauf, egal, wie sehr ich mir das Hirn zermartere«, sagt sie.

Und andere dürfen derweil die Deppenarbeit verrichten, denkt Manni, verdrückt sich aber in sein Büro, ohne das laut auszusprechen. Untätigkeit kann man Judith Krieger ja nun wirklich nicht vorwerfen, eher das Gegenteil. Und davon abgesehen läuft es auch ohne einen weiteren Streit mit ihr nicht gut. Nicht in Mannis Privatleben, in dem die einzige aktive Anruferin wieder einmal seine Mutter ist, und nicht bei den Ermittlungen der Soko S-Bahn. Immer noch haben sie die Identität des Komamädchens nicht geklärt. Sie haben einen russischstämmigen Kollegen auf die Kölner Russenszene angesetzt, Diddl Makowski lässt all seine Kontakte ins Rotlichtmilieu spielen. Vergeblich bis jetzt, absolut ohne Erfolg, und auch das Verhältnis des Mädchens zu den beiden ermordeten Männern ist nach wie vor ungeklärt. Manni rollt mit dem Schreibtischstuhl an die Wand, lehnt sich zurück, stemmt die Nikes gegen die Schreibtischkante. Unterhalb seines linken Schulterblatts spürt er ein verhaltenes Ziepen, da wo die Stuhllehne in seinen Rücken drückte, während sie es in Sonjas Küche trieben. Manni verändert seine Sitzposition nicht. Starrt auf die plattnasigen Hundegesichter seines Kollegen, fühlt sich merkwürdig leer.

Die Stimmung im Konferenzraum, wo sie sich eine halbe Stunde später zum Morgenappell versammeln, tut nichts, um seine Laune zu heben. Die Luft wirkt bereits flau, bevor der Erste den Mund aufmacht, der Frust über das Auf-der-Stelle-Treten ist beinahe greifbar, das alte Lied: Sie sind überarbeitet, haben zu wenige Leute für zu viele Spuren, die es zu verfolgen gilt.

Auf Millstätts Geheiß hin macht Judith Krieger den Anfang, fasst die Vernehmungen des obdachlosen Tatverdächtigen Gregor Schmidt zusammen, all die Indizien, die ihn belasten, sogar eine Ortsbegehung hat sie mit ihm gemacht. Sie wirkt angespannt, auch wenn es dafür keinen ersichtlichen Grund gibt, hat wieder den braunen Lippenstift aufgetragen, der ihr sommersprossiges Gesicht noch blasser wirken lässt. »Ich habe Zweifel«, sagt sie am Ende. »Ja, Gregor Schmidt war am Tatort Wolfgang Berger, das hat er zugegeben, das belegen die Spuren, und unser Zeuge hat ihn identifiziert. Doch er leugnet vehement, Berger ermordet zu haben, und davon abgesehen gibt es immer noch zu viele offene Fragen: Was war Schmidts Motiv? Wo ist Bergers Rucksack? Und – vielleicht am wichtigsten: Warum sollte Schmidt auch den Brandanschlag auf die Pizzeria verübt haben?«

»Der Pizzabäcker hat ihn gesehen«, schlägt Manni vor.

»Luigi Baldi selbst hat das mir gegenüber bestritten«, widerspricht Judith. »Und wenn es so wäre – wieso sollte Schmidt 24 Stunden warten und damit riskieren, dass Baldi in dieser Zeit zur Polizei geht?«

Klaus Munzinger steht auf. »Das Endergebnis der brandtechnischen Ermittlung deutet darauf hin, dass wir es in der Causa Baldi mit mehreren Tätern zu tun haben könnten, und zwar mit Profis. Der oder die Täter besaßen entweder einen Schlüssel zur Pizzeria oder professionelles Einbruchswerkzeug, und als sie gegangen sind, haben sie hinter sich abgeschlossen. Vor allem aber: Sie haben nicht nur einen hochprofessionellen Brandbeschleuniger verwendet, sondern auch noch mit zwei zeitversetzt ferngesteuerten Zündern gearbeitet und sehr gezielte Brandschneisen da hingelegt, wo sie maximale Wirkung erzielen konnten: in Baldis Schlafzimmer, ins Treppenhaus und in die Küche, direkt zu den Gasleitungen, die übrigens so manipuliert waren, dass Gas austrat.«

Rascheln und Gemurmel ist die Antwort. Jemand pfeift durch die Zähne.

»Gregor Schmidt behauptet, Bergers Mörder gesehen zu haben, durch ihn überhaupt erst auf den Toten aufmerksam geworden zu sein«, sagt Judith langsam. »Sehr gut beschreiben kann er den aber nicht. Ein mittelgroßer Mann sei es gewesen, in einem teuer wirkenden, dunklen Wollmantel.«

Ein paar Kollegen lachen. Diddl Makowski fixiert die Krieger mit zusammengekniffenen Augen. »Trug er auch einen schwarzen Hut?«

Judith Krieger erwidert Makowskis Blick, ohne eine Miene zu verziehen. »Ich hatte diese Aussage bislang nicht ernst genommen, hielt sie für eine Schutzbehauptung. Klaus' Bericht lässt das in einem anderen Licht erscheinen.«

»Inwiefern?« Axel Millstätts Intervention ist mehr ein Befehl zum Weitersprechen als eine Frage.

Die Krieger streicht sich eine ihrer widerspenstigen Locken aus dem Gesicht. »Klaus' Bericht stimmt mit den Obduktionsergebnissen überein: Der Brandanschlag trägt die Handschrift von Profis, was den Obdachlosen Gregor

Schmidt als Täter ausschließt. Entweder haben wir es also mit zwei verschiedenen Tätern zu tun, oder Schmidt sagt die Wahrheit und ist nur ein Zeuge.«

»Kann er etwas zu dem Brand aussagen?«, fragt Klaus Munzinger.

Sie schüttelt den Kopf. »Nichts. Angeblich hat er den gar nicht bemerkt, will aber auch nicht sagen, wo er in der Brandnacht war. Wir müssen das dringend rauskriegen, Obdachlosenheime befragen, weiter nach seinem Unterschlupf suchen. Außerdem müssen wir Bergers Rucksack finden. Berger hat am 5. Oktober 23 437 Euro in bar von seinem Sparkonto abgehoben. Von dem Geld fehlt jede Spur. Hat es etwas mit seiner Ermordung zu tun? War es Zufall, dass er sich einen Monat später auf die Strecke der S 5 versetzen ließ?«

»Ich glaube nicht an Zufälle«, sagt Manni und merkt, wie sich die Krieger noch mehr versteift. Trotzdem spricht er weiter, sagt endlich, was er schon die ganze Zeit denkt. »Der Dreh- und Angelpunkt ist das Mädchen.«

Ein paar Kollegen nicken. Auch Diddl Makowski stößt einen zustimmenden Grunzer aus.

»Und was hat Berger mit ihr zu tun?«, fragt Judith Krieger.

»Vielleicht hat er den Kellerpuff gemeinsam mit unserem Luigi betrieben«, antwortet Makowski. »Damit hätten wir auch gleich ein Mordmotiv: Die Konkurrenz ist hart geworden, seit jeder Idiot quasi ungestraft sein eigenes Bordell eröffnen darf. Nicht jeder Profilude sieht das gern.«

Wieder bemüht sich Judith Krieger vergeblich, ihre Locken in den Griff zu bekommen. »Eine derartige Beteiligung Bergers ist bislang pure Spekulation.«

Makowski nickt. »Ein schwarzer Mann aber auch. Und

dass unser S-Bahn-Fahrer der Erotik recht aufgeschlossen gegenüberstand, wissen wir durch seine DVDs.«

»Pornos«, sagt Judith Krieger scharf. »Er hat Pornos geguckt.«

»Sag ich doch.«

»Du hast Erotik gesagt. Das ist ein Unterschied.«

Makowski grinst. »Wenn du das sagst.«

»Im Porno geht es um Erniedrigung, die Erniedrigung von Frauen.«

»Manchmal geht's auch um Spaß.«

»Jede Studie besagt, dass das alles immer brutaler wird. Gangbang und so weiter, Popstars singen inzwischen davon und machen Millionen damit, die Modefotografie imitiert Vergewaltigungsszenarien ...«

Makowski will widersprechen, aber gegen Judith Krieger in voller Fahrt hat er keine Chance.

»... wusstest du, dass regelmäßiger Pornokonsum impotent macht? Die Konsumenten stumpfen ab, brauchen immer noch stärkere, brutalere Reize. Mit einer realen Frau kommen sie dann nicht mehr klar.«

»Einer Frau wie dir.« Makowski genießt diesen Streit, so viel ist klar.

»Ich schlage vor, dass wir sachlich bleiben.« Millstätts Stimme könnte Stein zerschneiden. Die Krieger schluckt hart, auch Makowski reißt sich am Riemen, dennoch heizt sich die Atmosphäre im Konferenzraum weiter auf. Eine Art Lauern liegt in der Luft, abschätzend huschen die Blicke der Kollegen zwischen Millstätt, Makowski und der Krieger hin und her.

»Die Handschellen, mit denen Baldi gefesselt war, stammen von dem Erotikversandhaus Orion.«

»Passt doch.« Makowski lehnt sich zurück.

Der Anfänger zeigt zögernd auf, als drücke er noch die

Schulbank und hoffe insgeheim, der Lehrer würde ihn übersehen.

»Ich habe eine ehemalige Kellnerin der Pizzeria gefunden«, haspelt er. »Sie hat bis letzten April im Rimini bedient und schwört, zu ihrer Zeit habe es das Kellerverlies noch nicht gegeben. Leere Bierkästen will sie in dem Raum gesehen haben, mehr auch nicht.«

»Warum hat sie aufgehört, für Baldi zu arbeiten?«, fragt Makowski.

»Baldi hat sie entlassen, er hatte Geldprobleme.«

»Und dann lernt er unseren S-Bahn-Fahrer kennen, der ihm Geld leiht, damit sie den Keller zu einem Puff ausbauen können«, sinniert der Kollege von der Sitte.

Der Anfänger nickt enthusiastisch. »Vielleicht kann sich jemand dran erinnern. Ein Handwerksbetrieb zum Beispiel. Oder Baldi selbst hat den Keller ausgebaut, dann muss er irgendwo das Material gekauft haben.«

»In einem Baumarkt.« Judith Krieger schaut Manni in die Augen. Doch bevor er ihr klarmachen kann, dass diesmal wirklich der Anfänger dran ist, schaltet sich Millstätt ein. »Also, wie geht ihr weiter vor?«

»Ich dachte, ich kümmere mich mit Diddl um unser Komamädchen«, sagt Manni langsam. »Wenn sie angeschafft hat, ist sie wahrscheinlich irgendwem im Milieu bekannt.«

»Wir sind schon dünn besetzt. Ich glaube nicht, dass uns ein Streifzug zweier Kollegen durch Kölns Bordelle zu diesem Zeitpunkt weiterbringt«, widerspricht die Krieger und hat wieder ihren Gouvernantenblick, offenbar ein Automatismus, wenn es ums Geschäft mit der Liebe geht.

»Das mit dem Mädchen ist wichtig.« Aus irgendeinem Grund muss Manni plötzlich an Sonja denken, wie sie ihn angesehen hat, als er von ihren anderen Kunden sprach.

Es ist jetzt so still im Besprechungsraum, dass man eine Stecknadel fallen hören könnte. Wieder ist es Diddl Makowski, der das Schweigen bricht.

»Wer hat hier eigentlich das Sagen?«, fragt er und fährt sich mit der Rechten über den kahlen Schädel. »Nur mal so aus Interesse gefragt, weil ich ja neu bei euch bin.«

Axel Millstätt steht auf. »Ich leite diese Ermittlungen. Morgen ist dann Holger Kühn wieder da und wird uns als mein Stellvertreter unterstützen.«

Jetzt ist es also raus. Nicht Judith Krieger macht den Aufstieg, sondern ausgerechnet Holger. Hat sie das gewusst, oder ist das eine spontane Reaktion auf ihre Alice-Schwarzer-Reden? Sie beißt sich auf die Unterlippe, blättert in ihren Unterlagen, während Millstätt die anstehenden Aufgaben skizziert, ein Extrateam »Rimini« bildet, weitere Zuständigkeiten benennt. Ich weiß eigentlich nichts von ihr, denkt Manni, obwohl wir im letzten halben Jahr fast täglich zusammengearbeitet haben. Er versucht ihren Blick einzufangen, vergebens. Denkt an den letzten Sommer, die atemlose Hatz nach dem verschwundenen Jungen. Wie sie im Dreck kniete und den Jungen streichelte, als sie ihn endlich gefunden hatten. Wie gelöst sie ausgesehen hatte, als sie nach ihrer Auszeit zurück ins KK 11 gekommen war, ja regelrecht sexy. Wie sie ihn unterstützt hatte, wieder ins KK 11 zurückzukehren. Irgendetwas ist seitdem passiert, irgendwann ist das Weiche wieder verschwunden, wurde sie wieder unnahbar. Er fühlt sich plötzlich wie ein Schwein, das seine Teampartnerin auflaufen ließ.

Er will sie aufhalten nach der Konferenz, irgendwas sagen, aber sie lässt ihn einfach stehen, nimmt ihren Ledermantel und hetzt grußlos die Treppe runter. Manni geht zurück in sein Büro, wirft sich auf seinen Stuhl, fühlt wieder die Druckstelle im Rücken, dann, völlig unpassend, die Erinnerung an seine Geilheit fast körperlich, ein leises Ziepen in der Lendengegend. Er muss Sonja anrufen, ihr sagen, dass er sie wiedersehen will. Warum hat sie ihn nicht zurückgehalten, als er vorgestern Nacht gegangen ist? Es ist ein Rätsel, beinahe ebenso unmöglich zu lösen wie all die offenen Fragen der Soko S-Bahn, die es zu beantworten gilt, und aus irgendeinem verdammten Grund fühlt sich das Ganze so an, als könne er nicht gewinnen.

* * *

Kalte Luft weht durch die Fensterritzen. Steinmehl tanzt in der Lichtsäule des Deckenstrahlers. Thea Markus bemerkt es kaum. Starr wie ein Fels steht sie in der Steinwerkstatt, den Meißel in der einen Hand, den Gehstock in der anderen. Es kann nicht sein, ich halluziniere, denkt sie. Oder aber ich bin soeben aus einem Fiebertraum erwacht. In der Mitte des Raums liegt der Sandsteinblock, an dem sie in den letzten beiden Tagen gearbeitet hat, genauso, wie sie ihn am Abend zuvor zurückgelassen hat. Trotzdem sieht Thea ihn auf einmal mit neuen Augen, erkennt, dass das, was sie erreicht zu haben glaubte, das Ziel, auf das sie mit so viel Zuversicht hingearbeitet hat, nichts ist als Illusion. Die Perspektive! Sie klammert sich an dieses letzte Fünkchen Hoffnung, hinkt ein paar Schritte zur Seite, schließt die Augen, atmet tief durch, öffnet sie wieder. Es bleibt dabei. Das, was sie geschaffen hat, ist schlecht, viel zu gegenständlich, ja beinahe kitschig, die Wellenlinien, die sie gemeißelt hat, sind zu dominant, auch ein Treibholzflügel kann da nichts retten, im Gegenteil.

Schmerz wütet in Theas Knie, als sie sich abrupt abwendet und fliehen will. Unwillkürlich schlägt sie die Hand auf den Mund, beißt auf den Ballen, um den Schrei zu unterdrücken, der ihr entfährt. Wie von weit her hört sie das Klirren, mit dem der Meißel auf dem Boden aufschlägt. Sie hat ihn fallen lassen, ohne das auch nur zu merken.

Ein Schritt, noch ein Schritt, sie muss raus hier, raus. Wie durch Gelatine bewegt sie sich, vorsichtiger jetzt, schwer auf ihren Gehstock gestützt, ihren Fluch, ihren Herrn. Sie hatte einen Traum, sie hat geglaubt, sie könnte es schaffen. Aber es hat nicht geklappt und wird auch nicht klappen, weil sie keine originären Ideen hat, keinen Stil, weil sie alt ist und müde und unattraktiv. An der Tür der Werkstatt hält sie inne, betrachtet die Kunstfabrik, die auf der gegenüberliegenden Seite des Hinterhofs den Blick auf den bleigrauen Morgenhimmel versperrt. So viele Hoffnungen keimen darin, so viele Talente. Du bist nur eine Künstlerin von vielen, Thea, allenfalls unteres Mittelmaß, sieh dich in den Galerien und Museen um, wach endlich auf.

Wie ist sie über den Hof und die Treppe hinaufgekommen? Wie lange hat sie dafür gebraucht? Sie kann es nicht sagen, als sie endlich in ihrem Atelier auf das durchgesessene Sofa fällt und die Augen schließt, sie fühlt nichts als das Brennen in ihrem Knie, bis die Kälte des ungeheizten Fabrikraums in ihren Körper kriecht und sie dumpf wird, gefühllos, in sich selbst verkapselt, wie Stein.

Sie darf sich nicht erkälten, weil sie dann auch noch Geld für Medikamente aufbringen muss und nicht einmal mehr fürs Callcenter taugt. Die reine Vernunft treibt sie wieder hoch. Vor ihr, auf dem Werktisch, liegen die Flügelmodelle. Die Treibholzsparren, die sie schon für die echte Skulptur ausgewählt hatte, stapeln sich auf dem

Boden davor. Thea heizt den Ölofen an, setzt den Emaillekessel darauf und hängt ihre beiden letzten Teebeutel in die verbeulte Thermoskanne. Teebeutel vom Billigdiscounter, weil sie sich auch mit 51 Jahren den Einkauf in Einzelhandelsgeschäften und besseren Supermärkten nicht leisten kann.

Sie trinkt von dem Tee, sie zwingt sich dazu, bis die Taubheit in ihrem Körper nachzulassen beginnt. Fahles Winterlicht fällt durch die hohen Fenster, genug Licht, damit Axt, Säge und Hammer ihren Weg finden können. Thea nimmt die Axt, hebt sie hoch, lässt sie auf den ersten Gipsentwurf niedersausen, dann auf den zweiten, dann auf das Treibholz, das sie so mühsam am Rhein gesammelt hat. Sie fühlt keinen Schmerz dabei, spürt nur die Kraft in ihren Armen und Händen, Schlag für Schlag. Erst als nur noch Brennholz, Metallschrott und Gipsbrocken übrig sind, legt sie die Werkzeuge beiseite, sorgfältig nun, weil es ein Abschied ist. Sie wird Atelier und Werkstatt räumen, das Inventar verkaufen. Wenn sie die Miete nicht mehr aufbringen muss, wird das Minus auf ihrem Konto langsamer wachsen. Trotzdem wird sie noch ins Callcenter müssen, Tage wie Blei, viel mehr, als sie erträgt.

Thea schlurft zum Fenster und blickt auf die S-Bahn-Strecke, wo vor ein paar Tagen ein Mensch gestorben ist. Ihr Gesicht ist nass von Schweiß, vielleicht auch von Tränen. An ihrem rechten Daumen bemerkt sie eine blutige Blase. Sie könnte sich umbringen, dort auf diesen Gleisen, das wäre ein Weg.

Du darfst nicht aufgeben, hat sie Nada immer wieder gesagt, damals, als sie ihre Ateliernachbarin noch protegierte und die sich bemühte, mit Performances vor dem Wallraf-Richartz-Museum ihr BAföG aufzubessern. Ein Underdog aus einem Elternhaus, das sie für ihre Liebe zur

Kunst verlachte, eine halsstarrige Quereinsteigerin, wie Thea selbst es einmal gewesen war. Du darfst nicht aufgeben, du musst an dich glauben, auch wenn das niemand anderes tut. Es beflügelte Thea, Nada zu unterstützen, belebte auch ihre eigene Arbeit. Wie ein jüngeres Ich kam die andere ihr vor. Nicht nur in ihrer unbedingten Hingabe an die Kunst und der anarchischen Art, wie sie Materialien, Ideen und Stilrichtungen vermengte, sondern auch darin, wie sie jegliche Konvention ignorierte, sich nahm, was sie wollte, egal, ob das andere enttäuschte. Und Nadas Erfolge wurden nicht durch einen Unfall ausgebremst. Stattdessen lernte Nada, sich zu inszenieren, bis sie ein Star war, eine Göttin der Kunst, die es sich leisten kann, unerreichbar zu sein, weil ihr Marktwert dadurch nur noch weiter steigt.

Langsam, immer noch ohne ihren Stock zu benutzen, hinkt Thea zur Spüle, wäscht ihre Teetasse aus und stellt sie in das Wandregal, in dem auch die Tonschale mit Nadas Ersatzschlüsseln steht. Zwei Sicherheitsschlüssel, um das teure Equipment zu schützen, das Nada nach und nach angeschafft hat: Kameras, Computer, Beamer, Scheinwerfer und die Stereoanlage.

Sorry, ich hab's total eilig, hatte Nada gerufen, als sie Thea die Schlüssel das letzte Mal zurückbrachte, erst letzte Woche war das gewesen, ein paar Tage bevor sie wieder einmal abgetaucht ist. Sie musste an diesem Tag irgendetwas mit Ölfarben gearbeitet haben, nicht nur ihre Hände, auch die Schlüssel trugen deutliche Spuren davon. Nicht mein Problem, wenn sich die Farbe in den Rillen der Schlüssel verhärtet, hatte Thea gedacht und sich dafür verachtet, dass sie Nada beneidete: um ihre Leichtigkeit, ihren Erfolg, ihre Liebhaber und ihre Jugend. Es ist nicht so, dass Thea wehleidig ist. Sie hat schon vor Jahren erkannt, dass der Erfolg, den sie womöglich trotz ihres lahmen Beins hätte haben können, mehr von ihr forderte, als sie zu geben bereit war. Sie taugt nun einmal nur bedingt zur öffentlichen Person. Doch seit ihre Galerie ihr kündigte und kurze Zeit später Nada umwarb – zu Recht, wie Thea anerkennen musste –, fällt es ihr schwer, den Groll zu unterdrücken.

Sie will die Schlüssel zurücklegen, nicht weiter mit ihrer Ateliernachbarin hadern, doch etwas lässt sie stutzen. Die Schlüssel sind blank, wie neu, dabei weiß Thea genau, dass Nada sie nicht noch einmal geholt hat und dass sie selbst sie ganz sicher nicht gereinigt hat. Wer dann? Und vor allem: wann? Die Party, denkt Thea, vielleicht hat sie da jemand genommen. Aber um genau dies zu verhindern, hat sie die Tonschale im Schrank versteckt und erst am nächsten Morgen wieder auf ihren gewohnten Platz gestellt. Waren die Schlüssel darin da sauber oder mit Farbe verschmiert? Sie kann sich nicht daran erinnern, hat nicht darauf geachtet.

Langsam dreht Thea sich herum. Niemand außer ihr und Nada weiß von den Schlüsseln und ihrem Platz in der Tonschale. Selbst Nada kann sie nicht heimlich genommen haben, denn sie hat keinen Schlüssel zu Theas Atelier. Sie nicht und auch niemand sonst, und Thea hat immer darauf geachtet, dass ihre Tür während ihrer Abwesenheit abgeschlossen ist. Oder etwa nicht? Wie eine Filmsequenz ist plötzlich die Erinnerung an den Tag nach dem Mord wieder da. Wie sie erst nachmittags in ihr Atelier kam, viel zu spät, wegen des Klempners. Wie verärgert sie deswegen war, wie unkonzentriert. Wie sie ihr Bein verfluchte und deshalb, als sie endlich in ihrem Atelier stand, nicht mehr zu sagen wusste, ob ihre Tür auch wirklich abgeschlossen gewesen war. Jemand war hier, hat sie gedacht und einen

Moment lang eine fremde Präsenz zu spüren geglaubt. Doch nichts in ihrem Atelier war verändert worden.

Thea fühlt ihren Herzschlag bis in den Hals. Auf einmal ist sie von einer Unruhe gepackt, die sie sich nicht erklären kann. Sie umklammert die Schlüssel, tastet sich an der Wand entlang, zur Tür, auf den Flur, bis zu Nadas Atelier. Sie weiß nicht, was sie dort drinnen zu finden erwartet, weiß nur, dass es möglicherweise gefährlich ist.

Nadas Gesicht blickt Thea von den Wänden entgegen, einmal, zweimal, viele Male. Verfremdete, bunt schimmernde Fotos von Nadas Installationen, schön und erhaben, überlebensgroß. Doch was augenblicklich Theas Aufmerksamkeit fesselt, ist das Stativ, das direkt vor der Fensterfront steht, denn die Kamera darauf ist auf die Gleise gerichtet. Was hat das zu bedeuten, was hat Nada beobachtet, oder ist sie noch auf ganz andere Weise in diesen Mord an der S-Bahn-Haltestelle verwickelt? Thea hinkt durch das Atelier, späht durch den Sucher, fühlt, wie ihr Herzschlag noch härter wird. Durch das Teleobjektiv erscheint die Stelle, wo der S-Bahn-Fahrer der Kommissarin zufolge erstochen wurde, zum Greifen nah.

* * *

Judith fühlt die Blicke der Kollegen in ihrem Rücken, als sie aus dem Konferenzraum hastet. Makowskis. Karins. Mannis. Millstätts natürlich. Sie dreht sich nicht um, wirft in ihrem Arbeitszimmer die Akten auf den Schreibtisch und stopft Tabakpäckchen, Handy und Notizblock in die Taschen ihres Ledermantels. Der Zettel mit der Frauen-für-Frauen-Adresse, die Ralf Meuser ihr vorgestern gab, steckt noch in ihrer Hosentasche, sie vergewissert sich, dass es so ist, während sie über den Flur zu den Aufzügen hastet. Sie versucht, nicht an das zu denken, was sie in den Augen der Kollegen zu lesen glaubte. Mitleid. Neugier. Schadenfreude. Was auch immer, es ist egal.

Unten im Fuhrpark lässt sie sich einen Wagen zuteilen, lenkt ihn an den tristen Fassaden des Stadtteils Kalk vorbei auf den Zubringer zur Zoobrücke, dann über den Ebertplatz zu Saturn. Sie geht zur Infotheke, blättert in ihrem Notizblock, bis sie den Namen der Sängerin findet, den sie sich in der Wohnung der Künstlerin Nada notiert hat. My Brightest Diamond, die CD ist vorrätig. Judith kauft sie und aus einem Impuls heraus auch noch die CD einer Sängerin namens KT Tunstall, die an einem Extrastand präsentiert wird und ein bisschen so klingt wie die alte Rockmusik, die Judith so lange geliebt hat, und doch ganz anders, neu auf eine Art, die sie noch nicht näher erklären kann.

Als sie wieder im Auto sitzt, lässt sie das Fenster herunter und zündet eine Zigarette an. In den Dienstwagen herrscht Rauchverbot, und normalerweise hält sie sich daran. Jetzt interessiert sie das nicht. Sie regelt den Polizeifunk herunter, schiebt die Brightest-Diamond-CD in den Schlitz. Im ersten Augenblick, als Millstätt sie vor versammelter Mannschaft auflaufen ließ, ist sie gekränkt gewesen, verletzt, gedemütigt. Im ersten Moment hat sie sich Vorwürfe gemacht, dass sie sich von Makowski provozieren ließ. Danach kam die Wut und mit ihr Befreiung. Sie hat sich in den letzten Monaten verbogen, sich verzweifelt bemüht, den vermeintlichen Makel ihres Zusammenbruchs und die Auszeit vom KK 11 durch Arbeit und noch mehr Arbeit wettzumachen. Wie eine Wahnsinnige hat sie um ihre Rehabilitation und Millstätts Anerkennung gerungen. Der Wunsch zu gefallen. Der alte weibliche Irrglaube, dass Leistung Erfolg garantiert. Sie hat die von ihrem Chef allenfalls vage in Aussicht gestellte Beförderung zur stellvertretenden Teamleiterin zum Zentrum ihrer Welt gemacht und Millstätt zu deren Sonnengott. Jetzt kann sie auf einmal sehen, wie lächerlich sie sich dadurch gemacht hat, wie klein.

Die CD, die der Künstlerin Nada so gut gefällt, ist mehr als Musik, eher eine Gewalt, die aus den Lautsprecherboxen ins Auto strömt, verführerisch, melodisch, poetisch, melancholisch und so nah, als sei die Sängerin physisch präsent. Judith lässt sich von den fremden Klängen einhüllen. Wenn Nadas Kunst auch nur annähernd so berührt, muss sie tatsächlich so erfolgreich sein, wie ihre Ateliernachbarn behaupten. Ist wirklich dieser Erfolg der Grund, dass sie noch immer nicht zurückgerufen hat, der eitle Rückzug einer Diva? Und warum beschäftigt sich Judith überhaupt mit ihr? Warum glaubt sie nicht, dass sie im Rotlichtmilieu ermitteln müssen? Es ist doch völlig eindeutig, dass die junge Frau aus der Pizzeria zur Prostitution gezwungen wurde.

Sie startet den Wagen, lenkt ihn auf den Hansaring, dann am Mediapark vorbei Richtung Ehrenfeld. Später wird der Schmerz kommen, die Kehrseite der Wut, das weiß sie aus Erfahrung. Später wird sie die Enttäuschung fühlen, sich eingestehen müssen, dass sie sich vom KK 11 etwas erhofft hatte, was sie nicht bekommen wird. Jetzt aber ist alles leichter, klarer, jetzt ist sie so frei wie lange nicht mehr. Und aus irgendeinem Grund scheinen diese zwei so widersprüchlichen Gefühle – die Sehnsucht nach etwas Unerreichbarem wie auch die grenzenlose Erleichterung – exakt von der englischen Sängerin wiedergegeben zu werden, die jetzt einen Baum besingt, in dessen Geäst glitzernde Schätze im Wind tanzen, Faustpfänder einer Liebe, die vergangen ist, was auch sonst.

Judith schnippt die Zigarette aus dem Fenster, zündet sich sofort eine neue an. Sie denkt an Manni und den selbstgefälligen Diddl Makowski, dessen Kahlkopf nicht die geringste Ähnlichkeit mit der Merchandising-Plüschmaus aufweist, deren Namen er trägt. Sie stellt sich vor, wie die beiden Kollegen in den Bordells herumstapfen und die Verzweiflung hinter dem glitzernden Lächeln der Frauen nicht sehen – vielleicht auch einfach nicht sehen können. Sie vergegenwärtigt sich all die Fragen, die gestellt werden müssen, und weiß, dass sie nicht mehr anders kann, als diese Fragen zu stellen, weil das ein Teil ihrer Persönlichkeit ist, ihr Verständnis von Lebenssinn, ganz egal, ob Millstätt sie dafür befördert oder tadelt oder sogar feuert.

I'm afraid to forget you. I am remembering you, you were sparkling, klagt die britische Sängerin, während Judith den Dienstwagen vor dem Gebäude parkt, in dem die Hilfsorganisation Frauen für Frauen Räume gemietet hat. Ein mehrstöckiges, graues Nachkriegsgebäude, vollkommen unspektakulär. Judiths eigener Arbeitsplatz hätte sich darin befinden können, es gab einmal eine Zeit, da ging sie davon aus, dass es so sein würde. Anwältin hatte sie damals werden wollen, nicht Polizistin. Sie denkt an das schöne bewusstlose Mädchen und sein Gefängnis unter der Pizzeria. Sie denkt daran, dass es viel zu viele solcher Mädchen gibt und dass niemand sich um sie kümmert, weil sie in einem System gefangen sind, das ein Teil der Bevölkerung benutzt und der Rest nicht wahrhaben will. Sie verschließt den Wagen, geht über die Straße und drückt auf die Klingel. Sie weiß, dass sie hier nicht mehr willkommen ist. Trotzdem unterdrückt sie den Impuls, wieder umzukehren.

* * *

Das Laufhaus Amor, laut Eigenwerbung der größte Puff Europas, liegt gar nicht so weit entfernt von dem zum Boomen bestimmten Gewerbepark, nahe einem Autobahnzubringer, was für die Kundschaft aus dem Umland sehr praktisch ist. Obwohl es früher Mittag ist, parken Autos diverser Güteklassen vor dem neunstöckigen Erotiketablissement. Die über dem Eingang schwebende Skulptur einer fetten nackten Putte mit lüsternem Blick zielt mit Pfeil und Bogen auf die sich nähernden Besucher. Taxifahrer dösen in Warteposition, um die von ihrer körperlichen Betätigung erschöpften Freier, die nicht mit dem eigenen Wagen herkommen, abzutransportieren. Manni vergewissert sich, dass die Fotos in seiner Jackentasche stecken. Fast durchsichtig hat das Komamädchen gestern Abend im Krankenhaus ausgesehen, als sei sie gar nicht mehr richtig da, und erst in diesem Moment hat Manni akzeptiert, dass die Russin Petrowa und die Oberärztin nicht übertreiben. Es kann tatsächlich sein, dass das Mädchen nie mehr von selbst atmen wird, nie mehr etwas sagen oder sich an etwas erinnern, es ist tatsächlich sehr wahrscheinlich, dass sie stirbt.

»Rentner-Primetime!« Diddl Makowski zurrt seine Jeans zurecht und schickt einen abschätzenden Blick über die parkenden PKW. »Wer nachweist, dass er älter als 66 ist, fickt werktags zwischen 11 und 15 Uhr zum halben Preis.«

»Tatsächlich?« Manni hat keinen Nerv für Makowskis Gelaber. Der Eklat beim Morgenmeeting hängt ihm noch nach, mehr als er möchte. Er hätte Judith Krieger nicht so auflaufen lassen dürfen, hat es dennoch getan, auch wenn er nicht weiß, warum. Jetzt will er wenigstens das Mädchen identifizieren, und dass jede Stunde, in der das nicht gelingt, einem widerlichen Brutalo-Killer zugutekommt, erhöht den Druck noch mehr.

»Marketing.« Makowski stampft ohne Eile auf den von Kunstharz-Römersäulen flankierten Eingang zu, auf dessen Fußboden rote Lauflichter ins Innere des Lusttempels jagen. »So ein alter Sack zum Dumpingpreis ist ja für die Mädels immer noch lukrativer als ein Mittagsschläfchen.«

Zwei Türstehergorillas, deren Physiognomie und Habitus auf einen südländischen Migrationshintergrund hindeuten, glotzen sie an, als sie das Gebäude betreten. Bevor Manni ins Kölner KK 11 wechselte, hatte er zwei Jahre lang bei der Essener Sitte Dienst geschoben, auch dort gehörten solche Typen unausweichlich zum Bordellinventar. Auf der Autofahrt hierher hat Manni Makowski davon zu überzeugen versucht, dass seiner Erfahrung nach ein Nobelbordell nicht unbedingt die erste Adresse für die Suche nach einer Zwangsprostituierten ist, dass sie es lieber in den kleineren, schmierigeren Schuppen oder auf dem Straßenstrich probieren sollten. Der Amor-Chef hat garantiert einen Tipp, hat Makowski gesagt, und dem konnte Manni schlecht widersprechen, schließlich gilt sein Kollege als einer der erfahrensten Ermittler im Rotlichtmilieu.

Noch mehr Säulen, Statuen nackter Nymphen, ein weiterer schwebender Liebesgott und Gipsweinreben bestimmen das Styling des Foyerbereichs. Zwei Huren in Minimalbekleidung lümmeln auf der Sitzbank eines Springbrunnens. Die Wasserfontänen plätschern mit süßlicher Schlagermusik um die Wette, die von der rot getünchten Decke förmlich zu triefen scheint. Manni hebt den Blick, kann aber keine Lautsprecherboxen erkennen. Vermutlich sind sie hinter irgendwelchen Römerkitschattrappen verborgen.

»Trinken wir erst mal was.« Makowski schnürt mit der Lässigkeit des Stammgasts nach links auf eine Treppe zu. Die lebensgroßen Fresken wild durcheinander kopulierender Männer und Frauen an den Wänden des Aufgangs machen unmissverständlich klar, was die Kundschaft oben erwartet. Den Stil der Wandmalereien hätte Manni aufgrund seiner vagen Erinnerungen an den Schulgeschichtsunterricht eher dem alten Ägypten zugeordnet. Doch solche Spitzfindigkeiten dürften hier wohl kaum jemanden interessieren.

Die Bar im ersten Stock ist zeitlos, in den Nischen gibt es die klassischen roten Kunstleder-Sitzgarnituren, die Barhocker an der Theke sind gepolstert und haben Rückenlehnen, was sowohl der Klientel fortgeschrittenen Alters als auch angetrunkenen Nachtschwärmern zugutekommen dürfte. Ein rotnasiger Rentner klebt direkt vor dem Zapfhahn und schlürft ein Kölsch, ohne die Brüste der Bedienung aus den Augen zu lassen. Sie verzieht die Lippen zu einem Lächeln, das nicht sehr überzeugend wirkt, sobald sie Makowski und Manni erblickt.

»Ich hol den Chef.«

»Cola mit Eis.« Der Sittenfahnder steuert auf eine der Nischen zu und plumpst in einen Sessel. Manni verdoppelt die Bestellung und gesellt sich zu ihm. Ein echter Renner scheint das Mittagsangebot für Senioren nicht zu sein, abgesehen von dem Lustgreis am Tresen ist die Bar menschenleer. Die Barmieze flötet etwas in ein Wandtelefon und balanciert wenig später ein Tablett zu ihnen herüber, ohne ein Tröpfchen Cola zu verschütten, was in Anbetracht ihrer schwindelerregend hohen Lacksandaletten eine echte Leistung ist.

Der Chef des Amor heißt Eckhard Reschke und sieht mit seinen Pausbacken so aus, als hätte er persönlich Modell für seine Amorskulpturen gestanden. Sein steif gebügeltes blaues Hemd stünde jedoch jedem Versicherungsangestellten gut zu Gesicht, was nichts daran ändert, dass unter Reschkes Obhut Monat für Monat 150 Huren rund um die Uhr bis zu 38 000 Kunden bedienen. Reschke ordert einen Cappuccino, bevor er sich zu ihnen setzt. Er ist ein Späteinsteiger ins Milieu, war tatsächlich einmal Bankangestellter, bevor er – arbeitslos geworden – als neuer Manager das damals recht muffige Bordell in ein florierendes, römisch gestyltes Laufhaus umwandelte, dessen Leitmotto – »Einfach göttlich. Hier bestimmen Sie, was Liebe ist« – verspricht, keinerlei Wünsche der ausschließlich männlichen Klientel unbefriedigt zu lassen. Angeblich bekommen unzufriedene Kunden sogar ihr Geld zurück. Es ist nicht schwer, sich vorzustellen, wie die Krieger dieses Detail kommentieren würde, und auf einmal ist Manni froh, dass er ermitteln kann, ohne wegen jeder Kleinigkeit eine Grundsatzdiskussion führen zu müssen. Er unterbricht das kumpelhafte Begrüßungsgeplänkel der beiden Männer, indem er die Fotos aus der Jackentasche zieht und sie Reschke unter die Nase hält.

Der Bordellbetreiber lässt sich Zeit, studiert sie sorgfältig, eines nach dem anderen. Das Mädchen. Den S-Bahn-Fahrer und den Italiener.

»Die waren doch schon in der Zeitung«, sagt er schließlich. »Tut mir leid, ich kenne die nicht.«

»Das Mädchen stammt vermutlich aus Russland, wurde gefangen gehalten und zum Anschaffen gezwungen.« Manni hält dem Puffmanager das Foto der bewusstlosen Zeugin nochmals hin.

Reschke lächelt. »Mit Sicherheit nicht hier.«

»Wir wissen sehr wohl, dass Ihre Damen privilegiert sind.« Makowskis Stimme perlt wie Öl.

»Vielleicht kann ja eine dieser Damen weiterhelfen.« Manni windet sich aus dem viel zu kurzbeinigen Ledersessel und schiebt sich am Tresen vorbei auf den Flur, bevor der Bordellmanager Gelegenheit hat, sich Einwände auszudenken. Das Gemurmel der beiden Männer wird vom Gesäusel der Musik verschluckt. Gleich gegenüber der Bar beginnt der erste Flur, auf dem spärlich bekleidete Freudenmädchen vor ihren Zimmern auf Kundschaft lauern. »Venus Express-Service« steht auf einem lichterkettenumkränzten Schild. »Blasen ab 30 Euro«. Wer es noch billiger will, kann sein bestes Teil für 20 Euro einfach in die *Black Wall* stecken und abwarten, was dann passiert. Es ist überheizt, wie in jedem Bordell, damit die Mädchen nicht frieren. Manni überlegt, ob er seine Jacke um die Hüften binden soll, entscheidet sich aber dagegen, weil er nicht mit dem offen sichtbaren Pistolenholster im Rücken schaulaufen will. Er prüft dessen Sitz mit der Hand, während er auf die erste Hure zusteuert, und denkt an die Druckstelle von Sonjas Küchenstuhl, die irgendwo über dem Holster liegt und bald nicht mehr zu spüren sein wird.

»Französisch, spanisch, anal, worauf hast du Lust, Süßer?« Die Sprecherin ist sehr jung und spricht mit schwerem slawischen Akzent.

»Wo kommst du her?«

»Prag.« Sie lächelt, spreizt die netzbestrumpften Beine und greift routiniert nach Mannis Genitalbereich. »Komm, Süßer, ich bin heiß.«

Er wehrt sie ab, indem er ihr erst seinen Dienstausweis und dann die Fotos hinhält. Sie fährt sich mit den rot lackierten Fingernägeln durchs schwarze Haar und schüttelt den Kopf, als sie mit dem Studium der Fotos fertig ist. In ihrem Gesicht ist jetzt nicht mehr die Spur eines werbenden Lächelns zu sehen, es ist, als hätte nun, da klar ist, dass sie an Manni nichts verdienen kann, jemand einen

Schalter umgelegt. Manni nickt ihr zu, geht zum nächsten Mädchen, dann zum nächsten und übernächsten. Einige der Hocker vor den Zimmertüren sind leer, was manchmal heißt, dass die Mieterin gerade einen Kunden bedient, in anderen Fällen, dass sie gerade Pause macht. Manni geht zurück zum Treppenhaus, spart sich den Besuch eines als *Darkroom* beschilderten Bereichs, zu dem nur Nackte Zutritt haben. Bislang wollte oder konnte keines der Mädchen etwas zu den Fotos sagen. Manni notiert sich, welche Frauen er noch befragen muss, bevor er den zweiten Stock in Angriff nimmt.

Den Bereich, der sich Römerbad nennt und zu »feuchten Spielen mit tabulosen Sklavinnen« einlädt, lässt Manni ebenfalls links liegen, geht lieber wieder den Flur entlang, wo Rosi, Lulu, Polly, Jana und so weiter um seine Aufmerksamkeit buhlen. Ein paar Deutsche, viele Bulgarinnen, Tschechinnen, Polinnen. Knackige, durchaus ansehnliche Mädchen, alle deutlich unter dreißig, alle in Reizwäsche, alle mit Gesundheitszeugnis an der Tür. Doch auch hier ernten die Fotos nur Kopfschütteln von den Huren und böse Blicke von ihren Aufsehern und Freiern, und auch im dritten Stock ist das nicht anders.

Manni schwitzt jetzt wie ein Stier in der Sauna, er sieht auf seine Uhr, stellt mit Verwunderung fest, dass schon beinahe eine Stunde vergangen ist, seit er mit der Befragung begonnen hat. Es ist aussichtslos. Ganz deutlich sieht er den weiteren Verlauf dieser blödsinnigen Sucherei vor sich: ein endloser Ritt durch Bordelle und Spelunken, ein Kampf gegen Windmühlen, während in einem anonymen Krankenhausbett ein fremdes Mädchen stirbt. Er wischt sich mit dem Jackenärmel Schweiß von der Stirn, nimmt trotzdem das nächste Stockwerk in Angriff. Wenn 150 Huren pro Monat 38 000 Kunden bedienen, macht das um die 50 Freier pro Stunde oder im Schnitt für jede der Ladys pro Tag etwa acht Kontakte. Können die sich überhaupt noch an ein Gesicht erinnern, achten sie da überhaupt noch drauf, solange dafür keine unbedingte Notwendigkeit besteht? Vermutlich nicht, und das kann man ihnen wohl kaum verdenken. Manni denkt an Makowski, der unten gemütlich mit dem Bordellmanager Cola trinkt, dann an die Worte der Krieger. Ich glaube kaum, dass ein Bordellbesuch zum jetzigen Zeitpunkt sinnvoll ist. Manni unterdrückt einen Fluch.

Er versucht zu verdrängen, dass die Ladys im Amor regelmäßig wechseln, weil die Zimmer tageweise vermietet werden. Es gibt viele Dauermieterinnen, ermuntert er sich. Manchmal braucht man auch ein Quäntchen Glück. Gibt es einen anderen Weg, das Komamädchen zu identifizieren? Macht es eventuell Sinn, nur die Zuhälter und Türstehergorillas zu befragen? Manni ist so sehr in seine Gedanken vertieft, dass er erst zeitverzögert begreift, was es bedeutet, dass die magere tschechische Nutte mit den Kleinmädchenzöpfen eines der Fotos festhält, als er es ihr wieder wegnehmen will.

»Der war mal hier«, sagt sie und tippt mit dem rosa Zeigefingernagel auf das Gesicht des S-Bahn-Fahrers. »Aber das ist lange her.«

* * *

Eine junge Frau mit schulterlangem glattem Haar sieht von ihrem Computermonitor auf, als Judith die Räume der Frauen-für-Frauen-Beratungsstelle betritt.

»Ich möchte zu Cornelia Offinger.« Judith reicht ihr eine Visitenkarte. »Ich brauche ihre Hilfe bei einer Ermittlung.«

Die junge Frau deutet den Flur hinunter. »Sie berät gerade eine Klientin. Können Sie eine Viertelstunde warten?«

Das Wartezimmer ist leer. Die Wände sind hellgelb getüncht, Poster von Frauen aus aller Welt zieren sie, auf den Fensterbänken stehen Topfpflanzen, auf einem alten Couchtisch in der Mitte des Raums stapeln sich Informationsbroschüren. »Wir sind gegen Gewalt-*tätig*«. »Gegen Gewalt an Frauen und Kindern«. »Frauen gegen Gewalt«. »Mehr Schutz bei häuslicher Gewalt – Informationen zum Gewaltschutzgesetz«. »30 Jahre Frauenhaus Köln – denn sie wissen, was sie tun«. Manche Broschüren wurden von Frauengruppen herausgegeben, im Impressum anderer zeichnen Stadt, Landes- und Bundesministerien für die Inhalte verantwortlich. Auch die Polizei Köln ist mit einem Prospekt vertreten. »Gewalt ist schwach!«, heißt er und erläutert in mehreren Sprachen die Gesetze, die Frauen vor den Übergriffen der Menschen schützen sollen, mit denen sie zusammenleben.

Judith geht eine Weile auf und ab, tritt ans Fenster, setzt sich in einen der Korbstühle, steht gleich wieder auf. Sie fühlt sich dünnhäutig, unruhig, unter Strom und zugleich merkwürdig leicht, als stünde tatsächlich ein wichtiger Durchbruch bevor, als sei sie endlich dabei, etwas Grundlegendes zu erkennen. Sie ruft Karin Munzinger an, bittet die Kriminaltechnikerin, die Kleidung des S-Bahn-Fahrers Wolfgang Berger so schnell als möglich auf dunkle Wollfasern zu untersuchen. Sie ist inzwischen beinahe überzeugt, dass der Obdachlose nicht der Täter, sondern ein Zeuge ist, aber darauf kommt es nicht an, sie muss das verifizieren.

»Mir geht es gut«, versichert sie Karin zum Abschied. »Ja, das war ätzend heute Morgen, aber ich bin okay.«

Judith setzt sich wieder in einen der Korbstühle und betrachtet die Informationsbroschüren. Sie sind das Ergebnis eines langen, harten Weges, den sie einmal gehen wollte und dann doch nicht gegangen ist, aus Gründen, die sie bis heute nicht vollständig versteht. Verräterin, hat Cornelia Offinger geschrien, als Judith aus der gemeinsamen Wohnung ausgezogen war. Komm bloß niemals wieder! Und Judith hatte gehorcht, das Urteil der Älteren akzeptiert. Warum eigentlich, fragt sie sich jetzt. Warum habe ich nicht einmal versucht, mich zu verteidigen, sondern stattdessen auch noch meinen Job als Nachtwächterin im Frauenhaus aufgegeben?

Dreißig Jahre autonomes Frauenhaus Köln. Sie blättert durch den Prospekt, muss unwillkürlich lächeln, als sie von den Anfängen liest. Ein Frauenhaus sei nun wirklich nicht nötig, die wenigen schlagenden Männer in Köln könne man in einer Schubkarre wegfahren, hatte der damalige Sozialdezernent Hans-Erich Körner gehöhnt, als die Frauen das Konzept vorstellten. Doch die Gründerinnen behielten recht: Ihr Frauenhaus war schon bald überbelegt, ein weiteres wurde eröffnet, neue Frauengruppen formierten sich, die gegen Essstörungen, sexuellen Missbrauch, Pornografie, Diskriminierung am Arbeitsplatz agitierten und schließlich auch gegen Frauenhandel, die moderne Form der Sklaverei. Und allmählich begannen Politiker und Polizei die Existenz all dieser Missstände nicht länger zu leugnen, sondern stattdessen mit den einst verspotteten Frauenrechtlerinnen zu kooperieren.

Judith selbst war erst Mitte der 80er-Jahre zu den Kölner Aktivistinnen gestoßen, als frischgebackene Jurastudentin. Neugierig und mit dem Wunsch, sich zu engagieren, war sie zu dem ersten Treffen gegangen, und bereits nach fünf Minuten hatte Cornelia Offinger sie mit einer einzigartigen Mischung aus Humor, Scharfsinn und Pragmatismus in den Bann gezogen. Sie hatten gemeinsam gekämpft und gemeinsam gelacht. Sie färbten die Haare mit Henna, organisierten Demonstrationen gegen den Paragrafen 218 und gründeten nach dem Gau im AKW Tschernobyl eine Gebärstreikgruppe, um gegen die Atomkraft zu protestieren. Sie fühlten sich stark. Sie fühlten sich im Recht. Sie waren davon überzeugt, dass sie Geschichte schrieben und – wenn auch mühsam – den Weg in eine bessere Welt bereiteten. Eine Welt, in der Frauen frei sein würden, frei von Angst. Frei von dem Zwang, sich für ein bisschen Liebe zu verbiegen.

»Ich sage Frau Offinger jetzt, dass Sie da sind.« Die junge Frau vom Empfang steckt den Kopf ins Wartezimmer.

»Ich komme gleich mit.« Judith folgt ihr durch den Flur.

»Warten Sie hier.« Am Ende des Flurs öffnet die junge Frau eine Tür. Sie will erst allein mit der Frauen-für-Frauen-Chefin reden. Aber es ist schon zu spät. Cornelia Offinger erkennt Judith augenblicklich. Sie sitzt hinter einem Schreibtisch und telefoniert gerade, beendet das Gespräch aber abrupt.

»Lass uns allein, Valerie«, sagt sie, ohne den Blick von Judith zu wenden.

Schritt für Schritt geht Judith auf Cornelia Offinger zu. Deren einst hellblondes Haar ist weiß geworden, sie trägt es kürzer geschnitten als früher, was sie jung aussehen lässt und ihre hohen Wangenknochen hervorragend zur Geltung bringt.

»Du«, sagt sie schließlich, als Judith direkt vor ihr steht. Sagt es resigniert und trotzdem so, als habe sie immer damit gerechnet, dass die Frau, die vor mehr als fünfzehn Jahren aus ihrem Leben verschwand, eines Tages wiederkehrt.

»Hallo, Cora.« Judiths Mund ist plötzlich trocken. Es gibt keinen Aschenbecher in diesem Büro, wird ihr bewusst, hat Cora mit dem Rauchen aufgehört? Die Gründerin der Organisation Frauen für Frauen setzt sich eine Designerbrille auf die Nase und lehnt sich in ihrem Bürostuhl zurück. Sie macht keinerlei Anstalten, Judith einen Platz anzubieten, noch gibt sie etwas von den Gefühlen preis, die sie angesichts ihrer einstigen Freundin und Mitbewohnerin eigentlich haben müsste.

»Es geht um einen Fall«, sagt Judith und legt das Foto der Komapatientin vor Cornelia Offinger auf den Tisch. »Ich brauche deine Hilfe. Ich muss herausfinden, wer diese Frau ist, ich vermute, sie wurde aus Russland hierher verschleppt und zur Prostitution gezwungen. Vielleicht hat sie sich bei euch oder einer anderen Hilfsorganisation gemeldet. Vielleicht arbeitet jemand von euch mit einer Zwangsprostituierten, die sie kennen könnte.«

»Das Bild war in der Zeitung.«

»Ja. Ich muss wissen, wer sie ist.«

»Du weißt sehr gut, dass ich dir unsere Kartei nicht zeigen kann.«

»Es reicht mir vorerst, wenn du mir sagst, ob du diese Frau kennst, oder mir verrätst, wer sie kennen könnte.«

Cornelia Offinger lacht. Ein bitteres Lachen. »Du hast dich nicht verändert, Judith. Siehst nur, was du brauchst, kommst und gehst, wie es dir passt, ohne Rücksicht auf Verluste.«

»Es geht hier nicht um mich.« Judith fühlt, wie ihre Wangen zu brennen beginnen. Die alten Gespenster greifen nach ihr. Sie lässt die Menschen im Stich, sie kann nicht genügen, sie kommt zu spät, egal, wie sehr sie sich bemüht. Sie zwingt sich zur Ruhe, zeigt auf das Foto. »Sie ist noch sehr jung, wahrscheinlich nicht einmal achtzehn. Sie ist vergewaltigt worden. Wir haben sie in einem Keller gefunden. Es gab kein Tageslicht dort, nur eine Lichterkette mit Herzchen über einer Matratze. Sie besitzt keine Straßenkleidung, aber jede Menge Reizwäsche. Jetzt liegt sie im Sterben. Ich will die Schweine finden, die dafür verantwortlich sind.«

»Von den geschätzten 500 000 ausländischen Frauen, die nach Westeuropa geschleust und dazu gezwungen werden, sich zu prostituieren, erkennt und registriert der deutsche Staat gerade mal um die 1000 pro Jahr offiziell als Opfer von Menschenhandel. Wovon wiederum die meisten abgeschoben werden oder freiwillig ausreisen, bevor es zu einem Prozess gegen ihre Peiniger kommen kann. Oder sie sagen nicht aus, weil sie zu viel Angst haben. Oder sie werden getötet«, sagt Judiths einstige Freundin kühl. »Als Polizistin müsstest du diese Statistik eigentlich kennen und also wissen, dass es so gut wie nie gelingt, Menschenhändlern das Handwerk zu legen.«

»Es gibt Opferschutzprogramme.«

»Deren Finanzierung ewig wackelig ist und von denen im letzten Jahr überhaupt nur ein Viertel der registrierten Opfer profitierten. Und wiederum nur die Hälfte von denen durfte zumindest bis zum Prozess in Deutschland bleiben.«

»Ich weiß das alles, Cora, glaub mir, ich weiß das sehr gut.« Judith zieht sich einen Stuhl vor den Schreibtisch und setzt sich, was ihre einstige Freundin ohne Protest geschehen lässt. Ist die Hoffnung, dass sie über Frauen für Frauen weiterkommt, nur eine fixe Idee? Judith denkt an Manni und Makowski. Sie denkt an all die Bordelle und

Wohnungen und schäbigen Ecken, in denen sie herumstöbern und doch nichts ändern. Sie sehnt sich auf einmal nach der Zeit mit Cora und den anderen Frauen, nach dem Enthusiasmus, der sie damals trug. Sie waren so sicher gewesen, sie könnten gewinnen.

»Ich bin müde«, sagt Cornelia Offinger, als hätte Judith ihre Gedanken laut ausgesprochen. »All die Jahre machen wir dieselbe Arbeit, wiederholen dieselben Argumente, und dann wird alles immer nur noch schlimmer. Und ob es nun um häusliche Gewalt geht oder um Prostitution, auch die Opfer bleiben immer dieselben – Frauen. Und die Täter sind fast immer männlich. Es gibt Gesetze, klar, und Betroffenheit, wenn die Medien sich über hochgepushte Einzelschicksale ereifern. Das haben wir immerhin erreicht. Doch am System ändert das gar nichts. Die Typen machen trotzdem weiter, und viele Frauen sind so durcheinander, dass sie sogar Stangen-Striptease-Kurse belegen, die es inzwischen selbst an Volkshochschulen gibt. Studentinnen ziehen sich aus und posieren in Pornoposen und stellen das dann auf Webportale, in denen ihre Kommilitonen darüber abstimmen, ob sie geil genug sind. Und die anderen reden sich ein, das betreffe sie nicht.«

»Feminismus ist halt unbequem.«

Cornelia Offinger nickt. »Weshalb du dich beizeiten auf die Gewinnerseite geschlagen hast.«

»So ist es nicht …«

»O doch! Du bist Kommissarin, eine Respektperson, du bekommst jeden Monat ein anständiges Gehalt dafür. Du musst nicht jedes Jahr aufs Neue um die Zuteilung staatlicher Fördergelder bangen. Du musst dich nicht als frigide Lesbe beschimpfen lassen. Musst nicht fürchten, dass auch nach Dienstschluss verzweifelte Frauen auf dich warten, denen du einfach nicht helfen kannst. Stattdessen gehst du heim und vögelst mit deinem Patrick oder wie auch immer dein derzeitiger Macker gerade heißt.«

Judith springt auf. »Halt Patrick da raus!«

Die Frauen-für-Frauen-Chefin funkelt Judith an. Wut liegt in diesem Blick. Schmerz. »Wir hatten Pläne zusammen, wir wollten Frauen für Frauen gemeinsam leiten. Du als Anwältin, ich als Psychologin. Du hast mir nie gesagt, dass du etwas anderes willst. Stattdessen bist du eines Tages einfach ausgezogen, während ich verreist war.«

»Ich weiß, dass das feige war«, sagt Judith leise. »Feige und sehr verletzend. Ich wusste damals selbst nicht, was mit mir los war, warum ich das tat. Wusste nicht, wie ich es dir erklären könnte. Es war auf einmal alles zu eng. Heute denke ich, ich musste meinen eigenen Weg finden, ihn allein gehen.«

»Nicht allein. Mit Patrick.«

Judith schüttelt den Kopf. »Patrick war ein Freund, von Anfang an. Nicht weniger, nicht mehr. Doch das hat nichts mit unserer Geschichte oder meiner Entscheidung damals zu tun.«

»Du bist ihm zur Polizei gefolgt.«

»Ich habe mich dafür entschieden, weil ich die Hoffnung hatte, dort etwas erreichen zu können.«

»Und jetzt hast du die nicht mehr?«

»Ich weiß es manchmal nicht.« Judith starrt auf das Foto der jungen Frau. Eine Frau, die einmal einen Traum gehabt haben muss, Hoffnungen, Ambitionen. Bis jemand sie zerstörte. Sie hebt den Kopf, sucht Coras Augen. Ich war tatsächlich feige damals, denkt sie. Ich hatte Angst vor Cora, ihrer Liebe, ihrer Klugheit, ihrer Lebenserfahrung. Ich hatte Angst, mich zu verlieren.

»Patrick ist tot«, sagt sie leise. »Schon mehr als drei

Jahre. Er ist im Dienst erschossen worden, als er mich vertrat.« Sie beißt sich auf die Unterlippe.

»Das tut mir leid.« Zum ersten Mal sieht Cornelia Offinger Judith direkt in die Augen. Ich habe diesen Blick vermisst, wird Judith klar. Herrgott noch mal, ich hätte schon vor Jahren zu ihr gehen müssen, die alte Freundschaft retten, wenn sie denn zu retten ist. Stattdessen habe ich mich immer mehr in meinen Beruf verbissen, als wäre das die einzige Welt.

»Ich weiß, dass du dich vor allem mit häuslicher Gewalt beschäftigst, Cora, nicht mit Menschenhandelsopfern«, sagt sie langsam. »Aber du hast Kontakte. Du genießt das Vertrauen deiner Kolleginnen, ich bin mir sicher, dass es so ist.«

»Mag sein. Aber warum solltest gerade du davon profitieren?«

»Nicht ich.« Judith tippt auf das Foto. »Sie.«

Schalk blitzt in Cornelia Offingers Augen, sie unterdrückt ein Lächeln. »Du hättest als Anwältin wirklich eine Menge erreichen können.«

»Ich verspreche dir, dass ich ohne eure Einwilligung keine Namen preisgeben werde.«

»Lass mich darüber nachdenken«, sagt die Frauen-für-Frauen-Chefin. »Ja, ja, ich weiß«, fügt sie schnell hinzu, als Judith protestieren will. »Jede Stunde zählt.«

»Danke, Cora.« Judith schreibt ihre Privat- und Handynummer auf eine Visitenkarte. »Ruf mich bitte an. Jederzeit.«

»Versprich dir nicht zu viel.«

* * *

ARDS. Lungenversagen. *Acute Respiratory Distress Syndrom.* Ekaterina presst den Telefonhörer auf die Gabel. Noch in der Mittagspause ist sie im Krankenhaus gewesen und hat dem Mädchen einen Walkman mit russischen Musikkassetten gebracht. Tatjana und Sergej. Ein Versuch zu trösten, denn auch wenn nicht eindeutig erwiesen ist, dass Komapatienten äußere Reize wahrnehmen, ist es nicht hundertprozentig auszuschließen. Ganz vorsichtig hat Ekaterina die Kopfhörer in dem vom langen Liegen verfilzten blonden Haar zurechtgerückt. Ein Flackern der Augenlider war die Antwort, so minimal, dass Ekaterina schon Sekunden später nicht mehr sicher war, ob sie es überhaupt gesehen hatte. Trotzdem hatte sie es als Zeichen der Besserung interpretiert. Sie geht zum Fenster, presst die Stirn an die Scheibe, starrt in die aufziehende Dämmerung über dem Friedhof. Musikkassetten gegen den Tod, wie lächerlich das ist.

»Hallo, Katja.«

Eine Frauenstimme. Ihr russischer Kosename. Ekaterina fährt herum. Erkennt einen Schatten in der Tür ihres Arbeitszimmers. Einen der Schatten, die sie schon den ganzen Tag verfolgen. Eine Frau. Ines. Nein, nicht Ines. Die Kommissarin Judith Krieger.

»Ich wollte dich nicht erschrecken, ich habe geklopft«, sagt sie. »Hast du ein paar Minuten Zeit für mich?«

»Ich habe nichts gehört.« Ekaterina strafft die Schultern, tappt zu ihrem Schreibtisch und knipst die Arbeitslampe an. Die Kommissarin muss sie für verrückt halten. Steht in der Dunkelheit am Fenster, statt zu arbeiten, hört das Klopfen nicht. Sie geht zum Waschbecken, füllt den Wasserkocher. Ihre Hände zittern, merkt sie auf einmal. Sie schaltet den elektrischen Kessel an, versteckt die Hände hinter ihrem Rücken. Zwingt sich, die Kommissarin anzusehen, die heute anders wirkt, nicht mehr so sehr von oben herab.

»Die Komapatientin. Eben kam ein Anruf aus dem Krankenhaus«, sagt Ekaterina.

»Was ist mit ihr?« Judith Krieger geht ein paar hastige Schritte auf Ekaterina zu.

»Lungenversagen.«

Die Kommissarin wendet sich zum Aktenschrank, lehnt sich mit dem Rücken dagegen, beinahe wirkt es so, als suche sie Halt. Ein Schatten huscht über ihr blasses Gesicht, als sie den Kopf zu Ekaterina dreht. »Sie hat es also nicht geschafft.«

»Die Ärzte geben noch nicht auf«, sagt Ekaterina rau. »*ARDS* ist als Folge einer schweren Rauchvergiftung keine Seltenheit. Ein Kollaps des Atemsystems. Sie haben die Lunge intubiert, beatmen sie weiter. Sie haben die Patientin in ein spezielles Bewegungsbett verlegt, was verhindern soll, dass sich Wasser in ihren Lungen sammelt. Aber sie ist natürlich sehr geschwächt, und hinzu kommt die nicht ausgeheilte Tbc...«

»Wie groß ist ihre Chance, was glaubst du?«

Das Teewasser beginnt zu brodeln, und unwillkürlich starren sie beide auf die Dampfwölkchen, die aus dem Elektrokessel steigen. »Ich weiß es nicht«, sagt Ekaterina, als der Kessel sich abschaltet. »Manchmal gibt es Wunder.«

Sie kratzt die alten Blätter aus der Teekanne in den Abfalleimer. Ihre Hände gehorchen ihr wieder, bemerkt sie mit Erleichterung. Aber die Angst ist geblieben. Die Angst, etwas Unberechenbarem ausgeliefert zu sein, wie damals auf der Insel im weißen Meer. Sorgfältig spült sie die Kanne aus, löffelt frischen Tee hinein, gießt das Wasser auf.

»Ich war heute bei Frauen für Frauen«, sagt Judith Krieger. »Ich habe die Leiterin gebeten, ihre Kontakte zu ihren Kolleginnen einzusetzen, die mit Menschenhandelsopfern arbeiten, damit die sich nach unserer russischen Patientin umhören.«

»Es ist nicht sicher, dass sie aus Russland stammt«, sagt Ekaterina instinktiv.

»Es ist nicht sicher«, echot die Kommissarin, ohne den Blick von Ekaterina zu wenden. »Aber du sprichst Russisch zu ihr.«

Abrupt dreht Ekaterina sich wieder zur Spüle und beginnt zwei Teetassen zu reinigen. Die Kommissarin hat ihr nachspioniert. Jemand hat geplaudert. Die Oberärztin oder eine Stationsschwester. Hat Judith Krieger sich auch bei Frauen für Frauen über Ekaterina erkundigt? Hat diese Ines sich doch noch über sie beschwert? Ekaterina trocknet die Teetassen ab, dreht sich wieder um, entschlossen, sich nicht kampflos geschlagen zu geben. Die Kommissarin hat ihre Position am Aktenschrank nicht verändert.

»Erzähl mir von Russland«, fordert sie jetzt.

»Man darf diese Frauen nicht verurteilen.« Ekaterina schenkt Tee ein und stellt die Tasse für die Kommissarin auf den Aktenschrank. Viel zu heftig, der heiße Tee schwappt über ihre Hand. Sie beißt die Zähne zusammen, bedauert einmal mehr, dass sie trotz ihrer hochhackigen Lack-Cowboystiefel gezwungen ist, zu Judith Krieger aufzusehen.

»Darum geht es doch gar nicht, Katja.«

»Ekaterina bitte.« Das klingt viel zu ruppig, eine Tatsache, die der Kommissarin natürlich nicht entgeht. Sie ist wirklich gefährlich, denkt Ekaterina, sieht zu viel, hört zu viel, gibt nicht auf.

Die Kommissarin akzeptiert Ekaterinas Bitte mit einem Nicken. »Ich will nicht, dass diese junge Frau alleine stirbt«, sagt sie dann. »Sie muss eine Familie haben. Ein Zuhause. Aber wenn ich das Land nicht verstehe, aus dem sie stammt, wie will ich dann begreifen, was ihr widerfahren ist? Wie kann ich die Verantwortlichen finden?«

»Es ist nicht erwiesen, dass sie auf den Strich gegangen ist«, sagt Ekaterina. »Die Hämatome allein sind sehr unspezifisch. Wie ich schon sagte: Sie können auch die Folge sehr heftigen Geschlechtsverkehrs oder einer Vergewaltigung sein.«

»Natürlich.« Die Augen der Kommissarin funkeln gefährlich. »Vielleicht hat ihr das sogar Spaß gemacht. Aber ich glaube das nicht, und du glaubst das auch nicht.«

Soll sie Ines erwähnen? Die identischen Verletzungen auf den Innenseiten ihrer Oberschenkel, dort, wo die Haut am zartesten ist? Natürlich nicht. Sie hat nichts mit der Komapatientin zu tun.

»Hast du Kontakt mit Russen hier in Deutschland? Kennst du jemanden, der unsere Patientin kennen könnte?«

Ekaterina schüttelt den Kopf.

»Erzähl mir von deiner Heimat«, bittet Judith Krieger wieder, ohne nachzufragen, warum Ekaterina ihre in Deutschland lebenden Landsleute meidet.

»Prirechnij, ein Dorf auf der Kolahalbinsel«, antwortet Ekaterina widerstrebend. »Die Kolahalbinsel ist quasi das Hinterteil des skandinavischen Löwen, ganz oben im Norden.«

»Der Hintern des Löwen«, wiederholt die Kommissarin.

»Es gibt da nicht viel«, erklärt Ekaterina weiter. »Lange, kalte, dunkle Winter. Taiga.« Birkenwälder, ergänzt sie stumm. Freundliche Bäume, ganz anders als auf der Insel im weißen Meer. Die große Weite, in der einst das Volk der Sami umherzog, weit über die Grenzen zu Finnland, Norwegen und Schweden hinaus. Bis die Grenzen sich schlossen und die russischen Sami von ihren Verwandten in den Nachbarländern getrennt waren, um dann zu *modernen, zivilisierten* Menschen geformt zu werden, in Lager gesperrt, ihrer Sprache beraubt und damit ihrer Identität. Das ist natürlich nicht nur in Russland geschehen, denn ein Nomadenvolk mit Freigeistern und Schamanen war keiner Zivilisation willkommen, doch Stalins Schergen waren bei ihrer Vernichtung besonders effektiv.

Ekaterina spürt den Blick der Kommissarin auf sich, beinahe witternd. Sie hat aufgehört zu sprechen, ist in ihren Gedanken versunken, wie lange schon?

»Murmansk«, sagt sie schnell. »Ein dank des Golfstroms auch im Winter schiffbarer Freihafen. Hitler wollte ihn erobern, hat es aber nicht geschafft. Jeder Quadratzentimeter Boden dort ist mit Blut getränkt, sagen die Alten. Heute erinnern unzählige Kriegsdenkmäler daran.«

Judith Krieger bläst in ihren Tee, ohne die Aufmerksamkeit von Ekaterina zu wenden. Ihre Konzentration ist beinahe körperlich spürbar, und mit Erstaunen registriert Ekaterina, dass sie nun, da sie einmal angefangen hat, von ihrer Heimat zu sprechen, gar nicht mehr damit aufhören will, jedenfalls solange es nicht zu persönlich wird.

»Bodenschätze«, erklärt sie. »Nickelerz. Das ist der Grund, warum die Kolahalbinsel überhaupt besiedelt ist. Von überall her aus der Sowjetunion sind die Menschen auf die Kolahalbinsel gekommen, junge Menschen, die hart arbeiten wollten und dafür den sogenannten Polarzuschlag erhielten, den doppelten Lohn. Auf Sand und Eis haben sie sich nach und nach ein neues Leben erschaffen. Häuser, Schule, Spielplätze, Läden gebaut, und der Staat hat das unterstützt. Selbst im kleinen Prirechnij entstand ein Kulturzentrum. Es war ein hartes Leben, aber es war gut. Geordnet.«

»Und jetzt ist es das nicht mehr«, sagt Judith Krieger.

»Nach dem Zerfall der UdSSR wurden viele Minen geschlossen, wegen mangelnder Rentabilität. Es gibt jetzt keinen Polarzuschlag mehr. Überhaupt keinen Lohn und auch keine Rente.«

»Und die Menschen?«

»Wer eine Möglichkeit hat, zieht aus dem Norden weg. Ein paar sind geblieben und versuchen klarzukommen.«

Die Kommissarin hebt fragend eine Augenbraue.

»Fischen, jagen, ein bisschen Gartenbau, sobald es taut«, präzisiert Ekaterina und wünscht sich plötzlich zu ihrer Großmutter in die Kate am See. Manchmal, wenn sie innehält, vermisst sie die Stille dort. Die alte Sprache, in der die Großmutter die Natur besingt, ihre samischen Joiks, ja sogar das Summen der Mücken. »Manche haben auch Ersparnisse oder Verwandte, die Geld schicken. Das Problem ist, dass die Menschen keine Heimat mehr haben. Auf der Kolahalbinsel nicht, weil zu viele gegangen sind. Und auch dort nicht, wo sie einst herkamen und nun nur noch Fremde sind.«

»Menschen zerbrechen«, sagt Judith Krieger leise, fast so, als spräche sie mit sich selbst.

»Nicht alle Menschen«, widerspricht Ekaterina und fühlt die altbekannte Dankbarkeit gegenüber ihrer Großmutter. Dies ist unsere Heimat, hatte sie ihrer Enkelin ein ums andere Mal erklärt, nachdem Ekaterina von der Insel zu ihr gekommen war. Ein sechsjähriges Mädchen, das erst wieder lernen musste zu sprechen, zu sehen, zu hören, zu fühlen und, vor allem, all diesen Sinneswahrnehmungen zu trauen. Dies ist unsere Heimat, das Land unserer Ahnen.

Wenn du hier weggehst, dann weil du es willst, aus keinem anderen Grund. Auf einmal fühlt Ekaterina sich wie eine Nestbeschmutzerin. »Die Menschen gehen auch anderswo kaputt«, sagt sie und rührt in ihrem Tee.

»Was ist mit den Frauen?« Wie zu erwarten, lässt Judith Krieger sich durch Allgemeinplätze nicht ablenken.

»Sie arbeiten. Sie versuchen zu hoffen. Sie sorgen für die Alten und die Kinder und für ihre Männer.«

»Und was tun die?«

»Alkohol ist ein Problem.« Ekaterina kämpft die Erinnerungen an ihren Vater nieder. »Gewalt«, fügt sie leise hinzu, bemüht, ihrer Stimme die sachliche Autorität der Ärztin zu verleihen. »Aber all das gibt es in Deutschland auch.«

Judith Krieger sieht auf ihre Armbanduhr. »Ich muss gleich los. Ich hab eine Vernehmung mit einem Tatverdächtigen, der behauptet, den Täter im Fall Wolfgang Berger gesehen zu haben. Er beschreibt einen Mann, zwischen 1,80 und 1,85 Meter groß, könnte das sein?«

Ekaterina geht zu ihrem Computer, ruft die Datei mit dem Sektionsbericht auf. Sofort fühlt sie sich kompetent. »Wolfgang Berger ist 1,81 Meter groß. Von den Einstichwinkeln her käme das hin.«

Judith Krieger tritt neben sie, betrachtet die Fotos. »Deine Analyse der Stichwunden war wirklich gute Arbeit.«

Ekaterina nickt. Es sind die Lebenden, die ihr Probleme bereiten, nicht die Toten. »Ich versuche immer wieder, ein Muster in der Reihenfolge der Stiche zu erkennen, aber es gibt keins.«

»Es muss einfach eine Beziehung zwischen Täter und Opfer geben«, sagt Judith Krieger.

»Vielleicht ging es um Rache.«

»Das habe ich auch schon überlegt. Aber warum dann eine Nacht später der Anschlag auf die Pizzeria? Was verbindet Berger und Baldi? Was hat die Komapatientin damit zu tun?«

Etwas beginnt in Ekaterinas Hinterkopf zu rumoren, irgendeine Sache, die ihr in den letzten Tagen untergekommen ist. Ungeduldig klickt sie durch die Sektionsfotos. »Gibt es eigentlich schon neue Hinweise auf das Messer?«

Die Kommissarin schüttelt den Kopf. »Wir ermitteln wie verrückt, und alles, was bislang dabei herauskommt, sind neue Fragen. Die neueste Erkenntnis ist, dass der Brand von einem oder mehreren Profis gelegt wurde.«

Wieder nickt Ekaterina. »Die Fesselung des Pizzabäckers passt dazu. Aber wer auch immer den S-Bahn-Fahrer erstochen hat, war kein Profikiller. Er muss nicht einmal besonders kräftig sein.«

»Wie meinst du das?« Der seltsam zweifarbige Blick der Kommissarin scheint zu brennen.

Ekaterina zeigt auf den Bildschirm. »Die Stiche sind überall, links, rechts, nicht nur in der Herzgegend. Das Messer ist an zwei Stellen bis zum Schaft eingedrungen, weil es sehr scharf ist. Aber viel Kraft ist dazu nicht nötig. An den Rippen ist es abgeglitten. Haut und Fleisch liefern wenig Widerstand. Selbst eine groß gewachsene Frau könnte solche Stiche verursachen.«

»Eine groß gewachsene Frau, die sich rächen will«, sagt die Kommissarin langsam, als würde sie jede Silbe überprüfen. »Wofür?«

Misshandlungen, denkt Ekaterina. Wann genau hat Ines sie zum ersten Mal aufgesucht? Am frühen Morgen nach dem Mord an Wolfgang Berger. Sie war vergewaltigt worden. Sie hatte Würgemale am Hals, sie war durchnässt und durcheinander. Und an ihrer Unterwäsche klebte Blut, das nicht von ihrem Körper stammte.

»Ich muss jetzt wirklich los«, sagt Judith Krieger. »Ist alles in Ordnung mit dir?«

Ines. Eine Frau, die beinahe getötet wurde. Oder eine Rächerin. Aber das ist so absurd und unwahrscheinlich, dass Ekaterina es nicht einmal denken will, und so trägt sie nur die Teetassen zum Spülbecken und nickt der Kommissarin zu. »Mir geht es gut.«

* * *

Diddl Makowskis vollmundiges Versprechen, dass Amor-Chef Reschke ihnen garantiert weiterhelfen könne, hat sich bislang als heiße Luft erwiesen. Nett geplaudert haben die beiden, während Manni sich als Laufbursche im Laufhaus die Füße platt lief. Er nickt seinem Kollegen zu, als sie sich am Präsidium verabschieden, das zu dieser fortgeschrittenen Stunde noch einmal zu betreten für Makowski offenbar nicht in Frage kommt. Auch gut. Manni kauft sich eine Flasche Hohes C und ein Putenbrust-Sandwich in der Kantine, das ebenfalls einen langen Tag hinter sich haben muss, denn es ist schlaff und beinahe geschmacklos. Er würgt trotzdem ein paar Bissen herunter, während ihn der Fahrstuhl ins KK 11 hochbeamt, spült mit dem Orangensaft nach.

Die Aussage der tschechischen Nutte ist das einzig brauchbare Ergebnis seiner nachmittäglichen Sporteinheit im Amor. Vivi nennt sie sich, und nachdem Manni ihr eine Flasche Sekt und eine Schachtel Zigaretten spendiert hatte, erwies sie sich als durchaus kompetente Zeugin. Träumer hat sie den S-Bahn-Fahrer Wolfgang Berger genannt. Zweimal sei er bei ihr gewesen im letzten Frühsommer, vermutlich im Mai. Er sei kein guter Kunde gewesen, habe sich die ganze Zeit beklagt. Das Amor sei zu groß und viel zu anonym. Die Nutten wollten nur sein Geld und hätten nichts übrig für ihn als Mensch. Vivi verdrehte die Augen. Reden habe er wollen. Sich nach wahrer Liebe gesehnt.

Liebe, denkt Manni grimmig. Wer sucht die nicht? Bist du eigentlich sicher, dass wir zusammenpassen, hat Sonja gefragt, als er sie vorhin endlich ans Handy bekam. Na klar, hat er geantwortet, ganz bestimmt, und sich geärgert, dass ihm – abgesehen von einem Hinweis auf ihre erwiesenermaßen hervorragende körperliche Kompatibilität, den er jedoch wohlweislich für sich behielt – keine überzeugenden Belege dafür einfielen. Natürlich hätte er irgendeinen Blödsinn daherlabern können. Wir passen zusammen, weil ich so gerne mit dir rede. Weil ich so toll mit dir träumen kann. Irgend so einen Seelenschnickschnack, den Frauen gerne hören und den offenbar auch einsame S-Bahn-Fahrer brauchen. Doch Süßholzraspeln ist noch niemals Mannis Spezialität gewesen und wird es auch nicht werden. Außerdem wollte er Sonja nicht anlügen, weil ihm tatsächlich viel an ihr liegt. Ich find dich geil, ich find dich toll, ich will dich besser kennenlernen, schauen, was möglich ist – das wäre eine ehrliche Antwort gewesen. Doch da die aller Wahrscheinlichkeit nach nicht so gut angekommen wäre, hat er lieber geschwiegen, was ihm mit Sicherheit auch nicht gerade Bonuspunkte eingetragen hat.

Die Räumlichkeiten des KK 11 sind schon leer, nur in einem der Vernehmungszimmer brennt noch Licht. Manni pfeffert den Rest seines Sandwichs mit einem gezielten Wurf in einen Abfalleimer, bevor er durch die Glaswand späht. Die Krieger sitzt in dem Vernehmungsraum und hat wieder den vom Tatverdächtigen zum möglichen Zeugen hinuntergestuften Obdachlosen am Wickel. Manni lehnt sich an die Glaswand, seine strapazierte, nach einer Sitzgelegenheit lechzende Beinmuskulatur ignorierend. Die Versuchung, sich einfach wieder vom Acker zu machen, ist groß, weil er keinen blassen Schimmer hat, was er Judith Krieger zu Millstätts Abfuhr sagen soll, ohne alles noch schlimmer zu machen. Aber sich zu verdrücken wäre feige und für die Ermittlungen ein Desaster, also schaltet er die Mithörfunktion ein und betrachtet seine Kollegin. Sie sieht aus, als habe sie sich seit der unseligen Konferenz am Morgen von nichts anderem als Kaffee und Zigaretten ernährt. Ihre widerspenstigen Locken bauschen sich um ihr Gesicht. Ob sie heute überhaupt schon mal eine Bürste gesehen haben, erscheint fraglich.

»Beschreiben Sie noch einmal den Fahrgast, der über die Gleise kam«, fordert die Krieger von ihrem Gegenüber.

Der Obdachlose Gregor Schmidt legt den Kopf zur Seite und schnieft. »Kleiner als ich. Er trug eine Jeans und einen Anorak mit Kapuze«, erwidert er ohne Zögern.

Das ist tatsächlich eine vollkommen korrekte Beschreibung des Mannes, den sie zunächst für den einzigen Zeugen hielten. Die Krieger macht sich eine Notiz.

»Beschreiben Sie den Mann mit dem Messer.«

»So ein feiner Pinkel im langen Mantel. Schwarze Wolle, stinketeuer, das hab ich gleich gesehen.«

»Alter? Augen- und Haarfarbe?«

Gregor Schmidts Augen flackern. Wieder zieht er gurgelnd Rotz hoch. »Keine Ahnung wie alt, ich hab das Gesicht nicht gesehen. Das Haar war aber dunkel, glaub ich. Alles picobello, Sie wissen schon, obwohl es doch wie Sau geschüttet hat.«

»Was hatte er für eine Frisur?«

»Weiß nicht genau. Kurz?«

»Aber Sie sind sicher, es war ein Mann.«

»Sag ich doch. Ja.«

»Ganz sicher?«

»Ja.«

»Es könnte nicht auch eine groß gewachsene Frau gewesen sein?«

»Machen Sie Witze?« Neuerliches Schniefen.

»Beantworten Sie meine Frage«, befiehlt die Krieger.

»Ich hab doch gesagt, es war ein Mann.«

»Und das können Sie beschwören?«

»Na ja, es war ja dunkel...«

Die Krieger seufzt. »Würden Sie den Mann wiedererkennen? Oder die Frau?«

»Möglich.«

»Haben Sie ihn oder sie irgendwann schon einmal gesehen, vielleicht in der Nähe der S-Bahn-Haltestelle oder der Pizzeria Rimini?«

Der Obdachlose verneint, schaltet wieder auf stur, als Mannis Kollegin erneut nach der Brandnacht zu fragen beginnt. Nein, er habe nirgendwo einen Rucksack versteckt. Nein, einen Unterschlupf habe er nicht. Nein, er kenne den toten S-Bahn-Fahrer nicht, auch nicht aus seiner wenig erbaulichen Jugend in Paderborn.

»Das war's dann für heute.« Die Krieger steht auf. Sie sieht kein bisschen deprimiert aus, wird Manni klar. Nur müde und stur, irgendwie auf Krawall gebürstet. Wie damals, als Millstätt sie beurlauben ließ.

Sie mustert Manni, als sie den Flur betritt, doch wenn sie überrascht ist, ihn hier zu sehen, oder noch sauer wegen des Morgenmeetings, behält sie es für sich.

»So spät noch hier?«

»Was sollte das mit der Frau?« Manni pult seine Fisherman's aus der Hosentasche. Pech gehabt: Die Tüte ist leer.

»Die Petrowa sagt, die Stichwunden könnten auch von einer Frau verursacht worden sein, solange sie zwischen 1,80 und 1,85 Meter groß ist.«

»Eine Frau?«

Die Krieger zuckt die Schultern. »Es gibt so große Frauen. *Don't blame me.* Ich bin nur die Botin.«

»Judith, das heute Morgen ...«

Sie macht eine wegwerfende Handbewegung. »Vergiss es.«

Vergiss es? Sie setzt sich in Bewegung, den Flur runter zu den Aufzügen. Er folgt ihr in die Aufzugkabine, wo sie verlegen aneinander vorbeiglotzen, dann ins Quartier der Kriminaltechnik.

»Mit dem Messer sind wir noch nicht weiter, aber die Faseranalyse von Bergers Sweatshirt ist tatsächlich sehr interessant«, sagt Karin Munzinger, sobald sie Judith entdeckt. »Bitte schön«, sie deutet einladend auf ein Mikroskop. »Auf der Rückseite und im vorderen Halsausschnitt des Sweatshirts konnte ich eine auffällige Menge identischer Fasern sicherstellen. Anthrazitfarbene Kaschmirwolle, um präzise zu sein. Und dazu gibt es keine Entsprechung auf den S-Bahn-Fahrersitzen in den beiden Führerständen.«

»Den dunklen Wollmantel gibt es also«, sinniert die Krieger.

Karin Munzinger steht auf. »Die S-Bahn wechselt am Haltepunkt Gewerbepark die Richtung. Berger steigt aus der vorderen Lok aus, verschließt sie und geht an der Bahn entlang zum Triebwagen am entgegengesetzten Zugteil. Es ist ziemlich warm, also trägt er Jacke und Rucksack in der Hand. Kurz bevor er am Ziel ist, kommt unser

Täter von hinten.« Sie stellt sich hinter die Krieger, legt ihr die Linke um den Hals und sticht mit dem Zeigefinger der Rechten in ihren Rücken. »Ungefähr so. Und dann noch mal und noch mal und noch mal. Elf Mal, wie wir wissen. Irgendwann beim ersten Angriff taumelt Berger ein oder zwei Schritte vorwärts, ohne den Täter abschütteln zu können.«

Die Krieger befreit sich aus dem Griff der Kriminaltechnikerin. »Was ist mit der Jacke?«

»Die lässt er direkt fallen, als er angegriffen wird.«

»Müsste sie nicht voller Blut sein?«

Karin Munzinger grinst. »Es gibt Blutspuren darauf. Aber nicht sehr viele. Nur ein paar Spritzer. Deshalb bin ich auf die Vorwärtsbewegung gekommen.«

»Gut.«

Die Kriminaltechnikerin legt den Kopf schief. »Sehr glücklich siehst du aber nicht aus.«

»Es passt einfach alles nicht zusammen. Und jetzt sagt die Petrowa auch noch, dass der Täter eine Frau sein kann.«

»Eifersucht, enttäuschte Liebe…« Karin Munzinger tupft mit dem Zeigefinger ein paar imaginäre Punkte in die Luft. »Vielleicht ist die räumliche und zeitliche Nähe der beiden Verbrechen ja wirklich Zufall.«

»Ich hab eine Hure gefunden, bei der Berger mal war. Sie sagt, er war auf der Suche nach Liebe.« Laut ausgesprochen klingt das völlig idiotisch, wird Manni augenblicklich klar. Er will erklären, was das tschechische Mädchen noch sagte. Dass es Schweine unter ihren Stammkunden gibt, die am liebsten mit Fäkalien spielen. Brutalos, die vor allem demütigen wollen, Normalos, Behinderte und eben ein paar Psychos, die vor Einsamkeit nicht wissen, wohin, und vor allem reden und von Liebe träumen wollen, Liebe, die sie dann doch nicht aushalten im richtigen Leben. Er will all das erklären, aber das selbstgefällige Lachen der Krieger hält ihn davon ab.

»Liebe, na klar. Deshalb hatte er ja auch diese *Liebes*filme, nicht wahr?«

»Herrgott, Judith, musst du immer gleich die Alice Schwarzer geben? Jetzt hör mir doch erst mal richtig zu.«

»Ich höre.«

»Es kommen nicht nur coole Frauenabzocker ins Bordell. Es kommen auch Behinderte, Alte, Einsame. Das Mädchen, bei dem Berger war, hat sehr überzeugend argumentiert, dass Berger zur letzten Kategorie gehörte. Das kann doch wirklich wichtig sein für unsere Ermittlungen.«

Die Krieger dreht sich eine Zigarette, steckt sie dann aber statt zwischen ihre Lippen brav in die Hosentasche, weil Karin Munzinger warnend mit dem Zeigefinger wackelt.

»Berger war einsam«, bestätigt sie schließlich. »Das wissen wir doch bereits, seine Wohnung und sein Lebensstil legen das ja nahe. Er hat eine Frau gesucht. Im Bordell. Von mir aus. Und weiter?«

»Vielleicht gab es Streit mit einem Zuhälter, dem er das Mädchen ausspannen wollte.«

»Oder mit der Frau selbst«, sagt Karin Munzinger.

»Die Zuhältertheorie ist wahrscheinlicher«, beharrt Manni. »Die erklärt nämlich auch die unterschiedlichen Vorgehensweisen. Der Zuhälter ist stinksauer auf Berger und metzelt ihn nieder. Beim Anschlag auf die Pizzeria ist er dann cooler und holt sich Hilfe.«

Die Krieger runzelt die Stirn. »Das würde voraussetzen, dass unsere Komapatientin Bergers Auserwählte ist. Und Berger selbst ein Gutmensch, nicht ein Typ, der gemeinsam mit Luigi Baldi ins Bordellgeschäft eingestiegen ist, wie unsere Theorie von heute Morgen lautete.«

»Wär doch denkbar. Nicht jeder Mann, der mal in den Puff geht, ist gleich schlecht.«

Die Krieger lässt das so durchgehen, sieht jedoch nicht wirklich überzeugt aus. »Wenn Berger unsere Komapatientin liebte, warum war sie dann in dem verdammten Keller eingesperrt?«

»Ich weiß es nicht. Wir finden das raus.«

»Sie liegt im Sterben«, sagt die Krieger, und diese vier Worte begleiten Manni auf das Parkdeck, in seinen GTI, über die Zoobrücke und dann doch nicht zum Karatetraining, sondern ein weiteres Mal zu der Haltestelle Gewerbepark. Nur wenige Fahrgäste warten dort auf eine S-Bahn. Das Abstellgleis, wo Berger seine letzte Pause verbrachte, ist leer. Manni läuft ans Ende der Haltestelle, passt einen Moment ab, in dem keiner der anderen Wartenden ihn beachtet, und springt ins Gleisbett. Er hält sich rechts, erreicht die Stelle, wo Wolfgang Berger starb, in einer knappen Minute.

Ein kalter Wind weht, aber den bemerkt Manni kaum, weil er zu sehr damit beschäftigt ist, seine Gedanken zu ordnen, einen Zusammenhang zu finden, was auch immer. Er blickt Richtung Amor, dessen roter Lichterkettenschein irgendwo jenseits des Geländes in den Nachthimmel strahlt, und denkt an seine leere Wohnung. Er denkt an seinen Vater und die Unterwäsche seiner Mutter und an Sonja. Und vor allem denkt er an das Komamädchen, und erst da wird ihm bewusst, wie sehr er unter Strom steht und dass er die ganze Zeit die Hände zu Fäusten ballt, dabei kann er seinen Gegner noch nicht einmal sehen.

* * *

Erst um 22 Uhr gestattet sich Ekaterina wieder, an die Ermittlungen im Fall Soko S-Bahn und das Gespräch mit der Kommissarin zu denken. Sie schiebt die Unterlagen beiseite, in die sie sich in den letzten Stunden vertieft hat, um sich auf die Podiumsdiskussion zum Thema häusliche Gewalt vorzubereiten, bei der sie in zwei Tagen als Expertin auftreten muss. Auch Cornelia Offinger wird daran teilnehmen, die Leiterin von Frauen für Frauen, mit der Judith Krieger am Nachmittag gesprochen hat. Eine Ines hat sie zum Glück mit keinem Wort erwähnt. Gibt es einen Zusammenhang zwischen Ines und der Komapatientin? Ist sie womöglich gar nicht die wohlhabende, zerbrechliche Gattin eines Mannes, der sie misshandelt, sondern eine Prostituierte, die beschlossen hat zurückzuschlagen? Doch warum hat sie Ekaterina dann um Hilfe gebeten, und wovor hat sie so panische Angst? Unwirsch schüttelt Ekaterina den Kopf. Angst und Zerbrechlichkeit sind nicht notwendigerweise ein Freispruch, denn Töten ist nicht so sehr eine Frage der Kraft als eine des Willens und natürlich des Mittels.

Sie richtet sich auf, streckt den Rücken durch, merkt erst jetzt, wie steif sie vom langen Sitzen geworden ist. Ihr Kopf tut schon weh, so hungrig ist sie, der halbstündige Fußweg nach Hause mit knurrendem Magen erscheint ihr unerträglich lang. Sie verbietet sich einen erneuten Griff in die Schachtel mit dem Würfelzucker, geht stattdessen über den dunklen, leeren Flur in die Teeküche des Rechtsmedizinischen Instituts. Sie darf sich nicht gehenlassen, darf nicht die schlechten Sitten aus ihrer Kindheit reaktivieren, bloß weil die alten Geister einmal mehr ihre Köpfe recken. Sie nimmt ihr vergessenes Mittagessen aus dem Kühlschrank, eine Plastikdose mit selbst gekochter Gemüsesuppe, die sie zum Aufwärmen in die Mikrowelle schiebt. Sie löffelt die Suppe im Stehen, kaut zwei Stück Zwieback dazu.

Wieder beginnt etwas in ihrem Hinterkopf zu rumoren, eine Idee, ein Detail, das sie noch immer nicht zu fassen bekommt. Du musst nach Hause, redet sie sich zu. Ein heißes Bad nehmen, das hast du verdient, dir eine Schale Himbeereis dazu gönnen, dich entspannen und vor allem schlafen. Sie geht über den Flur zum Fenster über dem Haupteingang. Steht Ines irgendwo dort unten und wartet auf sie? Falls es so ist, kann Ekaterina sie nicht sehen.

Ihre Stiefelabsätze klackern hart, als Ekaterina zur Toilette geht. Sie wäscht sich Hände und Gesicht mit kaltem Wasser. Die Flüssigseife riecht unangenehm chemisch und trocknet die Haut aus, das graue Papierhandtuch zerfasert zu unappetitlichen Klümpchen. Ekaterina tupft sich Wimperntuschekrümel aus den Augenwinkeln, wischt den verlaufenen violetten Lidschatten ab. Warum benutzt sie nicht endlich eines der dafür vorgesehenen Regale, um darin ihre persönlichen Hygieneartikel und ein Handtuch zu deponieren? Warum lebt sie wie auf dem Sprung, obwohl sie erst vor wenigen Wochen einen Dreijahres-Arbeitsvertrag unterzeichnet hat? Die Augen ihrer Mutter sehen ihr aus dem Spiegel entgegen, die auch ihre eigenen Augen sind, und die von Großmutter und Urgroßmutter: Nomadenaugen. Schmal und schwarz und unergründlich. Lappenschlampe. Hässliche Nutte. Trägst das Gift der Untreue im Blut. Ekaterina starrt in den Spiegel, bemüht, die Verwünschungen des Vaters verstummen zu lassen. Es war nicht Treulosigkeit, die ihn so wüten ließ, erkennt sie plötzlich. Was ihn so rasend machte, war die Sehnsucht nach Freiheit, die auch seine härtesten Schläge der Mutter nicht austreiben konnten.

Der Vaginalabstrich! Die Erinnerung an das Detail, das

sie so lange nicht greifen konnte, kommt ganz plötzlich, aus heiterem Himmel. Ekaterina hastet zurück in ihr Arbeitszimmer und ruft die Krankenakte der Komapatientin auf. Montag sollte der Abstrich ins Kliniklabor geschickt werden. Dienstag sollte das Ergebnis vorliegen. Jetzt ist es Mittwoch. Ekaterina wählt die Nummer des Krankenhauses. Sie hat Glück, die Oberärztin, die sie schon kennt, hat Nachtdienst, und nach einigem Hin und Her wird Ekaterina zu ihr durchgestellt.

»Es gibt nichts Neues, der Zustand der Komapatientin ist unverändert«, sagt sie, sobald Ekaterina ihren Namen nennt.

»Der Vaginalabstrich«, sagt Ekaterina, nachdem sie ein paar Höflichkeiten ausgetauscht haben.

»Ja, da war etwas.«

Blättern ist durchs Telefon zu hören, gedämpftes Gemurmel, das Klappern einer Computertastatur. Dann wieder die helle Stimme der Oberärztin.

»So, da hab ich's. Im Abstrich war eine erhöhte Anzahl weißer Blutkörperchen – das Labor hat auf Chlamydien getippt, die jedoch so nicht nachweisbar waren. Deshalb hat ein Kollege noch einen *DNA*-Nachweis mittels *PCR* beauftragt.«

»*PCR*«, echot Ekaterina.

Die Oberärztin lacht. »Ein Amplifikationsverfahren für DNA, bei dem die typische Erreger-DNA isoliert und im Labor künstlich vermehrt wird, so dass ein eindeutiger Befund zustande kommt.«

»Und?«

»Unser Mädchen ist ohne Zweifel mit *chlamydia trachomatis* infiziert.«

»Eine Geschlechtskrankheit«, sagt Ekaterina nachdenklich.

»Die gefährlich ist und dennoch oft unbemerkt bleibt, weil viele Menschen zunächst vollkommen beschwerdefrei sind.«

»Man kann erblinden.«

»Chlamydien können auch eine Lungenentzündung auslösen. Es gibt verschiedene Erregerarten. Sterilität als Folge einer nicht behandelten Infektion mit *chlamydia trachomatis* ist in Deutschland die häufigste Ursache ungewollter Kinderlosigkeit.«

»Wie hoch ist die Ansteckungsgefahr?«

»Hoch. Sehr hoch. Selbst Oralsex kann den Erreger übertragen.«

Oralsex. Ekaterina betrachtet die Polizeifotos des Mädchens, nachdem sie sich von der Oberärztin verabschiedet hat. Sie stellt sich vor, wie sie vor den Männern auf dem Boden kniete, ihre ungewaschenen Geschlechtsteile zwischen die Lippen nahm. Wie sie wahrscheinlich sogar froh war, wenn sie irgendwann doch lieber normalen Geschlechtsverkehr mit ihr haben wollten. Wie sie kein Recht hatte, darauf zu bestehen, dass die Männer ein Kondom benutzten oder vorsichtiger in sie stießen oder aufhörten, überhaupt kein Recht. Ekaterina ruft ihr medizinisches Online-Lexikon auf, froh, dass die Fachartikel ihr Distanz zu den Bildern verschaffen. Die Oberärztin hat recht, Chlamydien sind tatsächlich weit verbreitet. Zwischen drei und zehn Prozent der Bevölkerung in deutschen Großstädten sind damit infiziert.

Ekaterina schaltet den Computer aus und packt ihre Sachen. Sie verschließt den Aktenschrank und löscht das Licht. Sie hat nie den richtigen Mann gefunden, um die Freuden der Sexualität kennenzulernen, von denen alle so schwärmen, vielleicht hat sie es auch nicht wirklich versucht. Jetzt hat sie manchmal das Gefühl, es ist zu spät.

Sie zieht ihren Mantel an und setzt die Pelzmütze auf. Tritt in die grünlich schimmernde Notbeleuchtung auf dem Flur.

Unten im Leichenkeller ist es kalt und ruhig. Es ist eine Gewohnheit geworden, den Tag hier zu beschließen. Ekaterina öffnet die Stahllade mit dem erstochenen S-Bahn-Fahrer und betrachtet sein Gesicht. Sie versucht sich vorzustellen, wie das Mädchen vor ihm kniete. War es so? Sie überwindet ihren Ekel, zieht auch die Metallbahre mit dem verkohlten Luigi Baldi ein Stück aus dem Kühlfach. Man kann Chlamydien nicht nur durch einen Abstrich nachweisen. Auch eine Gewebeprobe oder Blut können unter Umständen ausreichen. Gleich morgen früh wird sie die Pathologen des Rechtsmedizinischen Instituts anweisen, entsprechendes Material ans Labor zu geben, und wenn das Ergebnis positiv sein sollte, ist das zwar noch kein eindeutiger Beweis, steigert aber zumindest die Wahrscheinlichkeit, dass die beiden Toten mit der Komapatientin verkehrt haben.

Du darfst keine Angst haben, Katjuschka, dann bist du sicher. Ekaterina schiebt die Bahren wieder zurück, löscht das Licht, folgt der Notbeleuchtung über den Gang zu dem Rolltor, durch das die Bestatter die Leichen transportieren. Sie glaubt die Seelen der Toten hinter sich zu hören, ein Zischen und Murmeln, das sie normalerweise beruhigt, heute Nacht aber schaudern lässt.

Klack, klack, klack machen ihre Stiefel, als sie das Tor hinter sich verschlossen hat und die Betonrampe betritt. Klack, klack, klack. Nur ihre Stiefel? Sie hält einen Augenblick inne, beginnt zum zweiten Mal an diesem Tag zu zittern. Es ist die Kälte, redet sie sich zu. Es ist tatsächlich kalt geworden, fast so, als gäbe es Schnee.

Du darfst keine Angst haben, Katja. Wieder die Stimme

ihrer Großmutter. So nah, so schmerzlich nah. Dann sieht Ekaterina den Fuchs. Ein stattliches rotgraues Tier, das vom Friedhof auf die Rampe zuschnürt und sie ansieht, als habe es eine Botschaft für sie. Ein *snowidenije,* ein Traumbild. Der Schutzgeist ihrer Urgroßmutter. Doch als Stalins Henker mit dem Hubschrauber kamen, zerbrach seine Macht, und alles, was folgte, waren Zerstörung und Tod.

Donnerstag, 12. Januar

Sie ist ein Luftwesen, schwerelos. Spielt mit dem Wind. Befiehlt ihm das Tempo. Kennt seine Richtung, noch bevor er weht. Sie breitet die Arme aus, und der Wind trägt sie höher. Der Himmel ist Samt. Schwarz. Still. Ein Freund wie der Wind. Sie kann ihren Körper nicht fühlen, weiß nicht, wo er endet und wo die Luft beginnt, weiß nur, dass sie geborgen ist.

Tief unter ihr liegt die Stadt, ein entferntes Funkeln. Sie lässt sich noch etwas höher tragen. Die Stadt ist schön, von hier oben betrachtet, man sieht die Menschen nicht. Dann, ohne Vorwarnung, verlässt sie der Wind, und sie weiß, dass sie stirbt. Sie will sich wehren, aber sie stürzt unaufhaltsam durchs Schwarz auf die Lichtsplitter zu, Lichtsplitter, die sie zerschneiden werden.

Sie erwacht ohne Orientierung, schweißnass, mit fliegendem Atem. Jetzt weißt du, wie es ist. Irgendwann hat sie wieder die Worte gehört, einmal mehr, ohne ihre Bedeutung zu begreifen oder den Sprecher zu identifizieren. Sie will sich aufsetzen, aber etwas behindert sie, schlingt sich um ihren Hals. Sie greift danach, reißt es fort. Es war nur die Bettdecke, erkennt sie verspätet. Sie schaltet die Nachttischlampe an, atmet auf, als sie im Licht ihr Schlafzimmer erkennt. Ich habe geträumt, beruhigt sie sich. Das war nur eine weitere

Angsthalluzination, die wie die Albträume in den Nächten zuvor nichts mit den Ermittlungen der Soko S-Bahn zu tun hat und nichts mit meiner ausbleibenden Beförderung, sondern allein mit der unseligen Weihnachtstombola.

Es ist erst vier Uhr, aber Judith ist sich sicher, dass sie nicht mehr einschlafen wird. Sie setzt Espresso auf und stellt sich unter die Dusche. Sie zieht ihren Bademantel und Wollsocken über, geht dann zurück in die Küche, wo sie zwei Scheiben Schwarzbrot röstet und mit Hüttenkäse und Tomaten belegt. Sie blättert durch die *Süddeutsche* des Vortags, während sie frühstückt, liest die Nachrichten und dann einen Artikel im Wirtschaftsteil. »Frauen gibt's billiger« lautet die Überschrift, aber es geht nicht um Frauenhandel, sondern um eine EU-Studie, der zufolge Frauen in Deutschland im Durchschnitt für dieselbe Arbeit 22 Prozent weniger Lohn erhalten als Männer. Nur in Zypern, Estland und der Slowakei seien in Europa die Gehaltsunterschiede zwischen Männern und Frauen noch ausgeprägter als in Deutschland, ist das Fazit der EU-Kommission. Und obwohl diese Benachteiligung von Frauen eine »inakzeptable Ressourcenverschwendung für die Volkswirtschaft und die Gesellschaft« sei, habe sich das Ungleichgewicht in Deutschland im Vergleich zur letzten Erhebung sogar noch vergrößert. Man wolle hierzulande ganz offensichtlich nicht gegensteuern, schreibt der Verfasser des Artikels im Kommentarteil, denn in allen anderen Ländern gelänge das ja auch.

Ausbeutung würde Cora Offinger das nennen. Deutschland ist ein System, das auf der Ausbeutung von Frauen basiert. Judith setzt sich mit einer weiteren Tasse Milchkaffee auf die Wohnzimmerfensterbank. Warum ist sie damals zur Polizei gegangen, statt an Coras Seite als Anwältin für Frauen zu streiten? Weil sie es cool fand, eine der ersten Frauen bei der Kriminalpolizei zu sein, der zumindest theoretisch der Weg nach ganz oben offenstand? Sie hat sich mit der Knarre in der Hand tatsächlich cool gefühlt, cool und stark. Sie wollte sich nicht mehr mit Paragrafen beschäftigen, wollte lieber praktische Arbeit, wirklich etwas bewegen. Und ja, gewissermaßen hat Cora recht: Auf eine Art war es erträglicher, sich bei den Ermittlungen in der Mordkommission mit immer neuen Täterprofilen und Motiven und Brutalitäten zu beschäftigen, als Tag für Tag, Monat für Monat, Jahr für Jahr mit Opfern zu tun zu haben, die nur aus einem einzigen Grund misshandelt werden: weil sie weiblich sind.

Judith dreht sich eine Zigarette, raucht in tiefen Zügen, lässt noch einmal die Traumbilder Revue passieren, dann den gestrigen Ermittlungstag. Die Traurigkeit darüber, dass Millstätt sie übergangen hat, ist ausgeblieben, auch die Wut. Weitaus aufrührender war die Begegnung mit Cora. Wird ihre einstige Freundin ihr helfen? Kann sie das überhaupt, oder ist die Hoffnung, das Schicksal der jungen sterbenden Frau aus dem Keller mithilfe der Kölner Frauenhilfsorganisationen zu ergründen, von vornherein zum Scheitern verurteilt?

Judith trinkt einen Schluck Milchkaffee. Am Abend hat sie den Narren aus dem Tarotdeck gezogen, ein Symbol für Risikobereitschaft, ein Symbol für den Neubeginn. Wann verwandelt sich Mut in Leichtsinn?

Sie zwingt ihre Gedanken zurück zur Soko S-Bahn. Sie müssen die Tatwaffe identifizieren, sie müssen Bergers Rucksack finden, und irgendetwas ist mit der russischen Rechtsmedizinerin los. Trotz ihres absurden Modegeschmacks darf man Ekaterina Petrowa keinesfalls unterschätzen. Sie ist klug und versteht ihren Job, jedenfalls dessen fachliche Seite. Aber es ist ihr schwergefallen, über

Russland zu sprechen, ihre Heimat, und am Schluss des Gesprächs wirkte sie regelrecht verstört. Warum? Weil sie von einer Frau als möglicher Täterin gesprochen haben? Entnervt drückt Judith ihre Zigarette aus. Sie kommen viel zu langsam voran, aus jedem Fortschritt erwachsen sofort neue Rätsel, und zugleich hat sie das ungute Gefühl, dass sie noch nicht einmal angefangen haben, die richtigen Fragen zu stellen. Irgendein Puzzlestein fehlt, und auch wenn es fast so erscheint, als läge er offen vor ihr, kann sie ihn nicht sehen.

Die nächste Stunde verbringt sie damit, eine Liste aller offenen Fragen zu erstellen. Sie trinkt Grapefruitsaft dabei und hört die neue K-T-Tunstall-CD, so laut, wie es gerade geht, ohne die Nachbarn zu stören. Um 6 Uhr öffnet sie wieder einmal den Briefumschlag mit dem Gutschein. Ein Tag Schulung ist inklusive, damit du gleich allein springen kannst, nicht erst im Tandem, hat der Polizeimeister, der ihr den Gutschein bei der Weihnachtsfeier überreichte, begeistert ins Mikrofon geschrien. Judith wählt die Telefonnummer der Fallschirmschule Happy-Fly, die auf dem Gutschein steht, wartet, bis sich der Anrufbeantworter anschaltet, nennt ihre Handynummer und bittet um Rückruf zwecks Terminabsprache.

Sie hofft inständig, dass die Fallschirmschule Pleite gemacht hat oder aus irgendeinem anderen Grund nie zurückrufen wird. Denn wenn sie das doch tut, muss Judith sich schon bald in vier Kilometer Höhe aus einem Flugzeug stürzen, um dann im freien Fall mit über zweihundert Stundenkilometer Geschwindigkeit eine Minute lang ungebremst der Erde entgegenzurasen, bevor sich ihr Fallschirm öffnet und sie vielleicht – vielleicht aber auch nicht – unbeschadet zurück zur Erde transportiert, falls sie nicht vorher einem Herzinfarkt erliegt.

Judith geht ins Bad und wäscht sich das Gesicht mit kaltem Wasser. Sie denkt an den Narren, der mit weit offenen Augen in die Zukunft schaut und lächelt. Sie putzt sich die Zähne, kämmt sich und entdeckt dabei zwei graue Haare, die sie ausreißt. Früher hat sie immer behauptet, in Würde alt werden zu wollen, statt sich dem Schönheits- und Jugendwahn zu unterwerfen und graue Haare schamhaft zu überfärben. Jetzt, wenige Monate vor ihrem vierzigsten Geburtstag, ist sie plötzlich nicht mehr so sicher. Die verschwitzte Kleidung des Vortags liegt noch auf dem Badezimmerboden. Sie stopft sie in den Wäschekorb, bevor sie ins Schlafzimmer geht. Sie muss dringend mal wieder waschen. Auch ein Wohnungsputz könnte nicht schaden. Sie sucht in ihrem Kleiderschrank nach etwas Warmem und Bequemem, zieht dann doch wieder dasselbe wie am Vorabend an. Hey, Pippi Langstrumpf, hatte Patrick sie geneckt, als sie diesen Pullover damals kaufte, woraufhin sie beschloss, den besser nicht im Präsidium zu tragen. Wenig später war Patrick gestorben, danach war ihr der Pullover immer zu bunt vorgekommen. Sie mustert sich in dem Spiegel im Flur, bevor sie Stiefel und Ledermantel anzieht, schminkt sich noch die Lippen, bevor sie geht.

Etwas ist vorbei, etwas wird geschehen, sie weiß nur nicht, ob es etwas Gutes sein wird.

* * *

Das Komamädchen lebt noch, das ist die gute Nachricht. Die schlechte Nachricht ist, dass sie ihrer Identifizierung noch immer keinen Schritt näher gekommen sind. Manni gähnt herzhaft. Nach der erneuten spätabendlichen Besichtigung des Tatorts hätte er sich guten Gewissens ins Bett hauen können. Doch stattdessen hat er noch einen

Streifzug durchs Nachtleben gemacht. Straßenstrich, Drogenstrich und zwei Clubs. Er hat seine Fotos gezeigt und sein Sprüchlein aufgesagt, aber ebenso gut hätte er das in einem ausverkauften Fußballstadion tun können oder an einem Samstagnachmittag in der Kölner Fußgängerzone, blind darauf hoffend, dort zwischen H&M, Kaufhof und Burger King zufällig auf eine shoppende Bekannte des Komamädchens zu treffen.

Im Besprechungsraum brennt schon Licht, und während Manni zum obligatorischen Morgenauftrieb über den Flur des KK 11 trabt, klingt ihm Millstätts Stimme entgegen.

»Pressekrämer findet es sehr bedauerlich, dass du nicht kooperierst.«

»Sehe ich so aus, als passte ich in ein Hochglanzmagazin?« Die zweite Sprecherin ist ganz ohne Zweifel Judith Krieger. Unwillkürlich muss Manni grinsen, als er sie erblickt, denn sie trägt wieder dieses knallfarbige 70er-Jahre-Ungetüm.

»Du könntest dich doch etwas dezenter kleiden, wie neulich bei der Pressekonferenz.« Der KK-11-Leiter räuspert sich, zu spät erkennend, dass er der Krieger auf den Leim gegangen ist.

Sie lächelt liebenswürdig, zupft ein paar Wollflusen von ihrem Pulli. »Mir war bislang nicht klar, dass das zu meinen Pflichten gehört.«

Millstätt seufzt. »Nun ja, natürlich bist du nicht zu einem Interview verpflichtet, aber der *Stern* ist nicht irgendein Käseblatt, und dieser Journalist will nun mal eine Frau …«

Sie lässt den Kommissariatschef ins Leere laufen, pflückt einfach weiter Fusseln von ihrem Ärmel. Diesen Moment nutzt Manni dazu, sich bemerkbar zu machen, bevor sie ihn noch des unerlaubten Lauschens bezichtigen. Kurz darauf trampeln auch die anderen Kollegen in den Besprechungsraum, inklusive des ob seiner Ernennung zum stellvertretenden Teamleiter vom Krankenlager auferstandenen Boxerzüchters Holger Kühn. Ohne Federlesens hievt er seinen feisten Hintern auf den Stuhl neben Millstätt, ein »Moin, Moin, Kollegen« grunzend, und das ist der Beginn einer weiteren Konferenz, in der sie mit Ideen hin und her jonglieren und dennoch keinen erwähnenswerten Erkenntniszuwachs verzeichnen können.

Manni zerbeißt ein Fisherman's, versucht sich zu entspannen, auch wenn ihn das Geschwafel der Kollegen fürchterlich nervt. Er will nicht rumlabern, er will an die Arbeit. Er will das Komamädchen beim Namen nennen können und denjenigen, der sie im Keller den Flammen überließ, zur Rechenschaft ziehen. Er hat eine Weile überlegt, ob er das ganz individuelle Tagesprogramm, das er sich verordnet hat, beim Morgenmeeting zur Diskussion stellen soll. Letztendlich hat er sich dagegen entschieden, weil er keinerlei Lust verspürt, sich auslachen oder zurückpfeifen zu lassen. Vielleicht sollte ich wenigstens die Krieger einweihen, sinniert er, während sie alle zurück in ihre Büros trotten. Doch die Aussicht auf eine weitere Grundsatzdiskussion über die Ungerechtigkeiten dieser Welt macht diese Option nicht wirklich attraktiv.

Eine Stunde später sitzt Manni mit einer großen, kalten Cola in der hintersten Ecke eines Internetcafés und öffnet die erste der zahlreichen Online-Adressen, die Google als Ergebnis der Suchbegriffe »Nutte + Köln« ausspuckt. Er klickt sich durch die Fotos diverser Bordelle und Voyeurseiten und erkennt schnell, dass die Chance, hier das Komamädchen zu entdecken, gen null tendiert, da die Werbebilder nicht gerade aus Porträtfotografie bestehen. Nach einer halben Stunde wechselt er die Strategie, googelt nun gezielt nach russischen Prostituierten und kann so immerhin ein paar Handynummern und die Anschriften mehrerer Schmuddelbordelle, zweier Exklusivstudios sowie ein paar Handynummern sogenannter Hobbyhuren und Eskortdamen notieren.

Am aussichtsreichsten für sein Anliegen erscheinen ihm schließlich die Diskussionsforen, in denen Freier sich der Illusion hingeben, dass die Nutte ihrer Wahl sie lieb hat, Bordelle und Prostituierte bewerten, nach ihrer aus heiterem Himmel unbekannt verzogenen Lieblingshure fahnden und natürlich ausführlich mit ihrer Standfestigkeit prahlen. Manni meldet sich als Hardy L. an und klickt sich durch diverse Ergüsse. »Sie heißt Olga, und ich hab's ihr anal bis zum Anschlag gegeben«, weiß der Teilnehmer Fickhengst zu berichten. »Sie mag es, wenn man sie dabei würgt.« – »Sie hatte schmerzen was einfach geil ist wenn man das im gesicht der nutte sieht«, kontert Hammerpiet über den Besuch bei einer Marina. »Hab ihr aus mitleid gesagt sie soll mit dem mund zu ende machen. Hab ihren kopf runtergedrückt und versucht ihr das ding ganz tief in den rachen zu stecken und sie fing an zu würgen und die ersten tränen liefen ihr runter, aber sie hat nicht aufgehört, bis ich gekommen bin. Negativ war, dass sie so auf die zeit gedrückt hat und sicher viel älter als 20 war, aber für 30 euro war es okay.«

30 Euro. Vor zwölf Jahren, als Manni noch Streife fuhr, gab es solche Foren nicht, die Freier genossen schweigend, und das, denkt Manni grimmig, war auch besser so. Auch als Manni bei der Essener Sitte anfing, steckte das Internet noch in den Kinderschuhen. Wer interessiert war, ging in die bekannten Rotlichtviertel, kaufte einschlägige Magazine oder wählte auf gut Glück eine der Telefonnum-

mern der sogenannten Models, die in den Tageszeitungen inserierten. Ende der Neunziger wurde dann das Internet richtig groß, zugänglich und verfügbar für alle, und das Erotikgeschäft veränderte sich. Manni notiert die Adressen, unter denen die beiden russischen Prostituierten laut Auskunft von Fickhengst und Hammerpiet zu finden sind. Vielleicht noch zu finden sind, denn es ist ebenso gut möglich, dass ihre Zuhälter sie schon längst in eine andere Stadt verschickt haben, oder ausgemustert und durch Frischfleisch ersetzt, denn moderne Prostitution ist ein straff und international organisiertes Rotationsgeschäft.

Manni lehnt sich einen Moment zurück und trinkt den Rest seiner Cola, die inzwischen warm und abgestanden ist. Vielleicht hat Diddl Makowski ja recht, und die einzige Chance, die sie haben, ist tatsächlich die, über Zuhälter und Kontaktmänner zu gehen. Doch der gestrige Nachmittag hat Manni gezeigt, dass der Sitte-Kollege zwar gern den Ton angibt, sich aber, was seine Milieukontakte angeht, nicht in die Karten gucken lässt. Außerdem halten die Luden bekanntlich zusammen. Klar, natürlich, vielleicht haben sie Glück, und ein Zuhälter verpfeift einen unliebsamen Konkurrenten. Doch sehr wahrscheinlich ist das nicht, und so schlecht stehen die Chancen, dass die eine oder andere russische Prostituierte etwas Ermittlungsrelevantes zu sagen weiß, nun auch wieder nicht.

»Ich steh auf junge naturgeile Russinnen, wo finde ich die?«, tippt Manni also in das Freierforum und gibt als Kontakt die extra für sein Alter Ego Hardy L. eingerichtete E-Mail-Adresse an. Er denkt an das Komamädchen, während er ins nächste Forum springt und die Prozedur wiederholt. Denkt an die Schläuche und die Maschinen, die ihre einzige Verbindung zum Leben sind. Sie hat mehr verdient, viel mehr, eine zweite Chance. Zum Schluss meldet Mannis Alter Ego Hardy L. sich noch für ein Gangbang an, ein als »Massenbesamungs-Vergnügen« inseriertes Event, bei dem »eine total fickgeile Dreilochstute absolut tabulos alles mit sich machen lässt und es mit so vielen Männern wie möglich treibt«, auch wenn er wirklich keinen blassen Schimmer hat, wie er vorgehen wird, wenn er die Einladung erhält.

Aber das kann er dann entscheiden, jetzt steht erst einmal eine weitere Runde Laufarbeit an. Manni loggt sich aus und löscht im Webbrowser den Verlauf seiner Recherchen, bevor er bezahlt und das Internetcafé verlässt. Er hofft inständig, dass ihn niemals jemand als Hardy L. identifizieren wird, bevor er die Chance hat, dessen Existenz zu erläutern, ganz besonders nicht Sonja oder Judith Krieger.

* * *

»Bitte, Frau Krieger, nur einen Moment.«

Sie erkennt die Stimme sofort. Tief. Warm. Nah. Viel zu nah. Als habe er sich aus dem Nichts materialisiert, steht der Journalist Gero Sanders vor ihr. Er muss hier in der Eingangshalle des Polizeipräsidiums auf sie gewartet haben, wird Judith klar. Ein Mann in Jeans und Norwegerpullover, den sie unter anderen Umständen durchaus sympathisch finden würde, die dunklen Augen intelligent und aufmerksam.

»Sie telefonieren wohl nicht gern?«

»Ich hatte bislang keine Zeit, Sie zurückzurufen.«

Er lächelt, ehrlich amüsiert. »Sie sind im Stress, und ich gehe Ihnen auf die Nerven.«

»Wenn Sie es so ausdrücken wollen.«

»Bitte. Einen Kaffee.« Er hebt die Hand, um Judiths

Protest zu stoppen. »Kein Interview, wenn Sie es nicht wollen. Nur eine Chance für mich, Sie umzustimmen.«

Sie schüttelt den Kopf, läuft Richtung Hinterausgang. Sanders heftet sich an ihre Fersen.

»Endstation. Ab hier dürfen nur Polizisten.« Sie entriegelt die Glastür, durch die es zum Fuhrpark geht, stellt sich dem Reporter in den Weg. Er stoppt abrupt, sieht ihr in die Augen. »Vielleicht sind Sie ja an einem Handel interessiert. Ich helfe Ihnen und Sie helfen mir.«

»Danke. Ich komme sehr gut alleine klar.«

»Ich recherchiere sehr gründlich.«

Sie drückt die Glastür ins Schloss, winkt einen stummen Abschiedsgruß, vermeidet es, sich noch einmal nach Sanders umzudrehen.

Im Auto legt sie wieder die Brightest-Diamond-CD auf. Sie regelt die Lautstärke hoch, fädelt sich in den Verkehr Richtung Zoobrücke ein. Sie sind an diesem Vormittag ein Stück weitergekommen, ein winziges Stück. Mehrere Obdachlose haben unabhängig voneinander ausgesagt, Gregor Schmidt sei häufig im Stadtteil Ehrenfeld unterwegs, und Schmidts Blick, als Judith ihn damit konfrontierte, hat ihr verraten, dass das stimmt. Auch wenn er weiterhin schweigt, ist es nur noch eine Frage der Zeit, bis sie etwas finden: den Unterschlupf Schmidts, den Rucksack des S-Bahn-Fahrers und darin hoffentlich einen Hinweis auf seinen Mörder. Ein Mörder, der laut Gregor Schmidt einen dunklen Wollmantel trug. Oder doch Gregor Schmidt ist. Oder womöglich eine Frau?

Judith lenkt den Wagen auf die Brückenauffahrt. Sie selbst hat von Anfang an behauptet, die junge Frau im Keller sei eine Zwangsprostituierte. Wolfgang Berger mochte Pornos und war Kunde im Bordell. Luigi Baldi war mit Handschellen eines Erotikversands gefesselt. Warum hat sie Zweifel, dass die Konzentration aufs Milieu richtig ist? Sie streicht sich eine Locke aus dem Gesicht, wechselt auf die Mittelspur. Ein böser Zuhälter. Eine arme Nutte. Ein gutherziger Freier, der dem bösen Zuhälter – oder der Nutte – in die Quere kommt. Wie verführerisch diese Theorie ist, weil sie ein Motiv zugrunde legt, das plausibel erscheint. Aber der Mord an Berger war kein Klischee, seine Ursache war Hass, möglicherweise gepaart mit Verzweiflung, und der Flammentod Luigi Baldis wurde mit äußerster Grausamkeit inszeniert.

Da ist noch mehr. Da ist noch etwas anderes. Sie stellen noch immer nicht die richtigen Fragen. *We were sparkling,* singt die Sängerin My Brightest Diamond, die die Künstlerin Nada so gerne hört. Wir trugen unsere Schätze hinunter zum Fluss, hängten sie in einen silbernen Baum, sahen dem Wind zu. Ich erinnere mich an dich. Judith stoppt die CD, kann die Sehnsucht darin auf einmal nicht mehr ertragen, die überwältigende Kraft, weil in jedem der Töne beides mitschwingt: Glück und Verlust. Leben und Tod. Flirrende Leichtigkeit, die so jäh zerbrechen kann. Hat Nada diese CD wirklich zur Inspiration gehört? Klingt so die Lieblingsmusik einer glücklichen und erfolgreichen Frau?

Da ist noch mehr. Wir sehen etwas nicht. Wieder ist Judith sicher, dass es so ist. Bislang haben sie vor allem untersucht, ob jemand aus den umliegenden Gebäuden den Mord und die Brandstiftung beobachtet hat. Vielleicht war es jedoch Wolfgang Berger selbst, der etwas beobachten wollte, schließlich hatte er sich vor seiner Ermordung auf die S 5 versetzen lassen. Was sofort eine weitere Frage anschließt: Was hatte er sehen wollen, wenn es so war? Was, oder wen? Judith entscheidet sich um, fährt nicht nach Ehrenfeld, sondern ein weiteres Mal zu der

S-Bahn-Haltestelle Gewerbepark. Die Künstlerin Nada ist exzentrisch. Schön. Mit Preisen und Stipendien überhäuft. Warum ist sie seit den Morden verschwunden? Gibt es etwas in ihrem Leben, das Berger gesehen hat und nicht sehen durfte und das sie auch niemand anderem preisgeben will?

Der Haupteingang der Kunstfabrik ist offen, der Geruch nach Farbe und Leim schon beinahe vertraut. Jetzt, mitten an einem Wochentag, wird in vielen Ateliers gearbeitet, nur die Türen der Werkräume von Nada und Thea Markus sind verschlossen. Judith schlendert durch die Gänge der alten Fabrik, fasziniert von der Vielfalt an Materialien. Glas, Metall, Holz, Stein, Kunststoffe, Farben, aus denen Skulpturen, Akte, Landschaften entstehen. Sie fragt nach Nada, deren Aufenthaltsort immer noch niemand kennen will, versucht die Atmosphäre zu ergründen, das, was sich unter der bunten Oberfläche des kreativen Miteinanders verbirgt. Sie versucht sich vorzustellen, worin die Verbindung zu einem S-Bahn-Fahrer und einem Pizzabäcker bestehen könnte, die unter Kunst allenfalls die Darstellung nackter Weiblichkeit verstehen. Am Ende des unteren Ganges gelangt sie in eine Lagerhalle, die mehrere Künstler für die abendliche Benefizgala vorbereiten. Wieder fragt sie nach Nada, wieder versichern alle, dass die Performancekünstlerin am Abend auftauchen wird.

Holzfeuerrauch empfängt Judith, als sie die Tür eines Nebengebäudes aufstößt. Wärme, die nicht darüber hinwegzutäuschen vermag, dass dieser Werkstattraum ausgekühlt und zugig ist. Steif wie eine Skulptur sitzt die Bildhauerin Thea Markus in einem dreckigen Plastikstuhl vor einem gusseisernen Ofen. Sie sieht müde aus. Gealtert. Nährt das Feuer mit bleichem Geäst.

»Es war eine Illusion«, sagt sie, als sie Judith bemerkt.

»Die Flügelmodelle.« Judith zieht einen leeren Bierkasten heran, setzt sich darauf. »Wie schade.«

»Kunst, die nur imitiert, statt etwas Neues zu schaffen, ist nichts wert.«

»Ich verstehe nicht viel davon. Aber ich fand Ihre Flügel schön.«

»Schön.« Die Bildhauerin starrt in die Flammen. »Vielleicht ist genau das mein Problem. Ich versuche nämlich etwas zu erschaffen, das nicht in erster Linie gefallen oder auffallen will, sondern echt ist, nicht reproduzierbar, einzigartig.«

»Und Ihre Flügel waren das nicht.«

Thea Markus lacht bitter. »Viel zu gegenständlich. Schon tausendmal da gewesen, in der einen oder anderen Form.«

»Sie haben hohe Ansprüche.«

»Ein Kunstwerk muss eine neue Perspektive eröffnen, nur dann ist es gut.«

»Und jetzt?« Judith zeigt auf das Feuer. »Ich meine: danach?«

»Ich höre auf. Irgendwie wird es auch ohne Kunst weitergehen.« Die Bildhauerin zieht eine Grimasse. »Egal. Sie sind wohl kaum hier, um mich jammern zu hören.«

Sie erhebt sich schwerfällig, stochert mit einem langen Metallmeißel in der Glut, bevor sie weitere Treibholzstücke in den Ofen wirft.

»Nada«, sagt Judith. »Das heißt Nichts, oder? Warum hat Ihre Ateliernachbarin sich diesen Namen gegeben?«

»Sie sagt, auf Kroatisch heißt Nada Hoffnung.« Thea Markus setzt sich wieder auf den Stuhl, ohne ihr kaputtes Knie zu belasten. »So etwas gefällt ihr, das Spiel mit zwei Bedeutungen. Cleveres Marketing sagt man wohl dazu.«

»Wird Nada heute Abend zur Gala kommen?«

»Es haben sich jede Menge Galeristen, Kulturförderer und Presseleute angesagt.« An der Schläfe der Bildhauerin pocht eine Ader. »Natürlich wird Nada da sein, und sie wird umwerfend sein.«

»Sie mögen Nada nicht.«

»Haben Sie Zigaretten bei sich?«

Judith reicht Thea Markus ihr Tabakpäckchen. Sie verbirgt etwas, denkt sie. Hinter ihrem Schweigen gibt es Antworten, doch sie hütet sie gut. Sie überlegt, ob sie ihre Strategie ändern soll, Thea Markus härter befragen und in die Enge treiben. Aber solange sie noch nicht weiß, was genau sie herausfinden will, hat das wenig Sinn, verbaut nur die Chancen für eine eventuell später notwendige Vernehmung. Die Künstlerin dreht sich eine hauchdünne Zigarette, entzündet sie mit dem glimmenden Ende eines Astes. »Ich habe eigentlich schon vor Jahren aufgehört.«

»Dann sollten Sie lieber nicht wieder anfangen.«

»Keine Sorge, bei den Preisen kann ich mir das gar nicht leisten.«

Auch Judith dreht sich eine Zigarette, und eine Weile rauchen sie schweigend und sehen in die Flammen, die der Situation etwas Unwirkliches, Archaisches geben, als säßen sie an einem Lagerfeuer unter freiem Himmel.

»Ihr Unfall damals«, sagt Judith. »Mein Kollege hat das recherchiert.«

Ohne den Feuerschein würde das Gesicht der Bildhauerin wie eine Totenmaske wirken, so schwarz ist ihr Haar im Gegensatz zur Haut. So hell, fast durchsichtig, wirken ihre Augen.

»Das Kennzeichen war verdreckt und unbeleuchtet«, sagt Judith leise. »Der VW Käfer raste direkt auf Sie zu. Das haben mehrere Zeugen ausgesagt.«

»Das hat doch nichts mit Ihren Ermittlungen zu tun.«

»Haben Sie nie überlegt, ob jemand Sie mit Absicht verletzen wollte?«

Thea Markus packt den Meißel fester. »Wer hätte das tun sollen?«

»Ein sitzengelassener Liebhaber? Ein Konkurrent?«

»Das ist doch Quatsch. Es war ein Unfall. Es war spätabends, und ich kam aus der Kneipe. Ich lief auf dem Bürgersteig, das weiß ich noch. Ich hatte etwas zu viel getrunken und der Fahrer dieses Wagens vermutlich auch. Er war plötzlich da. Die Scheinwerfer blendeten mich. Bumm. Das war's.«

Judith deutet auf das Knie der Bildhauerin. »Und an den Folgen leiden Sie noch heute.«

»Andere sind gelähmt oder haben Krebs.«

Sie ist nicht ehrlich, denkt Judith wieder. Sie betrachtet die Hände der Künstlerin, kräftige Hände, die Stein formen können, mit Werkzeug umgehen. Doch Thea Markus ist nicht groß genug, um auf das Täterprofil zu passen, das die Petrowa entworfen hat. Nicht groß genug und gehbehindert.

»Nada«, sagt Judith. »Wie groß ist sie eigentlich?«

Überrascht sieht Thea Markus sie an. »Etliche Zentimeter größer als ich.«

»Und Sie sind?«

»1,68 Meter.«

Ich brauche diese Nada, ich muss mit ihr reden, denkt Judith müde. Wenn sie heute Abend nicht auf dieser Gala ist, leite ich die Fahndung nach ihr ein.

Thea Markus fischt ein paar neue Zweige vom Boden und wirft sie in den Holzofen. Stochert mit dem Meißel hinterher.

»Eine der Spuren, die wir verfolgen, führt ins Rotlichtmilieu«, sagt Judith. »Halten Sie es für vorstellbar, dass Nada dorthin Verbindungen hatte?«

Thea Markus lacht. »Sie meinen, ob sie eine Prostituierte ist?«

»Vielleicht hatte sie Kontakte wegen eines Kunstprojekts?«

»Hören Sie, ich kann Ihnen nichts zu den Morden sagen. Ich weiß nicht, wo Nada ist. Und ich bin ganz sicher keine Expertin für ihr Sexualleben.«

»Wer ist denn ein Experte dafür? Paul Klett?«

»Fragen Sie ihn selbst.«

»Ich frage Sie.«

Wieder pocht die Ader an Thea Markus' Schläfe. »Nada nimmt sich, wen sie haben will«, sagt sie, ohne Judith anzusehen. Sie steht auf, schwer auf ihren Gehstock gestützt. »Kommen Sie heute Abend wieder und reden mit ihr. Ich hab jetzt zu tun.«

* * *

Gleich am Morgen hat Ekaterina sich endlich ein Herz gefasst und Oberarzt Müller gebeten, sie nicht mehr Katja zu nennen. Ich verbinde keine guten Erinnerungen mit diesem Namen, hat sie behauptet, was so nicht stimmt, und Müller schien das zu merken, jedenfalls hat er sie auf eine Weise angesehen, dass Ekaterina sich ganz durchsichtig fühlte, gerade so, als läge sie im Lichtkegel der OP-Lampen vor ihm auf einem Sektionstisch. Und dann hat sie sich verhaspelt und prompt vergessen, von der Chlamydien-Untersuchung zu berichten, die sie im Labor in Auftrag gegeben hat. Und das, obwohl sie Müller nach der Geschichte mit den Messerabdrücken ausdrücklich versprochen hatte, keine Alleingänge mehr zu unternehmen.

Ekaterina beschleunigt ihre Schritte. Sie wollte Müller noch informieren, nachdem sie sich wieder gefasst hatte, aber dann war keine Zeit dazu gewesen, wegen des Projekts. Gleich für zwei neue Fälle hat sie an diesem Vormittag Akten anlegen müssen. Eine 19-jährige werdende Mutter, die durch die Fußtritte ihres sogenannten Freundes und Kindsvaters beinahe das Baby verloren hätte und nun nicht mehr aufhören kann zu weinen. Und eine ausgemergelte 53-Jährige mit von diversen Brüchen gezeichneter Nase. Nachbarn hatten die Polizei alarmiert, die die Frau ins Krankenhaus brachte und den Verein Frauen für Frauen benachrichtigte. Nicht zum ersten Mal, wie die Frauen-für-Frauen-Chefin Cornelia Offinger Ekaterina erklärte. Ekaterina unterdrückt einen Seufzer. Cornelia Offinger war freundlich zu ihr, ihre Sorge, dass diese Ines oder Kommissarin Krieger sie angeschwärzt haben könnten, war unberechtigt. Dennoch ist die Frauen-für-Frauen-Leiterin genau die Sorte Frau, der gegenüber sich Ekaterina augenblicklich unterlegen und falsch gekleidet fühlt, eine Frau, die ihr vor Augen führt, dass sie fremd in Deutschland ist und wohl auch immer fremd bleiben wird.

Eine Windbö droht Ekaterina die Pelzmütze vom Kopf zu heben. Sie drückt sie fester aufs Haar, überquert die Aachener Straße. Regelrecht zurückgeschreckt ist sie, als sie die 53-Jährige untersuchte. Offene, eitrige Striemen klafften auf ihrem Rücken, Hämatome und Narben, eindeutig das Ergebnis wiederholter Misshandlungen. Warum spricht sie nicht, hatte sie Cornelia Offinger nach der Untersuchung gefragt. Sie hat zu viel Angst, lautete die Antwort. Die Polizisten werden Anzeige gegen ihren Mann erstatten, weil sie durch das neue Gewaltschutzgesetz dazu verpflichtet sind, sie selbst wird das wohl auch diesmal nicht schaffen. Cornelia Offinger zuckte die Schultern. Morgen oder übermorgen kommt ihr Mann mit einem großen Blumenstrauß, das kennen wir schon.

Ekaterina erreicht das Ostasiatische Museum und entspannt sich ein wenig, als sie mehrere freie Tische an der Glasfront der Cafeteria entdeckt. Sie wählt den Tisch mit dem besten Blick auf den Aachener Weiher, bestellt Mineralwasser und einen Teller Erbseneintopf. Es ist schön hier. Friedlich und kultiviert. Die Unterhaltungen der anderen Cafébesucher sind nur leises Gemurmel, die lärmenden Hauptverkehrsstraßen kann man nicht einmal sehen. Wir bauen die Frauen ein paar Tage auf, dann gehen sie zurück nach Hause, und alles beginnt von vorn, hat Cornelia Offinger gesagt. Trotzdem sind Ihre rechtsmedizinischen Gutachten von großem Wert. Denn falls es doch zum Prozess kommt, können wir damit beweisen, dass dem werten Gatten nicht nur einmal aus Versehen die Hand ausgerutscht ist.

Ich muss cool bleiben, denkt Ekaterina. Rational. Ich muss meine Erinnerungen in Schach halten, auch wenn sie sich immer weniger beherrschen lassen wollen. Vor der Fensterfront gleitet ein Schwarm träger Enten vorbei, ohne auf die Sonnenstrahlen zu reagieren, die für Sekunden durch die Wolken brechen und auf der trüben Wasseroberfläche unwirklich grüne Akzente setzen. Ekaterina versucht, sich ausschließlich auf die Enten zu konzentrieren, gönnt sich noch ein Stück Kirschkuchen und eine Tasse Kaffee. Du darfst keine Angst haben, Katja. Sie winkt der Kellnerin, zahlt und zieht sich die Lippen nach. Nein, sie wird sich nicht von der Vergangenheit einholen lassen. Sie ist ein freier Mensch in einem freien Land. Sie ist eine Wissenschaftlerin, Doktor der Medizin.

Die Sonne ist hinter den Wolken verschwunden, als

Ekaterina das Ufer des Aachener Weihers erreicht. Sie nestelt die Tüte mit den Brotresten aus ihrer Handtasche. Augenblicklich gleiten die Schwäne auf sie zu. Da sieht sie die Frau am gegenüberliegenden Ufer. Groß. Dünn. Elegant. Sie steht auf der Steintreppe und blickt aufs Wasser, seltsam starr. Ekaterina lässt die restlichen Brotbrocken fallen und beginnt zu laufen. Ihre Füße protestieren, weil sie nicht widerstehen konnte und die neuen Wildlederstiefeletten angezogen hat, die exakt denselben Fliederton haben wie ihr Pullover. Wieder bricht ein Sonnenstrahl durch die Wolkendecke und blendet sie. Blinzelnd, eine Hand über die Augen haltend, hastet Ekaterina weiter, doch als sich ihre Augen an die Helligkeit gewöhnt haben, ist die Frau verschwunden.

Wut packt Ekaterina. Auf dem Weg zur Arbeit hatte sie gezögert, den Weg am Kanal langzugehen, regelrecht zwingen musste sie sich dazu, aber alles war still und leer. Hat sie sich die morgendliche Begegnung mit Ines etwa nur eingebildet, war die Frau, die sie gerade gesehen hat, nichts weiter als ein Trugbild? Sie sieht sich um. Ufer. Spazierwege. Wiesen. Wenn das gerade keine Erscheinung war, muss diese Ines hier irgendwo sein.

Die Sonne verschwindet wieder, die Steinstufen am Weiher sind immer noch leer. Doch dort oben am Biergarten steht jetzt eine Frau und sieht über das Wasser zum Ostasiatischen Museum hinüber, in dem Ekaterina gerade noch saß. Ekaterina flucht, als sie mit dem Absatz im nassen Gras einsinkt. Sie reißt sich los und erreicht die Frau, die tatsächlich Ines ist.

»Was machen Sie hier?«

Ines zuckt zusammen, dann streckt sie die Hand aus. Sie ist sehr blass. Ihr Haar ist seidig und fein, so wie Ekaterinas eigenes Haar trotz aller Kurpackungen niemals werden wird. Ihre Augen glänzen fiebrig. Sie trägt keine Jacke, wird Ekaterina bewusst.

»Doktor Petrowa, wie schön.«

»Sie lauern mir auf.«

Die groß gewachsene Frau scheint in sich zusammenzusinken wie ein ausgeschimpftes Kind. Ihre Augen füllen sich mit Tränen. »Ich gehe hier öfter spazieren.«

Das Weinen von Ekaterinas Mutter war gar kein richtiges Weinen. Es war mehr ein Jammern, erstickt in den Kissen, heiser wie das Ächzen der Birken in einer nächtlichen Brise. Bleib hier, Katja, bleib in der Gegenwart. Ekaterina räuspert sich, zwingt sich, die Schärfe aus ihrer Stimme zu nehmen.

»Wie heißen Sie? Warum suchen Sie ständig meine Nähe und laufen dann wieder weg?«

»Mein Mann ... er darf nicht wissen, dass ich zu Ihnen komme.«

»Hat er Sie wieder geschlagen? Oder gewürgt?« Ekaterina betrachtet Ines' Hals, doch falls sich dort weitere Hämatome und Quetschungen befinden, sind sie unter dem Rollkragen des dezenten, beigefarbenen Angorapullovers verborgen.

»Es ist nicht so, wie Sie denken. Er ist nicht nur schlecht.«

»Warum tragen Sie keine Jacke? Es ist doch kalt geworden. Mussten Sie weglaufen? Was ist passiert?«

»Es liegt an mir«, flüstert Ines. »Ich war mal wer. Jung. Schön. Reich. Eine gute Partie. Jetzt bin ich nur noch eine einzige Enttäuschung.«

»Und das gibt Ihrem Mann das Recht, Sie zu misshandeln?«

»Ich wollte Malerin sein, aber ich war nicht gut genug.« Ines spricht einfach weiter, als habe sie Ekaterina gar nicht gehört. »Mein Mann hat mir geholfen, eine Galerie zu eröffnen. Aber ich hab auch das nicht hinbekommen. Die ganzen Zahlen. Die ganzen Kontakte. Empfänge. Messen. Ständig mussten wir repräsentieren. Und alle sind so erfolgreich und schnell. Mein Mann kann das gut, aber für mich war das einfach zu viel, und dann habe ich diese Migräne.«

Migräne. Luxus. Seifenoper. Keine der Frauen aus Ekaterinas Kindheit hatte jemals Migräne, höchstens Kopf- oder Menstruationsschmerzen, und die waren längst kein Grund, sich ins Bett zu legen.

»Als es mit der Galerie vorbei war, hat er mir ein Haus in Frankreich geschenkt. Zur Erholung. Aber ich habe mich dort nie wohlgefühlt. Jetzt fährt er von Zeit zu Zeit allein dorthin, um nach dem Rechten zu sehen.«

»Er schlägt Sie. Er vergewaltigt Sie. Er hat versucht, Sie umzubringen.« Ekaterina kann das Geplapper nicht mehr ertragen.

Langsam, mechanisch schüttelt Ines den Kopf. »Neulich, als ich zu Ihnen kam ... Das war nicht so, ich war nur sehr durcheinander. Ich hatte ihn provoziert, ihm eine Szene gemacht, weil er erst am frühen Morgen nach Hause gekommen war.«

»Woher stammte das Blut auf Ihrer Unterwäsche?«

Ines erstarrt.

»Stammte es von ihm, haben Sie ihn verletzt?«

Schweigen.

»Ich kann Ihnen nicht helfen, wenn Sie mir nicht vertrauen. Sie müssen mir Ihren Namen sagen. Anzeige erstatten. Und vor allen Dingen müssen Sie Ihren Mann verlassen.«

Keine Antwort.

»Sie müssen ihn verlassen«, wiederholt Ekaterina und

atmet scharf ein, weil sie erneut das Weinen ihrer Mutter zu hören glaubt, so überdeutlich, als lebte sie noch auf der Insel im weißen Meer.

»Das kann ich nicht«, sagt Ines sehr leise. »Das lässt er nicht zu.«

* * *

Jemand beobachtet ihn. Manni wirbelt herum, scannt die freudlose Fassade des heruntergekommenen Apartmenthauses, in dem er soeben eine weitere russische Prostituierte befragt hat, die beim Anblick seines Dienstausweises sehr schlechte Laune bekam. Steht sie am Fenster und sieht ihm nach? Die blickdichten Gardinen ihres Etablissements sind nach wie vor zugezogen, so wie es in dem Miniapartment roch, hat sie sie noch niemals bewegt, um zu lüften. Aufmerksam, bemüht, jedes Detail seiner Umgebung wahrzunehmen, lässt Manni seinen Blick weiterschweifen. Auch an den Fenstern der anderen Wohnungen kann er niemanden erkennen. Der Eingangsbereich des Apartmenthauses ist leer. Die wenigen Passanten auf der Alteburgerstraße beachten ihn nicht. Ein junger Typ mit Wollmütze und Skaterhose rempelt ihn beinahe an, vollkommen in die Musik aus seinem MP3-Player versunken, zu dessen Rhythmen er von Zeit zu Zeit mit dem Kopf wackelt, als stünde er unter Drogen.

Manni angelt die Adressliste, die er im Internetcafé erstellt hat, aus seiner Hosentasche. Keine der bislang von ihm befragten Russinnen vermochte ihm etwas über das Komamädchen oder Wolfgang Berger zu sagen. Zwei Namen musste er streichen, weil die dürftigen Angaben aus den Freierforen nicht stimmten oder veraltet waren. Im Amor arbeiten ohne jeden Zweifel First-Class-Nutten, das ist die einzige Erkenntnis der letzten Stunden. Sehr jung, hübsch, zumeist noch nicht drogen- oder alkoholabhängig. Natürlich gibt es auch jenseits des Großbordells Edelnutten. Doch auch im Internetzeitalter ist das Geschäft so schmutzig und hart wie eh und je und verbraucht die Mädchen sehr schnell. Drogenstrich, Straßenstrich oder ein versifftes Hinterzimmer – die Skala der Unappetitlichkeiten ist nach unten offen, und das Erstaunliche ist, dass es tatsächlich Typen gibt, denen alles egal ist, solange sie ihr bestes Stück für wenig Geld in irgendeine weibliche Körperöffnung schieben können.

Jemand beobachtet mich. Wieder dieses Gefühl, stärker diesmal, wie in der Nacht auf den Gleisen. Manni geht noch ein paar Schritte, bückt sich dann und fummelt an seinen Schnürsenkeln herum, was ihm Gelegenheit gibt, unauffällig die Straße zu checken. Er ist jetzt überwach, nimmt jede Bewegung in seiner Umgebung wahr: Passanten. Autos. Sogar einen Straßenköter. Duckt sich da drüben jemand an die Fassade? Manni sprintet über die Straße, dann in eine Einfahrt mit offenem Tor. Der Hinterhof ist leer. Und selbst wenn da gerade jemand reingegangen ist, hat das mit 99,9-prozentiger Sicherheit nichts mit Manni zu tun. Manni kehrt um, erreicht seinen Wagen, manövriert ihn aus der Parklücke und in den Verkehr. Nach ein paar Minuten ist er davon überzeugt, dass ihm kein Auto folgt. Hat er sich das alles nur eingebildet, oder ist er dem Täter schon zu nahe gekommen, ohne es zu merken? Kriegt er jetzt Halluzinationen? Der S-Bahn-Fahrer Wolfgang Berger hat seinen Mörder nicht kommen gehört. Kein schöner Gedanke, wirklich nicht.

Inzwischen ist es nach zwölf, Zeit für die Mittagspause, die Manni sich genehmigen will. Er parkt vor dem Trainingscenter, schließt Klamotten, Walther und Handy in den Spind und macht zum Aufwärmen je hundert Sit-ups und Liegestützen. Danach schlägt er fünf Minuten lang Oizukis gegen den Sandsack, wechselt zur Fußarbeit mit Mae-Geris und Yoko-Geris und vollendet das Schnelltraining mit einem fünfzehnminütigen Sprint auf dem Laufband. Er duscht ausgiebig, benutzt Deo und Aftershave und fährt sich mit den Fingern durchs Haar, das er seit ein paar Wochen wieder kürzer trägt. Das muss reichen. Er hat es den ganzen Vormittag über vermieden, an das bevorstehende Mittagessen mit Sonja zu denken, doch jetzt, während er zu ihrem Massagesalon fährt, kann er gar nicht mehr damit aufhören. Er ist plötzlich nervös, und diese Nervosität steigert sich noch, als nicht Sonja selbst, sondern eine kleine Dunkelhaarige ihm die Tür öffnet und ihn zum Warten auf ein mit Goldstoff bezogenes Sofa dirigiert.

Zeit vergeht, das Licht ist gedämpft. Von irgendwoher klingt Meditationsmusik. Die Wände sind hell, auf dem Boden ist dunkles Holz verlegt. Es duftet nach etwas, das Manni nicht näher bestimmen kann. Auf einmal ist er sehr froh, dass er diesmal einen Blumenstrauß in den Händen hält: weiße Hyazinthen mit trockenem Geäst und Moos, eine Empfehlung der Blumenverkäuferin. Welten trennen dieses Gebinde von den in Farn erstickenden Nelken, die Mannis Vater der Mutter ab und an überreichte, wenn er wieder einmal ausgerastet war. Manni steht auf, betrachtet sich in einem antiken Spiegel, blättert dann neugierig durch die Prospekte, die auf dem Empfangstisch ausliegen. Ein steinerner Buddha scheint seine Bewegungen zu beobachten. Ein aufgeschlagenes englischsprachiges Taschenbuch liegt vor ihm auf dem Tisch: Emily Brontë, *Wuthering Heights*.

»Hallo, Herr Oberkommissar.«

Sie sieht umwerfend aus und ist – absolut zum Ambiente passend – ganz in Weiß gekleidet, was aber überhaupt nicht an Krankenhauskluft erinnert und ihr zu einem Pferdeschwanz gebundenes Haar wie Gold leuchten lässt.

Manni hält ihr den Strauß hin. Sie küsst ihn zum Dank vorsichtig auf die Wange. Senkt dann die Nase über die Blüten und schnuppert. »Mmh. Wow, sind die schön.«

Sie verschwindet noch einmal, kommt mit einer Vase zurück, die sie neben dem Buddha platziert.

»Du liest englische Bücher?«

»*Sturmhöhe* – ein Klassiker der englischen Literatur. Die allerschönste Liebesgeschichte. Tragisch natürlich.« Sie hält inne, wird tatsächlich ein bisschen rot.

»Hab ich noch nie gehört.«

»Der wilde Heathcliff, die schöne Catherine, das raue, einsame Yorkshire-Moor. Erstmals veröffentlicht wurde der Roman 1847 unter männlichem Pseudonym, denn dass sich eine 29-jährige, ledige Frau, eine Pfarrerstochter zumal, die kaum je aus dem Haus gekommen ist, eine solch poetische und kraftvolle Geschichte ausdenken konnte, hielt niemand für möglich.« Sonja holt Atem. »Aber so war es, und leider blieb *Wuthering Heights* ihr einziger Roman, denn ein Jahr nach seiner Veröffentlichung ist sie gestorben.«

»Du kennst dich aus.«

»Ich schreibe gerade eine Seminararbeit über die Brontë-Schwestern.«

»Ich dachte, du arbeitest hier.«

Sonja lacht. »Tue ich ja auch. Der Salon ist mein Brotjob. Das Studium ist die Kür, ein alter Traum, den ich mir jetzt nebenbei erfülle.«

»Du studierst Englisch.«

»Anglistik und Sport, wenn du es genau wissen willst.«

»Ja, will ich. Unbedingt.«

»Beim Essen.« Sonja streift einen dunkelroten Anorak über. »Ich hab uns nebenan einen Tisch reserviert.«

Das Restaurant ist eine Eckkneipe, rustikal, aber gemütlich.

»Tut mir echt leid wegen neulich«, sagt Manni, nachdem sie Apfelschorle und Salat bestellt haben, Sonja mit Schafskäse, er mit einem Steak.

»Das hoffe ich doch.« Ihre Augen sind Bernstein und einen Moment lang sehr, sehr nah, so lange bis Mannis verdammtes Handy zu fiedeln beginnt.

Er würgt seine Mutter ab, vertröstet sie auf später, fühlt dabei Sonjas Blick auf sich. Nachdenklich. Amüsiert.

»Mein Vater ist vor ein paar Monaten gestorben«, sagt Manni.

»Das tut mir leid. Standet ihr euch nah?«

»Nein, eher nicht. Eigentlich war er nicht mal besonders nett zu meiner Mutter und mir.« Eine grandiose Untertreibung.

»Das macht es oft schwerer, Abschied zu nehmen«, sagt Sonja.

»Wie meinst du das?«

»Na ja, wenn man sich geliebt fühlte, dann tut ein Abschied zwar weh, doch man weiß immerhin, wie schön es mal war. Aber wenn man nicht geliebt wurde, sich immer nur bemüht hat – das ist wie eine Sucht. Man kann nicht einfach damit aufhören.«

»Du meinst, weil man die Selbstachtung verloren hat?«

Sonja nickt, und bevor Manni nachfragen kann, woher sie das so genau weiß, serviert der Kellner das Essen. Sie stürzt sich mit beinahe kindlicher Gier auf ihren Salat. Erzählt ihm nebenbei noch mehr über Catherine und

Heathcliff. Im Gegenzug gibt Manni ihr ein paar Einblicke ins KK 11, selbstverständlich ohne zu sehr ins Detail zu gehen. Und dann reden sie über Karate und Yoga und bestellen Espresso, und auf einmal ist Manni so froh wie schon lange nicht mehr.

»Hey«, sagt er, als sie wieder vor Sonjas Massagesalon stehen. »Das war schön. Sehen wir uns heute Abend?« Er zieht sie an sich. »Gib uns noch eine Chance, ja?«

Erst boxt sie ihn in die Rippen, dann küsst sie ihn auf den Mund.

»Du dummer Kerl, was glaubst du, was das hier ist?«

* * *

Der Tag, an dem Ekaterinas Kindheit endete, begann wie ein ganz normaler Tag. Ein Tag im Februar, dem kältesten Monat auf den Solowetzkij-Inseln. Der Wind, der hier fast niemals ruht, griff mühelos durch die Fenster und Wände der Holzkaten. Im Herbst waren Ekaterinas Eltern in das alte Pförtnerhaus gezogen, das sich einsam an die gewaltigen Steinmauern der Klosteranlage drückte. Sie sagten zu Ekaterina, dass es schön wäre, weil sie endlich mehr Platz hätten. Aber Ekaterina fand es nicht schön, denn die Stimmen der Insel waren hier lauter, eindringlicher. Das ewige Wispern, das sie hörte und doch nicht hören durfte. Das Klagen der Birken, das sie nicht verstand. Sie vermisste die Geräusche der Nachbarn, ihre Gerüche und sogar ihre gelegentlichen Streitereien.

Geh, Katja, sagte Ekaterinas Mutter am Nachmittag, als das Licht schon wieder zu schwinden begann. Geh ein Weilchen draußen spielen, Papa ist müde. Der Wind war Eis und ließ das Springseil, das Ekaterina hinter sich herzog, im Nu so steif gefrieren, dass sie nichts mehr damit anfangen konnte. Ihr *kanat,* ihr neues Seil. Sie hatte sich so drüber gefreut. Aber allein machte das Seilspringen keinen Spaß, und bis ins Dorf zu den anderen Kindern war es zu weit. Der Schnee auf dem Boden sah grau aus, grau wie der Himmel. Man konnte nicht erkennen, wo die Insel aufhörte und das Meer begann. Raureif legte sich auf Ekaterinas Wimpern, Augenbrauen und auf die Haarsträhnen, die unter ihrer Pelzmütze hervorschauten. Sie blinzelte, damit die Tränenflüssigkeit in den Augenwinkeln nicht gefror, während sie zurück zum Pförtnerhaus stapfte. Sie wollte das Seil hineinbringen, sich zwei, drei Minuten am Ofen aufwärmen. Vielleicht konnte sie die Mutter überreden, sie doch drinnen spielen zu lassen, wenn sie ganz, ganz leise war.

Der Vater schlief nicht, das hörte Ekaterina, sobald sie das windschiefe Holzhaus erreichte. Er beschwerte sich über irgendetwas, er wurde immer lauter dabei, die Stimme zerdehnt von zu viel Wodka und zu viel Winterlangeweile, weil die Boote nutzlos im Hafen lagen. Wie ein leiser Begleitsingsang antwortete ihm die Mutter. Beschwichtigend, flatterig und viel zu hoch. Du hörst nichts, Katja, da ist nichts, du bildest dir das ein. Unschlüssig hielt Ekaterina ihr Seil in den Handschuhhänden. Sie wollte da reingehen und ihnen sagen, dass sie aufhören sollten, und gleichzeitig wollte sie weit, weit weg. *Kanat.* Man kann allein oder zu mehreren seilspringen. Auf einem Bein oder auf zweien. Man kann zählen und singen dabei. Der Wind trieb Schmerz in Ekaterinas Augen, sie zwang sich zu blinzeln, starrte die eiserne Türklinke an.

Die Stimme des Vaters wurde jetzt lauter, wütender. Etwas fiel um, rumpelte, etwas klatschte. Die Mutter schrie auf, blieb dann stumm. Schritte folgten, Stiefelschritte, direkt auf Ekaterina zu. Sie reagierte blind, wie ein in die

Enge getriebener Fuchs. Sprang von der Treppe, duckte sich in den Schatten der eisverkrusteten Fassade. Der Vater stampfte an ihr vorbei und sah sie nicht. Er trug den Brennholzkorb in der Hand und die Axt.

»Mama, bitte, komm mit mir.«

Es war keine willentliche Entscheidung gewesen, die Ekaterina ins Haus getragen hatte, aber auf einmal stand sie dort in der Wohnstube, hielt ihrer Mutter das Springseil hin, wie ein Pfand.

»Geh, Kind, schnell, bevor er dich sieht.«

Jedes einzelne Wort schien der Mutter Mühe zu bereiten. Sie sprach, ohne die Hand vom Mund zu nehmen, und plötzlich sah Ekaterina das Blut. Blut, das unter der Hand hervorsickerte und ihr Kleid besudelte, immer mehr.

»Geh«, wiederholte die Mutter, aber es war schon zu spät, die Schritte des Vaters kamen zurück, und es war die Panik in den Augen der Mutter, die Ekaterina in die Schlafstube trieb. Ganz klein krümmte sie sich unter dem Elternbett zusammen, drückte das kalte *kanat* an ihr Gesicht.

»Lappenschlampe, dir werd ich's zeigen! Immer willst du weg von mir.«

»Bitte, Alexej, denk doch an das Kind.«

Ekaterina hielt sich die Ohren zu. Es half nichts. Die Worte waren zu laut. Die Worte. Die Panik. Der Hass. Das Knarren der Dielen, das Krachen der Möbel. Faustschläge. Axtschläge. Schreie, unmenschlich hoch. Das Splittern von Knochen. Stillstand. Das Weinen eines Mannes. Trocken. Hart. Das Glucksen der Wodkaflasche und dann, nach einer Ewigkeit, ein einziger Schuss.

Die Nachbarn kamen erst am darauffolgenden Tag, Ekaterinas sechstem Geburtstag. Das Feuer im Holzofen war längst erloschen, die Haustür stand offen. Sie gingen hinein, fanden erst die Eltern und zwei Stunden später Ekaterina unter dem Bett. Sie hatte sich eingenässt, lag in einer Pfütze gefrorenen Urins. Sprachlos. Blicklos. Das Springseil noch immer in der Hand. Sie habe Glück gehabt, sagten sie. Ohne die Pelzmütze, die Jacke und die Fellstiefel wäre sie tot.

Sie trugen sie hinaus, versuchten zu verhindern, dass sie die Eltern im Wohnzimmer sah. Das, was von ihnen geblieben war: zwei fremde Körper, die Gesichter nur Blut. Aber Ekaterina hatte schon gesehen, was sie sehen musste. Vielleicht war sie hinüber ins Wohnzimmer gegangen, während sie allein mit den Toten war. Vielleicht waren sie ihr in einem bösen Traum erschienen.

Ekaterina steht auf, schwerfällig. Das leise Brummen ihres Computers ist das einzige Geräusch in ihrem Arbeitszimmer, die Reflexion des Bildschirmschoners die einzige Lichtquelle. Sie tritt ans Fenster, sieht hinunter auf den Friedhof. Sie weiß bis heute nicht, ob sie allein ins Wohnzimmer geschlichen war oder nicht. Weiß nur, dass sie nie mehr an diesen Februar auf der Insel denken wollte und es jetzt trotzdem tut.

* * *

»Wir haben den Rucksack!« Hell und ein wenig außer Atem dringt Judith Kriegers Stimme in Mannis Ohr.

Er packt sein Handy fester, bemüht, es vom Hintergrundgedudel eines weiteren Puffs abzuschirmen, in dem er soeben vergebens nach dem Komamädchen herumgefragt hat.

»Bergers Rucksack?«, vergewissert er sich.

»Inklusive Brieftasche. Am besten, du kommst her.«

Die Adresse, die sie ihm nennt, bezeichnet ein heruntergekommenes Apartmenthaus in der Oskar-Jäger-Straße. Früher war es vielleicht mal eine Studentenabsteige gewesen, jetzt scheint Hartz-IV-Apathie die Gesichter der Bewohner zu zeichnen, die sich aus den Fenstern lehnen und die Polizeiautos begaffen.

»Jörg Boll.« Die Krieger läuft Manni im Flur des zweiten Stocks entgegen und deutet mit dem Daumen auf einen blässlichen Mann, der zwischen zwei Uniformierten an der Wand lehnt und die geöffnete Tür seines Apartments nicht aus den Augen lässt. Er trägt Cord-Hausschlappen und ein violett-schwarzes Ballonseiden-Ensemble, wie es jedes Frühjahr bei Aldi und Lidl vorzugsweise von Menschen erstanden wird, die unter Sport die Bedienung ihres Fernsehers verstehen.

Die Krieger senkt die Stimme. »Boll hat Gregor Schmidt hin und wieder in seiner Wohnung übernachten und duschen lassen.«

»Wie seid ihr auf ihn gestoßen?«

»Er hat uns angerufen, wahrscheinlich wurde ihm unsere Fragerei in Ehrenfeld zu heiß.«

»Schmidts Komplize?«

Judith Krieger schüttelt den Kopf. »Eher jemand, der sich jede noch so kleine Gefälligkeit bezahlen lässt und sehr genau weiß, wann es Zeit ist auszusteigen.«

»Sicher?«

»Ziemlich. Er gibt Schmidt ein Alibi für die Brandnacht. Angeblich sind sie hier gewesen, haben zusammen einen Boxkampf geguckt. Klitschko. Kann natürlich gelogen sein, aber das glaube ich nicht. Die Kollegen sind im Haus unterwegs und befragen die Nachbarn. Was das Fernsehprogramm angeht, ist die Angabe mit dem Boxkampf korrekt.«

Manni betritt die Wohnung. Bett, Schrank, Fernseher,

Tisch und zwei Stühle. Ein Sessel, der wie alles hier schon bessere Zeiten gesehen hat. In der Zimmerecke, die am weitesten von den Fenstern entfernt ist, liegt eine Matratze mit einem Bundeswehrschlafsack auf dem Boden. Die Kriminaltechnikerin Karin kniet davor und tütet soeben einen Rucksack mit Bahn-Emblem ein.

»Kein Bargeld«, sagt sie statt einer Begrüßung. »Kein Handy. War ja auch klar.«

Manni hockt sich neben sie. »Aber es sind Bergers Sachen?«

Sie reicht ihm Latexhandschuhe, dann eine Brieftasche, die ganz ohne Zweifel dem ermordeten S-Bahn-Fahrer gehört. Manni blättert durch die Fächer. Personalausweis, Führerschein, Dienstausweis, EC-Karte. Ein paar knittrige Kassenbons aus Supermärkten. Der Mitgliedsausweis einer Videothek.

»Was für Filme er auslieh, wissen wir ja«, ätzt die Krieger von hinten.

»Winnetou eins bis drei.«

Sie geht neben ihm in die Hocke. »Und Harry Potter. Ganz bestimmt.«

Er mustert sie von der Seite. Ihr dunkler Lippenstift bedarf der Auffrischung, ihre Mundwinkel zucken, sie wirkt keineswegs so, als ob sie Millstätts Entscheidung im Nachhinein doch noch deprimiert.

»Bist du weitergekommen?« Sie sieht ihm in die Augen, nun wieder ernst.

»Null.« Manni fischt einen Metallchip für Einkaufswagen und ein Kaugummipapier aus der Brieftasche, schiebt sie dann wieder zurück. Nach dem Mittagessen mit Sonja hat er in einem Internetcafé überprüft, ob Post für sein Alter Ego Hardy L. eingetroffen ist. Eine Einladung zum Gangbang war eingetrudelt, ausgerechnet ins saubere Amor. Er hat sie ausgedruckt und abgespeichert, und dann hat er die letzten beiden russischen Nutten befragt und zwischendurch das Komamädchen besucht, das immer noch zu schwach ist, um ohne seinen Intensivstation-Maschinenpark auch nur zu atmen.

»Diese Kunstfabrik, irgendwas stimmt da nicht«, sagt Judith Krieger.

»Damit beschäftigst du dich?«

»Und warum nicht?« Kampflustig funkelt sie ihn an. »Immerhin ist eine der Künstlerinnen, eine mögliche Augenzeugin, seit den Morden nicht erreichbar.«

Sie haben dem Komamädchen tatsächlich Kopfhörer aufgesetzt, bedudeln sie mit russischen Liedern. Eine Gabe der Petrowa, hat die Ärztin erklärt. Ein Versuch, positiv auf das Unterbewusstsein der Patientin einzuwirken. Ungläubig hat Manni das Mädchen angestarrt. Nichts in ihrem fast durchsichtigen Gesicht wies darauf hin, dass das musikalische Aufmunterungsprogramm funktionierte.

Manni stopft die Ausweise zurück in die Brieftasche, will sie eben wieder an Karin zurückgeben, als er die ausgefranste Seitennaht bemerkt. Vorsichtig schiebt er einen Finger hinein, fühlt etwas, pult es heraus. Es ist ein Schock, das Komamädchen so anders zu sehen. Lebendig. Geschminkt. Eine Schönheit mit fliegendem Haar. Es war also richtig, das Mädchen ins Zentrum der Ermittlungen zu stellen. Auf einmal wird Manni ganz ruhig.

»Vergiss die Künstler.« Er hält Judith Krieger das Foto hin.

Sie atmet scharf ein, streift erst Handschuhe über, bevor sie das Foto nimmt, eingehend betrachtet und schließlich die Rückseite studiert. »Für Wolfi, ♡ Swetlana«, liest sie vor.

Swetlana. Auch mit Russland liegen sie also richtig. Und noch dazu haben sie endlich einen Beweis, dass es eine Verbindung zwischen Berger und der Pizzeria gab. Manni grinst. »Da hast du Bergers Braut, die sein Kollege nur vom Hörensagen kannte.«

Die Krieger schüttelt den Kopf, langsam und stur, wie ein altersschwacher Esel, der sich nicht aufzäumen lassen will.

»Das ist zu einfach.«

»Wolfi«, sagt Manni, so sachlich, wie es ihm möglich ist. »Und ein handgemaltes Herzchen. Und das Ganze in einer Frauenhandschrift auf einem Foto unseres Komamädchens.«

»Warum steckte das Foto nicht im Sichtfenster?« Die Krieger tippt auf die Brieftasche. »Und warum ist das Foto so knittrig, als hätte es schon im Müll gelegen?«

»Vielleicht ist dafür nicht Berger verantwortlich, sondern Gregor Schmidt.«

»Das lässt sich überprüfen«, schaltet sich Karin Munzinger ein.

»Vielleicht hatten sie Streit und haben sich dann wieder versöhnt«, fügt Manni hinzu.

»Warum war sie in diesen verdammten Keller gesperrt, Manni? Ohne Straßenkleidung. Ohne Papiere.« In der Stimme der Krieger schwingt ein gefährlicher Unterton. »Weil Berger sie liebte und heiraten wollte? Das ist doch nicht dein Ernst.«

»Okay, das müssen wir noch klären. Aber was das Mädchen und Berger angeht: Sie haben sich kennengelernt. Sie haben sich verliebt. Vielleicht konnte sie nicht so schnell aussteigen aus dem Milieu, vielleicht ließ ihr Zuhälter das nicht zu, oder der Ausstieg war erst für später geplant, was auch immer. Vielleicht hat Luigi Baldi

Berger geholfen und sie nur versteckt. Vielleicht ist Berger nicht schuld daran, dass sie in diesem Keller war. Jedenfalls ging etwas schief, und jetzt sind die beiden Männer tot, und sie liegt im Koma.«

»Die verliebte Hure. Die gescheiterten Retter.« Die Krieger steht auf. »Mir kommen die Tränen.«

»Sie hat das Herz gemalt, Judith. Das ist eine Tatsache.«

»In jedem Puff gibt es Herzchen, was bedeutet das schon?«

Manni stemmt sich hoch. »Du meinst, meine Theorie ist zu simpel, ja? Glaubst, dass Makowski und ich uns von nackten Titten blenden lassen?«

Sie verschränkt die Arme vor der Brust, ohne den Blick von Manni zu wenden.

»Aber du bist natürlich objektiv, wenn du von vornherein ausschließt, dass jemand, der Pornos guckt und in den Puff geht, zu echten Gefühlen fähig ist.«

»Echte Gefühle. Zu einer mindestens fünfundzwanzig Jahre jüngeren Frau ohne Rechte und Pass, die wahrscheinlich nicht einmal rudimentär seine Sprache spricht.«

»Vielleicht hat sie sich trotzdem in ihn verliebt. Weil Berger immer noch netter war als all die Arschlöcher, die es auf dem Strich ganz ohne Frage gibt.«

»Kann es Liebe zwischen zwei Menschen geben, die alles andere als gleichberechtigt sind?«

»Warum sprichst du ihr den freien Willen ab? Weil sie so jung ist? Nur eine Prostituierte? Ein Wirtschaftsflüchtling?«

Manni erwartet, dass die Krieger nun endgültig hochgeht, ihn anschreit oder zynisch wird, doch stattdessen stapft sie zur Tür. »Stockholm-Syndrom«, sagt sie leise, gerade als er davon ausgeht, dass sie ihn wortlos abserviert. »Ich glaube, dass es ein Maß an Gewalt gibt, das die Fähigkeit, frei zu entscheiden, aufs bloße Überlebenwollen reduziert.«

* * *

Sie teilen sich auf, als sie wieder im Präsidium sind. Manni übernimmt Jörg Boll, Judith den Obdachlosen Schmidt. Der knickt sofort ein, als sie ihm die Brieftasche zeigt. Gibt zu, dass er das Geld mit Jörg Boll geteilt hat, schwört jedoch, nichts von einem Frauenfoto zu wissen. Zeit vergeht, bis die Fingerabdruckanalyse der KTU dies bestätigt, dann auch Entwarnung gibt, was Jörg Boll betrifft. Keine der Spuren deutet darauf hin, dass Boll in irgendeiner Weise in die Morde verwickelt ist. Und auch das Alibi, das er Schmidt für die Brandnacht gegeben hat, scheint wasserdicht. Nachbarn haben den Boxkampf durch die dünnen Wände gehört, einer hat sich beschwert und dabei nicht nur Boll, sondern auch Schmidt in Bolls Wohnung gesehen.

Sie lassen die Männer laufen. Verbieten ihnen, die Stadt zu verlassen. Nehmen ihnen das Versprechen ab, für weitere Fragen zur Verfügung zu stehen. Sie nicken, ja, ja, ja. Sie wollen raus, nur raus. Judith geht zurück in ihr Arbeitszimmer, raucht eine Zigarette. Als Stockholm-Syndrom bezeichnet man die vermeintliche Zuneigung einer Geisel zu ihrem Entführer, die durch vollkommene Abhängigkeit entsteht, die Angst vor dem Tod. Ist es das, was der jungen Russin passiert ist, die nun endlich einen Vornamen hat? Hat sie sich eingebildet, Wolfgang Berger zu lieben? Oder hat Manni recht und sie liebte den S-Bahn-Fahrer wirklich?

Früher, in der Zeit mit Cora, hat Judith gedacht, es

sei einfach. Sie war überzeugt gewesen, dass sie nach und nach alle Frauen erreichen und für ihr Ideal von einem gleichberechtigten Leben begeistern würden. Dann hatte sie erkennen müssen, dass Solidarität eine Utopie ist und dass längst nicht alle Frauen die Kraft, den Mut oder auch nur die Lust hatten, ihren Traum zu teilen. Sie hatte gelernt, dass es Kollaborateurinnen gab, die ihnen immer wieder in den Rücken fielen, vorzugsweise dann, wenn Männer in der Nähe waren. Frauen, die behaupteten, Pornografie mache ihnen Spaß und Prostitution sei ein ganz normaler Beruf. Vollzeit-Mütter, die berufstätigen Müttern die Vernachlässigung ihrer Kinder vorwarfen und kinderlosen Frauen Egoismus. Und so weiter und so fort. Hennenkämpfe. Zickenalarm. Judith schließt die Augen, sieht einen Moment lang ihr jüngeres Ich vor sich, ihren Enthusiasmus, so deutlich, dass es fast schmerzt. Kollaboration. Das Paktieren mit dem Feind, gegen das eigene Volk. Entscheidet man sich als freies Individuum für diesen Verrat, oder hofft man, die Stärke des Feindes färbe auf einen ab? Kann man überhaupt je frei entscheiden? Früher war Judith überzeugt davon, jetzt ist sie manchmal nicht mehr so sicher.

Judith wählt Coras Handynummer.

»Ja, ich recherchiere für dich«, sagt die, sobald Judith sich gemeldet hat. »Lass mir bitte noch ein wenig Zeit.«

»Glaubst du, es gibt Frauen, die wirklich gern und aus freien Stücken anschaffen gehen?«

»Ich weiß es nicht«, sagt Cora nach langem Zögern. »Aber wenn wir das nicht akzeptieren, sprechen wir denen, die das von sich behaupten, die Fähigkeit ab, für sich selbst entscheiden zu können.«

»Wir wollten so vieles erreichen.«

»Auf eine Art war es leichter damals. Es gab gönnerhafte Typen, Verbote, Gesetze, die Frauen benachteiligten.«

»Klare Feindbilder.«

»Heute heißt es nur noch *anything goes*, jeder, wie er will. Solange es sich verkaufen lässt, ist alles okay.«

Judith drückt ihre Zigarette aus, als sie sich verabschiedet haben. Ekelt sich plötzlich vor dem Geschmack, den das Nikotin auf ihrer Zunge zurücklässt, spült mit lauwarmem Mineralwasser nach. Was ist mit Luigi Baldi, dem Pizzeriabesitzer, was ist seine Rolle in der Vorgeschichte des Brandanschlags? Die am Morgen eigens einberufene Soko Rimini hat bislang keinerlei Verbindung zwischen ihm und Berger herstellen können. Es gibt keine konkreten Hinweise auf Baldis Betätigung im Rotlichtmilieu. Judith hört Mannis Schritte auf dem Flur, schnell und dynamisch. Schritte, die näher kommen, im Herrenklo verschwinden, sich wenig später wieder entfernen. Sie wollte nicht, dass es wieder schiefgeht mit ihm. Nun ist es doch geschehen.

Sie tritt auf den Flur, riecht den Hauch eines Aftershaves. Manni ist in seinem Büro, die Tür nur angelehnt, sie hört sein Lachen und seine Stimme, ungewohnt sanft und unbeschwert, macht wieder kehrt.

Sie fängt ihn später ab, als er nach Hause will. »Es tut mir leid«, sagt sie. »Du hast natürlich recht, das Foto ist ein Durchbruch, auch wenn es noch offene Fragen gibt.«

Es ist sein Aftershave, das sie vorhin gerochen hat, erdig und herb.

»Ich muss los.« Er drängt sich an ihr vorbei.

Judith geht zur Toilette, wäscht sich Gesicht und Hände. 21 Uhr. Sie hatte sich noch umziehen wollen, schick machen für die Benefizgala. Jetzt ist es zu spät, und sie weiß nicht mehr, was sie da überhaupt sucht. Der grobzinkige Kamm bleibt in ihren Locken stecken, die wieder einmal völlig verknotet sind. Sie reißt ihn heraus, schleudert ihn auf den Boden, tritt die Bruchstücke in eine Ecke. Männer. Frauen. Die Missverständnisse. Die Abhängigkeiten. Die Kämpfe. Die Verletzungen. Die Sehnsucht, die trotz allem bleibt. Sie ist es so leid.

Zurück in ihrem Arbeitszimmer, zieht sie ein rotes Seidentuch aus der Schreibtischschublade und bändigt ihr Haar damit, ohne noch einmal in den Spiegel zu sehen, bevor sie hinunter zum Parkdeck geht. Der Wind hat aufgefrischt und bringt die unwirkliche, für Köln so typische Winterschwüle zurück. Judith fährt sehr schnell, mit offenem Seitenfenster, raucht und hört My Brightest Diamond dabei, Nadas Musik. Wärme schlägt ihr in der Kunstfabrik entgegen. Stimmengewirr, Parfumduft, das Klirren von Gläsern. Sie geht durch den unteren Flur, vorbei an Kunstwerken, geöffneten Ateliertüren und allerlei Werkzeugen, die heute Abend hier ausgestellt werden. Meißel, Feilen, Pinsel, Schnitzmesser, Papiere und Farben.

»Wir wollen hier in der Kunstfabrik bleiben, weil wir überzeugt sind, dass die Kunst in diese Stadt gehört, in diese Gesellschaft – nicht an den Rand.« Die durch ein Mikrofon übertragene Frauenstimme überlagert die anderen Geräusche, die nach und nach zum Erliegen kommen. Judith betritt die Fabrikhalle am Ende des Flurs, sieht sich nach der Sprecherin um.

»Es gibt ein Angebot des neuen Besitzers, unsere Ateliers zu sanieren und wieder an uns zu vermieten. Das klingt erst einmal sehr gut.«

Eine vollkommen veränderte Thea Markus ist die

Sprecherin, eine Art Vamp heute Abend, mit schwarzem Abendkleid und offenem Haar. Sie steht auf der Bühne, die die Künstler am Morgen errichtet haben, das Mikrofon in der einen Hand, lässig auf ihren Gehstock gestützt. Nichts ist mehr von der dumpfen Verzweiflung des Vormittags zu spüren.

»Aber auch, wenn wir mehr Komfort durchaus zu schätzen wissen, können wir uns die nach der Sanierung geplante Verdreifachung unserer Miete nicht leisten.«

Wo ist Nada, das Zugpferd, der Star? Die Frau, die Männer verführt und sich nicht um gebrochene Herzen schert, wenn man Thea Markus Glauben schenken darf? Judith reckt sich auf die Zehenspitzen, entdeckt aber statt einer schönen jungen Frau nur Paul Klett, der nun zu der Bildhauerin auf die Bühne steigt. Er ergreift das Mikrofon wie ein geübter Conférencier, verneigt sich, lächelt. »Wir sind also auf Ihre Unterstützung angewiesen – und auf ein Entgegenkommen der Stadt, deren Vertreter wir hier heute Abend gemeinsam mit unseren anderen Gästen herzlich begrüßen.«

Irgendetwas hat sie gerade gesehen, etwas Wichtiges. Etwas oder jemanden? Nada vielleicht, die sie nur von Fotos kennt? Judith drängt sich an ein paar wohlriechenden, Gala-gewandeten Mitbürgern vorbei zum verwaisten Buffet, von wo aus sie einen besseren Überblick hat.

»Interessante Frisur.«

Judith fährt herum, starrt den Journalisten Gero Sanders an.

»Was machen Sie denn hier?«

Er grinst, hält ihr eine Platte mit Hähnchenschenkeln hin. »Als Pressevertreter hab ich eine Einladung bekommen. Und Sie?«

»Ich mag Kunst.«

»Das sehe ich.« Er legt den Kopf schief, ohne den Blick von Judith zu lösen.

Ihr Magen knurrt, und die Verlegenheit darüber treibt ihr die Hitze ins Gesicht. Hastig ergreift sie ein Hühnerbein und dreht sich zur Bühne, weg von Sanders. Sie will allein sein, will ihm auf keinen Fall Einblick in ihre Ermittlungen geben. Und vor allem will sie herausfinden, was sie so irritiert. Als ich hereingekommen bin, denkt sie wieder, irgendetwas habe ich da gesehen.

»Was trinken Sie? Sekt?«

»Kölsch.« Sie angelt sich ein Stück Spinatpizza und eine Handvoll Oliven, behält die Fabrikhalle weiter im Blick. Nacheinander klettern weitere Künstler auf die Bühne, stellen sich vor, berichten von ihrer Arbeit, doch Nada ist nicht darunter, und soweit Judith das beurteilen kann, ist sie auch sonst nirgendwo zu sehen.

»Alexander Nolden.« Gero Sanders reicht ihr eine von zwei Flaschen Kölsch und deutet auf die Bühne. »Wichtiger Mann, Rheinbank-Vorstand und sehr an Kunst interessiert.«

Sie muss in Nadas Atelier, heute noch, gleich. Sie hat sich schon viel zu lange vertrösten lassen. Sanders prostet ihr zu. »Man munkelt, dass Nolden bereit ist, die Kunstfabrik sehr großzügig zu unterstützen.«

»So großzügig, dass die Ateliers erhalten bleiben?« Judith betrachtet den drahtigen Mann mit dem maßgeschneiderten Anzug, der jetzt allein mit Paul Klett auf der Bühne steht, scherzt und sich über den Segen der Kunst auslässt.

Sanders beißt in einen Hähnchenschenkel. »Möglich. Er liebt es, Gutes zu tun, vor allem, wenn die Presse anwesend ist. Und seine Mutter war Malerin.«

»Sie sind gut informiert.«

»Ich war mal Lokalschreiberling.«

»War?«

Er lächelt. »Ich habe vor ein paar Jahren einen Reportagepreis gewonnen, dann ein Buch geschrieben, was dazu führte, dass ich heute als freier Journalist leben kann. Gefällt mir besser als der ewig gleiche Trott in der Redaktion.«

»Kennen Sie die Performancekünstlerin Nada?«

»Natürlich. Wer kennt sie nicht.«

»Ich sehe sie nirgends.«

Sanders trinkt einen Schluck Bier, betrachtet Judith nachdenklich. Sie dreht sich eine Zigarette, zündet sie an.

»Sie sollten nicht rauchen, das tut Ihnen nicht gut.«

Judith bläst den Rauch haarscharf an dem Journalisten vorbei. »Es ist nicht gesund, stimmt, das hab ich schon mal irgendwo gehört.«

Er lacht. »Bevor Sie kamen, hieß es, Nada sei überraschend erkrankt.«

Das Programm auf der Bühne wird jetzt unterbrochen. Musiker bauen ihre Instrumente auf, die Gäste nutzen die Pause und drängen zum Buffet. Judith schlängelt sich nach vorn durch, zu Thea Markus, die sich seitlich der Bühne mit Alexander Nolden unterhält.

»Frau Markus?«

Falls die Bildhauerin gehofft hat, Judith an diesem Abend nicht wiederzusehen, verbirgt sie es geschickt.

»Alexander Nolden, unser wichtigster Gönner – Hauptkommissarin Krieger, mit den Mordermittlungen vor unserer Haustür betraut.«

Nolden hat dunkle Haare, ist aber bestimmt über fünfzig, jetzt aus der Nähe erkennt Judith das. Ein Mann, der weiß, was er will, und weiß, wie er es bekommt, und es nicht nötig hat, damit zu prahlen, denkt sie. Er gibt ihr die

Hand, erkundigt sich nach den Ermittlungen, ohne Sensationslust, ohne Arroganz.

»Ich hatte eigentlich gehofft, heute Abend endlich eine Kostprobe von Nadas Können zu erhalten«, sagt Judith.

Noldens Blick streift ihre Frisur. Ein Lächeln spielt in seinen Mundwinkeln.

»Eine Polizistin mit Geschmack.«

»Sie mögen Nadas Kunst?«

»Ich verehre sie! Die reinste Frischzellenkur für die manchmal doch etwas satte Szene.«

Auf einmal ist das Gefühl aus Judiths Albträumen wieder da. Das haltlose Fallen ins schwarze Nichts. Sie hätte das Bier nicht so schnell trinken dürfen, überhaupt keinen Alkohol. Es ist viel zu warm in Pullover und Mantel. Sie tastet nach der Bühne, stützt sich ab. Unauffällig, wie sie hofft.

»Wissen Sie, wo Nada jetzt ist?«

»Erkrankt, wie ich höre.« Nolden mustert sie aufmerksam.

»Paul hat mit ihr telefoniert.« Thea Markus berührt Judiths Arm, sichtbar entschlossen, das Geplänkel mit dem Kunstfabrik-Retter nicht in ein Polizeiverhör ausufern zu lassen. Doch selbst wenn Judith dies vorgehabt hätte, macht die nun einsetzende Musik der Band jedes weitere Gespräch in Bühnennähe unmöglich. Sie entdeckt Paul Klett am anderen Ende der Halle, kämpft sich zu ihm durch.

»Nada. Ich muss mit ihr sprechen. Jetzt. Sofort.« Sie zieht den Künstler auf den Flur, froh, dass es dort deutlich kühler ist. Ihr Schwindel lässt nach.

»Nada ist krank.«

»Sie haben mit ihr telefoniert, und Sie haben ein Verhältnis mit ihr.«

»Hören Sie ...«

»Wo ist Nada, von wo hat sie Sie angerufen?«

Klett betrachtet den Boden, längst nicht mehr so selbstsicher.

»Ich möchte eigentlich ungern Ihr Telefon überprüfen.«

»Nada hat nicht angerufen.«

»Wo ist sie?«

Er schüttelt den Kopf, sieht ehrlich verzweifelt aus. »Ich weiß es nicht. Wirklich nicht. Bitte, die Gala ...«

Er lehnt sich an die Wand, streift dabei eine der Vitrinen, die anlässlich des Benefizabends auf den Flur gerückt wurden. Die Vitrine schwankt, Paul Klett stabilisiert sie. Messer liegen darin, gebogen und gerade, einschneidig und zweischneidig, Messer mit gewellter Klinge und mit glatter. Ein Messer mit Griffschutz. Thea Markus besitzt ein solches Schnitzmesser, Judith hat es bei ihrer ersten Befragung der Bildhauerin gesehen.

Sie hastet nach draußen, in die feuchtwarme Nacht. Wählt Millstätts Handynummer, dann, als sie ihn nicht erreicht, die Holger Kühns.

»Ich brauche einen Durchsuchungsbeschluss«, sagt sie, als er sich meldet. »Jetzt sofort.«

Fernsehgeräusch ist im Hintergrund zu hören, während sie dem stellvertretenden Soko-Leiter den Sachverhalt schildert. Die mögliche Tatwaffe, ein verschlossenes Atelier, eine verschwundene Künstlerin. Warum das so dringlich sei, will Kühn schließlich wissen, verlangt einen schriftlichen Bericht, bevor er etwas entscheidet, verweist auf die Russin als heißeste Spur.

Die Wut macht Judith ruhig, ganz anders als sonst, führt sie wieder in die Fabrik, hoch zu Nadas Atelier. Die Tür ist verschlossen, kein Laut dringt heraus, kein Licht, kein Geruch, die Sicherheitsschlösser wirken unversehrt. Judith denkt an Swetlana und an Bergers Blick, als er auf den Gleisen lag. Sie stellt sich Luigi Baldi vor, wie er versuchte, seine Fesseln zu sprengen, zu entkommen, während das Feuer sich vorwärtsfraß. Ist Nada dafür verantwortlich, oder versteckt sie sich, weil sie als Zeugin um ihr Leben bangt? Hat Thea Markus etwas damit zu tun?

Das Atelier der Bildhauerin steht offen. An seinen Wänden hängen nun statt der Treibholzmodelle großflächig-abstrakte Ölgemälde, die eine junge Frau argwöhnisch bewacht. Judith betrachtet die Bilder, einige wirken eher wie hastige Entwürfe denn wie ausgereifte Gemälde. Auf einem glaubt Judith Flügel zu erkennen, luftige Schwingen, Schwingen der Nacht, wie in den Anfangsphasen ihrer nächtlichen Träume. In der Spiegelung des Fensters erkennt sie ihre absurd schiefe Frisur. Sie zieht eine Grimasse, entdeckt den hölzernen Werkzeugkasten in einem Regal.

Sie hat sich gerade erst rehabilitiert, kann sich keinen Ärger mit ihren Vorgesetzten leisten, wenn sie jemals befördert werden will. Eine Gruppe Besucher schlendert über den Gang, Schritte, Gelächter und Stimmen ertönen, verschwinden dann in einem anderen Atelier. Kühn wollte einfach seine Ruhe haben, deshalb unternimmt er nichts. Er hatte keine Lust auf eine nächtliche Diskussion mit dem Staatsanwalt. Judith denkt an den Jungen, den sie im letzten Sommer beinahe nicht mehr hätten retten können, weil sie die falsche Spur verfolgten. Sie strafft die Schultern, geht auf die junge Frau zu.

»Ich will dieses Bild dort kaufen, sofort.« Die Frau reißt die Augen auf, begreift, hastet los.

»Ich hole die Künstlerin, warten Sie hier.«

Judith reißt ein Stück Plastikfolie aus einem Regal, kniet sich vor den Werkzeugkasten, öffnet ihn. Sie atmet tief durch, als sie das Messer sieht. Nimmt ihr Handy und fotografiert. Erst dann hebt sie das Messer mithilfe der Folie heraus. Es entspricht wirklich exakt den Beschreibungen Karl-Heinz Müllers: einschneidig mit Metallgriffschutz, die Klinge etwa zehn Zentimeter lang. Sehr sauber sieht es aus, beinahe neu.

Die Stimmen vom Flur werden wieder lauter, sind schon zu nah. Judith hält das Messer ans Licht, erkennt, dass sein Griff Gebrauchsspuren aufweist. Hektisch verbirgt sie es hinter ihrem Rücken, als ein Schatten in den Türrahmen fällt.

»Haben Sie etwas verloren?«

Der Journalist Gero Sanders. Ausgerechnet. Judith steht auf, lässt das Messer in ihre Manteltasche gleiten.

»Mein Feuerzeug war runtergefallen.« Sie bewegt sich auf Sanders zu, weg von dem offenen Werkzeugkasten. Unerlaubte Beschlagnahmung von Beweismaterial, das wahrscheinlich gar keines ist, sie muss verrückt sein, und vor allem muss sie raus hier, schnell, bevor Thea Markus zurückkommt oder Sanders sie noch weiter in die Mangel nimmt.

Aber es ist zu spät, die Bildhauerin und die junge Wächterin betreten das Atelier, dicht gefolgt von Alexander Nolden, der nun eine langbeinige, elfenhafte Schönheit im Arm hält. Ein Pulk Journalisten mit Kameras drängt sich hinter ihnen in den Raum.

»Sie will dieses Bild kaufen und direkt mitnehmen.« Die junge Atelierhüterin zeigt Thea Markus das fragliche Bild.

»Es ist wunderschön.« Judith zwingt sich zu einem Lächeln.

Der Blick der Bildhauerin gleitet zu dem geöffneten Werkzeugkasten, dann zu Nolden und den Journalisten und schließlich zu Judith.

»500 Euro und es gehört Ihnen«, sagt sie kühl.

* * *

Ekaterina beginnt zu zittern, sobald sie die Wohnungstür hinter sich zugezogen hat. Sie weiß nicht genau, wie sie die letzten Stunden verbracht hat, erinnert sich nur schemenhaft an den Fußweg nach Hause. Sie hat versucht zu arbeiten, sich auf die Podiumsdiskussion am nächsten Tag vorzubereiten. Sie hat versucht, die Zahlen zu verstehen. Jede vierte Frau in Deutschland wird im Laufe ihres Lebens Opfer häuslicher Gewalt, behauptet eine Studie der Bundesregierung. Reiche Frauen und arme. Junge und alte. Nie hat sie sich dieses Ausmaß vorgestellt, hier, in ihrem gelobten Land, weit über tausend Kilometer von ihrer Kindheit entfernt. Männer schlagen ihre Frauen, manche erschlagen sie. Weil sie arm sind, besoffen, hoffnungslos. Nie wäre sie in Russland auf die Idee gekommen, darüber öffentlich zu diskutieren. Man muss sich damit abfinden, so ist es eben, das hat sie gedacht.

Sie schleppt sich ins Bad, noch in Mantel und Mütze. Sie weiß, dass es in ihrer Wohnung warm ist, aber sie fühlt es nicht. Sie lässt heißes Wasser in die Wanne, schüttet Lavendelbadesalz dazu. Wie sind die letzten Stunden vergangen? Sie hat die Studie nicht mehr ertragen, hat den Computer ausgeschaltet, das Licht gelöscht. Sie ist wieder ans Fenster getreten und hat hinunter auf den jüdischen Friedhof gestarrt. Grabmale ohne Kreuze, wie seltsam das ist. In dem Moment, in dem sie den Fuchs sah, wurde ihr klar, dass sie auf ihn gewartet hat. Das Krafttier ihrer

Urgroßmutter, geächtet wie sie, schlich durch den Efeu, sah zu Ekaterina herauf.

Die Menschen hassen den Fuchs, weil er schlau ist, sich vor ihnen verbirgt, hat die Großmutter Ekaterina erklärt. Ein Fuchsbau ist ein kompliziertes System aus zahlreichen Tunneln, es hat immer sehr viele Ausgänge. Manchmal versuchen die Jäger, sie zu verstopfen und Gas in den Bau zu leiten, doch wenn sie das tun, ist der Fuchs immer schon fort. Eine Kreatur der Nacht, ganz selten für Menschen zu sehen. Nur seinesgleichen ist er ein treuer Gefährte, paart sich fürs Leben, bis zu seinem Tod.

Einsamkeit. Mit der Erinnerung an die Insel ist sie zu Ekaterina zurückgekommen, vielleicht war sie auch immer da, und sie hat es nur nicht gemerkt. Damals, an ihrem sechsten Geburtstag, hat Ekaterina auch so gezittert wie jetzt, ein Kind aus dem Schnee, das nicht spricht und nicht schreit, während man es von einer gefrorenen Landschaft in eine andere transportiert.

Ekaterina zieht sich aus, das Zittern wird stärker. Sie kann keine Musik ertragen, keine Kerzen, schon gar keine Eiscreme. Sie gleitet im Dunklen in das heiße, duftende Wasser, sehr heißes Wasser, sie fühlt es kaum. Ganz selten gibt es in Russland eine Nacht, die dunkler ist als die Schatten. Eine Neumondnacht, ohne Polarlicht, ohne Schnee. Dann sind keine Konturen mehr zu sehen, dann ist alles schwarz.

Sie muss eingeschlafen sein, denn als jemand an ihrer Haustür Sturm klingelt, ist das Badewasser schon kühl. Ekaterinas Frieren ist jetzt ein anderes Frieren, eines, das nicht aus ihrem Innersten kommt, das macht ihr Mut.

Die Gegensprechanlage knistert.

»Ja, bitte?« Ekaterinas Stimme klingt heiser.

»Taxi hier, ich hab ein Paket für Sie.«

»Jetzt? Mitten in der Nacht?«

»Eine Privatlieferung.«

Ekaterinas Herz beginnt zu rasen. »Von wem?«

Der Mann klingelt wieder, länger jetzt, statt eine Antwort zu geben. Sie presst den Hörer auf die Gabel, schlingt den rosa Flanellbademantel enger um sich. Wieder schrillt die Klingel, ungeduldig und fordernd. Ohne das Licht einzuschalten, tappt Ekaterina auf ihren Balkon. Tatsächlich steht unten ein Taxi auf der Straße. Ein Mann ist eben im Begriff, wieder auf den Fahrersitz zu steigen, er knallt die Tür zu und gibt Gas, lässt eine große, eckige Kiste auf dem Bürgersteig zurück. Ekaterina lehnt sich noch weiter über die Balkonbrüstung, versucht sich das Nummernschild einzuprägen, ist aber nicht schnell genug. Jemand saß auf der Rückbank, ein Fahrgast. Vielleicht. Vielleicht aber auch nicht.

Etwas schreit. Jammert wie ein Säugling, schreit um sein Leben. Die Klagelaute kommen aus der Kiste, Ekaterina braucht ein paar Sekunden, bis sie das begreift. Sie denkt nicht nach, reagiert instinktiv. Setzt die Pelzmütze auf, fährt mit bloßen Füßen in ein Paar Stiefel, kniet auf dem Bürgersteig vor der Kiste, bevor sie das richtig begreift.

Kein Säugling ist darin, sondern ein Kater. Ein tobendes grau getigertes Tier. Die ersten Fenster gehen auf, Nachbarn brüllen herunter. Ruhe, verdammt. Was ist hier los? Die Kiste ist ein Tiertransportkorb. Ekaterina packt ihn am Tragegriff, schleppt ihn in ihre Wohnung, was bleibt ihr auch übrig. Eine Gabe von Ines, dessen ist sie sich sicher. Der Kater, um den sie sich sorgte. Der Kater, den sie nicht bei ihrem Mann zurücklassen wollte. Was bedeutet es, wenn sie ihn jetzt zu Ekaterina bringt? Dass sie sich in Sicherheit befindet, ihren Mann verlassen hat? Oder ist dieser Kater gar nicht von Ines, und irgendjemand spielt Ekaterina einen makabren Streich?

Ekaterina füllt in der Küche eine Schale mit Wasser, stellt sie auf den Boden, lässt den Kater frei. Wie ein Blitz schießt er unter das Sofa, kauert dort und beobachtet Ekaterina, zur Flucht bereit. Ekaterina setzt sich auf den Boden. Sie wird es nicht übers Herz bringen, ihn ins Tierheim zu geben, woher nur hat diese Ines das gewusst? Ganz leise beginnt sie zu ihm zu sprechen, erzählt ihm von sich, lädt ihn zu sich ein. Nach einer Weile pirscht er auf sie zu, noch immer geduckt. Lautlos wie die Schwäne, auf der Hut wie der Fuchs. Tjuollda ruft sie ihn, wegen des weißen Polarsterns auf seiner Brust, und er hebt den Kopf und sieht sie an, als ob das tatsächlich sein Name sei. Erst da merkt sie, dass sie ihn nach dem Kater der Urgroßmutter benannt hat und dass sie in der alten Sprache zu ihm spricht, der samischen Sprache, der Sprache der Schamanen. Der Kater beginnt zu schnurren, tritt sich ein Nest auf Ekaterinas Schoß, rollt sich zusammen.

Ein Überlebender wie sie. Sie streichelt ihn mechanisch, weiß plötzlich nicht mehr, ob sie wacht oder träumt oder verrückt geworden ist.

3. Teil

Wahrheit

looting the destroyed
vessels of the sea
I wondered if the waves
had taken all of me
all of me back
down to the black
down to where the worms reign
silent and green
silent

WRECKING
Laura Veirs

Freitag, 13. Januar

Leere. Schwärze. Lichtsplitter unter ihr, winzig und kalt. Die schon beinahe vertraute Stimme schwebt in der Luft, körperlos wie Judith selbst. Jetzt weißt du, wie es ist. Aber das stimmt nicht, ganz und gar nicht, stimmt vielleicht nie. Ein Geräusch mischt sich hinzu. Schrill. Enervierend. Sich wiederholend. Alarm. Ist sie im Begriff, aus einem Flugzeug zu springen, fällt sie schon, haltlos durch die Nacht? Nein, noch nicht. Aber die Angst ist da, Panik, die ihr die Luft abschnürt.

Das Telefon – das Geräusch ist das Telefon.

»Henning, Kriminalinspektion. Tut mir leid.«

Dieselben Worte wie vor einer Woche. Mit einem Ruck setzt Judith sich auf, presst den Hörer fester ans Ohr.

»... nicht sicher, ob es einen Zusammenhang gibt, aber ich dachte, ich sag besser Bescheid.«

4:30 Uhr, Feuer in der Kunstfabrik. Judith stolpert aus dem Bett, an dem Gemälde von Thea Markus vorbei. So schön wirkt die Endlosigkeit des Nachthimmels darauf, ein Gefährte, kein Feind. Sie hatte gehofft, dass sie längst unbemerkt verschwunden wäre, bis die junge Frau mit Thea Markus zurückkäme, um das Bild zu verkaufen. Der Plan war nicht aufgegangen, also hat sie das Schauspiel zu Ende gespielt und das Bild tatsächlich gekauft, und zu ihrer Verwunderung bereut sie das nicht.

Beißender Rauch liegt über der S-Bahn-Haltestelle Gewerbepark. Feuerwehrlöschtrupps, Polizeiautos mit rotierendem Blaulicht und ein paar verschlafene Anwohner blockieren die Straße, es ist beinahe wie ein Déjà-vu. Judith flucht, als sie erkennt, dass das Atelier der Künstlerin Nada im Zentrum der Löscharbeiten steht. Flammen schlagen aus seinen Fenstern, verwandeln sich zu schwarzem Qualm, der die geborstenen Fenster in der Backsteinfassade wie leere Augenhöhlen wirken lässt.

Sie braucht den Einsatzleiter. Jetzt, sofort. Sie drängelt sich zwischen den Feuerwehrleuten durch, entdeckt ihn, packt ihn am Arm. Sie ist dem Täter zu nahe gekommen. Der Brand ist eine direkte Reaktion auf ihre Ermittlungen in den Ateliers, es kann nicht anders sein. Sie hätte sich durchsetzen müssen, sich nicht von Kühn abservieren lassen dürfen. Jetzt war der Täter schneller, hat vernichtet, was es zu vernichten gab: Spuren, die sie nun allenfalls ansatzweise rekonstruieren können. Der Täter – oder die Täterin.

»Ein S-Bahn-Fahrer hat den Brand gemeldet.« Der Einsatzleiter erkennt Judith wieder und brüllt seine Erklärung über den Lärm der Löscharbeiten.

»Gestern Abend war eine öffentliche Veranstaltung in der Kunstfabrik, im Erdgeschoss«, schreit Judith.

»Der untere Gebäudeabschnitt ist nicht betroffen.« Das Funkgerät des Einsatzleiters meldet sich quäkend, er bellt ein paar Anweisungen hinein, hastet davon.

Sie hat es gewusst, ihr Instinkt war richtig. Es gibt einen Zusammenhang zwischen der Kunstfabrik und den Morden, vielleicht verbirgt sich in dem Backsteingebäude sogar die Lösung. Sie müssen Anwohner und Künstler befragen und den S-Bahn-Fahrer, der das Feuer gemeldet hat. Judith schaut hinauf zu der Haltestelle. Was hat dieser neuerliche Brand mit der Ermordung Wolfgang Bergers zu tun? Was hat er hier vor einer Woche gesehen, das er auf keinen Fall sehen durfte, und wie passt Luigi Baldi in dieses Rätsel?

»Diese Schweine!« Paul Klett steht plötzlich neben Judith, mit wirrem Haar.

»Schweine? Von wem reden Sie?« Sie starrt ihn an.

»Die Stadt. Der Fabrikbesitzer. Die Immobiliengesellschaft, die dieses Gebäude verkaufen soll. Suchen Sie sich's aus.« Hohläugig starrt er auf die Fassade der Kunstfabrik, an der die letzten Flammen im Löschwasser ersticken.

»Das sind ziemlich wilde Anschuldigungen.«

»Seit das hier als lukrativer Baugrund gilt, gibt es ständig neue Auflagen von den Ämtern! Vor ein paar Monaten hatten wir schon mal einen Brand, angeblich aufgrund eines Kurzschlusses in der Elektrik. Seitdem sind die noch mehr hinter uns her. Die wollen uns rausjagen, das ist doch klar.«

»Es brennt vor allem Nadas Atelier.«

»Wundert Sie das? Sie ist schließlich unser Aushängeschild.«

Der Einsatzleiter ist zurück, zieht Judith zur Seite. »Das Feuer wurde gelegt«, sagt er, als sie außer Hörweite sind.

»Brandstiftung also.« Sie hat es gewusst, fühlt, wie ihr Pulsschlag sich noch mehr beschleunigt. »Wie in der Pizzeria.«

Sie folgt dem Einsatzleiter in die Kunstfabrik. Das Treppenhaus wirkt beinahe unversehrt, doch die Wände des oberen Flurs sind rauchgeschwärzt. Brandgeruch ätzt in Judiths Kehle. Ihre Augen tränen. Es hört nicht auf, denkt sie. Nur Ort und Opfer ändern sich.

»Diese Türen standen offen, aber der Brandherd befand sich eindeutig hier.« Der Einsatzleiter deutet auf die verkohlten Überreste von Nadas Atelier.

»Letzte Nacht war die Tür zu diesem Atelier mit mehreren Schlössern verriegelt.«

Was war in Nadas Atelier? Was sollte hier vernichtet werden? Die Spuren eines Verbrechens? Ein Mensch? Werden sie in den Trümmern ein weiteres Brandopfer finden? Ich mache Schluss, hatte Thea Markus gestern Nachmittag gesagt. Nun ist ihr Atelier zerstört, wie das von Nada. Die Werkbank, das Sofa, die Regale, Schränke und Gemälde. Vielleicht gibt es gar keinen Zusammenhang mit Wolfgang Berger und Luigi Baldi, denkt Judith widerstrebend. Vielleicht hat Thea Markus diesen Brand gelegt, als Rache an einer erfolgreichen Kollegin. Doch auf der Gala schien die Verzweiflung der Bildhauerin vergessen.

Judith kämpft ihre Unruhe nieder, zwingt sich zur Sachlichkeit. Sie mustert die Schlösser, soweit sie unter dem Ruß zu erkennen sind. »Ich glaube nicht, dass die Türen aufgebrochen wurden.«

Sie habe keinen Schlüssel zu Nadas Atelier, hat Thea Markus ausgesagt. Stimmt das? Du musst ruhig bleiben, ermahnt Judith sich stumm. Vielleicht hast du ja immerhin die Tatwaffe sichergestellt. Ein Schnitzmesser von Thea Markus. Hat der Täter Judith beobachtet, als sie es an sich nahm? Hat er das auf andere Weise erfahren? Oder wollte er durch den Brand gerade verhindern, dass das Messer gefunden wird? Doch der Brandherd war nicht in Thea Markus', sondern in Nadas Atelier. Warum überhaupt ein Feuer, das so offensichtlich einen Zusammenhang mit den anderen Verbrechen herstellt? Weil der

Täter ein Zeichen setzen wollte, blindwütig zerstören? Weil sich, was er vernichten wollte, nicht anders vernichten ließ? Der Täter oder die Täterin, bislang wissen sie ja nicht einmal das. Und vielleicht ist dieser Brand ja nur eine grandiose Inszenierung, die eine Verbindung zur Causa Baldi vortäuschen will. Wenn es eine Inszenierung ist, geht sie wohl jedenfalls nicht auf das Konto einer Immobiliengesellschaft. Oder doch?

Die Brandermittler treffen ein, schieben Judith weg von den Ateliers.

»Kein Personenschaden, aber da ist ein kleines Vermögen verbrannt. Kameras, Scheinwerfer, Stereoanlage, Projektoren, Computer«, lautet ihre Diagnose nach der ersten Inspektion.

War es das, was Täter oder Täterin vernichten wollte? Daten oder Fotos, die ihn oder sie in irgendeiner Weise belasteten? Das Bild von dem Laptop in Nadas Wohnung überfällt Judith völlig unvermittelt. Sie rennt los, wirft sich Augenblicke später auf die Rückbank eines Polizeiautos, das sie mit Blaulicht ins Eigelsteinviertel bringt.

Sie versucht, Millstätt zu erreichen, dann Kühn, gibt es auf. Sie springt aus dem Wagen, sobald er vor Nadas Haustür abbremst. Verliert fast das Gleichgewicht, fängt sich, hustet, drückt mit der Handfläche auf die Klingeln, bis jemand durch die Gegensprechanlage schimpft. Noch schlagen keine Flammen aus Nadas Wohnung, noch besteht die Chance, dass sie rechtzeitig kommt.

Eine vollkommen schlaftrunkene Patricia Lohmann starrt Judith und den beiden Polizeimeistern im Treppenhaus entgegen.

»Der Schlüssel zu Nadas Wohnung, geben Sie ihn mir, sofort.«

Die junge Frau setzt sich in Bewegung. Langsam und

augenscheinlich zu müde, um zu protestieren. Judith folgt ihr in die Küche, schubst sie fast hinein, entreißt ihr den Schlüssel.

»Hat außer Ihnen in letzter Zeit jemand diesen Schlüssel benutzt? Haben Sie etwas von Nada gehört?«

Benommen schüttelt Patricia Lohmann den Kopf.

»Wann waren Sie das letzte Mal drüben?«

»Gestern. Gestern Nachmittag.«

»Und alles war normal?«

»Warum fragen Sie, was soll das alles?«

»Fehlte etwas in der Wohnung Ihrer Nachbarin, war etwas verändert?«

»Nein, ich glaube nicht.«

»Warten Sie hier.«

Judith lässt sich von einem der Polizeimeister Handschuhe geben. Sie drängen sich neben sie, sichern die Wohnung mit erhobenen Waffen. Aber es ist zu spät. Sie sieht augenblicklich, dass der Täter schneller war.

* * *

Das Tattoo auf Sonjas Bauch macht ihn wahnsinnig, wie überhaupt die ganze Frau. Ein chinesisches Zeichen, dessen Bedeutung sie ihm noch immer nicht verraten will. Regen trommelt auf die Windschutzscheibe seines GTI, das spärliche Morgenlicht verschanzt sich hinter den Wolken, doch das Mistwetter stört Manni nicht. Wenn Sonja schläft, wühlt sie sich ganz tief in die Kissen und rollt sich zusammen wie ein kleines, warmes Tier. Es war schön, ihren Atem auf seiner Haut zu spüren, der im Schlaf wieder ruhig und gleichmäßig war, nicht so wie vorher, als sie es miteinander trieben, bis sich alles zu drehen schien. Er hat ihren Namen geschrien, als er kam.

Die Atmosphäre im Besprechungsraum des KK 11 ist das reinste Gegenprogramm zu dieser Nacht. Angespannt, lauernd, und als reiche das nicht, stinkt es angebrannt, so wie früher, als bei den Konferenzen noch geraucht werden durfte und immer irgendein Kollege seine Kippe im Aschenbecher verkohlen ließ. Manni sackt auf einen freien Stuhl, froh, dass niemand seine Verspätung kommentiert.

»Nada. Bürgerlicher Name: Nanette Dannen. Beruf: Künstlerin. Alter: 28. Größe: 1,81 Meter. Familienstand: ledig. Keine Kinder. Wohnhaft: Eigelstein 23, Köln.« Judith Krieger beamt ein Meldeamtsfoto an die Wand. Sie sieht fürchterlich aus. Die Jeans verdreckt, das Haar verfilzt, die Gesichtshaut grau. Eine schwarze Schliere prangt auf ihrer sommersprossigen Wange, sie wischt achtlos darüber, als sie sich eine Haarsträhne aus dem Gesicht schiebt, verschmiert sie noch mehr. »Nada wurde zuletzt am Freitagabend, 6. Januar, gegen 18 Uhr im Treppenhaus Eigelstein 23 von ihrer Nachbarin Patricia Lohmann gesehen«, referiert sie weiter. »Frau Lohmann sagt, sie war auf dem Weg in ihr Atelier, das, wie wir wissen, direkt neben dem Tatort liegt, an dem der S-Bahn-Fahrer Wolfgang Berger wenige Stunden später erstochen wurde.«

Manni lehnt sich zum Anfänger rüber. »Was ist passiert?«

»Das Atelier dieser Nada ist ausgebrannt.«

Scheiße, verdammt, schon wieder hat er sein Handy vergessen. Irgendwann gestern Abend hat er es kaltgestellt, weil seine Mutter zum x-ten Mal nervte. Warum kann sie ihn nicht einfach in Ruhe lassen, jetzt, wo sein Vater sie nicht mehr terrorisiert? Sie muss endlich aufhören, sich an ihn zu klammern. Er muss mit ihr reden, bald, sobald es geht.

»Ich habe Nada zur Fahndung ausgeschrieben. Ich

habe bereits seit einer Woche versucht, sie zu erreichen, um sie als Zeugin zu befragen. Ohne Erfolg.« Wieder wischt die Krieger sich übers Gesicht. Ihre Augen sind rot unterlaufen. »Der Brand hat die Dringlichkeit nun natürlich verändert und weist noch dazu auf eine Verbindung zu den Morden an Berger und Baldi hin. Aus Nadas Wohnung am Eigelstein ist in den letzten 24 Stunden ein Laptop entfernt worden, und alle Nachrichten auf dem Anrufbeantworter wurden gelöscht.«

»Was ist mit Angehörigen?«, will der Anfänger wissen.

»Ihre Mutter verstarb vor zwei Jahren an Krebs. Ihr Vater, ein Kroate, mit dem die Mutter nicht verheiratet war, ist 1991 im Balkankonflikt zwischen Kroatien und Serbien verschollen, bei den Kämpfen um Vukovar. Keine Geschwister.«

Helmut Kühn nimmt den Bleistift aus dem Mund, auf dem er zuvor angelegentlich herumgekaut hat. »Es wäre schön, wenn du die Suche nach dieser Nada schon früher forciert hättest.«

»Ich habe dich gestern Abend um einen Durchsuchungsbeschluss gebeten«, sagt die Krieger nach ein paar Sekunden, gefährlich leise.

»Du hattest nichts. Die Staatsanwaltschaft hätte uns ausgelacht.« Kühn lehnt sich zurück.

»Ich habe gesagt, dass es dringend ist.«

»So läuft das nicht. Du hast mir keinerlei plausible Begründung nennen können.«

»Ich habe dich später noch einmal angerufen, habe dir von dem Messer berichtet, das ich im Atelier von Thea Markus sicherstellte.«

»Was die Künstlerin Nada nicht belastet. Außerdem warst du nicht sicher, ob es tatsächlich die Tatwaffe Berger ist.«

»Gib das Messer in die KTU, Judith.« Axel Millstätts Stimme schneidet, verrät aber nichts darüber, auf wessen Seite er steht.

Judith Krieger nickt, beamt ein weiteres Foto von Nada an die Wand, das die Künstlerin augenblicklich deutlich attraktiver erscheinen lässt.

»Hola, die kenn ich doch!« Diddl Makowskis knubbeliger Zeigefinger schießt vor, als wolle er die Frau auf dem Foto liquidieren. »Die hat für eine Agentur gearbeitet, die ich vor vier Jahren hopsgenommen hab.«

Ein paar Sekunden sagt niemand etwas, dann bequemt sich Makowski, genauer zu werden.

»Eskortservice, gehobene Klasse. Schöne, gebildete junge Frauen, die von ihrem Beruf gestressten Herren neben teurem Sex auch Konversation bieten und sie ins Konzert, Theater oder Restaurant begleiten.«

Die Krieger starrt Makowski an. »Bist du sicher?«

»Yep. Die Agentur arbeitete illegal, ohne Gewerbeschein.«

»Nada ist groß genug, um ins Täterprofil für Wolfgang Berger zu passen«, sagt Manni nachdenklich.

»Aber was wäre ihr Motiv?« Ungeduldig fummelt die Krieger an ihren Locken herum. Die Wendung, die dieses Meeting nimmt, gefällt ihr nicht, das ist überdeutlich zu sehen.

»Hilfe für eine Kollegin? Rache?«

»Was deine Theorie von Berger als dem guten Freier, der Swetlana retten will, zunichtemacht.« Kriegerin. Sie funkelt Manni an.

»Vielleicht hat sie das Pizzabordell ja mit Baldi gemeinsam betrieben, und Berger kam ihr in die Quere«, sagt er trotzdem.

»Und wieso zündet sie die Pizzeria dann an, inklusive

des Mädchens, wenn er ihr laut dieser Theorie doch Geld einbringt? Und wieso eine Woche später auch noch ihr eigenes Atelier?«

»Nada hatte verdammt teures Equipment für eine kleine Künstlerin, das hast du selbst gerade gesagt«, dröhnt Makowski, bevor Manni antworten kann.

»Sie hat Erfolg mit ihrer Kunst, großen Erfolg«, sagt Judith Krieger.

»Was genau heißt das in Euro?« Makowski streckt die Beine aus.

»Ich weiß es nicht.« Die Krieger beißt sich auf die Unterlippe. »Ich werde das überprüfen. Aber selbst wenn Nada noch im Milieu tätig ist – woher sollte sie Swetlana kennen? Die Welt eines Eskort-Girls ist meilenweit von der einer Zwangsprostituierten entfernt.«

»Einmal Milieu, immer Milieu.« Makowski fixiert die Krieger aus schmalen Augen. »Wer lebt schon von Kunst? Ich halte es für ziemlich wahrscheinlich, dass Nada sich immer mal wieder was dazuverdient. Ist doch okay, ist völlig legal.«

»Legal!« Die Krieger spuckt das Wort förmlich aus. War ja klar, dass sie Kontra gibt, sich einmal mehr um Kopf und Kragen redet. »In Deutschland, ja. In Skandinavien wurden die Gesetze hingegen verschärft, dort machen sich Freier strafbar, wenn sie zu Prostituierten gehen.«

»Mit dem Erfolg, dass das Geschäft im Verborgenen blüht und die Nutten dort keinerlei Rechte haben.«

»Mag sein, aber …«

»Judith, komm runter. Prostitution ist das älteste Gewerbe der Welt, das kannst du nicht abschaffen.«

»Das weiß ich auch.« Die Krieger sieht plötzlich sehr müde aus. »Aber eine Gesellschaft, die das legalisiert, signalisiert damit, dass es vollkommen okay ist, wenn

Männer Frauen benutzen. Und das hilft den Freiern und den Zuhältern – nicht den Prostituierten, um deren Wohl es doch angeblich geht.«

»Amen.« Makowski faltet demonstrativ die Hände.

»Das reicht jetzt.« In Millstätts Stimme klirrt Eis.

»Lasst uns bei den Fakten bleiben.« Auch Kühn räkelt sich hoch und zählt sie ihnen an den Fingern auf. »Berger und Swetlana kannten sich. Berger ging ins Bordell. Der Pizzeriakeller war ein Puff, in dem Swetlana anschaffen musste – für Luigi Baldi, vielleicht auch für Berger. Oder Berger wollte sie da rausholen. Die Pizzeria ist ausgebrannt. Das Atelier Nadas auch. Brandstiftung – in beiden Fällen. Nada hat jedenfalls vor vier Jahren als Callgirl gearbeitet. Wir müssen sie finden, dringend. Wir müssen ihre Konten überprüfen und ihr Telefon. Wir müssen wissen, ob es irgendeine nachweisbare Verbindung zwischen ihr und den anderen Opfern gibt. Arbeitet sie noch als Prostituierte? Auch das will ich wissen.«

»Die Lösung liegt in der Kunstfabrik«, sagt Judith Krieger leise, beinahe so, als spreche sie mit sich selbst.

Diddl Makowski hebt zu protestieren an, winkt dann aber ab, als sehe er ein, dass es müßig ist, einer geistig Minderbemittelten die Relativitätstheorie zu erklären. Er fährt sich mit der feisten Rechten über die Glatze, lenkt die allgemeine Konzentration zurück aufs Rotlichtmilieu, und schon bald schieben sie sich doch wieder Spekulationen und Hypothesen zu. Es nervt, verschwendet kostbare Zeit, vor allem, wenn man bedenkt, dass unterdessen ein russisches Mädchen stirbt, von der sie noch immer nicht mehr als den Vornamen kennen.

»Gib mir Zeit bis Montag«, sagt die Krieger am Ende der Konferenz zu Axel Millstätt, als alle mit Aufgaben für einen weiteren Tag versorgt sind.

Millstätts Bitterschokoladeaugen saugen sich an seinem einstigen Liebling fest.

»Montag«, wiederholt die Krieger stur. »Es muss doch nicht zwangsläufig Prostitution im Mittelpunkt stehen.«

Makowski verdreht die Augen, alle anderen schweigen, bis der KK-11-Leiter sich mit einem Seufzer erhebt.

»Du hast das Wochenende, Judith, von mir aus. Aber dann will ich Fakten.«

* * *

Der Narr ist eine Harlekinsfigur, die in der einen Hand Feuer und in der anderen Wasser trägt, Energie und Intuition. Lächelnd geht der Narr seinen Weg, unverwundbar durch seine Furchtlosigkeit. Aber in Wirklichkeit bedeutet Feuer Zerstörung, und die Intuition einer Polizeibeamtin kann sie geradewegs ins Aus katapultieren, falls sie für deren Richtigkeit keine Beweise liefert.

Judith schiebt ihre Tasse zur Seite. Der Kaffee, nach dem sie so gegiert hat, schmeckt bitter und ist viel zu stark auf nüchternen Magen, ihr Herz pumpt in ungesunden Stößen. Sehnsucht. Ich sehne mich nach etwas, denkt sie und schließt für einen Moment die Augen. Sie geht zur Toilette, wäscht sich das Gesicht, entdeckt erst jetzt, wie schmutzig sie ist. Ein zweiter Körper nah an ihrem, danach sehnt sie sich. Ein männlicher Körper, so ist das nun mal. Nicht mehr alleine kämpfen müssen, aufwachen, arbeiten, schlafen, immer wieder von vorn. Sie streicht ihre verfilzten Locken aus der Stirn. Du bist übermüdet, Judith Krieger, übermüdet, überarbeitet, unterzuckert, und vor allem hast du einen Job zu erledigen. Krieg jetzt nicht auch noch eine Midlifecrisis.

Unten in der Kantine bestellt sie sich ein Omelette und

ein Käsebrötchen. Das Omelette ist überraschend frisch, der Schnittlauch darauf kein bisschen welk. Sie isst langsam, trinkt zwei Gläser Orangensaft dazu, kauft sich zum Schluss noch einen Apfel und einen Becher Milchkaffee, nimmt beides mit hinauf in ihr Büro. Sie isst den Apfel, während sie die Namen derer, die am Vorabend in Thea Markus' Atelier standen, nacheinander erst ins Bundeszentralregister und dann in POLAS eintippt, das polizeiliche Auskunftssystem, das ihnen seit ein paar Jahren die bundesweite Fahndung erleichtert. Gero Sanders. Theodora Markus. Paul Klett. Alexander Nolden. Auch Nanette Dannen fügt sie hinzu.

Der Künstler Paul Klett hat einen unehelichen Sohn, ist zweifach geschieden und hat im letzten Jahr einen Monat lang seinen Führerschein wegen zu schnellen Fahrens abgeben müssen. Sanders, Nada und Thea Markus sind ledig und kinderlos. Alexander Nolden ist in zweiter Ehe verheiratet. Niemand hat Vorstrafen, ist zur Fahndung ausgeschrieben, in ein laufendes Rechtsverfahren verwickelt oder gar zu einer Haftstrafe verurteilt. Niemand hat laut Auskunftssystem eine Vergangenheit im Prostitutionsgewerbe. Auch die Überprüfung weiterer Künstler und Journalisten, die am Vorabend in der Kunstfabrik waren oder dort ein Atelier gemietet haben, fördert nichts zutage, was im Entferntesten einen Verdacht auf Brandstiftung oder gar Mord rechtfertigen würde.

Judith beendet die Suchprogramme. Warum ist sie so stur, warum stellt sie sich quer? Verdirbt es sich mit allen, nein, mehr noch, stellt sich bloß? Sie denkt an ihre Träume, die ihr vielleicht eine Antwort darauf geben, oder einen Hinweis für die Ermittlungen, so wenig wahrscheinlich das ist. Sie ruft einmal mehr die Website der Fallschirmschule Happy-Fly auf, starrt auf die Gestalten mit den ausgebreiteten Armen, Menschen mit froschaugenartigen Schutzbrillen und bunter Kleidung, die grotesk grinsend aus dem immer blauen Himmel fallen. Vielleicht ist die Fallschirmschule tatsächlich pleitegegangen und ruft Judith deshalb nicht zurück. Das wäre endlich mal eine gute Nachricht.

Sie schaltet ihren Computer aus, beschließt, sich das Messer von der Kriminaltechnik zu holen. Widerstrebend rücken die Kollegen es heraus. Die äußere Untersuchung ist zwar abgeschlossen, die Laboranalysen werden aber noch dauern.

»Ich werde vorsichtig sein.« Sie winkt den Kollegen zu, holt einen Wagen im Fuhrpark, steuert ihn einmal mehr zum Eigelstein, die sehnsüchtigen Melodien von My Brightest Diamond im Ohr. Gehört diese Verlorenheit zum Rätsel um Nadas Verschwinden? Oder ist sie so cool, wie alle sie beschreiben: attraktiv, erfolgreich, selbstbewusst. Eine junge Frau, die sich nimmt, was sie begehrt. Doch Erfolg muss nicht glücklich machen. Niemand ist vor Verzweiflung gefeit.

Sie findet einen Parkplatz, betrachtet das unauffällige Mietshaus, in dem Nada lebt – allein, wie so viele in Köln und anderswo. Singles, die glauben, es nicht anders zu wollen. Singles, die in früheren Lebensentwürfen zu zweit gescheitert sind oder sie gar nicht erst wagten. Singles mit einem großen Freundeskreis und einem Job und einem durchorganisierten Freizeitprogramm. Menschen, die letztendlich trotzdem auf der Suche sind. Nach Sex. Nach Nähe. Was ist der Endpunkt, fragt Judith sich, während sie die Treppen hinaufsteigt. Couchabende mit Hollywoodschnulzen? Betrunkene One-Night-Stands? Abenteuer als Callgirl? Ein Besuch im Puff? Die Nabelschau einer beinahe 40-jährigen Kommissarin?

»Sieht nicht so aus, als ob außer dem Laptop irgendwas fehlt«, berichtet der Kriminaltechniker Klaus Munzinger. »Zahnbürste, Pille, Kulturbeutel, diverse Koffer und Reisetaschen, alles da.«

»Sieht nicht nach einer Urlaubsreise aus.«

»Es sei denn, sie verfügt über eine Zweitidentität.«

Patricia Lohmann trägt jetzt Jeans und Kapuzenpulli. Sie bittet Judith in ihre Küche, beinahe eifrig, als habe sie auf sie gewartet. Aber dann weiß sie doch nichts wirklich Erhellendes auf Judiths Fragen nach den Geheimnissen und Beziehungen ihrer Nachbarin zu sagen, rutscht nervös auf ihrem Ikea-Klappstuhl herum und kratzt Lackreste von ihren Fingernägeln. Weiß sie von Nadas Callgirl-Vergangenheit? Hat Nada einen Liebhaber? Oder mehrere? Hat sie noch immer Kontakte ins Rotlichtmilieu? Hat sie Feinde? Hat Patricia Lohmann in den letzten Tagen irgendjemand im Treppenhaus gesehen, etwas von nebenan gehört …

Auf einmal schlägt die Studentin die Hände vors Gesicht und beginnt zu schluchzen. »Niemals würde Nada ihr Atelier abbrennen. Sie war doch so begeistert von ihren neuen Projekten, sie hat so gekämpft für die Kunstfabrik. Wenn sie gestern wirklich nicht bei dieser Gala war, kann das nur eines bedeuten.«

»Nämlich?«

»Sie ist tot.«

* * *

Es gibt einen Ort, der so dunkel ist, dass man ihn sich nicht vorstellen kann. Zu dunkel sogar für Entsetzen und Angst. Ekaterina hat sich immer vor dieser Schwärze gefürchtet, beinahe ihr ganzes Leben lang ist sie vor ihr geflohen. Jetzt war sie dort, zum zweiten Mal, und zu ihrem Erstaunen hat sie überlebt. Sie ist auf dem Wohnzimmerteppich gekniet und hat Tjuollda gestreichelt, das ist das Letzte, was sie noch weiß. Erst als ihr Wecker klingelte, ist sie wieder aufgewacht, in ihrem Bett, den friedlich schlafenden Kater neben sich.

»Chlamydien, soso.«

Ekaterina nickt, weiß nicht, wo sie hinschauen soll. Sehr aufrecht sitzt sie auf Karl-Heinz Müllers Besucherstuhl, einen gefährlich wackelnden Plastikteller mit dampfenden Tortellini auf dem Schoß. Sie hat diese Nacht überstanden und ihre Erinnerungen. Sie ist noch immer erstaunt, wie gelassen sie seitdem ist. Sie hat ausgiebig geduscht und dann sehr sorgfältig ihre Garderobe ausgewählt: eine Jeans und eine weiße Satinbluse, dazu die violetten Wildlederstiefeletten und einen Samtblazer in derselben Farbe. Sie hat dezentes Make-up aufgelegt, violetten Lidschatten und einen hellen, rosa Lippenstift. Sie hofft, dass ihr Outfit ihr bei der am Nachmittag anstehenden Podiumsdiskussion zum Thema häusliche Gewalt Autorität und Sicherheit verleihen wird.

Im Krankenhaus hat Ekaterina dann den Kommissar Korzilius getroffen. Swetlana heißt die junge Komapatientin, hat er ihr verraten. Swetlana. Sweta. Ein russischer Name. Unwillkürlich hat sie an die toten Mädchen von Nischnij Tagil gedacht. Schneeglöckchen heißen sie im russischen Polizeijargon. Tote, die erst mit der Schneeschmelze im Frühjahr gefunden werden. Ekaterina spießt ein paar soßengetränkte Tortellini auf ihre Gabel, balanciert sie in ihren Mund. Das gemeinsame Mittagessen mit ihrem Chef ist der Preis, den sie für ihre erneute Eigenmächtigkeit zu zahlen hat. Den ganzen Vormittag über hat sie sich davor gedrückt, Karl-Heinz Müller von dem Chlamydien-Test zu berichten, nun hat sie sich endlich ein Herz gefasst.

»*Chlamydia trachomatis*«, wiederholt Karl-Heinz Müller.

Wenn sie längere Beine hätte, könnte sie sich wenigstens auf dem Boden abstützen, so bleibt ihr nichts anderes übrig, als die Füße an den Stuhlbeinen zu verhaken und zu hoffen, dass sie nicht plötzlich abrutscht und dann einen Teil der Matschnudeln auf der Hose hat. Ekaterina schluckt die Tortellini herunter. Sofort scheinen sie in ihrem Magen ein Eigenleben zu entwickeln und aufzugehen wie Hefeteig. »Das Mädchen, Swetlana, und der S-Bahn-Fahrer sind mit exakt demselben Erreger infiziert. Das Ergebnis Baldi dauert länger, das Ausgangsmaterial ist ja nicht so gut.«

»Clever, dieser Test.«

Ihr Vorgesetzter rückt ein gigantisches, frisch gebügeltes Stofftaschentuch über seiner blutroten Krawatte zurecht, bevor er mit gesundem Appetit die nächste Ladung Gnocchi in seinen Mund schaufelt.

»Die Sache mit der Kommunikation könntest du allerdings noch verbessern.«

Ein Tropfen Tomatensoße spritzt auf die Leertaste seiner Computertastatur. Müller befeuchtet seinen Zeigefinger mit Spucke und tupft ihn weg.

Ekaterina nickt, wünscht sich weit weg, zumindest in ihr Arbeitszimmer, besser gleich hinunter in den Keller zu den Toten. Sie muss noch bei einer Obduktion assistieren, bevor sie zu der Podiumsdiskussion fährt. Auf dem Weg dorthin wird sie für Tjuollda einkaufen gehen. Am Morgen hat sie ihn mit Rinderhack gefüttert, das sie noch im Tiefkühlfach hatte. Der Kater ist nur ein Gast, aber es fühlt sich an, als gehöre er zu ihr. Wenn nur die Sorge um Ines nicht wäre. Nein, nicht Sorge, eher eine Art Unruhe.

»Hochverehrte Judith!« Karl-Heinz Müllers Begeisterungsausbruch reißt Ekaterina aus ihren Grübeleien. »Lasagne, Tortellini, Gnocchi, was darf es sein?«

»Gar nichts, ich hab spät gefrühstückt.« Die Kommissarin nickt Ekaterina zu und platziert ihren Hintern vorsichtig auf der Kante eines völlig überladenen Beistelltischs. Es wird Ekaterina immer ein Rätsel bleiben, wie ein Mann, der so penibel arbeitet und adrett gekleidet ist wie ihr Chef, in einem solchen Chaos arbeiten kann.

Judith Krieger sieht blass aus, noch blasser als sonst, und verströmt einen durchdringenden Brandgeruch.

»Swetlana und Wolfgang Berger sind mit dem identischen Erreger einer Geschlechtskrankheit infiziert, Ekaterina hat das herausgefunden«, sagt Karl-Heinz Müller.

»Es kann ein Hinweis sein, dass die beiden ungeschützten Verkehr hatten«, ergänzt Ekaterina und denkt wieder einmal, was für ein merkwürdiges Wort Verkehr für einen Sexualakt eigentlich ist. Doch was weiß sie schon davon, sie hat das schließlich nie probiert.

Judith Krieger wirkt keineswegs so, als ob sie sich über diese Mitteilung freut. Wortlos zerrt sie einen in einer Plastiktüte verpackten Gegenstand aus ihrer abgeschabten Lederhandtasche. »Die Tatwaffe, könnte sie das sein?«

Karl-Heinz Müller pfeift durch die Zähne. »Ein Fall für dich, Ekaterina.«

Ekaterina hält ihren Plastikteller von sich weg und schafft es tatsächlich, auf die Beine zu kommen, ohne sich zu bekleckern. Sie will ganz sichergehen, holt erst den Obduktionsbericht aus ihrem Büro.

»Nicht anfassen«, mahnt Judith Krieger nervös, als

Ekaterina sich über das Messer beugt. »Die KTU hat zwar schon Proben genommen, aber …«

Karl-Heinz Müller grinst. »Du hast es eilig wie immer.«

»Es gibt keine Fingerabdrücke darauf, aber Blutreste.« Die Kommissarin zieht für Müller eine Grimasse.

Ekaterina vermisst das Messer, vergleicht alle Ergebnisse genau mit den Unterlagen. »Es passt exakt zu den Stichkanälen und Abdrücken«, sagt sie, als sie fertig ist. »Was ist das für ein Messer?«

»Ein Schnitzmesser. Künstlerbedarf.« Sehr sorgfältig wickelt Judith Krieger das Messer wieder ein.

Künstlerbedarf. Ekaterina erstarrt. Ich wollte einmal Malerin werden. Ganz deutlich hat sie Ines' Worte im Ohr. Soll sie Judith Krieger von Ines erzählen? Ines hat ein Recht auf Anonymität, und davon abgesehen offenbart ihre unvollständige Akte vor allem Ekaterinas Versäumnisse. Andererseits …

»Wir fahnden nach einer Künstlerin, Nada, Nanette Dannen, die seit der Ermordung Wolfgang Bergers verschwunden ist«, sagt Judith Krieger. »Sie arbeitet in einem Atelier neben dem Bahndamm.«

Nada. Nanette. Nicht Ines. Ekaterina räuspert sich. »Wie sieht diese Frau denn aus?«

»Ich habe Fotos, hier. Ihr lagert sie nicht zufällig unten in eurem Keller?«

»Die schöne Fremde? Bedaure, nein.« Karl-Heinz Müller lacht.

Es ist nicht Ines, sondern eine andere Frau, die Ekaterina noch nie gesehen hat. Sie gibt der Kommissarin das Foto zurück, denkt an die Würgemale auf Ines' Hals, das Blut auf ihrer Wäsche, die Angst in ihren Augen, die sich so unverhofft in Kälte wandeln kann. Sie fühlt Judith Kriegers Blick auf sich. Prüfend. Forschend, wie vor ein paar Tagen, als sie über Russland sprachen. Ekaterinas Unruhe wird stärker. Sie muss diese Ines finden, sich vergewissern, dass es ihr gut geht. Sie weiß nur nicht, wie.

* * *

»Gehört das Ihnen, Frau Markus?«

Ungläubig starrt Thea auf das in einer durchsichtigen Plastiktüte liegende Schnitzmesser.

»Woher haben Sie das?«

»Beantworten Sie bitte meine Frage.« Die Stimme der Kommissarin Krieger schneidet.

Thea schüttelt den Kopf. »Ich verstehe nicht, ich dachte, alles im Atelier sei verbrannt …«

Nur zwei Stunden nachdem sie endlich ins Bett gekommen war, hat das Telefon Thea aus dem Schlaf gerissen. Sie wusste sofort, dass der schrille Klingelton zu dieser Uhrzeit nichts Gutes bedeutete, noch bevor sie Pauls Stimme erkannte und begriff, was er schrie.

»Ist das Ihr Messer?« Die Kommissarin dreht sich eine Zigarette, ohne den Blick von Thea zu wenden.

Verbrannt, alles verbrannt, Nadas Atelier, Theas Atelier. Werkbank, Regale, Werkzeuge, Farben, Möbel und am schlimmsten und unersetzlichsten: all ihre Bilder und Holzskulpturen und Entwurfsskizzen, die Thea in der Kunstfabrik verwahrte. Ihr Werk, ihre Kunst, ihre Existenz – vernichtet, verkohlt. Der blanke Hass spricht aus diesem Akt der Zerstörung. Paul hat recht, der Brand ist die Quittung für ihre Gala, ein Denkzettel für Nada, die den Widerstand gegen die drohende Räumung der Ateliers anführte, und weil Thea sich überreden ließ, Nada auf der Gala zu vertreten, ist nun auch sie ins Visier der Immobilienhaie geraten.

»Ich habe so ein Messer in meinem Werkzeugkasten. Hatte, meine ich.« Thea schluckt. Warum hat sie sich von Paul zu diesem Galaauftritt überreden lassen, ausgerechnet gestern, als sie wieder einmal völlig am Boden war? Weil sie sich gebraucht fühlte, geschmeichelt von seinen Bitten. Weil sie zwar rational erkannte, dass sie die Kunst aufgeben muss, aber das dann doch nicht ertrug. Gestern standen wir am Abgrund, heute sind wir schon einen Schritt weiter. Thea lächelt bitter. Nie hat dieser alte Spontispruch so gut gepasst wie heute. Sie hat überlegt, das Atelier aufzugeben, Einrichtung und Werkzeuge zu verkaufen, sich in ihrer winzigen Wohnung eine Ecke zum Malen einzurichten und nur noch die Steinwerkstatt zu mieten. Jetzt ist diese Planung hinfällig, sie hat nichts zu verkaufen und auch keine Entschädigung zu erwarten, denn ihre Hausratversicherung hat sie während ihrer letzten Finanzkrise gekündigt.

»Sehen Sie sich dieses Messer ganz genau an und sagen mir, ob es Ihnen gehört«, befiehlt die Kommissarin.

Unwillig greift Thea nach der Plastiktüte, tritt ans Fenster, mustert den Messergriff.

»Das ist mein Messer, ja«, sie zeigt der Kommissarin das winzige T, das sie nach dem Kauf in den Griff geritzt hat. »Aber ich verstehe nicht, woher haben Sie das?«

Die Kommissarin nimmt das Messer wieder an sich, verstaut es in ihrer Handtasche, heftet ihre grautürkisfarbenen Augen erneut auf Theas Gesicht.

»Mit diesem Messer wurde der S-Bahn-Fahrer Wolfgang Berger vor einer Woche auf den Gleisen erstochen.«

Ein Adrenalinstoß jagt durch Theas Körper, lässt sie für Sekunden die staubige Kälte, die von den Wänden der Steinwerkstatt strömt, vergessen.

»Aber das kann nicht sein, das ist ganz unmöglich …«

»Aberaberaber.« Die Kommissarin schnaubt. »Sie glauben gar nicht, wie oft ich das bei Vernehmungen höre.«

Thea schüttelt den Kopf, langsam, unfähig zu begreifen. Die Kommissarin zieht an ihrer Zigarette. Ungeduldig, das ist deutlich zu sehen.

»Ich bin diese Abers so leid«, erklärt sie überflüssigerweise, einen Schwall Rauch ausstoßend. »Sprechen wir über die Fakten: Dieses Messer gehört Ihnen, das haben Sie mir gerade bestätigt. Es war in Ihrem Werkzeugkasten in Ihrem Atelier. Und es ist ganz ohne Zweifel die Tatwaffe. Also, was folgern Sie daraus?«

Blut summt hinter Theas Schläfen, Schmerz jagt in ihr Knie, als sie sich Halt suchend an die Wand lehnt.

»Moment, warten Sie«, bittet sie, als mache die Kommissarin Anstalten, zu gehen. »Dieses Messer kann nicht in meinem Werkzeugkasten gewesen sein.«

»Ach.«

»Doch, bitte, glauben Sie mir.« Auf einmal meint Thea, keine Luft mehr zu kriegen. »Ich habe das Messer vor einiger Zeit verliehen«, sagt sie mühsam. »Ich habe es nicht zurückbekommen und bis eben nicht einmal mehr daran gedacht. Weiß der Himmel, wer es in der Zwischenzeit alles benutzt hat.«

»Wann haben Sie es genau verliehen und wem?«

»Ich weiß nicht mehr, kurz vor diesem Mord.«

»An wen, Frau Markus?«

»Nada.« Das Wort fällt Thea schwer, ist nicht mehr als ein Hauch. »Sie arbeitet ja sonst nicht mit Holz, brauchte es aber für irgendwas, und ich brauchte es gerade nicht. Bitte, ich will niemanden beschuldigen, das lässt sich doch bestimmt alles klären, Nada ist keine Mörderin.«

Die Kommissarin tritt ihre Zigarette aus. »Nada hatte

das Messer also, die verschwundene Nada, wie praktisch für Sie. Besitzt Nada einen Schlüssel zu Ihrem Atelier?«

»Nein, nur ich.«

Die Kommissarin lässt ihr Handy aufschnappen, tippt ein bisschen herum, hält Thea dann das Display hin. »Dann frage ich mich, wie das Messer zurück in Ihren Werkzeugkasten gekommen ist.«

Ihre Schnitzmesser, unversehrt, intakt, inmitten all der anderen Meißel, Spatel und Hobel. Der Anblick treibt Thea die Tränen in die Augen. Doch jetzt ist keine Zeit für Sentimentalitäten. Sie hebt den Kopf, sieht der Kommissarin in die Augen. »Nada könnte es ohne mein Wissen in den Werkzeugkasten gelegt haben.«

»Wie und wann, wenn Sie Nada nicht dabei gesehen haben und Ihr Atelier nicht unbeaufsichtigt lassen?«

Jemand war in ihrem Atelier, heimlich, ohne ihr Wissen. Wann hat Thea das gedacht? An dem Tag, an dem ihre Waschmaschine repariert wurde, kurz bevor Judith Krieger zum ersten Mal zu ihr kam. An dem Tag, als sie plötzlich zweifelte, ob die Tür auch wirklich abgeschlossen war. An dem Nachmittag nach dem Mord.

»Derjenige, der den Brand gelegt hat, hat Ihre Tür jedenfalls geöffnet«, sagt die Kommissarin. »Sind Sie wirklich sicher, dass niemand einen Schlüssel hat?«

»Niemand, nein.«

Die Kamera auf dem Stativ, auf einmal fällt sie Thea wieder ein. Der Ersatzschlüssel, mit dem Thea Nadas Atelier geöffnet hat: Irgendjemand hatte ihn ohne Theas Wissen gereinigt, jemand, der ganz genau wusste, wo sie ihn aufbewahrt. Was hat das zu bedeuten?

»Wo ist Ihre Kollegin Nada, was glauben Sie? Warum ist sie gestern nicht zu dieser Gala erschienen?« Die Kommissarin lässt Thea nicht aus den Augen.

»Ich kann mir das wirklich nicht erklären.«

»Sie besaß teures Equipment, das ausgesprochen gut versichert war.«

»Versicherungsbetrug? Das hat sie doch gar nicht nötig. Außerdem ist die verbrannte Kunst unersetzbar.«

»Soweit ich weiß, lässt sich ein Großteil von Nadas Kunst auf CDs brennen«, sagt die Kommissarin. »Es gibt aber auch noch eine andere Möglichkeit, nämlich: Jemand hat Nada getötet und bemüht sich, die Spuren der Tat zu vernichten.«

Trotz der Kälte beginnt Thea zu schwitzen. Dieser Brand ist ein Einschüchterungsakt, ein Anschlag auf die Kunst, ein Versuch, uns rauszuekeln, will sie sagen, bringt aber kein Wort heraus.

»Soweit ich das verstanden habe, haben Sie Nada während des Studiums gefördert.« Die Kommissarin wirkt jetzt fast entspannt, wahrscheinlich weil sie Theas Bedrängnis bemerkt. »Wussten Sie, dass Nada damals hin und wieder als Callgirl arbeitete?«

»Wie bitte? Nein, das wusste ich nicht.«

Schweigen senkt sich zwischen sie, Stille, die beinahe greifbar wird, bis die Kommissarin sie endlich bricht.

»Sie sagen nicht, dass Sie sich das nicht vorstellen können.«

»Wenn Sie es sagen, wird es wohl stimmen.«

»Das heißt, eine solche Vergangenheit trauen Sie Ihrer Kollegin prinzipiell zu.«

Thea denkt an das triumphierende Funkeln in Nadas Augen, eine Art Besitzerstolz, wenn sie Paul bei sich antanzen ließ und ein paar Tage später wieder abservierte. Oder Lars. Oder einen dieser Journalisten, die ihr sowieso aus der Hand fraßen. Und wieder Paul, der litt und trotzdem gehorchte und keine Augen für Thea mehr hatte.

Und irgendwelche Männer, von denen sie nur sprach, die Thea nie zu Gesicht bekam, sondern allenfalls durch die Wand hörte. Mein Derzeitiger, mein Reichermann, mein Loverboy, so nennt Nada diese Kurzzeitliebhaber. Manchmal hat Thea gehört, wie sie nebenan rumvögelte, oder auch mal lautstark stritt. So ist Nada eben, impulsiv, nicht zu Kompromissen bereit, eine Herrscherin, der die Männer zu Füßen liegen. Wäre Thea auch so geworden, ohne den verdammten Unfall? Früher hielt sie das für erstrebenswert, jetzt ist es müßig, darüber auch nur zu spekulieren.

»Nada versteht es sehr gut, ihre Gefühle zu schützen«, sagt sie zu der Kommissarin. »Nicht jede Frau kann das.«

»Wer ist ihr Freund? Mit wem ist Nada im Moment liiert?« Judith Krieger fixiert Thea, als wolle sie sie hypnotisieren.

»Mit Paul Klett hat sie immer mal wieder was. Da sind aber auch noch andere Männer, die ich nicht kenne.«

Du verrennst dich noch mal, nicht jeder Mann will nach deinen Regeln spielen, hatte Thea Nada vor ein paar Wochen gewarnt, an einem Morgen, an dem sie überzeugt war, am Abend zuvor nicht nur Streit, sondern Handgreiflichkeiten gehört zu haben. Doch Nada hatte nur gelacht. Danke, du bist wirklich nett, aber ich pass schon auf mich auf. Das klang gestern aber anders, hatte Thea erwidert, und dann hatte ein Wort das andere gegeben, und im Endeffekt hatte Thea sich geärgert, dass sie sich die Blöße gegeben hatte, ihre Eifersucht zu zeigen, denn auf nichts anderes lief es letztendlich hinaus.

»Paul Klett bedeutet Ihnen viel, Frau Markus, nicht wahr?« Die Stimme der Kommissarin Krieger reißt Thea aus ihren Gedanken.

»Nada ist nicht perfekt, aber niemals hat sie selbst ihr Atelier angezündet«, sagt Thea mühsam.

»Eifersucht ist ein starkes Motiv.«

»Ich bin nicht eifersüchtig.«

Die Kommissarin holt die Tüte mit Theas Messer wieder hervor, lässt sie vor Theas Nase hin- und herschwingen. »Auf diesem Messer befinden sich keinerlei Fingerabdrücke. Seltsam, nicht wahr?«

»Aber ... ich verstehe nicht.«

»Es gibt allerdings Blutreste, die der Mörder – oder die Mörderin – nicht vollständig entfernt hat. Spuren, die unser Labor zurzeit analysiert.«

»Vielleicht hat sich jemand einfach geschnitten. Das Messer ist sehr scharf.«

»Ich weiß.« Wieder sieht die Kommissarin Thea direkt in die Augen. »Mit diesem Messer wurde ein Mensch erstochen. Wolfgang Berger. Sie stehen unter Mordverdacht.«

»Aber ich kenne den Mann doch gar nicht, und mein Bein – ich kann doch nicht ...«

»Tatsächlich nicht? Der Tatort liegt direkt vor Ihrem Atelier, und was den Brand angeht: Sie hatten gestern eine Krise, Ihre Ateliernachbarin hingegen gilt als Star, und ich vermute, sie hat Ihnen auch den Freund ausgespannt.«

»Aber ...«

»Wo waren Sie in der vergangenen Nacht, Frau Markus?«

»Hier, bis etwa ein Uhr. Und dann zu Hause. Ich habe mir mit Paul ein Taxi geteilt.«

»Auch das Bett?«

»Nein.«

»Es gibt also keine Zeugen für die Stunden nach ein Uhr?«

»Nein, aber ich …«

»Und in der Nacht zum 7. Januar, wo waren Sie da?«

»Zu Hause. Alleine. Wie jede Nacht.«

»Das ist kein sehr gutes Alibi.«

»Ich habe einen Ersatzschlüssel zu Nadas Atelier, jemand muss ihn benutzt und gereinigt haben.« Thea atmet tief durch. Sie darf sich nicht nervös machen lassen, sie weiß schließlich, dass sie unschuldig ist. »Jemand muss ohne mein Wissen in meinem Atelier gewesen sein. Derjenige, der auch das Messer zurückbrachte.«

»Nada.«

»Ich weiß es nicht. Ganz bestimmt ist sie keine Mörderin.«

Die Kommissarin blättert in ihrem Notizbuch. »Sie besitzen also einen Schlüssel zu Nadas Atelier. Warum haben Sie mir das nicht schon früher gesagt?«

»Ich wusste doch nicht, dass es wichtig ist.«

Die Kommissarin verengt die Augen zu misstrauischen Schlitzen. Müde Augen, denen trotzdem nichts entgeht.

»Waren Sie vor dem Feuer in Nadas Atelier?«

»Einmal, ja. Ich wollte nach dem Rechten sehen.«

»Und?«

»Das einzig Merkwürdige war die Kamera vor dem Fenster«, gibt Thea widerstrebend zu. »Sie war nach draußen gerichtet, direkt auf die Gleise. Andererseits hat Nada häufig bestimmte Lichtstimmungen und Wolkenkonstellationen fotografiert.«

»Haben Sie nachgesehen, was auf der Speicherkarte der Kamera war?«

»Nein.«

Die Kommissarin fährt sich durch die wirren Locken und sieht plötzlich sehr zart und verletzlich aus. Es hätte schön mit ihr sein können, freundschaftlich und vertraut, unter anderen Umständen, denkt Thea, wie bei ihrer ersten Begegnung, als sie Judith Krieger noch für eine Künstlerin hielt.

»Bitte«, sagt Thea, »Sie müssen mir glauben. Ich bin Künstlerin, ich bringe doch niemanden um.«

»Gestern haben Sie noch behauptet, die Kunst aufgeben zu wollen.«

»Weil ich frustriert war, verzweifelt.«

»Und jetzt sind Sie das nicht mehr?«

Thea verschränkt die Arme. »Ich kann nicht aufhören, weil die Kunst mein Leben ist. Etwas zu erschaffen ist beinahe wie atmen. Ohne das ist alles leer.« Unerträglich leer, um präzise zu sein, aber das dürfte die Kommissarin wohl kaum interessieren.

»Wer außer Ihnen hat Zutritt zu Ihrem Atelier, Frau Markus?«

»Niemand.«

Das Handy der Kommissarin beginnt zu dudeln. Sie mustert das Display, nimmt den Anruf nicht an, wendet ihre Konzentration sogleich wieder Thea zu.

»Ich werde das Gefühl nicht los, dass Sie mir etwas verschweigen.«

Thea schüttelt den Kopf. Stumpf. Stur.

»Wir lassen das so stehen«, sagt Judith Krieger schließlich. »Jedenfalls für den Moment. Halten Sie sich aber zur Verfügung.«

* * *

Man soll die Leute nicht vorschnell abschreiben, sinniert Manni, während er den schrottreifen Dienstwagen, der ihm an diesem Tag zuteil geworden ist, vom Amor Richtung Innenstadt manövriert. Entgegen Mannis eher pessimistischen Erwartungen haben Diddl Makowskis Plaudereien mit Liebesgottverschnitt Reschke tatsächlich Hinweise auf ein paar Luden erbracht, die im Milieu dafür bekannt sind, mit jungen Russinnen zu dealen. Das Problem ist, dass die Beweisführung, vorsichtig formuliert, schwierig sein wird. Manni kennt das zur Genüge. Ich seh nichts, ich hör nichts, ich sag nichts. Sobald man solche Typen festzunageln versucht, mutieren sie unisono zu einer Kopie der drei japanischen Tempelaffen. Und die Mädchen, die sie belasten könnten, sind zu verängstigt oder unauffindbar: in einem anderen Puff, einer anderen Stadt, einem anderen Land, wieder in ihrer Heimat oder womöglich tot. Man kann das kaum nachvollziehen, genauso wenig wie die Identität Swetlanas. Solange man ihre Papiere nicht hat, ist es fast so, als existierten all diese Mädchen nicht.

Sie kommen in Wellen, hat Reschke ihnen gerade erklärt. Mal sind es Brasilianerinnen, dann Nigerianerinnen, Thais, Polinnen, Bulgarinnen, Russinnen. Ein Mädchen gibt den anderen einen Tipp, und die kommen nach, weil sie ebenfalls gutes Geld verdienen wollen, das ist die offizielle Version. Und die inoffizielle Version, wollte Manni wissen. Wir überprüfen ihre Pässe nach bestem Wissen und Gewissen, wir kooperieren mit der Polizei … Reschke hat siegesgewiss gelächelt, Makowski hat genickt, und daraufhin schwadronierte der Amor-Boss ein weiteres Mal von den Vorzügen seines sauberen Vorzeige-Laufhauses. Frisör, Solarium, Kosmetikstudio, Restaurant, Arzt, Münzwaschmaschinen, Dachterrasse – all diese Annehmlichkeiten stünden den Damen zur Verfügung. Wenn man ihm eine Weile zuhört, könnte man fast glauben, das Amor diene nicht in erster Linie dem Vergnügen seiner Kunden, sondern dem seines Personals. Huren, die

Reschke gebetsmühlenartig als selbstständige Unternehmerinnen bezeichnet.

Um den Möchtegern-Amor zu bremsen, hat Manni ihn mit der Gangbang-Einladung konfrontiert. Der Eintritt ist frei, wer es trotz des Gegaffes und Gejohles all der Schlange stehenden Gangbang-Teilnehmer schafft, so lange beim Vögeln durchzuhalten, bis er kommt, erhält sogar eine Geldprämie.

Die Mädchen, die das machen, sind Profis, betrachten das als PR in eigener Sache, hat Reschke erklärt.

PR statt Kohle? Dafür, dass sie nacheinander fünfzig und mehr Männer bedienen?

Freundlich lächelnd hat Reschke ihnen Presseartikel gezeigt. Die Amor-Gangbang-Queens schaffen es bis in die *Bild*, eine sogar bis in die *FAZ*.

Es rechnet sich für uns alle, hat der Puffmanager gesagt. Viele Männer kommen schon beim Zugucken, sie konsumieren ordentlich Alkohol oder lassen sich nach einem Misserfolg von einer anderen Dame trösten.

Makowski grunzt irritiert, als Manni abrupt bremst, weil er in unmittelbarer Nähe der Szenebar, in der der erste Lude auf ihrer Liste angeblich nachmittags Hof hält, eine Parklücke erspäht. Mehmet Demirkan. Ein smarter Deutschtürke. Gegelt, geföhnt, parfumiert, goldkettchenbehängt, topmodisch gekleidet und, sobald sie ihre Dienstausweise zücken, von dieser halb devoten, halb belustigten Höflichkeit, die Manni auf den Tod nicht ausstehen kann. Lässig schnippt Demirkan das Foto von Swetlana zurück, und auch die Muskelpakete am Nebentisch und das polnische blonde Mädchen in seinem Arm schütteln die Köpfe. Nie gesehen, natürlich, keine Ahnung, wie die Polizei darauf kommt, gerade sie zu befragen. Es ist exakt so, wie Manni es vorausgesehen hat: Demirkan ist die

Unschuld vom Lande, verfügt über Alibis für die relevanten Tatzeiten, und das unaufhörlich lächelnde Mädel, das er als Freundin bezeichnet, hat zwar nur äußerst rudimentäre Deutschkenntnisse, ist aber volljährig und im Besitz eines gültigen Ausweises, Pech gehabt.

»Wir behalten ihn im Auge«, verkündet Makowski trotzdem, als sie wieder in die Schrottgurke klettern und zum nächsten Kandidaten brettern. Johannes Ibben, genannt Jo, der statt einer Blondine einen Kampfhund krault. Ibben ist wegen Vergewaltigung und Körperverletzung vorbestraft und trotz seiner ausgeprägten Aknenarben auf den Wangen aalglatt. Er habe keine Ahnung von Mädchenhandel, kenne Swetlana nicht, Nada nicht, habe überhaupt nichts mit Zuhälterei zu tun. Auch er hat Alibis, betet sie herunter und droht ihnen gleich noch mit seinem Anwalt, falls sie ihn noch einmal mit solch ungeheuerlichen Unterstellungen wie Menschenhandel belästigen sollten.

Den dritten Kandidaten, Igor Popolow, treffen sie erst gar nicht an, und deshalb kutschiert Manni Makowski zurück ins Präsidium, wo der Sittenkollege weitere Strippen ziehen und Kontakte spielen lassen will. Er verspricht, Manni sofort zu benachrichtigen, falls eine seiner Aktivitäten von Erfolg gekrönt ist. Manni setzt sich in ein Internetcafé auf der Kalker Hauptstraße ab, statt zurück in sein Büro zu trotten und Akten zu wälzen.

Es ist nicht viel Post gekommen für sein Alter Ego Hardy L. Ein Freier namens Fred empfiehlt ihm eine Lavinia in einem schmierigen Club, die dort jedoch, wie Manni bereits herausgefunden hat, nicht mehr anschafft. Der Forumsteilnehmer Fickhengst und zwei andere schwärmen von einer Irina, genannt rote Russin, die neuerdings auf dem Drogenstrich Geestemünder Straße anzutreffen sei. »Dreh ein paar Extrarunden, wenn du merkst, dass sie auf Entzug ist«, empfiehlt Supersize. »Dann kannst du den Preis drücken, wenn du schließlich zuschlägst, und bekommst mehr.«

Manni speichert die Botschaften auf seinem USB-Stick. Er loggt sich ins erste Freierforum ein, präzisiert seine Suchmeldung, forscht jetzt gezielt nach einer jungen, blonden Russin namens Swetlana, wiederholt dieses Prozedere im nächsten Forum und im nächsten und so weiter und so fort. Danach klickt er noch eine Weile durch die Bilder und Angebote und grübelt, ob es wohl stimmt, was ihm eine der erfahrenen Nutten beschrieb. Dass der Markt durch die billigen Ostmädchen verdorben wäre, die ihren Job nicht gelernt hätten, aber vor lauter Angst jede Perversität mit sich machen ließen. Dass die Legalisierung der Prostitution und das Internet ein Übriges täten, die Kunden zu versauen. Dass Männer, die früher mit einem einfachen Fick zufrieden waren, es jetzt ganz selbstverständlich brutal wollten, oder anal oder zu mehreren oder alles zusammen. Dass sie oft schon am Telefon fragten, ob sie ins Gesicht abspritzen dürften, und zum Schluss am liebsten noch wollten, dass die Nutten ihnen den Arsch ablecken.

Sein Handy fiedelt genau in dem Moment, als Manni zu dem Schluss gekommen ist, dass diese Analyse wohl zutrifft.

»Ich hoffe, du hast heute Abend Zeit für einen netten Undercover-Saunabesuch im Harem, einem exklusiven Club«, intoniert Makowski gut gelaunt.

»Wenn's was bringt.«

»Das liegt ganz bei dir. Gilt jedenfalls als heiße Adresse für die Liebhaber junger Damen mit wenig Erfahrung und Sprachkenntnissen, und er gehört diesem Popolow.«

Na großartig. Manni löscht seine Spuren im Cyberspace und wählt Sonjas Handynummer, um das geplante gemeinsame Abendessen abzusagen.

* * *

Thea Markus ist zu klein, um Wolfgang Berger erstochen haben zu können, dieses Wissen hat Judith der Bildhauerin vorenthalten, um sie zum Reden zu bringen. Paul Klett aber ist ungefähr so groß wie Manni, 1,85 Meter, passt also durchaus ins Täterprofil, das Ekaterina Petrowa erstellt hat. Ein dunkler Wollmantel hängt neben seiner Tür. Ein Mantel, wie ihn um diese Jahreszeit Tausende Bürger tragen. Trotzdem ist das natürlich interessant. Abschätzend mustert Judith den Mann, den die Bildhauerin Thea Markus wohl einmal geliebt hat und vermutlich immer noch liebt, auch wenn er ihr eine jüngere und erfolgreichere Frau vorzieht. Im Gegensatz zu Thea Markus redet er viel. Zu viel, nach Judiths Geschmack. In einem nicht enden wollenden Lamento betont er, wie schrecklich der Brand sei, wie gemein, eine weitere Schikane gegen die Künstlergemeinschaft, ein Schlag ganz besonders natürlich gegen Nada, entsetzlich, nicht wiedergutzumachen, eine grandiose Schweinerei, doch niemand in der Kunstfabrik habe vor, sich unterkriegen zu lassen …

»Auch Nada nicht?«

Paul Klett verstummt, offensichtlich überrascht, dass Judith seine vagen politischen Spekulationen und Anschuldigungen unverzüglich ins Persönliche lenkt.

»Natürlich nicht.«

»Sie haben ein Verhältnis mit ihr.«

»Was tut das zur Sache?«

»Haben Sie schon mit Nada über die Zerstörung ihres Ateliers gesprochen?«

»Wie denn? Ich erreiche sie nicht.« Der Künstler stützt die Ellbogen auf den Tisch, verbirgt das Gesicht einen Moment in den Händen. Eine Geste echter Verzweiflung oder ein kalkuliertes Spiel? Er fährt sich durchs dunkle, grau durchwobene Haar, was die Armmuskulatur unter seinem eng anliegenden Sweatshirt vorteilhaft zur Geltung bringt. Seine Kunst ist vollkommen anders als die von Thea Markus. Gemälde, großflächig und sparsam koloriert, hängen an den Wänden seines akkurat aufgeräumten Atelierraums im Erdgeschoss, den die Flammen verschont haben. Wenige Striche und Farben pro Bild, in beinahe grafischer Anordnung. Miniaturen auf Spanplatten stehen für wenige Euro zum Verkauf bereit. Die Leinwandbilder sind hingegen horrend teuer. Judith fragt sich, ob es dafür Käufer gibt und was diese in ihnen sehen.

»Beschreiben Sie mir Ihre Beziehung zu Nada.«

»Thea hat sie protegiert und in die Kunstfabrik gebracht. Anfangs habe ich nicht verstanden, warum, hielt Nada für ein hübsches junges Ding, das sehr gekonnt mit seinen Reizen spielte, arrogant und rotzfrech, nicht ernst zu nehmen.« Er lacht. »Aber dann erlebte ich ihre erste Liveperformance, und da verstand ich, was Thea in ihr sah.«

»Nämlich?«

»Ein Ausnahmetalent. Es gibt kaum jemanden, der eine so gewaltige Bildsprache entwickelt wie Nada. Man ist gepackt davon, ob man will oder nicht.«

»Und dann wurden Sie auch von Nada selbst gepackt.«

Wieder lacht Paul Klett. »Ja, so kann man es tatsächlich sagen. Ich hatte natürlich Skrupel wegen Thea. Aber Nada war ziemlich unwiderstehlich, nachdem sie sich entschieden hatte, mich zu verführen.«

»War es nicht eher umgekehrt?«

Ich irre mich nicht, die Lösung liegt hier. Irgendwo in

der Kunstfabrik, denkt Judith müde. Aber ich kann sie noch nicht sehen. Ich taste mich durch ein komplexes Beziehungsgefüge, verzweifelt bemüht, im Dunklen zu sehen. Ich habe nur ein Messer, das ist nicht genug.

»Alternder Künstler verführt junge Aspirantin, meinen Sie«, sagt Paul Klett. »Nein, so war es nicht, da unterschätzen Sie Nada.«

Eine Frau, die sich nimmt, wen und was sie will. Das hat auch Thea Markus schon gesagt. Judith streicht Haarsträhnen aus ihrem Gesicht.

»Und wie hat Frau Markus reagiert?«

»Wortlos, auf ihre Art. Sie ist viel zu stolz, ihre Gefühle zur Schau zu stellen.«

»Okay, Nada hat Sie also verführt. Und weiter.«

»Vor etwa einem Jahr war das.« Der Maler hebt die Hände. »Ja, stimmt, ich habe mich nicht wirklich gewehrt. Für Thea war es natürlich hart, und das tut mir auch leid, aber nach dem ersten Mal war ich Nada einfach verfallen.«

Gepackt. Verfallen. Das sind Worte für starke Gefühle, die sich, wenn sie enttäuscht werden, durchaus in ein ungutes Gegenteil verkehren können. Judith sieht dem Künstler in die eisblauen Augen. Hat er Nada umgebracht? Möglich, ja. Doch nichts spricht dafür, dass er auch Wolfgang Bergers Mörder ist und den Brand in der Pizzeria gelegt hat. Und seine Sorge um Nada wirkt echt.

»Nach allem, was ich höre, sind Sie nicht der Einzige, der Nada verfallen ist.« Ein Wochenende ist so verdammt wenig Zeit. Warum hat sie sich im Morgenmeeting so weit aus dem Fenster gehängt?

»Hat Thea Ihnen das erzählt?« Paul Klett lächelt zynisch. »Ja, natürlich. Und ich kann nicht widersprechen – schließlich hat sie recht.«

»Und das hat Sie nicht gestört?«

»Meine Akzeptanz war der Preis, den ich zu bezahlen hatte.«

Bezahlen. Noch ein interessantes Wort. Paul Klett scheint Judiths Misstrauen zu spüren, er kratzt seinen akkuraten Bart, lehnt sich dann vor, Vertraulichkeit simulierend. »Hören Sie, natürlich bin ich eifersüchtig. Aber das hat überhaupt keinen Sinn. Nada ist Nada. Sie diktiert die Regeln. Sie würde eher sterben, als sich zu verbiegen.« Er hält abrupt inne. »Mein Gott, Sie glauben doch nicht …«

»Jemand hat Nada geschlagen, heftig mit ihr gestritten.«

»O nein«, er fährt zurück. »Das wollen Sie mir doch nicht ernsthaft unterstellen.«

Judith sieht ihn an. »Jemand hat das getan. Eine sogenannte Beziehungstat.«

»Die blauen Flecken an den Oberarmen … sie hat gesagt, sie hätte sich gestoßen. Das kam mir schon komisch vor …«

»Blaue Flecken. Wann?«

»Vor etwa zwei Wochen. Sie wollte nicht weiter darüber sprechen.«

»Und dann? Hat sich das wiederholt?«

»Ich weiß es leider nicht. Ich bin im Moment nicht sehr angesagt bei ihr.«

»Sie hat was mit einem anderen, meinen Sie.«

Der Künstler blickt ins Leere.

»Ich will einen Namen.«

»Falls es diesen Mann überhaupt gibt, hat sie ihn mir nicht vorgestellt.«

»Wussten Sie, dass Nada früher als Callgirl gearbeitet hat?«

»Sie hat mal so was erwähnt.«

»Tut sie das auch jetzt noch?«

»Sind Sie verrückt?«

Judith steht auf, nimmt eine Beweismitteltüte aus ihrer Handtasche und das Schweizermesser. Pult mit der Pinzette ein paar Flusen von Paul Kletts Wollmantel. Wie viele dunkle Herrenwintermäntel gibt es in Köln? Zu viele, viel zu viele. Sie verstaut die Tüte in ihrer Tasche.

»Unser Labor benötigt diese Fasern für einen Abgleich, Sie haben doch nichts dagegen.«

Wieder hebt der Künstler die Hände, als ergebe er sich. »Habe ich denn eine Wahl?«

»Es wäre schön, wenn Ihnen doch ein Name einfiele.«

»Sie hatte mal was mit Lars, hier aus der Gemeinschaft, und mit einem Galeristen, glaube ich. Ich hab versucht, das zu ignorieren. Meistens ging es schnell wieder vorbei.«

»Meistens. Und wer war in letzter Zeit angesagt?«

»Ich weiß es nicht. Ehrlich nicht. Sie hat es mir nicht verraten, hat sich in ihre Arbeit vergraben. Wenn wir uns sahen, war sie unnahbar. Gestresst. Wir haben meistens die Gala vorbereitet und die PR für den Erhalt der Kunstfabrik besprochen. Sie hat Gelder akquiriert wie besessen. Irgendwann kam sie dann mit Alexander Nolden an.«

»Als Liebhaber?«

Paul Klett zieht eine Grimasse. »Keine Ahnung. Kann schon sein. Er ist ja nicht hässlich. Aber vor allem ist er vermögend und ehrlich an Kunst interessiert. Wir waren jedenfalls alle froh, dass sie dabei war, ihn als Sponsor ins Boot zu holen.«

Alexander Nolden. Auch er hätte die passende Körpergröße. Auch er passt auf die Beschreibung, die der Obdachlose Gregor Schmidt abgegeben hat. Er und der Journalist Gero Sanders. Ich fische im Trüben, denkt Judith. Ich brauche Beweise, irgendwas Handfestes, nicht immer nur Vermutungen und Ahnungen und ein Messer ohne Fingerabdrücke. Ihr Magen meldet sich, das Frühstück ist viel zu lange her, das Tageslicht vor den hohen Fenstern schwindet schon wieder, und sie hat sich noch nicht einmal den Dreck von der vergangenen Brandnacht abgeduscht.

»Wo haben Sie Nada eigentlich getroffen, wenn Sie zusammen waren?«

»Meistens in ihrem Atelier, manchmal bei mir zu Hause.«

»Nicht in Nadas Wohnung?«

»Das wollte sie nicht.«

»Haben Sie einen Schlüssel zu ihrem Atelier?«

Paul Klett lacht auf. »Nada vergibt keine Schlüssel, nicht zu ihrem Herzen und nicht zu ihren Besitztümern. Wieso?«

»Derjenige, der das Feuer legte, besaß Schlüssel zu den Ateliers von Nada und Thea.«

»Sie glauben doch nicht, dass ich …« Paul Kletts Handfläche klatscht auf den Tisch, wieder lehnt er sich ganz nah zu Judith herüber. »Ich habe diese Schlüssel nicht, das können Sie gern kontrollieren.«

Sie verzichtet darauf, verabschiedet sich eine halbe Stunde später, ohne sagen zu können, ob sie Paul Klett für einen Brandstifter oder gar Mörder hält, ohne einen konkreten Hinweis auf Nadas Aufenthaltsort. Auch Paul Kletts Alibis bringen sie nicht weiter: allein im Bett, in einer Kneipe. Nach der Gala habe er sich ein Taxi mit Thea Markus geteilt, dann allein zu Hause geschlafen, bis ihn die Feuerwehr benachrichtigte, weil er als Hauptmieter der Kunstfabrik firmiert.

Sie dreht sich eine Zigarette, inhaliert gierig, während sie zurück zu ihrem Dienstwagen geht. Gift gegen die Müdigkeit. Sie unterdrückt einen Hustenreiz, nimmt noch einen Zug. Auf einmal ist die Sehnsucht wieder da. Ein Gegner von innen. Vor ein paar Jahren hat Judith mal an einem Zeitmanagementseminar teilgenommen. Sie sollten die Aufgaben eines Ermittlungstages in Kategorien einteilen. Sehr wichtig, sehr dringend, weniger wichtig und so weiter. Sie hat die Unterteilung nicht geschafft, schafft sie noch immer nicht. Sie tritt die Zigarette aus, startet den Wagen. Wichtig ist ihr, dass sie duscht, frische Sachen anzieht, etwas isst. Noch wichtiger ist es, Cora dazu zu bringen, ihr zu helfen, sie zu treffen, sich mit ihr zu versöhnen. Wichtig, aber nicht dringend. Oder doch? Dringend ist es, einen Mörder zu finden, der höchstwahrscheinlich weiter töten wird, wenn das nicht gelingt. Dringend und wichtig. Für die Gerechtigkeit, die Opfer und vielleicht sogar für ihre eigene berufliche Existenz. Ein Wochenende. 48 Stunden, zu wenig Zeit. Es ist vollkommen unnütz, sich auch noch mit irgendwelchen Managementrastern zu quälen.

Gero Sanders oder Alexander Nolden? Sie kann sich nicht entscheiden, füttert das Navigationssystem schließlich mit der Adresse des Eskortservices, die sie Diddl Makowski unter diversen Rüpeleien seinerseits entrungen hat, der Vollständigkeit halber, auch wenn sie immer noch überzeugt ist, dass die Lösung nicht dort liegt, sondern in der Kunstfabrik.

Sie lenkt den Wagen in den Berufsverkehr, vorbei an der hell erleuchteten Unterwäschereklame an den Seitenwänden der Bushaltestellen. Spitzentangas und fast durchsichtige BHs auf nackter Mädchenhaut, lächelnde Gesichter. Makellos. Verfügbar. Austauschbar. Das Problem ist, dass solche Bilder allgegenwärtig sind, dass sie sich ins

Unterbewusstsein graben, Definitionsmacht erhalten, ob man das will oder nicht. Sie verändern die Wirklichkeit, auch wenn das objektiv nicht messbar ist. Die Wirklichkeit von Frauen und Männern, genauso wie die Legitimierung von Prostitution das tut. Klasse, Judith, wirklich klasse, schreib das am besten in deinen Bericht. Noch ein paar feministische Grundsatzthesen über die Pornografisierung der Gesellschaft zur Erbauung deiner Kollegen, die leider vollkommen irrelevant für die Ermittlungen sind, oder etwa nicht? Das Traurige ist, dass etwas verloren geht, denkt sie. Individuelle Erotik. Geheimnis. Respekt.

Die Eskortagentur befindet sich in einem unauffälligen Bürogebäude unweit des Messegeländes, was auf eine fruchtbare geschäftliche Verbindung schließen lässt. Die Agentin, die Nada damals betreut hat, ohne ihr Gewerbe angemeldet zu haben, heißt Nicola Struwe. Eine attraktive Frau Anfang dreißig, die ebenso gut als Bankangestellte durchgehen könnte. Sie trägt ein Kostüm, dezenten Schmuck und Make-up und beantwortet zuvorkommend Judiths Fragen, betont immer wieder, dass all ihre Mädchen freiwillig arbeiteten und selbstverständlich jederzeit den sexuellen Kontakt mit einem Kunden ausschlagen dürften, wenn er ihnen nicht gefalle. Etwa ein halbes Jahr habe Nada für sie gearbeitet, immer sehr selbstbestimmt, sie erinnere sich gut.

»Warum hat sie sich beworben?«

»Sie brauchte Geld. Sie fand es aufregend.«

»Aufregend.«

Nicola Struwe lächelt. »Für meine Mädchen ist dieser Job ein sehr stilvoll arrangiertes und gut bezahltes erotisches Abenteuer. Es gibt ihnen Selbstbewusstsein, steigert ihr Empfinden der eigenen Attraktivität. Und die

Männer freuen sich, für ein paar Stunden eine Begleiterin zu haben, ohne all die lästigen Pflichten, die es in einer festen Beziehung nun einmal gibt.«

»Warum hat Nada dann wieder aufgehört?«

»Sie bekam ein Stipendium. Ich habe vergebens versucht, sie zu halten. Im Herzen ging es ihr nur um die Kunst.«

»Und jetzt arbeitet sie nicht mehr für Sie?«

»Leider nicht.«

Ein Essen oder ein Konzert. Ein paar Stunden in einem Hotel. Sauber und anonym. Vielleicht ist es ja tatsächlich so einfach, denkt Judith, später, als sie wieder auf der Straße im Regen steht. Vielleicht sehe bloß ich überall Gespenster, Frauen als Opfer, benutzt und missbraucht. Aber ein Teil von ihr glaubt nicht, dass es so einfach ist. Glaubt vielmehr, dass das Selbstbewusstsein, von dem Nicola Struwe spricht, unecht ist, aufgesetzt, nur ein verzweifeltes Bemühen zu gefallen. Weil es immer noch Männer sind, die die Regeln bestimmen, und Frauen, die versuchen, sie zu befolgen, ob als Opfer oder als Mittäterin. Und davon abgesehen glaubt sie, dass es Gefühle gibt, Verletzlichkeit und, ja verdammt, auch Liebe. Und was passiert, wenn eine schöne junge Frau an den Falschen gerät?

* * *

»Sehen Sie sich diese Wunde ganz genau an.« Ekaterina zeigt mit dem Laserpointer auf ein weiteres Bilddokument aus ihrer Powerpoint-Präsentation. Seit Tagen hat sie sich Sorgen gemacht, wie sie diese Podiumsdiskussion mit Ärzten und Sozialarbeitern zum Umgang mit Opfern von häuslicher Gewalt wohl überstehen wird. Sie war nervös, unzufrieden mit ihren Vorbereitungen. Doch sobald sie ans Rednerpult getreten ist, ist ihre Unsicherheit verflogen. Und selbst die Oberärztin, die sie vorhin auf der Damentoilette, wo Ekaterina Lidschatten und Lippenstift auffrischte, angestarrt hat wie eine Außerirdische, hat aufgehört, herablassend zu lächeln, seit Ekaterina das Wort übernommen hat, sondern macht sich Notizen.

Eine junge Ärztin meldet sich.

»Das ist das Brandmal einer ausgedrückten Zigarette, das haben wir oft.«

Ekaterina nickt. »Möglich. Wahrscheinlich. Aber das dürfen Sie so auf keinen Fall in die Patientenakte schreiben.«

»Warum nicht?«

»Weil es eine Spekulation ist, die vor Gericht – falls es denn zu einem Prozess kommt – so leider nicht ohne Weiteres verwendet werden kann.«

»Aber es ist doch ganz eindeutig«, protestiert die Oberärztin aus dem WC.

»Wirklich?« Ekaterina sieht ihr für einen Augenblick direkt in die Augen. »Die Wunde könnte doch auch durch einen glühenden Eisenstab verursacht worden sein. Oder durch elektrischen Strom.«

»Und was sollen wir nun schreiben?« Wieder die junge Ärztin.

Ekaterina lächelt. »Sie sind Wissenschaftler. Halten Sie sich an die Fakten. Beschreiben Sie so genau wie möglich, was Sie sehen. Größe, Form, Farbe, Tiefe der Wunde. Beschaffenheit. Sind die Wundränder ausgefranst oder glatt? Wie viele Wunden sind es? Wo genau befinden sie sich auf dem Körper? Seien Sie konkret, benutzen Sie die korrekten anatomischen Bezeichnungen. Fotografieren Sie den Befund, wenn es möglich ist. Am besten mit einem Vergleichsmaßstab. Hier«, sie klickt aufs nächste Bild.

»Dies ist die Med-Doc-Card, die meine Kollegin Antje Schmitt-Mergel entwickelt hat.«

Sie hält das Original in die Luft. »Sie passt in jede Arztkitteltasche. Darauf sind alle wichtigen Fragestellungen für eine gerichtlich verwertbare Befunddokumentation skizziert und außerdem noch einige Hinweise und Formulierungsvorschläge, die Ihnen beim Umgang mit Gewaltopfern helfen.«

Die junge Ärztin meldet sich. »Es ist so frustrierend, wenn die Frauen immer wiederkommen.«

»Ja«, sagt Ekaterina zu ihrer eigenen Überraschung. »Das verstehe ich gut. Das ist auch für mich frustrierend. Und doch ist die neutrale und vollständige Dokumentation der Verletzungen sehr wichtig. Denn nur, wenn die existiert, kann sie einer misshandelten Frau vor Gericht wirklich nützen, sofern sie sich irgendwann zu einer Anzeige gegen ihren Mann entschließt.«

Cornelia Offinger beugt sich zum Mikrofon, hält einen auf fünf mal fünf Zentimeter zusammengefalteten Flyer hoch. »Hier drin finden betroffene Frauen alle Adressen, bei denen sie Hilfe bekommen. Legen Sie diese Flyer in Ihren Arztpraxen aus. Geben Sie sie Ihren Patientinnen, wenn Sie den Verdacht haben, dass sie misshandelt werden. Die Frauen haben oft Angst und brauchen lange, um sich zu entscheiden, ihren Mann zu verlassen. Aber dieses winzige Faltblatt lässt sich gut vor den Augen eines misstrauischen Ehemanns verstecken, und wenn es dann so weit ist, benutzen die Frauen es auch.«

Es läuft gut, wird Ekaterina bewusst, während sie weitere Falldokumentationen erläutert und Fragen beantwortet. Wirklich gut. Vielleicht hat das Projekt ja sein Gutes, vielleicht ist es sogar heilsam, und es ist Zeit für sie, heimisch zu werden. Allein, in einer Stadt ohne Schnee, mit einem Kater, der den Leitstern des Nordens auf seiner Brust trägt.

Es ist ein neuer Gedanke, beängstigend und verführerisch zugleich, denn solange sie sich erinnern kann, hatte Ekaterina fliehen wollen. Sie wollte nichts hören von der Unterdrückung ihrer Vorfahren. Sie wollte vergessen, was auf der Insel im weißen Meer geschehen ist. Unzeit nannte sie diese ersten Lebensjahre bei sich, später, als sie wieder sprechen konnte und manchmal sogar lachen und hoffen. Zeit, die niemals hätte geschehen dürfen. Tote Zeit. Die Großmutter, zu der sie nach dem Tod der Eltern gebracht wurde, nahm sie auf, ließ sie in Ruhe, schloss sie in die Arme, ließ ihr Zeit. Er ist am Alkohol kaputtgegangen, dein Vater, Katjuschka. Er hat die dunklen, untätigen Winter nicht ertragen und dass deine Mutter die Freiheit liebte und das Alleinsein brauchte wie Luft. Er konnte ihr das nicht austreiben, weil sie eine Sami war. Eine Sami wie ich und meine Mutter, und auch du, Katja, trägst unser Blut.

Sami. Lappin. Nomadin. Schamanin. Keine Russin. Das machte Ekaterina Angst. Sami, ein Volk, das sich nach Sonne und Wind benannte und mit seinen Rentierherden von Winter- zu Sommerweiden zog, über die Berge und durch die Taiga, bis die Staatsmächte Grenzen errichteten, die alten Götter verboten, ihre Insignien verbrannten, die Sprache verboten und damit die Identität. Es gibt nicht viele Sami in Russland, Katja, du bist etwas ganz Besonderes. Die Großmutter zeigte ihr den Mantel und die heiligen Trommeln mit den vielen, jahrtausendealten Symbolen darauf. Die haben deiner Urgroßmutter gehört. Mir hat sie sie vererbt. Eines Tages gehören sie dir. Doch das wollte Ekaterina auf keinen Fall, und es ist der Großmutter hoch anzurechnen, dass sie das akzeptierte.

Oder nicht? Wartet sie nur ab? Weiß sie womöglich etwas, das Ekaterina selbst noch nicht sieht? Weiß, dass Ekaterinas Umweg über Deutschland, das Studium, die Rechtsmedizin, die Erforschung der Toten nichts anderes ist als eine zielgenaue Vorbereitung auf das Erbe, das sie doch eigentlich niemals antreten wollte?

Komm, Katjuschka, singen wir einen Joik. Ekaterina denkt an den Fuchs auf dem Friedhof, an Tjuollda, den Kater. Etwas hat sich verändert, sie kann nicht mehr ausweichen. Sie ist zum zweiten Mal durch die Hölle gegangen und hat überlebt. Auf einmal fühlt sie sich unendlich müde, als wäre sie einen sehr weiten Weg gelaufen und hätte nun eine Pause verdient.

Die Tür zum Vortragsraum öffnet sich, kurz bevor die Diskussion beendet wird. Ekaterina zwingt sich zur Ruhe, als sie die Kommissarin Judith Krieger erkennt. Ich will nach Hause, denkt sie, will mich um Tjuollda kümmern. Ich werde ihr das sagen. Aber das ist gar nicht nötig, denn auf einmal bemerkt sie, wie Cornelia Offinger die Kommissarin anstarrt. Und auch Judith Krieger hat nur Augen für die Frauen-für-Frauen-Leiterin.

* * *

Sie wird Cora treffen, gleich nachher. Es ist ihr schließlich doch gelungen, die Schutzmauer, mit der die einstige Freundin sich von ihr abschotten wollte, zu durchbrechen. Ich warne dich, Judith Krieger, ich lasse mich nicht benutzen, hat Cora gesagt, als sie Judith nach der Podiumsdiskussion gegenübertrat. Ich brauche deine Hilfe, Cora. Und ich habe dich vermisst, hat Judith erwidert. Und das ist die Wahrheit, denkt sie, während sie in ihrem Badezimmer endlich unter der Dusche steht. Ich habe dich viel mehr vermisst, als ich es mir all die Jahre eingestanden habe. Deine Wärme. Deine Intelligenz. Deine Unbestechlichkeit. Deine Fähigkeit, auch die schmerzlichste Niederlage irgendwann mit einem lauten, kullernden Lachen ins Groteske zu verkehren, damit du wieder aufstehen kannst.

Sie spült das Shampoo aus ihren Haaren, genießt das Prasseln des warmen Wassers auf Schultern und Kopf. Sie hat sich eine Pause verordnet, nachdem sie Gero Sanders weder in seinem Journalistenbüro noch in seiner Wohnung in der Südstadt antraf, die von ihrer eigenen Wohnung gar nicht so weit entfernt liegt. Zuerst wollte sie ihn anrufen, hat sich dann aber vorerst dagegen entschieden, weil eine Vernehmung ohne Vorwarnung oft effizienter ist. Jetzt steht noch Alexander Nolden auf ihrem Programm, bevor sie Cora treffen wird.

Judith zieht frische Sachen an und föhnt ihre Haare halbwegs trocken, bevor sie über das Thunfischbaguette herfällt, das sie unterwegs gekauft hat. Erst dann führt sie die Telefonate, die auf ihrer Liste stehen. Ralf Meuser, die KTU, Manni. Er meldet sich unwirsch, außer Atem, wie so oft in letzter Zeit, wenn er denn überhaupt an sein Handy geht.

»Ralf Meuser hat Nadas Konten geprüft. Lauter legale Einkünfte. Brav versteuert noch dazu. Die letzte Kontobewegung war am 5. Januar, da hat sie 150 Euro an einem Geldautomaten am Ebertplatz abgehoben.«

»Das muss nichts heißen«, widerspricht Manni prompt. »Sie kann ein Konto im Ausland haben. Die Kohle bar kassieren.«

»Laut ihrer Telefon- und Handyrechnungen hat sie im letzten Jahr weder mit Berger noch mit der Eskortagentur telefoniert. Mit Baldis Pizzeria zwar schon, aber nur zweimal und jeweils nur eine knappe Minute, wahrscheinlich hat sie da einfach Pizza bestellt.«

»Oder sie hat ein Treffen vereinbart. Außerdem gibt es E-Mails. Oder Zweithandys.«

»Das muss man überprüfen, ja.« Aber es wird nichts bringen, denkt Judith und begreift in diesem Moment, dass sie die Künstlerin nicht mehr als mögliche Täterin betrachtet, und auch nicht als Zeugin, sondern als ein weiteres Opfer, auch wenn sie das noch nicht beweisen kann.

Manni schweigt, und dieses Schweigen macht Judith klar, wie weit sie sich während dieser Ermittlungen voneinander entfernt haben. Während oder durch die Ermittlungen? Sie hört das leise Piepsen und Rauschen des Polizeifunks im Hintergrund, glaubt auch das Trommeln von Mannis Fingern zu hören, typisch für ihn, wenn er ungeduldig ist. Sie kennt ihn sehr gut und doch wieder nicht. Als sie zum ersten Mal zusammenarbeiteten, hat sie ihn für ein Muttersöhnchen mit Machoallüren gehalten. Das war ein Irrtum, sie haben sich zusammengerauft, nein, viel mehr noch, sie hat sich wohlgefühlt mit ihm, ihn respektiert, als Kollegen und Sparringspartner geschätzt. Doch seit ein paar Tagen geht das den Bach runter, die alte Konkurrenz zwischen ihnen lodert wieder auf. *Durch* diese Ermittlungen. Weil sie nach all den Jahren der Beherrschung auf einmal nicht mehr den Mund halten kann. Weil sie deshalb als nervende Emanze abgestempelt wird. Weil Manni sich in die Idee verrannt hat, den edlen Ritter zu geben und Swetlana zu retten und dafür ausgerechnet mit Makowski paktiert.

Judith zwingt sich zur Ruhe. »Der 7. Januar ist Tag eins unserer Ermittlungen. Seit dem 6. gibt es keinerlei Lebenszeichen mehr von Nada, auch kein Telefonat und keine Geldtransaktion. Alles spricht dafür, dass sie ebenfalls ermordet wurde, und ich vermute den Täter im Umfeld der Kunstfabrik.«

»Das ist nicht dein Ernst!«

»Sie hatte wohl ziemlich wilde Affären.«

»Ihr Lover tötet sie und läuft dann Amok? Ihr Lover tötet sie, und das hat nichts mit den anderen Morden zu tun? Komm schon, Judith, auch wenn du das Thema nicht magst, es geht hier um Prostitution. Bei allen Opfern: Berger, Baldi, Swetlana, Nada.«

»Nicht unbedingt bei Nada. Es gibt tatsächlich Frauen, die wieder aussteigen aus dem Geschäft.«

»Verdammt noch mal, Judith! Wenn Nada überhaupt ein Opfer ist, dann weil sie etwas gesehen hat oder wusste, was sie nicht wissen durfte. Menschenhandel ist brutal.«

»Das musst du mir nicht sagen …«

»Sorry, ich muss los.«

Klack. Aufgelegt. Abserviert. Die Wut begleitet Judith auf der Fahrt zum Wohnhaus Alexander Noldens, das im vornehmen Stadtviertel Lindenthal liegt. Wut und Grübeleien. Über Manni und Makowski. Über Manni und sich selbst. Über Männer und Frauen. Über ihre jahrelangen Versuche, ihre politischen Ansichten im KK 11 möglichst auszuklammern. Doch das hat nicht funktioniert und kann wohl niemals funktionieren, weil keiner von ihnen seine Identität verleugnen kann. Nichts prägt die Persönlichkeit mehr als das Geschlecht, irgendwo hat sie das mal gelesen. Und nichts wird von anderen stärker wahrgenommen. Selbst die ethnische Zugehörigkeit und die damit verbundene Rangordnung in einer Gesellschaft tritt dahinter zurück.

Sie erreicht Lindenthal, dann die gepflegte Allee, in der Alexander Nolden wohnt. Nur wenige Autos parken am Straßenrand, die meisten Häuser verfügen über geräumige

Carports und Garagen. Wer hier nicht wohnt, kommt allenfalls tagsüber her, um im nahe gelegenen Stadtwald spazieren zu gehen. Die Villa der Noldens liegt in einem weitläufigen Garten, umgeben von immergrünen Hecken. Ein wahres Schmuckstück, wenn man auf weiß getünchte, alarmanlagengesicherte Gediegenheit steht, auf jeden Fall eines Bankvorstands würdig. Judith klingelt und meldet sich über die Gegensprechanlage. Alexander Nolden öffnet selbst und führt sie in ein Wohnzimmer, das sehr aufgeräumt, modern und perfekt ist und deshalb kalt wirkt, auch wenn im Kamin ein Feuer knistert.

Die elfenhafte Schönheit, die Nolden am Vorabend in Thea Markus' Atelier im Arm hielt, schmiegt sich in einen Sessel vor dem Kamin, eine weiße Wolldecke über den Knien.

»Meine Frau, Marlene, ihr ist heute nicht ganz wohl«, sagt Nolden und in einem Atemzug: »Bleib doch ruhig sitzen, Liebes.«

Die Schönheit erhebt sich dennoch, wenn auch längst nicht so anmutig wie in der Nacht zuvor.

»Sie haben doch dieses Bild gekauft.« Ihre Stimme ist leise, perfekt moduliert, ohne jegliche dialektale Färbung.

»Setzen Sie sich doch bitte wieder.«

»Möchten Sie einen Cognac oder einen Martini? Oder ein Wasser?« Alexander Nolden deutet einladend auf eine Flaschenbatterie in der Regalwand.

»Danke, nein.« Judith nimmt auf einem beigen Ledersofa Platz, den Noldens gegenüber. Die Gemälde an den Wänden sind allesamt Originale und sicher teuer, jedoch von der Sorte, die Judith immer ratlos macht. »Die Ateliers der Künstlerinnen Thea Markus und Nanette Dannen, genannt Nada, sind in der letzten Nacht ausgebrannt.«

»Um Himmels willen, Nadas Atelier?« Alexander Noldens Bestürzung wirkt echt.

»Haben Sie das denn nicht im Radio gehört?«, fragt Judith trotzdem.

»Ich war den ganzen Tag in Meetings, bin erst vor einer Viertelstunde heimgekommen. Wusstest du davon, Liebling?«

Die elfenhafte Schönheit zuckt zusammen, als sei sie mit ihren Gedanken ganz woanders gewesen. »Nein, tut mir leid, Alex, ich habe heute kein Radio gehört.«

»Nada hat Sie dafür gewonnen, die Kunstateliers in der Fabrik zu fördern, ist das richtig?«

Nolden nickt. »Ich schätze junge Kunst, und ihr Konzept war sehr überzeugend.«

»Nur ihr Konzept?«

»Sie selbst sowieso, ihre Performances. Ich habe Ihnen ja schon gestern gestanden, dass ich sie verehre.«

»Wann hatten Sie das letzte Mal Kontakt zu Nada?«

»Ich weiß nicht genau, ungefähr vor zehn Tagen?« Noldens Blick sucht den seiner Frau. Sie nickt bestätigend, eine sanfte, anmutige Bewegung. »Das Atelier ist vollständig zerstört?« Nolden beugt sich vor, ergreift sein Cognacglas, beginnt es routiniert zu schwenken.

»Ja«, sagt Judith.

»Wie hat Nada diesen schrecklichen Verlust aufgenommen?« Nolden fixiert die goldene Flüssigkeit in seinem Glas, als erwarte er darin die Antwort zu lesen.

»Wir konnten Nada noch nicht benachrichtigen, weil sie seit einer Woche unauffindbar ist«, sagt Judith. »Leider besteht Grund zu der Annahme, dass sie tot ist. Ermordet.«

»Tot!« Marlene Nolden hat das Wort nur geflüstert, es hallt dennoch nach. »Wie entsetzlich.« Ihre Hand krampft sich um den Zipfel ihrer Wolldecke.

Alexander Nolden stellt seinen Cognacschwenker auf den gläsernen Couchtisch. Hart. Seine Frau zuckt zusammen. Er beugt sich zu ihr, ergreift ihre Hand. »Beruhige dich, Marlene, das ist ja noch keineswegs sicher, oder?«

Die Frage ist an Judith gerichtet. Noldens Augen sind schokoladenbraun wie Millstätts. Prüfend. Intelligent.

»Wo waren Sie in der letzten Nacht, wann haben Sie die Gala verlassen?«

Irgendetwas irritiert Judith, vielleicht die dezente und gerade deshalb so aufdringliche Inszenierung von Reichtum und Harmonie.

»Wir haben die Gala kurz nach Ihnen verlassen und sind dann gleich zu Bett gegangen.«

Marlene Nolden nickt, nein, eigentlich ist es kein richtiges Nicken, eher senkt sie den Kopf wie eine gnädige Königin.

»Und in der Nacht zum 7. Januar?«

»Verdächtigen Sie uns?« Nolden sieht Judith in die Augen.

»Antworten Sie bitte einfach.«

»Der 6. Januar, was war das für ein Wochentag?«

»Freitag.«

»Waren wir da im Theater, Liebling?«

»Nein, das war in der Woche zuvor.«

»Richtig, ich arbeite zu viel.« Alexander Nolden lächelt. »Wir waren hier, zu zweit, sind früh zu Bett gegangen.«

Marlene Nolden neigt zustimmend ihren Kopf.

»Und am darauffolgenden Abend?«

»Ebenfalls.« Erneut schaut Alexander Nolden Judith ins Gesicht. »Ich fürchte, unser Lebenswandel ist sehr langweilig.«

Marlene Nolden steht auf, nein, eher ist es so, als

stemme sie sich aus ihrem Sessel, trotzdem wirkt sie noch elegant dabei. »Brauchen Sie mich noch? Ich bin sehr müde.« Langsam, sehr aufrecht, schreitet sie aus dem Raum, sobald Judith verneint.

»Hat Ihre Frau Schmerzen, Herr Nolden?«

»Sie haben einen guten Blick. Migräne, ja. Und eine Unterleibsgeschichte.«

»Es gibt Gerüchte, die besagen, Sie seien Nada mehr als nur künstlerisch zugetan.«

»Eine Affäre?« Nolden lächelt. »Künstler sind sehr fantasievolle Menschen. Sie sollten nicht alles glauben, was in den Ateliers geredet wird.«

»Nada ist attraktiv.«

»Meine Frau auch.«

»Besitzen Sie einen dunklen Kaschmirmantel?«

»Er hängt an der Garderobe, warum fragen Sie?«

»Ich würde den Mantel gern sehen.«

Alexander Nolden steht auf. »Ich weiß zwar nicht, was Sie damit bezwecken, aber bitte schön, folgen Sie mir.«

* * *

Manni hält sich selbst nicht gerade für einen Ausbund an Feinfühligkeit, er trägt sein Herz nicht auf der Zunge, ist kein Frauenversteher, im Gegenteil. Viele Signale, die Frauen aussenden, sind für ihn ungefähr so verständlich, als kämen sie in babylonischer Keilschrift daher. Dass aber das halb nackte Mädchen auf dem französischen Bett vor ihm Angst hat, merkt er sofort, sogar einem Mann von der Bulldozermentalität seines verstorbenen Vaters dürfte das nicht entgehen. Manni unterdrückt einen Fluch, versucht möglichst freundlich und harmlos zu gucken. Warum, verdammt noch mal, hat er sich zu dieser Scheißnummer überreden lassen, und, wichtiger noch, wie kommt er hier wieder raus?

Er setzt sich auf die Bettkante, sorgsam darauf achtend, dass das Handtuch, das er sich als einziges ihm noch verbliebenes Kleidungsstück um die Hüften geschlungen hat, nicht verrutscht. Das Mädchen rückt ein winziges Stück von ihm ab, ihr Blick huscht durch den fensterlosen Raum, in dem es außer dem Bett, einem Stuhl und einem Waschbecken keine Einrichtungsgegenstände gibt, kein Versteck. Die Stilettoabsätze ihrer Sandalen knistern auf dem roten Billigsatin, ein schabendes Geräusch. Dann liegt sie wieder still. Abwartend. Wie gelähmt.

Zwangsprostitution. Klar, damit ist er auch früher konfrontiert gewesen, bei der Sitte in Essen. Doch aus irgendeinem Grund ist ihm das damals nicht so an die Nieren gegangen. Es muss an Swetlana liegen, deren Gesichtszüge sich in seinen Gedanken ständig mit denen von Sonja vermischen. Man muss an die Freier appellieren, beim kleinsten Verdacht auf Zwang zur Polizei zu gehen – während der Fußball-WM, als die wildesten Gerüchte darüber kursierten, wie viele Mädchen wohl extra zur Erbauung der Fans nach Deutschland geschleust würden, wurde das in den Medien propagiert. Neulich im KK 11, als sie in der Kaffeeküche rumlungerten, hat jemand daran erinnert, und Manni hat noch sehr gut den Kommentar der Krieger im Ohr. Du glaubst doch nicht, dass jemand, der billig ficken will, sich seine Quelle versaut? Manni wischt sich über die Stirn. Die Krieger nervt mit ihrer moralinsauren Art und dem ewigen Frauen-sind-Opfer-Getue, aber wo sie recht hat, hat sie recht.

»Du brauchst keine Angst haben, ich tu dir nichts«, sagt Manni. Das Mädchen starrt ihn an. Noch mehr Schweiß rinnt Manni über die Stirn, was wahrlich nicht daran liegen kann, dass er zu dick angezogen ist. Seine Klamotten stecken in einem Schließfach im Eingangsbereich dieses Etablissements. Mal abgesehen von diesem Hinterzimmer und dem verängstigten Mädchen hat dieser Saunaclub nichts mehr mit den schmierigen, schummrig beleuchteten Schwitz- und Fußpilzspelunken gemein, die er noch aus der Szene in Essen kennt. Duschen mit Massagestrahlen, mosaikgekachelte Wannen, diverse Aromasaunen und riesige Komfortliegen suggerieren auf den ersten Blick, dass die ausschließlich männliche Kundschaft in einem ganz normalen Wellnessbad gelandet sei. Manni hat zwei Saunagänge absolviert und sich von zwei dauerlächelnden Thaimädels den Rücken massieren lassen, ohne Extras. Er hat an der Bar großzügig 20-Euro-Scheine in die dienstbeflissenen Ladys investiert und so ihre Wärter davon überzeugt, dass er des Besonderen würdig ist: sehr jung und am liebsten russisch, naturgeil, wie es in der Branche heißt. Es hat also alles super geklappt, nur jetzt wäre es an der Zeit, mit dem Dienstausweis zu wedeln. Doch den hat Makowski mitsamt Mannis Walther im Präsidium einkassiert. So kriegst du die nicht, das haben wir alles schon zigmal durch. Geh da hin, schau dich um, dich kennen sie nicht. Bring eines der Mädchen zum Reden, das ist angesagt.

Reden, na klar, nichts leichter als das. Manni wünscht auf einmal, die Krieger wäre da, denkt daran, wie sie im Sommer den geschundenen Jungen beruhigt hat und neulich in den stinkenden Katakomben die durchgeknallte Pennerin. Aber natürlich würde seine Kollegin niemals bis hierher vordringen, es sei denn, sie wäre als Nutte getarnt. Manni hat eine blitzartige, wilde Vision, wie die Krieger in schwarzen Lackstiefeln und Miniaturbikini Kunden umgarnt, und muss unwillkürlich grinsen. Ausgeschlossen. Dem ersten Grabscher würde sie dermaßen in die Eier treten, dass der für den Rest seines Lebens bei den Wiener Sängerknaben Solo singen könnte.

»Fickificki.«

Das Mädchen scheint Mannis Mienenspiel als Aufforderung zu verstehen, zur Sache zu kommen, und beginnt an ihrem BH rumzufummeln. Sie spreizt die dünnen Beine. Ihr Höschen hat einen Schlitz im Schritt, sie ist rasiert, wie es der aktuellen Mode im Milieu entspricht, und nicht nur dort, wie Manni aus den Umkleidekabinen des Karatecenters weiß. Sogar Männer stehen neuerdings auf Intimrasur, was er nun wirklich nicht verstehen kann. Auf der rechten Brust des Mädchens prangt ein handtellergroßer blauer Fleck. Himmelherrgottnocheinmal. Eine verlotterte Alte, ein misshandelter, schockstarrer Teenager, alle reden vom Ficken, wenn sie ihn sehen, was ist eigentlich los? Manni lehnt sich vor, ganz vorsichtig, um die Kleine nicht noch mehr zu verschrecken, ergreift ihre Hand, zieht sie weg vom BH. Eine sehr schmale Hand. Ganz kalt, schweißnass und starr.

»Ich will dir nichts tun. Ich will mit dir reden.«

»Fickificki.«

Er lässt die Hand wieder los, weil die Berührung das Mädchen noch mehr zu ängstigen scheint. Sie zieht die Hand ein kleines bisschen zu sich, lässt sie dann einfach auf dem Satin liegen, wie einen fremden Gegenstand, und sieht zu dem Spiegel an der Zimmerdecke hoch. Ist der etwa für Spanner, gibt es hier Überwachungskameras? Manni steht auf, scannt den Raum, so gut es ihm möglich ist. Das Mädchen verharrt bewegungslos mit angewinkelten Beinen. Er denkt an Sonja. Ihre Lebendigkeit. Wie sie ihn umarmt, sich an ihn presst oder ihn in die Rippen boxt und wegschiebt, je nachdem, wie ihr gerade ist.

»Nix fickificki. Reden.« Er muss es einfach riskieren, hofft inständig, dass er das Mädchen dadurch nicht in Schwierigkeiten bringt, schwört sich, sie später hier rauszuholen.

Er setzt sich wieder auf die Bettkante, zieht seine unter dem Handtuch festgeklemmte Brieftasche hervor, schiebt dem Mädchen einen 50-Euro-Schein in die kalte Hand, hält ihr Swetlanas Foto hin.

»Reden! Ich will wissen, ob du die kennst.«

Er fügt noch einen Schein hinzu, stupst das Mädchen an, was endlich dazu führt, dass sie den Kopf dreht und das Foto betrachtet. Manni sieht augenblicklich, dass sie Swetlana erkennt. Erfolg, ja verdammt, wenigstens einen winzigen Fortschritt, den hat er sich wirklich verdient. Sie heißt Swetlana. Er überlegt, ob er das sagen soll, aber der winzige Funken Leben in den Augen des Mädchens, den er gerade noch zu sehen glaubte, ist schon wieder erloschen.

»Njet«, flüstert sie.

Montag, 16. Januar

Judiths Kopf dröhnt, ihre Zunge fühlt sich an wie Sandpapier, jede noch so kleine Bewegung, jedes Geräusch produziert eine Kaskade von Schmerzen hinter ihrer Stirn. Sie trinkt einen Schluck Mineralwasser. Keine gute Idee. Ihr Magen revoltiert, sie kann förmlich fühlen, wie die Kohlensäure die Aspirintabletten aufschäumt, aus ihrem Magen presst, die Speiseröhre rauf, in den Mund.

»'tschuldigung.« Sie hastet aus dem Konferenzraum, schafft es gerade noch bis zur Toilette. Guten Morgen, Montagmorgen. Es ist sieben Uhr, es gibt Millionen Dinge zu tun, und Frau Hauptkommissarin Krieger hängt über der WC-Schüssel und kotzt. Sie kommt mühsam hoch, als der Würgereiz nachlässt, schaufelt sich am Waschbecken kaltes Wasser ins Gesicht. Fast das ganze Wochenende hat sie mit Vernehmungen verbracht und damit, nochmals alle Akten zu lesen, ein Ausbund an Disziplin. Gestern Abend hat sie sich dann mit Cora zum Essen getroffen, um das Ende der Eiszeit zu feiern, das sie mit ihrer Aussprache am Freitag eingeläutet hatten. Und dann haben sie nach dem Aperitif-Sekt noch eine Flasche Wein bestellt, und als das Lokal schloss, am Kiosk eine weitere gekauft, und während sie die in Judiths Wohnung tranken, haben sie nicht mehr nur über die neuen und die alten Zeiten geredet, sondern auch Rockmusik gehört und getanzt, und dann war auch diese Flasche leer, und Judith hatte noch Kölsch, und alles war leicht, schwebend, so leicht wie lange nicht mehr.

Das Nächste, was Judith wahrnahm, war Cora, die schon immer die bessere Kondition gehabt hatte und nun vor Judiths Bett stand, sie an der Schulter rüttelte und fragte, warum sie im Schlaf so schrecklich schreie. Judith hatte keine Antwort gewusst, nicht einmal an den sich ewig wiederholenden Albtraum vom Fallen konnte sie sich in diesem Moment erinnern. Sie war einfach wieder eingedöst, getröstet durch Coras Anwesenheit. Ich geh jetzt heim, dein Sofa ist auf Dauer nicht sehr bequem, hatte Cora geflüstert, und irgendwann später hatte Judiths Wecker geklingelt. Wie ferngesteuert war sie aufgestanden, hatte die zwei Aspirin runtergewürgt, die die Freundin ihr auf den Küchentisch gelegt hatte, und sich ein Taxi bestellt.

Judith grinst ihr lädiertes Spiegelbild an. Frau Kommissarin feiert Orgien und verträgt sie nicht mehr. Immerhin war sie so umsichtig gewesen, am Kiosk noch eine Rolle Pfefferminzbonbons zu kaufen. Sie schiebt sich gleich zwei in den Mund, bevor sie zurück zum Morgenmeeting geht, wo sie außer Holger Kühns sich selbst beweihräucherndem Geschwafel nichts Nennenswertes verpasst hat, denn die Kriminaltechniker Karin und Klaus standen im Stau.

»Also?« Kühn lehnt sich erwartungsvoll zurück.

Karin Munzinger wühlt in ihren Unterlagen, nickt Judith zu. »Die Blutreste an dem Messer aus Thea Markus' Atelier stammen eindeutig von dem Opfer Wolfgang Berger. Wir können also davon ausgehen, dass es die Tatwaffe ist.«

»Die Markus ist laut Rechtsmedizin zu klein, um als Täterin infrage zu kommen.« Jedes einzelne Wort hallt in Judiths Kopf nach. »Sie hat ausgesagt, dass sie das Messer an Nada verliehen und nicht zurückerhalten hat.«

»Aber du hast die Tatwaffe im Werkzeugkasten der Markus sichergestellt.« Akten studieren und ihre Inhalte referieren kann Kühn, das muss man ihm lassen.

Judith nickt. Ein Fehler, den sie mit heftigen Stichen an den Schläfen bezahlt. Sie verschluckt eines der Pfefferminzbonbons, unterdrückt den erneuten Würgereiz. »Thea Markus behauptet, sie habe das Messer dort nicht bemerkt. Ich halte das für möglich. Sofern der Täter aus dem Künstlerumfeld stammt, kann er es irgendwann zurückgelegt haben.«

»Diese Dannen. Nada. Ja.«

Judith schüttelt den Kopf. Autsch. Noch ein Fehler. Das Bonbon brennt in ihrem überreizten Magen. »Ich denke eher, es war einer von Nadas Liebhabern. Paul Klett. Eventuell Alexander Nolden.«

Oder Gero Sanders, überlegt sie einmal mehr. Zweimal hat sie ihn an diesem Wochenende vernommen. Gründlich. Im Gegensatz zu den beiden anderen Männern kann der Journalist für die Tatzeiten Alibis vorweisen, die mehrere Außenstehende bestätigt haben. Natürlich hat Judith auch ihn nach einem dunklen Mantel gefragt. Ich bin kein Manteltyp, hat er geantwortet. Ich trage Parkas und hin und wieder eine Lederjacke. Sie hat ihm geglaubt, ihr Gefühl sagt, dass er nicht lügt, doch wie verlässlich ist das? Im letzten Sommer hat sie die Verliebtheit zu einem Mann beinahe umgebracht, die Blindheit, die daraus resultiert. Warum denkt sie jetzt ausgerechnet daran? Weil sie sich von Gero Sanders angezogen fühlt. Sie mag seine Stimme, seine direkte Art, sogar sein hartnäckiges Werben um sie.

Hör auf Judith, *stop it*, sofort, du hast schon Probleme genug.

»Klett und Nolden besitzen dunkle Wollmäntel.«

»Die Faserproben, die du mir gegeben hast, sind negativ, Judith. Keine Übereinstimmung mit denen von Bergers Sweatshirt, tut mir leid«, sagt Karin Munzinger.

»Das muss nichts heißen.« Der Kopfschmerz kommt jetzt in Wellen, das Erstaunliche ist, dass sie sich daran zu gewöhnen beginnt. »Es war nur ein Versuch«, erklärt Judith. »Beide Mäntel weisen keine sichtbaren Blutspuren auf. Wahrscheinlich hat der Täter die Kleidungsstücke, die er während der Tat getragen hat, längst entsorgt.«

»Oder die Täterin«, ergänzt Kühn. »Nada nämlich.«

»Wir haben keine passenden Fasern in ihrer Wohnung sichergestellt«, sagt Karin Munzinger.

»Sie kann den Mantel im Atelier aufbewahrt haben.«

»Nada ist tot«, sagt Judith. Warum ist sie so sicher? Sie kann es nicht begründen, aber es hat etwas mit ihren Träumen zu tun, dem Fallen. Auf einmal beginnt sie zu frieren. Etwas kommt näher, bedroht sie persönlich, aber sie weiß nicht, was es ist. Was oder wer. Du hast einen Kater, Judith, reiß dich zusammen.

»Das ist nur eine Vermutung von dir.« Kühn wirft seinen Kuli auf den Block.

»Genauso wie die Annahme, dass sie noch aktiv als Prostituierte arbeitet und sich auf einen Rachefeldzug für Swetlana begeben hat. Oder gibt es dafür inzwischen einen Beweis?«

»Wir sind dran.« Makowski, na klar. Wieso hält sich eigentlich Manni heute zurück? Er wirkt abwesend, bedrückt, aber vielleicht bildet sie sich das nur ein.

»Seit dem 6. Januar, seit zehn Tagen also, gibt es keinerlei Lebenszeichen von Nada.« Es ist so eindeutig, denkt sie. Warum will es denn niemand sehen? Weil es bequem ist, Frauenverachtung ausschließlich im Rotlichtmilieu zu suchen.

Niemand sagt etwas, die Erwähnung des Datums hat die Kollegen verstummen lassen. Zehn Tage Arschaufreißen ohne Durchbruch, heißt das im Klartext. Die Presse ist kurz davor, sie zu schlachten.

»Ich habe am Wochenende eine weitere Zeugin aus der Kunstfabrik gefunden, die bestätigt, dass Nada am 4. Januar in ihrem Atelier eine lautstarke Auseinandersetzung mit einem Mann hatte.«

Makowski verdreht die Augen.

Was würde passieren, wenn sie ihn anbrüllt? Druck ablassen nennt man das. Den Druck, der sich aufbaut, seit Tagen schon. Sie starrt den Sittekollegen an. Dann Kühn, der seinen Kuli wieder in der Hand hält und damit ungeduldig auf seinen Schreibblock tippt. Millstätt. Manni. Sie werden sie als hysterisch bezeichnen, wenn sie schreit, klar. Nein, den Gefallen tut sie ihnen nicht.

»Okay, von mir aus, Nada hat mit jemandem gestritten«, räumt Makowski ein. »Aber das Interessante ist doch, worüber? Über die Zukunft der Kunstfabrik? Mit einem Konkurrenten? Oder über Swetlana?«

»Die Zeuginnen gehen davon aus, dass es sich bei diesem Streit um einen Beziehungskonflikt handelte. Nada hatte viele Affären. Vielleicht wollte sie mit einem Liebhaber Schluss machen, der ließ sich aber nicht wegschicken, und dann ist der Konflikt eskaliert.«

Makowski schiebt seine Sweatshirtärmel hoch. »Bleiben wir bei den Fakten. Nada hatte Verbindungen ins Milieu. Wir wissen mit ziemlicher Sicherheit, wer Swetlanas Zuhälter ist. Wir sind ganz dicht an ihm dran. Eins seiner Mädchen kennt Swetlana.«

»Ihr habt ihre Identität?«

»Wir sind noch nicht fertig, die Befragung erfordert viel Fingerspitzengefühl.« Es ist Makowski anzusehen, dass ihn das nervt.

»Ihr habt also eigentlich nichts, jedenfalls nicht mehr als ich.« Judith unterdrückt ein Lächeln.

»Bitte keine persönlichen Anwürfe, Judith.« Millstätts Bitterschokoladenblick saugt sich an ihr fest, und ihr erster Impuls ist, klein beizugeben, so wie sie es in den letzten Monaten getan hat, doch aus irgendeinem Grund geht das nicht mehr.

»Ich bin es leid, mich hier dauernd abkanzeln zu lassen, als wäre jedes Motiv, das nicht im Rotlichtmilieu wurzelt, indiskutabel oder meine persönliche fixe Idee.«

»Sei nicht so empfindlich, Judith. Lass uns bei den Fakten bleiben.«

»Fakten, genau!« Jetzt schreit sie doch, das rasende Hämmern in ihrem Kopf ignorierend. »Ich war am Samstag nach Einbruch der Dunkelheit noch mal am Tatort Berger! Man kann von der S-Bahn-Haltestelle nicht nur die Pizzeria, sondern auch die Kunstfabrik sehen!« Die Kollegen starren sie an wie ein exotisches Tier. Judith atmet tief durch, zwingt sich, die Stimme wieder zu senken.

»Wir dürfen nicht nur auf die Pizzeria blicken, wir müssen offen bleiben, in alle Richtungen ermitteln. Gibt es eine Verbindung zwischen Wolfgang Berger und der Kunstfabrik? Vielleicht musste er sterben, weil er dort etwas oder jemanden beobachtet hat.«

»Du hast am Samstag selbst gesagt, das Objektiv von Nadas Kamera sei auf die Gleise gerichtet gewesen.« Axel Millstätt spricht betont leise und beherrscht.

Verdammt, ja. Judith fühlt, wie ihr Hitze ins Gesicht

steigt, obwohl sie immer noch friert. »Vielleicht hat Nada die Kamera auf die S-Bahn-Haltestelle fokussiert, weil sie Berger kannte. Vielleicht hat sie sogar seine Ermordung beobachtet. Sie erkennt den Täter durchs Tele, und als sie ihn zur Rede stellt, bringt er sie ebenfalls um.«

»Wenn sie wirklich den Mord beobachtet hat, wieso ruft sie nicht die Polizei? Und warum wartet der Täter dann darauf, bis du bei der Gala erscheinst, um auch die Ateliers in Brand zu setzen?« Makowski schüttelt den Kopf. »Wenn deine Theorie stimmen würde, dann hätte er die doch direkt zusammen mit der Pizzeria abgefackelt. Außerdem gibt es ja wohl keinerlei Spuren, die deine Vermutung untermauern.«

Judiths Kopf dröhnt. Falls Nada wirklich in der Kunstfabrik oder in deren Nähe getötet wurde, muss der Täter ein Auto benutzt haben, auf einmal fällt ihr das ein. Ein Auto, um Nada fortzuschaffen, warum hat sie das nicht längst überprüft? Es sind zu viele Fakten, sie ist zu kaputt, und jetzt hat sie sich auch noch vor den Kollegen blamiert.

»Vielleicht hat Nada ja auch etwas anderes fotografiert, was zu gefährlich war.« Manni. Zum ersten Mal meldet er sich zu Wort.

»Was denn?« Judith sucht seinen Blick, die alte Verbundenheit, aber er weicht ihr aus.

»Swetlanas Kunden. Swetlanas Zuhälter.«

»Von Nadas Atelier aus kann man die Pizzeria nicht sehen.«

Ein Kollege steckt den Kopf zur Tür herein. »Das kam eben von der Brandtechnik.« Er übergibt Klaus Munzinger zwei Mappen, beeilt sich, den Raum wieder zu verlassen. Dicke Luft. Keiner sagt etwas, alle sehen zu, wie der KTU-Chef die Berichte überfliegt, die Stirn runzelt, den Kopf schüttelt, als könne er nicht glauben, was er liest.

»Die Spuren in der Pizzeria und der dort verwendete Fernzünder entsprechen exakt drei weiteren Gaststättenbränden aus dem Rheinland, die der albanischen Schutzgeldmafia zugeordnet werden«, sagt er langsam.

»Die Mafia, na also. Da liegt Prostitution ganz nah.« Makowski räkelt sich.

»Der Brand in der Kunstfabrik entspricht aber nicht diesem Schema. Das Feuer in den Ateliers wurde sehr laienhaft mit Benzin gelegt. Super bleifrei, wenn ihr es genau wissen wollt. Die Schlösser der Ateliertüren sind definitiv nicht aufgebrochen worden, das hat Judith richtig gesehen. Dieses und nur dieses Detail stimmt mit dem Pizzeriabrand überein.«

Nur dieses Detail? Kein Zusammenhang? Zwei Täter? Es kann nicht sein. Alle denken das. Niemand spricht es aus.

»Gibt es Hinweise auf ein Verbrechen im Atelier? Blut?« Judith hört ihre eigene Stimme wie von weit her.

»Nein.«

»Kann man von den Kameradaten irgendwas rekonstruieren?«

Klaus Munzinger schüttelt den Kopf. »Jemand hat vor dem Brand die Kamera-Speicherchips entfernt – und die Festplatte des Computers ebenfalls.«

* * *

Der Friedhof unter Ekaterinas Arbeitszimmer ist ein guter Ort. Der Fuchs wohnt dort mit seiner Fähe. Die Seelen der Toten sind längst irgendwo anders, trotzdem spürt man noch ihre einstige Präsenz. Nachts, wenn alle Lichter im

Rechtsmedizinischen Institut erloschen sind, ist es dort dunkel. Man kann dann allein sein auf diesem Friedhof, so allein, wie es in einer Großstadt eben geht. Ekaterina presst die Stirn an die Fensterscheibe. Der Friedhof unter ihrem Arbeitszimmer ist ein guter Ort für einen Joik. Sie weiß nur nicht, ob sie das tatsächlich wagen wird. Das nicht und erst recht nicht das andere, Verbotene, was der Kommissar Korzilius von ihr verlangt.

Ekaterina geht zu ihrem Schreibtisch, schenkt sich frischen Tee ein, rührt Zucker hinein. Die erste Sektion des Tages liegt hinter ihr. Das Wochenende auch. Zum ersten Mal, seitdem sie in Köln ist, war sie weder Samstag noch Sonntag im Institut. Gearbeitet hat sie trotzdem. Sie hat bei allen Tierheimen nachgefragt, ob jemand einen grau getigerten Kater mit weißem Stern auf der Brust vermisst. Sie hat die Kleinanzeigenteile der Kölner Tageszeitungen nach einer passenden Suchmeldung durchforstet. Sie ist stundenlang am Kanal auf und ab gelaufen, hoffend und zugleich fürchtend, dass sie Ines treffen wird. Sie hat Swetlana im Krankenhaus besucht, ihre Hand gehalten, zu ihr gesprochen. Aber das ist nicht genug, so berührt sie die Seele des Mädchens nicht. Und genauso wenig reicht es, einfach Tjuollda zu streicheln und zu hoffen, dass sich seine wahre Besitzerin und ihre Probleme in Luft auflösen, auch wenn der Kater so tut, als sei er bei Ekaterina zu Hause.

Feige, sie ist feige, das ist, was sie ist. Sie hat am Kanal nicht gefragt, ob jemand Ines kenne, weil sie sich plötzlich wieder fremd fühlte zwischen all den herausgeputzten Spaziergängern und vornehmen Villen. Weil sie sich albern vorgekommen wäre. Außerdem hat sie versucht, dem Kommissar Korzilius seine Bitte abzuschlagen. Und obwohl er ihr schließlich die Zusage abgerungen hat, ist Ekaterina noch keineswegs sicher, dass sie ihn heute Abend tatsächlich begleiten wird.

Feigheit, die Seuche der Insel im weißen Meer. Nicht wahrhaben wollen, übersehen, ignorieren, über Leichen gehen. Ekaterina hat sich lange eingebildet, sie selbst sei davor gefeit, denn sie hatte das Klagen der Birken schließlich gehört. Dabei ist sie auch nur geflohen. Fort von der Insel, ihrer Großmutter, ihrem Land. Sie hat sich stark gefühlt, weil sie die Toten nicht fürchtete, und hat darüber die Lebenden ignoriert.

Du hörst nichts, Ekaterina, du siehst nichts, du bildest dir das ein. Hat ihr Vater das wirklich geglaubt? Und die Mutter, hat auch sie nichts geahnt und gehört von den Klagen der Toten? Die Traurigkeit nicht gespürt, die über den Solowetzkij-Inseln lag, die sich mit dem ewigen, eisigen Wind immer fester um die Birken wand, ein zäher, schwarzer Schleier? Sie hätten doch Knochen finden müssen, beim Pflügen, beim Bauen, die Gebeine waren doch überall, überlegt Ekaterina. Sogar sie selbst, ein kleines Mädchen von nur vier oder fünf Jahren, hat beim Buddeln im sandigen Boden hin und wieder ein bleiches Bröckchen zutage gefördert. Mal einen Fingerknöchel, mal einen Schädelsplitter, einmal sogar einen Rückenwirbel.

43 000 Tote. Das Geheimnis der Insel im weißen Meer. Verhungert. Zu Tode geprügelt. Entkräftet von der Zwangsarbeit. Erfroren. An Seuchen krepiert. Gefoltert. Erschossen. Verscharrt. Künstler. Musiker. Intellektuelle. Mönche. Priester. Altgläubige. Andersdenkende. Menschen, die Stalin ausmerzen wollte, weil sie nicht zu seinem Ideal eines sozialistischen Staates passten oder weil jemand sie denunzierte.

Solowetzkij, die heilige Inselgruppe. Sechzig Kilometer von der karelischen Küste entfernt. Eine uralte Hochburg des Glaubens im salzigen Meer. Die Reste heiliger Steinlabyrinthe auf Solowetzkij sind über 4000 Jahre alt. Ab 1582 entstand auf der Hauptinsel eine der größten Klosteranlagen nördlich des Polarkreises, die bald zum heiligen Zentrum für die Menschen auf dem Festland wurde, zum Ziel unzähliger Pilger. Ikonen wurden hier gemalt. Die größte Glocke der Kirche konnte man noch auf dem Festland schlagen hören.

1919 wurde das Kloster geschlossen, 1923 in Brand gesetzt. Niemand weiß, was die Flammen fraßen und welche Schätze Stalins Schergen vorher stahlen. Was blieb, die meterdicken Steinmauern, diente Stalin als erster Gulag, perfekt isoliert durch die See, die auch im Sommer zu kalt war, um sie zu durchschwimmen, und selbst im tiefsten Winter niemals ganz gefror. Sechs Jahre lang gab es für die Solowetzkij-Häftlinge kein Entkommen. Dann verlegte Stalin die Lager nach Sibirien. Die Inseln im weißen Meer wurden Militärstützpunkt und nach dem Krieg wieder mit Fischern und Bauern besiedelt, ahnungslosen Menschen, denen niemand sagte, dass sie auf der Insel der Toten lebten. Menschen, die zeit ihres Lebens vielleicht ein bisschen trauriger waren, vielleicht auch grausamer, als sie es anderswo geworden wären, wer weiß das schon? Menschen, die ihr Leben hinnahmen und nichts hinterfragten und erst, als die UdSSR zerbrach, erfuhren, wo sie all die Jahre gelebt hatten, mit wem, und es auch dann nicht richtig begriffen.

Ekaterinas Telefon klingelt, reißt sie aus ihren Gedanken. Sie hebt ab, meldet sich, fühlt sich dabei, als würde sie neben sich stehen.

»22 Uhr«, sagt der Kommissar Korzilius. »Ich hole dich ab. Ist das okay?«

Ekaterina denkt an die Toten. Dann an die Lebenden.

Kloster der Verklärung, so hatten die Mönche im Mittelalter ihr Kloster genannt. Vielleicht ist es an der Zeit, zu sehen.

»Okay«, sagt sie.

* * *

Manni stemmt die Füße gegen die Schreibtischkante. Sein gestriges Gespräch mit Sonja spult sich in seinem Kopf ab, wieder und wieder, wie in einer verdammten Endlosschleife, wie in diesem dämlichen Liebesfilm mit dem Murmeltier.

Ich kann das nicht, hat sie gesagt. Es tut mir so leid.

Ungläubig hat Manni sie angestarrt, nicht begreifend, was sie meint.

Du bist sauer, weil ich Freitagabend abgesagt habe.

Nein.

Hab ich was falsch gemacht, dich verletzt, irgendwas gesagt? Es liegt nicht an dir, Fredo. Fast geflüstert hat sie das und dabei seine Hand gestreichelt. Manfredo, Fredo, der Kosename, den sie ihm gegeben hat.

Es liegt an mir, Fredo. Ich kann das nicht. Du kommst mir zu nah.

Sie will ihn verlassen, weil es zu schön mit ihm ist? Zuerst hat er lachen wollen, überzeugt, er habe sich verhört. Aber Sonja hat ganz ernsthaft weitergesprochen. Von ihrem Massagesalon. Vom Studium. Wie schwer es gewesen sei, das alles aufzubauen. Wie ihr Exfreund sie immer behindert habe mit seiner Eifersucht, die sie zunächst für Liebe hielt. Wie sie erst allmählich begriff, dass er sie nur kontrollieren und runtermachen wollte, dass es aber in Wirklichkeit er war, der sie betrog. Wie sie dann trotzdem noch lange gebraucht habe, ihr Leben wieder in den Griff zu kriegen, sich von ihm zu lösen, frei zu sein.

Ich bin Kommissar, ich hab überhaupt keine Zeit, dich zu kontrollieren, wollte Manni sagen. Ich betrüge dich nicht. Aber dann war er plötzlich nicht mehr sicher, ob er ihr das wirklich versprechen konnte. Und Sonja redete schon weiter, immer noch seine Hand festhaltend.

Du warst plötzlich da, Fredo, und ich fand dich sexy und toll und wollte ein bisschen Spaß.

Spaß?

Tränen liefen ihr jetzt über die Wangen, verwandelten sich in Sturzbäche, sie wischte sie nicht weg.

Wir hatten doch Spaß, oder etwa nicht?

Was ist los, Sonja, hast du einen anderen? Hab ich dir irgendwas getan?

Ich hab einfach Angst, Fredo, Angst, dass ich mich verliere, Angst, dass du mich verletzt, lass mich jetzt bitte allein.

Wie du willst. Ruf mich an, wenn du es dir anders überlegst.

Manni ballt die Faust, drischt einen Oizuki in die Luft. Scheiße noch mal, warum hat er das gesagt? Er hätte sie in den Arm nehmen sollen, schütteln, küssen, anschreien, wieder zur Besinnung bringen, irgendwas.

»Stör ich? Kann ich mal mit dir reden?«

Judith Krieger, ausgerechnet. Irgendwie ist es ihr beim Morgenmeeting doch wieder gelungen, Millstätt auf ihre Seite zu ziehen, sogar den Anfänger hat der KK-11-Chef ihr für ein paar Stunden zugeteilt, was also will sie von ihm? Sie lässt sich auf Kühns Stuhl fallen, der leer ist, weil Kühn wie immer pünktlich um zwölf in die Kantine gestiefelt ist. Sie fummelt an ihrer Nagelhaut rum, wahrscheinlich, weil sie hier nicht rauchen darf.

»Mir platzt der Kopf«, verkündet sie. »Ich krieg's alles nicht zusammen. Die albanische Mafia passt einfach nicht.«

Manni schiebt ihr den Bericht rüber, den er soeben verfasst hat. Igor Popolow heißt das Schwein, das mit ziemlicher Sicherheit die Kleine aus dem Saunaclub, Swetlana und wer weiß wie viele Mädchen noch auf dem Gewissen hat. Ein Spätaussiedler aus Weißrussland, seit 1985 im Besitz eines deutschen Passes. Das LKA hatte den auch schon mal im Visier und konnte nichts beweisen, wir müssen vorsichtig sein, dürfen nichts überstürzen, ist Makowskis Ansage. Laberlaber.

Die Krieger überfliegt das Ergebnis von Mannis Mühen. »Meinst du, dieser Popolow macht gemeinsame Sache mit den Albanern?«

»Wir finden es raus«, sagt Manni mit mehr Zuversicht, als er tatsächlich verspürt. Hat jemand ihn und die kleine Russin in diesem trostlosen Hinterzimmer beobachtet, oder hat er sich das nur eingebildet, wie so oft in letzter Zeit? Wenn ihn jemand beobachtet hat, ist die Kleine sicher längst woandershin verschleppt worden, unauffindbar, ohne Spur. Das alles ist ein Fass ohne Boden, nein, ein Sumpf. Die Krieger schiebt den Bericht wieder zu ihm zurück. Manni nimmt die Füße vom Tisch, stützt sich auf die Ellbogen, sieht sie an, erkennt auf einmal, wie verdammt müde und kaputt sie offenbar ist, das hat er auf der Konferenz gar nicht gemerkt.

»Was willst du, Judith?«

»Reden. Ideen austauschen, wie sonst auch. Wir sind doch eigentlich ein ziemlich gutes Team.«

Eis, sehr dünnes Eis, irgendwo in Mannis Hinterkopf schrillt eine Alarmglocke. »Klar, wir verfolgen halt gerade nur zwei verschiedene Theorien.«

»Aber wir arbeiten dabei gegeneinander, feinden uns bei den Meetings an, es ist wie ein Wettkampf, und das ist ein Fehler.«

»Okay, reden wir, klar. Wo bist du dran?« Manni angelt nach seinen Fisherman's. Bitte jetzt um Himmels willen nicht auch noch ein Psychogespräch.

»Ich frage mich die ganze Zeit, was für Daten auf Nadas Kamera und Computer waren, dass der Täter vor dem Brand noch die Speicher entfernte.«

»Ich denke, sie hat die Kunden der Pizzeria fotografiert, sie muss diese Fotos ja nicht von ihrem Atelier aus gemacht haben.«

Die Krieger vergräbt das Gesicht in den Händen, und einen Moment lang befürchtet Manni, dass sie anfängt zu heulen. Doch das ist unbegründet, natürlich, sie ist so stur wie eh und je, blickt wieder auf.

»Vielleicht war auch einfach nur ihr Liebhaber drauf. Vielleicht ist sie ermordet worden, und das hat überhaupt nichts mit den anderen Verbrechen zu tun. Eifersucht und Besitzenwollen sind sehr starke Motive. Die ersten zwei Jahre nach einer Trennung von einem Mann, der sie misshandelt hat, sind die gefährlichsten im Leben einer Frau.«

»Ich glaube nicht an Zufall. Und wir haben es hier auch nicht mit einer Privatfehde zu tun, sondern mit einem äußerst brutalen Killer, der mehrere Menschen ermordet hat.«

Sie schüttelt den Kopf. »Wenn wir die Pizzeria rauslassen, haben wir es nicht mit einem Profi zu tun.«

Scheiße, verdammte, jetzt sind sie doch wieder mittendrin.

»Judith, komm schon. Im Zentrum steht Swetlana, das, was ihr geschehen ist. Es geht hier um weit mehr als um ein Beziehungsdelikt.«

»Es geht um Gewalt gegen Frauen. Ob in sogenannten Beziehungstaten oder in der Prostitution.« Der Blick der Krieger ist so intensiv, dass Manni sich fühlt wie unter einem Mikroskop.

»Du willst doch nicht im Ernst die Niedertracht von Menschenhändlern, die blutjunge Mädchen auf den Strich zwingen und verkaufen wie Vieh, mit einem aus dem Ruder laufenden Beziehungsstreit gleichsetzen?«

»In gewisser Weise schon. Weil es in beiden Fällen Männer sind, die Frauen mit brutaler Gewalt ihren Willen aufzwingen.«

»Eine Ehefrau oder Freundin ist ein freier Mensch. Sie kann gehen.«

Die Krieger schüttelt den Kopf. »Ich hab während des Studiums in einem Frauenhaus gearbeitet, da hab ich was ganz anderes gesehen. Frauen nämlich, die von der jahrelangen Gewalt so zermürbt sind, dass sie nicht mal mehr genug Selbstbewusstsein haben, um zu kapieren: Es ist nicht okay, wenn der Mann, der sie angeblich liebt, sie bei jedem noch so kleinen Anlass schlägt. Frauen, die erst wieder lernen müssen, dass sie Rechte haben. Menschenrechte.«

»Es gibt Puffmütter, Menschenhändlerinnen, Schlepperinnen. Herrgott, es gibt sogar Frauen, die ihre Männer schlagen.«

»Ja, das weiß ich. Aber statistisch gesehen kannst du die vernachlässigen. Und was deine Zuhälterinnen angeht: Meist waren sie früher selber Opfer.«

»Hör doch mal auf mit der Opfernummer, du bist doch sonst immer so für Emanzipation! Ja, es gibt Opfer, das bestreite ich nicht. Aber diese Nada ist selbstbewusst, erfolgreich, sie hat Kohle, das sagst du selbst. Sie hat absolut freiwillig als Callgirl gearbeitet, tut es vielleicht noch.«

Judith Krieger steht auf, geht zur Tür. Schwerfällig. Resigniert. Er lässt sie gehen, wortlos, denkt an seine Mutter, die seinen Vater nicht liebte und ihn trotzdem nicht verlassen hat. Denkt an Sonja, die sagt, dass es schön ist mit ihm, und trotzdem geht. Im Karate ist ein Gegner jemand, den man respektiert. Man verneigt sich vor ihm, vor dem Kampf und nach dem Kampf, selbst dann, wenn er einen umgehauen hat. Man steht wieder auf, trainiert für die nächste Runde und hofft, dass man die gewinnen wird. Als Polizist lernt man, dass Gegner sich nicht an die Regeln halten. Man verneigt sich nicht mehr, verletzt selbst manchmal Regeln und kommt auch damit klar. Doch was ist, wenn plötzlich jemand zum Gegner wird, den man überhaupt nicht als Gegner betrachtet, weil man ihn liebt?

* * *

Judith zwingt sich, ein trockenes Brötchen zu essen und schwarzen Tee zu trinken, bevor sie die nächste Aspirintablette schluckt. Der Schmerz hinter ihrer Stirn ist jetzt dumpfer, so dass sie die Müdigkeit wieder spürt. Müdigkeit, Erschöpfung, Frustration. Es ist, als würde sie nach all den Jahren im KK 11 auf einmal eine fremde Sprache sprechen, eine Sprache, die sie von Manni und den anderen Kollegen isoliert. Frauen, Männer, der freie Wille, darum geht es eigentlich. Es gibt keinen freien Willen in einem Herrschaftssystem, würde Cora sagen. Man befolgt die Erwartungen, ohne dass jemand sie aussprechen muss, weil man gefallen will, nach Anerkennung lechzt, den Regeln gehorcht, die das System etabliert. Und diese Regeln lassen die Männer gewinnen, immer noch, so ist das. Auch wenn es natürlich Ausnahmen gibt. Kaum jemand hat die Kraft, sich dem zu widersetzen.

Judith starrt auf das Polizeilogo, das als Bildschirmschoner über ihren Monitor huscht. Sie hat Männer in ihr Bett und ihr Leben geholt und sich wieder von ihnen getrennt. Sie wollte Rechtsanwältin werden, hat sich dann für eine Karriere bei der Polizei entschieden. Es war hart, sie war oft allein, aber sie hat es geschafft. Sie geht jetzt bei diesen Ermittlungen ihren eigenen Weg. Aus freien Stücken? Ja, natürlich, zumindest ist sie davon überzeugt. Warum bezweifelt sie dann, dass es Frauen gibt, die bewusst und freiwillig ein Leben als Prostituierte wählen oder als Zuhälterin? Hat Manni recht und sie macht es sich zu leicht, wenn sie in ihnen nichts anderes als Opfer sieht?

Durch die Aufmerksamkeit der Kunden fühlen sich unsere Mädchen attraktiv, hat die Callgirl-Chefin Nicola Struwe behauptet und so weibliches Selbstbewusstsein wie eh und je als Resultat der erfolgreichen Erfüllung männlicher Wünsche definiert. Wünsche, die seit der sogenannten sexuellen Revolution der 68er, der Erfindung der Antibabypille und erst recht mit der Legalisierung von Prostitution in Deutschland immer massiver von pornografischen Bildern bestimmt werden. Was für Frauen – und zunehmend auch für Männer – bedeutet, jederzeit sexy sein zu müssen, bereit. Und wer das kritisiert, gilt als prüde, passt nicht in eine Gesellschaft, die Lust zur Norm erhoben hat, als sei Erotik Hochleistungssport, den man genauso routiniert und gefühllos zu absolvieren hat wie Facelifting, Fitnesstraining und Diäten.

Und weiter, Judith, und weiter? Was heißt das für diese Ermittlungen, was sagt das über Nada, von der du glaubst, sie sei tot? Sie blättert ein weiteres Mal durch die Kataloge, die Nadas Galeristin ihr überlassen hat, studiert die Ausschnitte der Performances, die die Künstlerin mal als eine Art Lara Croft, dann asexuell, dann beinahe kindlich zeigen. Sie geht ins Internet, studiert Nadas Website, findet jedoch weder dort noch an anderen Stellen etwas anderes als lobende Erwähnungen und Fachartikel über Nadas Kunst. Ähnlich sieht es mit Paul Klett aus, wenn er auch längst nicht so populär ist, selbst über Alexander Nolden, der als Bankvorstand und Kulturförderer ja durchaus im Licht der Öffentlichkeit steht, entdeckt Judith nichts, was ihn in irgendeiner Weise diskreditiert oder gar verdächtig macht.

Der Anfänger steckt den Kopf zu Judiths Tür herein, gerade als sie überlegt, ob sie ihrem ramponierten Körper wohl eine Dosis Nikotin zumuten kann. »Dein Gefühl war richtig, das mit den Autos ist tatsächlich interessant!«

»Ja?« Judith winkt ihn herein, plötzlich hellwach.

»Paul Klett ist Mitglied bei einem Carsharing-Unternehmen. Er hat in der letzten Woche mehrmals einen Lieferwagen ausgeliehen, angeblich um Bilder, Getränke und Stühle für die Gala zu transportieren.«

»Ach.«

»Sanders fährt Fahrrad und hat in der letzten Woche bei keiner der bekannten Kölner Autovermietungen einen Wagen geliehen. Auf Alexander Nolden ist nur ein Peugeot Cabrio zugelassen, ein typisches Frauenauto, unpassend für einen Bankvorstand, deshalb hab ich nachgefragt.«

»Und?«

»Das Cabrio fährt tatsächlich seine Frau. Nolden selbst hat einen Dienstwagen, einen Mercedes 500, der ihm jedoch am vergangenen Montag gestohlen wurde, sagt er.«

»Du bist klasse, hab ich dir das schon mal gesagt?«

Ralf Meuser errötet, grinst.

Judith steht auf.

»Wir brauchen die Autos so schnell wie möglich, die KTU soll sie untersuchen, Blut, Fasern und so weiter, komm.«

Sie hat Glück, Axel Millstätt ist in seinem Büro. Er mustert Judith mit unergründlichem Blick, hört sich an, was sie zu sagen hat, schüttelt den Kopf.

»Was du hast, reicht nicht für einen Durchsuchungsbeschluss. Weis mir zweifelsfrei nach, mit wem dieser eskalierte Streit im Atelier stattgefunden hat. Und was Alexander Nolden angeht: Er hat Alibis, die seine Frau bestätigt. Er ist vollkommen unbescholten. Du kannst ja noch nicht mal mit Sicherheit sagen, dass er überhaupt ein intimes Verhältnis mit dieser Nada hat.«

»Das Alibi einer Ehefrau ist nicht viel wert, vielleicht lügt sie für ihn.« Eine wilde Anschuldigung, vollkommen aus der Luft gegriffen, Judith weiß das selbst.

Der KK-11-Leiter beginnt, in seinen Akten zu blättern. »Halt dich an die Fakten. Bring mir Beweise. Verrenn dich nicht.«

Wie gescholtene Kinder schlurfen sie aus seinem Büro.

»Bleib trotzdem dran«, bittet Judith den Anfänger. »Halt die Augen offen, ob irgendwo Noldens gestohlener Wagen auftaucht, schau, ob du sonst irgendetwas findest.«

Sie geht zurück in ihr Büro, ruft wieder Google auf. Nicht einmal über Noldens Scheidung gibt es negative Schlagzeilen. Eine Trennung in beidseitigem Einvernehmen, leise und diskret, ohne Kinder und Nebenbuhler. Rebecca Nolden, geborene Sollner, einzige Tochter eines betuchten Kölner Sicherheitsunternehmers. Judith wählt Coras Nummer, hat Glück und erreicht sie direkt.

»Bitte«, sagt sie, »ich weiß, dass das gegen eure Regeln verstößt, aber schaust du nach, ob bei euch schon mal eine dieser Frauen um Hilfe gebeten hat: Rebecca Nolden. Marlene Nolden. Nanette Dannen, genannt Nada.«

Eine Pause entsteht, Judith greift nach ihrem Tabak, beherrscht sich, legt ihn wieder weg.

»Also gut, Judith«, sagt Cora zögernd, und Judith hört das Klappern ihrer Computertastatur, denkt dabei an die letzte Nacht, wie sie getanzt haben, gelacht, glaubt wie ein fernes Echo Patti Smith zu hören, das wilde Verlangen in der Stimme dieser rockenden Intellektuellen, die sich niemals einlullen oder verbiegen ließ. Das Klappern der Tastatur am anderen Ende der Telefonleitung verebbt, Cora räuspert sich. »Tut mir leid, diese Frauen sind nicht bei uns in der Kartei. Aber ich hab vielleicht bald was anderes für dich, einen Kontakt wegen deiner Komapatientin.«

»Swetlana?«

»Ja. Ich melde mich.«

Swetlana, das russische Mädchen. Hat Manni recht und im Kern dieses Falls geht es um sie? Können sich Swetlana und Nada begegnet sein, und hat diese Begegnung die Mordserie ausgelöst? Jetzt weißt du, wie es ist. Die Erinnerung an die Traumstimme ist Hohn, das Gefühl einer sich nähernden Bedrohung wird stärker, treibt Judith hoch, weg von ihrem Computer, raus aus dem KK 11.

Rebecca Nolden hat nicht wieder geheiratet, ist immer noch kinderlos, arbeitet als Controllerin im Kölner Stammsitz der väterlichen Firma. Eine schöne Frau, dunkelhaarig, schlank, ihrer Nachfolgerin an der Seite des Bankvorstands durchaus ähnlich. Sie bestreitet energisch, dass es irgendetwas Erwähnenswertes zu ihrer Scheidung zu sagen gibt, als Judith eine halbe Stunde später vor ihr steht.

»Wir hatten uns einfach auseinandergelebt, nachdem

die erste Verliebtheit vorüber war. Alexander langweilte sich hier im Unternehmen. Er war nicht ausgelastet, und ich wiederum habe sein Interesse an Kunst nicht geteilt.«

»Hat er Sie betrogen? Oder misshandelt?«

Manchmal lockt eine Provokation die Befragten aus der Reserve, doch Noldens Exfrau weist Judith wortlos die Tür.

* * *

Licht, sie braucht Licht, viel mehr, als jemals durch die mickrigen 50er-Jahre-Mietshausfenster ihrer Wohnung fallen könnte. Selbst im Sommer ist es hier zu dunkel, um zu arbeiten, wie hat sie bloß auf die Idee verfallen können, sie bräuchte kein Atelier? Thea Markus hinkt zur Toilette, ballt die Fäuste, presst sie auf ihren Unterleib. Das Blut strömt weiterhin aus ihrem Körper. Menstruationsblut, Wechseljahresblut, Altfrauenblut, unaufhaltsam, Tag um Tag. Raubt ihr die Lebenskraft, raubt ihr die Lust, genau wie ihr verfluchtes Knie.

Machen Sie die Schmerzen weg, machen Sie, dass ich wieder laufen kann, hat sie die Ärzte nach dem Unfall angefleht. Wir tun, was wir können, Frau Markus, haben sie gesagt, und eine Operation folgte auf die nächste, endlose Tage, betäubt von den Schmerzmitteln, warten, hoffen, warten, aushalten. Am Ende musste sie aufgeben, klein beigeben, den Ärzten glauben, die ihr versicherten, dass mehr als dieses erbarmungswürdige, schmerzende Hinken von ihrem Bein nicht mehr zu erwarten war. Tibiakopftrümmerfraktur mit Gelenkbeteiligung, lautete die offizielle Diagnose. Den Schienbeinkopf hatten sie, so gut es ging, zusammengeflickt, die Gelenkflächen wieder gerichtet und geglättet, was jedoch nicht vollständig gelang, obwohl sie mit Knochenspänen aus Theas Beckenkamm kitteten.

Besser geht es leider nicht, hatten die Ärzte schließlich erklärt. Sie werden immer Schmerzen haben, besonders am Morgen oder nach längerer Bewegungslosigkeit, es kann auch eine gewisse Wetterfühligkeit eintreten und leider durch den erhöhten Abrieb der Knorpel auch frühzeitiger Gelenkverschleiß. Wir werden deshalb vermutlich immer mal wieder nachoperieren müssen, die Menisken glätten, um die Schmerzen in einem erträglichen Maß zu halten. Erträglich! Außer sich vor Wut hatte Thea dieser Prognose gelauscht. Dann setzen Sie mir halt direkt ein künstliches Kniegelenk ein, hatte sie geschrien. Doch das verweigerten die Ärzte. Sie sind jetzt fünfundzwanzig Jahre alt, Frau Markus. Ein künstliches Kniegelenk hält zehn, mit Glück vielleicht zwanzig Jahre lang. Ein Wechsel wird schwierig, wenn nicht gar unmöglich. Es bliebe dann nur noch die Amputation.

Thea starrt in den Spiegel. Das Weiß schimmert am Haaransatz schon wieder unter der schwarzen Farbe durch, sie hat ihr natürliches Dunkelbraun früh verloren. Die Krähenfüße sind seit dem Brand tiefer geworden, neue Linien sind hinzugekommen, auf der Stirn, in den Mundwinkeln. Sorgenfalten, was für ein hässliches Wort. Vielleicht sollte sie wirklich auf ihre Frauenärztin hören und sich von der irrationalen Angst lösen, ohne ihre Gebärmutter sei sie keine vollwertige Frau. Und wenn sie dann schon mal wieder im Krankenhaus ist, kann sie sich gleich noch das Knie ersetzen lassen. Thea lehnt sich an die Wand, die Hände fest auf den Bauch gepresst. Einundfünfzig, du bist einundfünfzig, Thea, wie lange willst du noch leben? Zehn, zwanzig, dreißig Jahre? Und vor allen Dingen, wie willst du leben? Ja, es kann schiefgehen, dich in den letzten Jahren in den Rollstuhl zwingen. Doch vielleicht wäre es das wert, für eine Periode der Schaffenskraft, ohne Blut, ohne Schmerz?

Es klingelt. Nachdrücklich, fordernd, schrill. Thea schleppt sich zur Gegensprechanlage. Die Kommissarin Krieger verlangt ein weiteres Gespräch, sitzt nur Sekunden später in Theas Küche. Sie ist außer Atem, wirkt gehetzt, fixiert Thea mit ihren schönen granitgrau-blauen Augen.

»Es gab Streit in Nadas Atelier. Lautstarken Streit. Handgreiflichkeiten. Ich will wissen, mit wem.«

»Ich weiß es nicht.« Thea setzt sich der Kommissarin gegenüber, versucht ihrem durchdringenden Blick standzuhalten. »Wirklich nicht.«

»Paul. Paul Klett.«

»Nein!«

Die Kommissarin blättert in ihrem in schwarzes Leder gebundenen Notizbuch, so heftig, dass einige Seiten einreißen. »›Sie hat mich gepackt, ich bin ihr verfallen‹, hat Paul Klett über sein Verhältnis zu Nada ausgesagt. ›In letzter Zeit war ich nicht mehr so angesagt bei ihr.‹« Die Kommissarin rammt einen Füller als Lesezeichen zwischen die Seiten, schleudert das Notizbuch auf den Tisch. »Eifersucht ist ein starkes Motiv, Frau Markus.«

»Es war nicht Paul, ich hätte doch seine Stimme erkannt.«

»Sind Sie sicher?«

Ja. Nein. Ja. Das Krachen von Möbeln. Verzerrte Stimmen.

»Paul ist kein gewalttätiger Mensch.«

»Sie wissen also nicht, ob er derjenige war, der mit Nada gestritten und sie wohl auch geschlagen hat.« Die Kommissarin wirft einen hastigen Blick auf ihre Armbanduhr. Ihre nervöse Energie beginnt sich auf Thea zu übertragen.

»Paul ist nicht gewalttätig. Und niemals würde er die Kunstfabrik gefährden. Die Ateliergemeinschaft ist sein Baby, er lebt dafür.«

Die Kommissarin verzieht das Gesicht, als hätte sie Schmerzen.

»Der heftigste Streit fand am Abend des 4. Januar statt. Zwei Tage vor dem Mord an Wolfgang Berger.«

War es so? Thea hat noch nie gern Kalender geführt, und die letzten Tage waren chaotisch. Sie stützt die Ellbogen auf den Tisch. »Möglich, ja.«

»Sie haben den Streit also mitbekommen.«

Thea nickt.

»Haben Sie Nada an diesem Abend noch gesehen?«

»Nein. Ich bin bald danach heimgefahren. Etwa eine halbe Stunde später.«

»Sie sind also einfach gegangen. Haben Sie sich nicht um Nada gesorgt?«

»Der Streit war schnell vorbei.«

»Wie konnten Sie da so sicher sein?«

»Sie hatten Sex, als ich ging.«

»Was für Sex?«

»Wie bitte?«

»Kann es eine Vergewaltigung gewesen sein?«

Eine Schmerzwelle jagt durch Theas Bein, weil sie sich zu heftig bewegt hat. Sie ballt die Fäuste. »Wie soll ich das wissen? Es hat ja niemand um Hilfe geschrien.«

»Haben Sie Nada danach überhaupt noch mal gesehen?«

»Ich glaube schon.« Thea versucht sich zu erinnern. »Doch, ja, am nächsten Vormittag, als sie sich das Messer lieh. Sie wirkte völlig normal.«

»Das Messer«, echot die Kommissarin.

»Ich meine, wenn Nada vergewaltigt worden wäre – ich hätte ihr das doch anmerken müssen, ansehen?«

»Man sieht solche Verletzungen nicht auf den ersten Blick.« Die Kommissarin krakelt eine völlig unleserliche Notiz in ihr Heft und beginnt dann im Stakkatotempo zu dozieren. Über Gewaltopfer. Über Nadas Callgirl-Vergangenheit. Darüber, dass sie Nada trotzdem und trotz aller Affären nicht für käuflich hält, sondern für eine Frau mit Prinzipien, die sich vor allem als Künstlerin begreift.

»Ja, das stimmt.« Auf einmal kommen die Bilder aus den Ateliers zurück, die Thea bislang verdrängen konnte. Kunst in schwarzen Trümmern, Nadas, Theas. Was für eine Ironie, dass das einzige von Theas aktuellen Bildern, das nicht verbrannt ist, nun ausgerechnet bei der Kommissarin hängt.

Judith Krieger lehnt sich vor. »Ich glaube, dass Nada tot ist, ermordet von dem Mann, mit dem sie gestritten hat. Ich glaube, dass sie dieses Messer von Ihnen ausgeliehen hat, um sich zu schützen.«

Thea starrt sie an. »Aber doch nicht vor Paul …«

»Alexander Nolden, was wissen Sie von ihm?«

»Alex?«

Der blaugraue Blick wird noch intensiver, als ob die Kommissarin Theas Worte aus ihr heraussaugen wollte. »Sie sind näher miteinander bekannt?«

»Ich war in der Meisterklasse seiner Mutter. Roswitha Nolden.«

»Und deshalb duzen Sie ihren Sohn?«

»Roswitha hat mich sehr gefördert, auch nach dem Studium noch. Ich war oft bei ihr zu Hause, manchmal war auch Alex da.«

»Weiter.«

»Nichts weiter. Wir haben uns unterhalten, meist über Kunst. Dann passierte mein Unfall, und alles war sowieso anders. Roswitha war damals schon sehr krank. Alex hat mich ab und zu im Krankenhaus besucht. Das werde ich ihm nie vergessen. Er hat mich dadurch wieder zur Kunst gebracht, mir Mut gemacht, ich konnte ja erst mal nur an meine Behinderung denken.«

»Liebte er Sie?«

»Einen Krüppel?« Thea lacht bitter. »Selbst wenn: Ich wollte kein Mitleid, hätte das zu verhindern gewusst.«

»Sie sind Nada ähnlich.«

Thea schluckt hart. »Was wollen Sie damit sagen?«

»Nada hat Alexander Nolden als Hauptsponsor für die Kunstfabrik gewonnen. Wie weit ging Noldens Unterstützung? Hat er ein Verhältnis mit ihr?«

Paul und Nada, Alex und Nada, kann das sein? Ja, natürlich, warum auch nicht. Weiß sie wirklich, wie Paul und Alex in Extremsituationen klingen und wozu sie fähig sind? Beim Sex mit einer jungen Frau? Bei einem Streit? Oder hat sie sich das alles nur eingebildet, frustriert und allein, zerfressen von Neid?

»Ich möchte einen Namen, Frau Markus. Sie machen sich strafbar, wenn Sie jemanden schützen, aus falsch verstandener Solidarität.«

Thea zwingt sich, den Blick der Kommissarin zu erwidern. »Paul oder Alex? Ich kann mir einfach nicht vorstellen, dass einer von beiden ein Mörder ist.«

* * *

Sie muss verrückt sein, total verrückt, denn was sie vorhat, ist vollkommen irrational. Ekaterina zieht Pelzmütze und Anorak an, löscht das Licht in ihrem Arbeitszimmer, tritt auf den stillen, dunklen Flur. Sie sollte heimgehen zu Tjuollda, ein Bad nehmen, sich stärken für ihr bevorstehendes Abenteuer mit Kommissar Korzilius. Doch eine fremde, unverständliche Macht treibt sie am Haupteingang des Rechtsmedizinischen Instituts vorbei, hinunter in den Kühlkeller, wo die Toten auf sie zu warten scheinen.

Ekaterina schließt die schwere Tür hinter sich und atmet tief durch. Die Metallwand mit den Bahren schimmert grünlich im Schein der Notbeleuchtung, das vertraute Summen der Kühlanlage gibt ihr Mut. Sie öffnet erst Bergers Fach, dann das von Baldi, zwingt sich, ihm ins verkohlte Gesicht zu sehen. Auch er muss mit Swetlana geschlafen haben, auch sein Chlamydientest ist positiv. Ekaterina verharrt zwischen den beiden Ermordeten, empfängt ihre Energie, so wie sie es am Nachmittag an Swetlanas Krankenbett getan hat. Sie atmet jetzt ruhiger, lässt ihre Gedanken kommen und wieder gehen. Gedanken an Ines, die sie nicht findet, die Sorge über das, was ihr geschehen sein könnte. Erinnerungen an die Insel und das Gift der Feigheit. Sehnsucht nach einer Liebe, lange vergessen, nie erfüllt. Gedanken an ihre Großmutter und die Kraft, die sie umgibt, sobald sie Mantel und Trommel ergreift.

Einatmen, ausatmen, ein, aus. Vorhin hat Cornelia Offinger angerufen und Ekaterina gebeten, für Judith Krieger ein paar Namen zu prüfen. Rebecca Nolden. Marlene Nolden. Nanette Dannen. Keiner der Namen ist in der Kartei registriert. Einatmen, ausatmen. Ruhig werden, konzentriert. Morgen wird sie sich mit Ines beschäftigen. Jetzt geht es darum, Swetlana zu rufen, auch wenn das verrückt ist, auch wenn Ekaterina bezweifelt, dass ihr das gelingt. Einatmen, ausatmen, ein, aus. Den ganzen Tag hat sie sich davor gefürchtet, vielleicht sogar ihr ganzes Leben.

Ekaterina schiebt die Metallbahren der toten Männer zurück in die Wand, schließt für einen Moment die Augen. Du darfst keine Angst haben, Katjuschka. Ganz plötzlich erfüllt die Stimme den Keller, so nah, als wäre die Großmutter hier. Weiß sie, was Ekaterina hier tut, heißt sie es gut, will sie sie unterstützen? Ekaterina verlässt den Kühlraum, geht zum Kellerausgang hinaus in die Nacht. Ein anderes Summen liegt hier in der Luft, rastlos, getrieben, der Klang der Stadt. Möglichst lautlos tritt Ekaterina auf den jüdischen Friedhof, und auch wenn sie weiß, dass das physikalisch unmöglich ist, fühlt sie sofort, dass es um sie herum stiller wird.

Ein Schritt, noch ein Schritt, einatmen, ausatmen. Der Fuchs schnürt herbei, wittert, verharrt. Er hat überhaupt keine Scheu vor ihr, sieht sie einfach an, fast so, als grüße er sie. Ekaterina sieht ihm ins schmale Gesicht, denkt an Swetlana dabei. Ein schönes Mädchen mit einem Traum, so verwundet, dass sie zwischen den Welten verloren ging. Ein Joik ist nicht einfach ein Lied, das du über etwas singst, hat ihr die Großmutter erklärt. Ein Joik kommt aus deinem tiefsten Inneren, verbindet dich mit den Seelen der Welt. Du joikst die Traurigkeit oder das Glück. Du joikst einen See, den Wald, die Sterne, den Schnee. Und wenn du sehr gut joikst und dich sehr konzentrierst, schaffst du es vielleicht, die Seelen von Menschen zu rufen, die du auf andere Art nicht mehr erreichen kannst.

Die alte Sprache, die alten Rhythmen. Nie hat Ekaterina sie benutzt, und doch sind sie ihr vertraut. So oft hat sie der Großmutter zugehört. Wenn das Polarlicht über den Himmel zuckte. Wenn die Mitternachtssonne den See in Zwielicht tauchte. Wenn sie am Feuer um Heilung für einen Nachbarn bat. Du musst den Joik fühlen, Katjuschka, hat die Großmutter erklärt. Er ist nicht Gesang, nicht Gejodel, nicht Gebet, er ist etwas Eigenes, und wenn der Joik gelingt, von allem ein Stück.

Es ist dieses alte Wissen, uralt, archaisch, das jetzt in Ekaterinas Kehle drängt, so selbstverständlich, als sei ein Joik für sie nichts anderes als eine Obduktion. Ein Lufthauch streift sie, dunkel und kühl. Ihr Herz beginnt zu rasen, als sie die schwarze Silhouette in der Platane entdeckt. Ein Rabe. Das zweite Krafttier ihrer Urgroßmutter. Oder träumt sie nur?

* * *

Der dunkle Audi folgt ihnen schon, seit sie die Innenstadt hinter sich gelassen haben und durch menschenleeres Industriegebiet kurven, am Rheinhafen vorbei, dann jenseits der Pferderennbahn Richtung Müllverbrennungsanlage. Manni verlangsamt das Tempo und schaut in den Rückspiegel. Ein Audi TT, wenn ihn nicht alles täuscht. Das Kennzeichen ist nicht lesbar, unbeleuchtet oder stark verschmutzt. Ist das nun ein Verfolger oder wieder mal nur ein Produkt seiner Fantasie? Soll er anhalten und ihn überprüfen? Die Kohleaugen der Petrowa kreuzen sich mit Mannis Blick im Rückspiegel. Steif und sehr aufrecht thront die Rechtsmedizinerin auf der Rückbank des GTI, ihre absurde Pelzmütze noch immer auf dem Kopf. Irgendwas ist mit ihr, irgendwas strahlt sie aus, das Manni nicht einordnen kann. Er zwinkert ihr zu, um sie aufzumuntern. Ohne eine Miene zu verziehen, starrt sie zurück. Sie mag keine Abenteuer, schon gar keine nächtlichen Experimente auf dem Kölner Straßenstrich, so viel ist klar.

Wieder checkt Manni den Rückspiegel, der Audi trödelt. Vielleicht hat er einfach nur dasselbe Ziel. Im Herbst hatten sie einen Fall in Longerich, die dabei erworbenen Ortskenntnisse kommen Manni jetzt zupass. »Festhalten«, warnt er die Petrowa, gibt dann Vollgas und fluppt mit quietschenden Reifen abrupt nach links ins Wohngebiet, im Zickzack durch ein paar Spiel- und Einbahnstraßen, dann mit einem U-Turn zurück auf die Neusser Landstraße und seitlich auf einen Feldweg, wo er mit abgeschalteten Scheinwerfern sondiert, ob die Luft nun rein ist. Die Petrowa sagt keinen Ton, rückt nur ihre Pelzmütze zurecht. Manni grinst. Besser als das Geschrei der Krieger, sobald es ein bisschen rasanter wird, und noch dazu hat es geklappt: Der Audi ist nicht mehr zu sehen.

Die Aktion mit der Petrowa ist eine Notmaßnahme, deren Erfolg in den Sternen steht, man könnte auch sagen: Der Ausflug auf den Strich ist eine Verzweiflungstat. Denn trotz aller Ackerei kommen sie im KK 11 nicht weiter. Es gibt keinen Hinweis, dass diese Nada noch anschafft. Es gibt wenig Hoffnung, dass Swetlana erwacht. Wie ein Marktschreier hat Manni dafür plädiert, wenigstens Popolows Scheißharemsclub hochgehen zu lassen und die verängstigte Kleine aus dem fensterlosen Hinterzimmer zu befreien, augenblicklich, sofort. Erst bräuchte man einen Beweis dafür, dass sie minderjährig sei, hat Makowski erklärt. Zu oft schon habe man Popolows Etablissements erfolglos gefilzt und jetzt, wo es um Mord ginge, wolle man ihn doch nicht warnen. Auch Millstätt hat sich nicht erweichen lassen. Man müsse vorsichtig agieren. Was für eine langweilige Leier.

Manni dreht sich zu der Petrowa um.

»Wie gesagt, die Frau, die wir brauchen, heißt Irina. Sie kennt die Russenszene hier in Köln, ist womöglich als

Minderjährige von einem Zuhälter namens Igor Popolow hierher verschleppt worden, hat ein paar Jahre in seinen Clubs angeschafft, wurde drogenabhängig und landete schließlich auf dem Straßenstrich.«

Die Petrowa nickt.

»Das mit Popolow und dass sie Swetlana kennt, ist aber nur eine Vermutung.« Manni hat nicht vor, die russische Rechtsmedizinerin mit einer exakten Wiedergabe der Empfehlungen seiner Geschlechtsgenossen in den Freierforen zu belasten, die ihn auf die sogenannte rote Russin brachten. Jedenfalls scheint sie unter denen als echter Knaller zu gelten.

Wieder nickt die Petrowa. Allmählich wird Manni ihr hartnäckiges Schweigen unheimlich.

»Alles in Ordnung?«

Ihr Gesicht schimmert bläulich im Widerschein der Armaturen, ihre Augen funkeln wie schwarze Glut.

»Soll ich mich jetzt verstecken?« Sie entfaltet die Decke, die Manni auf dem Rücksitz bereitgelegt hat, rutscht auf den Boden, ohne seine Antwort abzuwarten. Manni löst seinen Sicherheitsgurt, dreht sich nach hinten und hilft ihr, die Decke über sich zu breiten.

»Wenn diese Irina merkt, dass ich Polizist bin, wird sie nichts sagen«, wiederholt er dabei noch einmal. »Du suchst Swetlana, ich helf dir dabei, rein privat, das ist unsere Version. Ich hol Irina ins Auto, tu erst mal so, als sei ich ein Freier, und erst wenn ich den Motor ausschalte und anfange, nach Swetlana zu fragen, gibst du dich zu erkennen und übersetzt, okay?«

Das Ja der Rechtsmedizinerin wird von der Decke gedämpft, die sie nun vollständig über sich gezogen hat.

»Wir müssen sehr vorsichtig sein, dürfen sie auf keinen Fall verschrecken«, sagt Manni eindringlich.

Die Antwort der Rechtsmedizinerin ist ein dumpfes Hmpf. Nun denn. Manni checkt ein letztes Mal die Straße nach Anzeichen eines Audis, fährt dann stadtauswärts, auf den von roten Warnlichtern umkränzten Schlot der Müllverbrennungsanlage zu, dessen Silhouette im Nachthimmel wenig romantisch den Rotlichtbezirk Geestemünder Straße überragt.

Die Verlagerung des Straßenstrichs auf eine städtische Industriebrache in diesem gottverlassenen Außenbezirk ist ein Kölner Erfolg nach holländischem Vorbild. Polizei, Hilfsorganisationen und Stadt schreiben ihn sich gemeinsam auf die Fahnen, denn entgegen allen Unkenrufen nehmen die Huren das Angebot an, wissen die häufige Präsenz von Streetworkerinnen des Sozialdiensts Katholischer Frauen und von der Polizei sogar zu schätzen, weil sie erkannt haben, dass die gewaltsamen Übergriffe der Freier dadurch deutlich zurückgegangen sind. Und auch die Freier selbst kommen nach anfänglichem Zögern zahlreich, weil sich ihre Sorge um verlorene Anonymität als unbegründet erwies. Sogar die Bürger im nahen Longerich haben sich beruhigt.

Ein Sichtschutzzaun markiert den Anfang des Geländes, Manni rollt im Schritttempo hinter einem Passat mit Baby-an-Bord-Aufkleber zur Anbahnungszone. Die Russin Irina hat rote Haare und fast keine Zähne, was, wenn er den Empfehlungen seiner Online-Kumpels glauben darf, den besonderen Kick beim Oralverkehr garantiert. Manni schaudert, fixiert die Ladys am Straßenrand. Auf dem Drogenstraßenstrich arbeiten normalerweise die Kaputtesten der Kaputten, die kein Bordellbesitzer der Welt mehr einstellen würde. Doch das Kölner Modellprojekt hat das verändert. Die Sicherheit und kleine Extras wie Toiletten und Waschräume wissen inzwischen auch Nutten zu schätzen, die clean sind. Hartz-IV-Empfängerinnen zum Beispiel oder die üblichen Doofies, die im Auftrag ihrer Ehemänner oder sogenannten Freunde auf die Straße gehen, aus Liebe, wie es dann so schön heißt.

Nicht rothaarig, zu alt, zu viele Zähne, zu blond. Bemüht, keinen Blickkontakt aufkommen zu lassen, fährt Manni an den Huren vorbei. Geradeaus erkennt er den Blechcontainer, in dem die Frauen sich während der Öffnungszeiten aufwärmen und von Sozialarbeiterinnen beraten lassen können. Bei der Riege schmaler, an der Stirnseite offener Blechgaragen handelt es sich um die sogenannten Verrichtungsboxen, die bei der Eröffnung für bundesweite Schlagzeilen sorgten. Auch sie sind eine Erfindung aus Utrecht, die gleich mehrere Fliegen mit einer Klappe schlägt. Zum einen sind die Paare vor fremden Blicken geschützt, wenn sie zur Sache kommen, und somit kein öffentliches Ärgernis mehr. Zum anderen sind die Boxen so ausgestattet, dass sich die Nutten sicher fühlen. Denn eine Betonschwelle an der Wand neben der Fahrertür verhindert, dass die Freier aussteigen können, wenn sie erst mal rein gefahren sind. Die Nutten hingegen können sich im Fall der Fälle vom Beifahrersitz aus durch eine Stahltür in den Aufenthaltsraum im Rücktrakt der Verrichtungsboxen retten und per Alarmknopf Hilfe ordern.

Der Familienpapa vor Manni hat seine Wahl getroffen, ein magersüchtiges Mädchen mit steinaltem Gesicht steigt bei ihm ein. Manni lenkt den GTI in die nächste Runde. Ab 22 Uhr sei Irina sicher hier, hat ihm sein Online-Kumpel Supersize geschrieben, doch wie verlässlich ist das nur?

»Ist Irina da?«

Heilige Scheiße, die Petrowa hat er schon fast vergessen, ihre dunkle Stimme versetzt ihm eine Gänsehaut.

Ich seh sie nicht, will er sagen, doch im selben Moment stolpert eine rotmähnige Lady in den Lichtkegel seiner Scheinwerfer, die exakt den Beschreibungen aus dem Internet entspricht.

»Ich hab sie, ruhig«, zischt er durch die Zähne, bremst und lässt das Beifahrerfenster runter.

»Irina?«

Das zahnlose Lächeln lässt er als Antwort durchgehen. Schwer atmend lehnt sich die rote Russin zu ihm herein. Schweiß perlt auf ihrer Stirn, ihr Atem riecht säuerlich und nach kaltem Zigarettenrauch.

»Blase dreißig, ficki fünfzig, ohne hundert.«

Ficki, das hat auch die verängstigte Kleine gesagt. Die Erinnerung an sie wirkt elektrisierend.

Manni ringt sich ein Lächeln ab. »Ohne. Steig ein.«

Irina wirft sich auf den Beifahrersitz und mustert ihn. Ihre Hände krampfen sich ineinander, ein vergeblicher Versuch, das Zittern der beginnenden Entzugserscheinungen zu kaschieren.

»Fünfzig vorher, fünfzig nachher.«

Manni nickt, steuert auf die Verrichtungsboxen zu. Drei sind belegt, das Heck des Passats schaukelt sachte. Die Holländer haben wirklich an alles gedacht, sogar zwei schmalere Boxen für die Bedürfnisbefriedigung der rad- oder mopedfahrenden Klientel haben sie eingeplant. Doch das ist jetzt uninteressant. Manni lenkt in die hinterste freie Box und schaltet den Motor ab. Die rote Russin reagiert prompt und macht einen Schmollmund, was offenbar animierend wirken soll. Ihr Perückenhaar knistert statisch an der Kopfstütze, als sie sich Manni zuwendet. Manni fischt einen Geldschein aus seiner Hosentasche. Irina grimassiert ein Lächeln und schält sich routiniert aus ihrer abgeschabten Lacklederjacke, nachdem sie den

Schein in ihrem Stiefelschaft verstaut hat. Ein Geruchspotpourri aus Schweiß und süßlichem Parfum erfüllt den GTI.

»Halt, warte bitte.« Manni ergreift die Hand der roten Russin, bevor sie sich selbst oder gar ihm weitere Kleidungsstücke vom Leib pulen kann. Sie hebt an zu protestieren, besinnt sich aber, als er mit einem weiteren 50-Euro-Schein wedelt.

»Ich hab eine Freundin dabei. Sie will mit dir reden«, sagt Manni sehr langsam und deutlich.

Dunkel melodisches, Manni vollkommen unverständliches Russisch ist die Antwort, nicht aus Irinas Mund, sondern von der Petrowa, die sich nun ganz vorsichtig aufrichtet. Die rote Russin entreißt ihre Hand mit erstaunlicher Kraft Mannis Griff und rückt von ihm ab. Ihre von Wimperntusche verklebten Augen flackern. Sie langt nach dem Türöffner, doch offensichtlich gelingt es der Petrowa, sie zum Bleiben zu überreden. Vorerst zumindest, das macht Irinas Körperhaltung überdeutlich klar.

Eigentlich hatte Manni geplant, die Fragen selbst zu stellen und Ekaterina Petrowa nur als Dolmetscherin einzusetzen, nun wird ihm klar, dass es so nie und nimmer funktioniert hätte. Er gibt der Rechtsmedizinerin die Fotos, beobachtet, wie sie eins nach dem anderen an Irina weiterreicht, ohne ihren Redefluss zu unterbrechen. Swetlana. Berger. Baldi. Nada. Das Russische ist wirklich eine schöne Sprache, ganz weich. Irina gibt ihm die Fotos zurück, es sieht nicht aus, als habe sie eine der Personen erkannt, aber die Petrowa kommt jetzt offenbar richtig in Schwung. *Da,* erwidert sie, *da, da, da,* wenn Irina etwas sagt, eine einzige Silbe, die beinahe zärtlich klingt. Frage, Antwort, Frage, Antwort. *Da. Da.* Reden sie über das Wetter? Kochrezepte? Weltpolitik? Menschenhandel?

»Frag sie nach Igor, Igor Popolow«, drängt Manni, als die Frauen eine Pause machen.

Ein keuchender Laut ist die Antwort, und bevor Manni etwas tun oder sagen kann, ist die rote Russin bereits aus dem Auto gesprungen und durch die Stahltür ins rettende Hinterzimmer verschwunden, ganz so, als sei der Teufel hinter ihr her.

Dienstag, 17. Januar

Sie ist weitergekommen, sehr viel weiter. Die Nebel lichten sich. Sie kennt jetzt Swetlanas Geschichte und ihre Identität. Und doch erscheint Judith das Gesamtbild unklarer denn je. Sie schert nach links aus und gibt Gas. Ihre Ente schnarrt dünnbrüstig, fügt sich dann und beschleunigt, so dass Judith den Traktor hinter sich lassen kann. Kahle Weinberge erheben sich neben der Bundesstraße in den wolkenverhangenen Morgenhimmel, der Rhein sieht aus wie flüssiges Blei. Im Sommer ist eine Schiffstour über diesen zum Weltkulturerbe geadelten Flussabschnitt ein Highlight für Touristen aus aller Welt. Jetzt wirken die Schlösser, Burgen und Dörfer öde, vom viel besungenen Loreleycharme dieser Landschaft ist nichts zu spüren.

Coras Fürsprache hat Judith am frühen Morgen nach Remagen gebracht, in eine Schutzwohnung für Frauen, die erst wieder lernen müssen, dass es so etwas wie Sicherheit für sie gibt. Lea Ackermann, eine deutsche Nonne, die es sich zur Lebensaufgabe gemacht hat, Frauen und Mädchen zu retten, die als Sexsklavinnen quer durch die globalisierte Welt geschleust werden, steht den Schutzwohnungen mit ihrem Verein Solwodi vor. Psychologinnen, Pädagoginnen und Juristinnen unterstützen sie, versuchen den Frauen, die es zu ihnen schaffen, zur Seite zu stehen, damit sie neu anfangen können und möglichst auch die Kraft finden, gegen ihre Peiniger auszusagen.

Die Frauen brauchen viel Zeit, wenn sie bei uns ankommen. Kotzen sich meist erst mal wochenlang ihren Ekel aus dem Leib, hat die Sozialarbeiterin Judith erklärt. Auch Olga habe das getan. Olga, Swetlanas beste Freundin, der es gelang zu entkommen. Die Judiths Fragen beantwortete, zögernd, ganz leise und nur, weil Judith nicht als Polizistin kam, nichts von ihr forderte, schon gar nicht, dass Olga ihre Antworten in einer offiziellen Vernehmung wiederholt. Judith presst die Lippen zusammen. Jedes einzelne Wort hat Olga wehgetan, das war deutlich zu spüren. Als Judith ihr schließlich von Swetlana erzählte, begann Olga zu weinen, und die Betreuerin hatte Judith weggeschickt.

Regen tropft auf die Windschutzscheibe, das Gebläse der Ente versagt einmal mehr seinen Dienst, die Scheiben beschlagen. Judith hält bei einer Tankstelle, kauft ein Reinigungstuch gegen das Beschlagen und einen Becher Milchkaffee, raucht eine Zigarette im Nieselregen, an den Kotflügel der Ente gelehnt. Puzzlesteinchen fügen sich zusammen. Berger, Baldi, Swetlana, ihre Verbindungen miteinander. Igor Popolow heißt der Mann, der für Swetlanas und Olgas Schicksal verantwortlich ist, Manni hat recht. Doch was Nada angeht, sieht Judith noch immer kein Licht. Wieder, schon wieder, rekapituliert sie, was sie weiß: Nada hat kurz vor ihrem Verschwinden in ihrem Atelier mit einem Mann gestritten. Dieser Mann hat sie vergewaltigt, wahrscheinlich, vielleicht. Nada hat niemandem davon erzählt und auch keine Anzeige erstattet. Stattdessen hat sie sich von Thea Markus das Schnitzmesser geliehen, mit dem später der S-Bahn-Fahrer Wolfgang Berger erstochen wurde. War er der Mann, der Nada vergewaltigte und schlug? Hat sie ihn deshalb erstochen? Er war nicht attraktiv genug, um für Nada als Liebhaber reizvoll zu sein. Hat Manni also auch damit recht, dass Nada noch immer als Callgirl arbeitet, war Wolfgang Berger ein Kunde von ihr?

Judith tritt ihre Zigarette aus, reinigt die Scheiben ihrer Ente, wählt Coras Nummer.

»Ich komme noch immer nicht mit dieser Nada weiter«, sagt sie, nachdem sie sich bei der Frauen-für-Frauen-Leiterin für den Kontakt zu Olga bedankt hat. »Ich kann nicht glauben, dass sie noch als Callgirl arbeitet, das passt einfach nicht.«

»Manche Frauen in unserer Kartei geben sich Decknamen, ihren Mädchennamen zum Beispiel oder den Namen ihrer Mutter.«

»Natürlich, ja, ich schau, was ich finden kann.«

»Gib die Namen auch an Dr. Petrowa.«

»Danke, Cora, du weißt schon, für alles.«

»Viel Glück, Judith, ich wünsch dir Erfolg.«

Judith lächelt. Tagelang haben ihre Albträume sie gequält, die Angst vor dem Fallen, die geheimnisvolle Drohung. An diesem Morgen ist sie zum ersten Mal seit Langem aus einem traumlosen Schlaf erwacht. Warum? Sie kann sich das nicht erklären, vielleicht ist es die Ruhe vor dem Sturm, vielleicht befindet sie sich auch längst im Auge des Taifuns, ohne es zu wissen. Geblieben ist die Dringlichkeit, das Gefühl, nicht lockerlassen zu dürfen, auf keinen Fall. Sie hat geduscht, gefrühstückt und dabei die Tarotkarten der letzten Wochen angesehen. Der Prinz der Kelche. Der Narr. Verlangen und Mut, was beides Risiko bedeutet und Erfolg bringen kann, vielleicht aber auch Verderben.

Die Musik von Laura Veirs begleitet Judith zurück

nach Köln. Eine Raubkopie, die Gero Sanders für sie angefertigt hat und ihr aufnötigte, weil sie die CD bei ihm hörte und sofort mochte. Ich treibe in der stillen, grünen See, plündere zertrümmerte Frachtschiffe, weiß nicht, ob die Wellen mich hinab ins Reich der Würmer ziehen, singt die amerikanische Liedermacherin und beschreibt damit ziemlich genau Judiths Stimmung. Sie hat sich entschieden, den Journalisten Sanders nach der erneuten Vernehmung von ihrer Verdächtigenliste zu streichen, vorerst jedenfalls. Sie hält daran fest, dass Nada nicht die Täterin ist und auch keine Prostituierte. Sie kann nicht begründen, warum sie das tut, und wenn sie Pech hat, wird sie damit untergehen.

Sie erreicht das Polizeipräsidium eine Dreiviertelstunde später. Das Morgenmeeting ist längst vorbei, aber Manni, Kühn und Makowski sitzen in Axel Millstätts Büro.

»Sie heißt Swetlana Daschkowa«, sagt Judith und zieht die Tür hinter sich zu. »Sie ist siebzehn Jahre alt und stammt aus Archangelsk. Sie wurde zusammen mit ihrer Freundin Olga nach Deutschland verschleppt. Die übliche Geschichte. Die Mädchen träumten davon, einen Schönheitssalon zu eröffnen. Swetlana wollte Kosmetikerin werden, ihre Freundin Friseurin. Sie brauchten Startkapital, dachten, sie könnten es sich in Deutschland als Kellnerinnen verdienen.«

Die vier Männer starren Judith an. Ungläubig, nur langsam dämmert Verständnis auf ihren Gesichtern.

»Es ist noch nicht ganz klar, wie genau sie nach Deutschland gekommen sind. Eine Frau hat sie in einer Disco in Archangelsk angesprochen, aber der Drahtzieher in Deutschland ist Igor Popolow.«

Judith sucht Mannis Blick, der bei der Erwähnung des Zuhälters Anstalten macht aufzuspringen.

»Warte.«

Manni nickt, fügt sich, angespannt, zum Sprung bereit.

»In Deutschland landeten sie jedenfalls augenblicklich in den Fängen von Popolow. Ihr könnt euch denken, was folgte.« So viele Männer, hatte Olga geflüstert. Und einer hat Hunde. Judith schluckt, ein sinnloser Versuch, die Beklemmung in ihrer Brust zu lindern. »Massenvergewaltigungen, massive Bedrohung mit Waffen und Hunden. Natürlich nahm Popolow ihnen sofort die Pässe weg, behauptete, sie müssten die Reisekosten abarbeiten, drohte, ihren Familien mitzuteilen, dass sie als Huren arbeiteten, wenn sie nicht spurten.«

Niemand sagt etwas, niemand wendet den Blick von Judith. Sie setzt sich auf einen freien Stuhl, zwingt sich, ruhig und sachlich weiter zu berichten, was Olga ihr anvertraute.

»Irgendwann kam dann Wolfgang Berger ins Spiel. Als Kunde des Harem-Saunaclubs zunächst. Aber er hat Swetlanas Not erkannt, verliebte sich wohl tatsächlich in sie.«

Judith nickt Manni zu. »Der gute Freier, genau wie du sagtest. Er versprach, Swetlana zu heiraten und ihre vermeintlichen Schulden bei Popolow zu begleichen. 25 000 Euro. Er muss Swetlana und Olga wirklich wie ein Retter vorgekommen sein.«

»Wolfi«, sagt Manni langsam. »Das Herzchen auf dem Foto ist also echt.«

»So echt wie Swetlanas Liebe zu ihm, die ja nun nicht gerade aus freien Stücken entstand.«

»Bleibt bei den Fakten bitte«, befiehlt Axel Millstätt.

»Berger hebt also seine Ersparnisse ab. 23 437 Euro in bar, wie wir wissen«, sagt Judith. »Er hat Swetlana dieses Geld gegeben, irgendwann nach dem 5. Oktober.«

»Und?« Manni lehnt sich vor.

»Die Zeugin Olga schwört, dass Swetlana das Geld an Popolow gezahlt hat. Doch der ließ sie nicht frei, sondern verkaufte oder vermietete sie stattdessen an Baldi.«

»Warum?«

»Olga sagt, um Swetlana zu bestrafen, weil sie vor Berger schlecht über ihn geredet hätte. Auf einmal war sie nicht mehr da.« Judith blättert in ihrem Notizbuch, malt mit den Fingern Anführungszeichen in die Luft, liest dann vor, was ihr die Solwodi-Dolmetscherin von Olgas Aussage übersetzte. »Popolow ist so, wer ihm nicht gehorcht, wird bestraft. Mädchen werden zum Gangbang gezwungen. Andere an Hardcore-Clubs verliehen. Er sagt immer, er tut das, damit wir begreifen, wie gut es uns bei ihm geht.«

Keiner der Männer kommentiert das, selbst Makowski hält den Mund.

Judith räuspert sich. »Mir ist noch nicht klar, was genau Berger danach getan hat. Hat er geglaubt, dass Swetlana ihn betrogen und sich mit seinem Vermögen abgesetzt hat? Olga vermutet, dass Popolow ihm den Zutritt zum Club verweigert hat, sie hat Berger jedenfalls nie mehr dort gesehen. Doch wie wir wissen, hat Berger sich ein paar Wochen später auf die S 5 versetzen lassen. Ich denke, weil er herausgefunden hatte, dass Swetlana in der Pizzeria war. Aber bevor er etwas unternehmen konnte, wurde er ermordet. Olga wusste von alldem nichts, sie wusste nicht, wo Swetlana war, nichts vom Brand in der Pizzeria. Mein Eindruck ist, dass sie seit Swetlanas Verschwinden viel zu verängstigt gewesen ist, um irgendwelche Fragen zu stellen. Kurz vor Weihnachten gelang ihr die Flucht aus Popolows Club. Momentan hält sie sich in den Räumlichkeiten einer Schutzorganisation auf, dort habe ich sie befragt.«

»Wieso hat Popolow Swetlana gerade an Baldi verkauft?«, will Makowski wissen. »Und wieso zündet er die Bude dann an?«

»Ich weiß es nicht«, sagt Judith. »Vielleicht geht der Brand ja wirklich aufs Konto der Mafia.«

»Oder die Albaner und Popolow arbeiten zusammen.«

»Wir brauchen diese Olga, jetzt sofort.« Millstätt sieht aus, als habe er vor, Swetlanas Leidensgefährtin höchstpersönlich zu vernehmen.

Judith schüttelt den Kopf. »Das geht nicht. Sie ist noch nicht in der Verfassung auszusagen, wird es vielleicht niemals sein.«

»Keine Spielchen jetzt, wo ist sie?«

Das Auge des Taifuns. Cora. Die alten Ideale. Grüne Wellen, Schiffstrümmer, Würmer, die Lust am Untergang. Judith verschränkt die Arme vor der Brust.

»Ich habe versprochen, Olgas Aufenthaltsort nicht zu verraten.«

»Verdammt, Judith, das dulde ich nicht.«

Jedes von Millstätts Worten ist wie ein Peitschenschlag.

* * *

Ekaterina steht ganz still. Jemand war in ihrem Arbeitszimmer. Nicht einer ihrer Kollegen. Das, was sie wahrnimmt, ist eine fremde Energie. Langsam, Schritt für Schritt, geht sie auf und ab, öffnet Schubladen und Schränke. Nichts scheint zu fehlen, alles ist an seinem Platz. Und doch war jemand hier, sie täuscht sich nicht. Jemand, der nicht in freundlicher Absicht kam.

Wann? Heute Nacht, denn wie immer ist Ekaterina eine der Ersten im Institut, und der Pförtner weiß nichts von fremdem Besuch. Ekaterina lehnt sich an die Schreibtischkante. Sie hat kaum geschlafen in dieser Nacht, konnte die Bilder und Stimmen nicht unter Kontrolle bringen. Bilder vom Straßenstrich, von Ines, vor allem aber von dem Joik auf dem Friedhof, vom Raben, vom Fuchs. Auch Maiglöckchenbadeschaum und Eiscreme vermochten Ekaterinas überreizten Geist nicht zu besänftigen. Stunde um Stunde hat sie sich im Bett hin- und hergewälzt, den schnurrenden Tjuollda neben sich. Es war, als wäre auch ihre Urgroßmutter mit im Schlafzimmer, deren von Wind, Kälte und Unbeugsamkeit gegerbtes Gesicht endlich zu lächeln schien, weil Ekaterina ihre Weigerung, das Familienerbe fortzuführen, aufgegeben hat.

Doch Ekaterina selbst ist nicht zum Lächeln zumute. Die Präsenz ihrer Urgroßmutter hat das Wissen um ihr furchtbares Ende zurückgebracht. Jemand hat sie verraten, Katjuschka, hat Ekaterinas Großmutter ihr erklärt. Die Bolschewiki konnten keine fremde Macht ertragen, selbst dann nicht, wenn eine alte Frau sie im Verborgenen ausübte, mitten im Eis. Sie kamen vor Tagesbeginn, zerrten deine Urgroßmutter aus der Kate und in den Hubschrauber, stießen sie in den Himmel. Das haben sie mit vielen, die Schamanen waren, gemacht. Sie lachten sie aus dabei, forderten sie auf zu fliegen. Doch nur der Geist einer Schamanin kann fliegen, weit über die Erde hinaus, bis zu den Sternen, in fremde Welten. Und er braucht die Trommel dazu, den Mantel, die alten, heiligen Rituale und die Hilfe der Schutzgeister.

Du darfst keine Angst haben, Katjuschka. Der Gedanke an die Großmutter hat etwas Tröstliches, und sie hat recht. Ekaterina setzt sich an ihren Schreibtisch, wählt Judith Kriegers Nummer. Sie wird der Kommissarin Einblick in die Kartei geben, ihr von Ines erzählen. Das hätte sie schon viel früher tun sollen. Doch Judith Krieger meldet sich nicht, und dann steht auf einmal Oberarzt Müller in Ekaterinas Büro.

»Kommst du, wir müssen was für unsere Quote tun.«

Die Quote ist eine alte Wunde der Kölner Rechtsmedizin, weil sie es im Gegensatz zu den Instituten anderer Großstädte eine Weile lang gerade mal auf hundert Obduktionen im Jahr brachten. Friedliches, glückliches Köln, hatten die Kollegen gespottet und in Wirklichkeit Schlamperei unterstellt. Die neue Staatsanwaltschaft hat das geändert, jetzt sind sie bei 450 Sektionen im Jahr. Zum Glück, denkt Ekaterina, als sie im Waschraum in ihre grüne Arbeitskleidung steigt, zum Glück, deshalb bin ich schließlich hier, das ist mein Beruf.

Sie mustert sich im Spiegel, sieht sich in die schmalen, dunklen Augen, die sie so lange als Makel empfand. Sie streicht durch ihr widerspenstiges, schwarzes Haar, dass die kirschroten Strähnchen leuchten. Hellbeigen Lidschatten hat sie heute gewählt, passend zu ihrem Angorapullover, und dunkelroten Lippenstift. Sie denkt an ihre Urgroßmutter, die sich niemals schminkte, es sei denn für ihre Rituale. Eine Sami-Schamanin, der die Dorfbewohner nicht halfen, als Stalins Schergen kamen, obwohl sie ihnen so lange Ratgeberin und Heilerin gewesen war. Sie denkt an die toten Mädchen von Nischnij Tagil, an Swetlana und an die zahnlose Irina. Sie fragt sich, ob sie auch einmal etwas aus sich machen wollten, wie die Frauen aus Ekaterinas sowjetischer Kindheit, die so hart arbeiteten wie die Männer und sich dabei nach Make-up und schönen Kleidern sehnten, nach Komplimenten und Liebe. Ekaterina hat immer geglaubt, diese Sehnsucht sei eine Rebellion gegen die staatlich verordnete Gleichberechtigung, ein Ausdruck der weiblichen Identität. Doch vielleicht war das falsch, vielleicht hat sie sich geirrt, wollte einfach nicht sehen, dass diese Sehnsucht Frauen verletzlich macht, zu leichter Beute. Vor allem in einem Land, in dessen Geschichte blindwütige Unterdrückung dominiert.

* * *

»Dienstausweis. Dienstwaffe.« Axel Millstätt streckt die Hand aus. Noch nie hat Manni den KK-11-Chef so wütend gesehen. Judith Krieger ist aufgesprungen. Sie wird rot, dann sehr blass, sogar ihre Sommersprossen scheinen rapide an Farbe zu verlieren. Das ist er jetzt also, der Höhepunkt, auf den sie seit Tagen zugesteuert sind. Judith Ex-Superstar Krieger wird der Soko S-Bahn verwiesen, weil sie nicht pariert. Obwohl Manni sich in den letzten Tagen ständig mit ihr gestritten hat, wünscht er plötzlich, das wäre alles nicht wahr.

»Komm wieder, wenn du bereit bist, im Team zu ermitteln«, bellt Axel Millstätt.

Die Krieger wird noch eine Spur bleicher, ihre Hände zittern, vergeblich versucht sie das zu verbergen. »Ich habe mein Wort gegeben, Axel, ich kann Olga nicht verraten. Ich erstelle ein Protokoll über ihre Aussage. Manni kann bezeugen, dass eine offensichtlich minderjährige Russin im Saunaclub Popolows zur Prostitution gezwungen wird. Das reicht doch, um den Laden hochzunehmen.«

»Darum geht es nicht.« Axel Millstätt macht einen Schritt auf die Krieger zu. »Es geht darum, dass du Anweisungen befolgst.«

Sie nickt, als würde sie endlich begreifen, und fast glaubt Manni, dass sie die gewünschte Information doch noch ausspuckt. Aber natürlich tut sie das nicht, zieht stattdessen wortlos ihre Walther aus dem Holster, fischt den Dienstausweis aus der Hosentasche, drückt ihrem einstigen Förderer beides in die Hand und geht.

Niemand sagt etwas, als Millstätt Waffe und Ausweis in seinen Schreibtisch sperrt. Erst als der KK-11-Chef die Aufgaben für die Razzia bei Popolow verteilt, mit der Staatsanwaltschaft telefoniert und Verstärkung anfordert, kommt wieder Leben in sie. Sie wollen dieses Zuhälterschwein drankriegen, seine Mädchen befreien, den Fall lösen, darum geht es, das ist ihr Job, dafür haben sie in den letzten Tagen malocht. Und vielleicht können sie sogar Swetlana retten, immerhin kennen sie dank der mysteriösen Quelle der Krieger nun deren Identität.

Sie verabreden sich für den Einsatz in einer Viertelstunde am Fuhrpark, verteilen sich solange in ihre Büros, in die Teeküche und in Mannis Fall aufs WC. Sein Handy vibriert, als er sich gerade den Hosenstall zuzieht. Er erkennt Judiths Nummer, will sie erst wegdrücken, meldet sich dann doch.

»Nur fünf Minuten, Manni. Bitte. Unten auf dem Privatparkdeck.« Ihre Stimme ist leise, gefasst, trotzdem hört er die Dringlichkeit. Er flucht, ist plötzlich nicht nur sauer auf sie, sondern auch auf Millstätt, fühlt wieder die mühsam verdrängte Bitterkeit wegen Sonja. Er müsste triumphieren, angesichts des bevorstehenden Zugriffs auf den Saunaclub, doch stattdessen ist er nur genervt.

Judith Krieger sitzt in ihrer Ente, rauchend und blass. Sie muss geheult haben, ihre Augen sind glasig, aber sie lächelt zittrig, sobald sie ihn sieht.

»Danke, dass du gekommen bist.«

Er verzichtet auf den Platz auf dem Beifahrersitz, der nicht nur zugenebelt ist, sondern, wie er aus Erfahrung weiß, auch sehr unbequem, lehnt sich lieber an ein parkendes Auto. »Ich hab wenig Zeit, wir müssen gleich los.«

»Popolow?«

Manni nickt, verkneift sich jeden weiteren Kommentar.

»Olga hat sehr große Angst, Manni, ich kann sie nicht enttäuschen. Verstehst du das?«

»Ja«, sagt er und merkt erstaunt, dass das stimmt.

Judith Krieger lächelt, zieht an ihrer Zigarette. »Eine alte Freundin hat mir den Kontakt zu Olga vermittelt. Auch sie vertraut mir.«

Vertrauen, denkt Manni müde. Sonja hat Angst, von ihm verletzt zu werden, vertraut ihm also nicht. Weil er ist, wie er ist? Weil sie ist, wie sie ist? Weil ihr Exfreund ein Arschloch ist? Kann man überhaupt jemals vertrauen oder von sich selbst glaubhaft behaupten, dass man jetzt und in Zukunft vertrauenswürdig ist? Ist das nicht alles eher eine Lotterie?

Er spürt Judith Kriegers Blick auf sich. Achtlos schnippt sie eine Aschewurst auf den Betonboden der Garage.

»Ich bin raus, du bist drin. An diesem Punkt waren wir schon mal, nicht wahr?«

Die Ermittlungen im Wald, ihr erster gemeinsamer Fall in dem Aschram im Schnellbachtal. Auch damals ging es letztendlich darum, ein Mädchen zu retten. Manni grinst, fühlt sich der Krieger plötzlich nah.

»Ich hoffe, ich muss als Nächstes nicht wieder zu den Vermisstenfahndern.«

»Ich hoffe, das können wir verhindern.« Zum ersten Mal an diesem Tag wirkt ihr Lächeln echt. Sie steigt aus ihrer Ente, lehnt sich Manni gegenüber an den Kotflügel, wird wieder ernst.

»Es gibt keine Spur von Nada, keinen Hinweis auf eine Verbindung zwischen ihr und Popolow, oder?«

»Nein, noch nicht.« Er will das nicht schon wieder durchkauen, tut es doch.

»Es gibt, wie wir wissen, auch keine Unregelmäßigkeiten auf ihren Konten«, fährt Judith Krieger fort.

»Im liegenden Gewerbe bezahlt man bar.«

Seine in Ungnade gefallene Kollegin schüttelt den Kopf. »Nada ist exakt seit der Nacht verschwunden, in der Berger ermordet wurde. Zwei Tage zuvor hat sie in ihrem Atelier heftig mit einem Mann gestritten und ist von ihm geschlagen, vermutlich auch vergewaltigt worden. Gleich am Morgen danach hat sie sich das Schnitzmesser geliehen, mit dem Wolfgang Berger erstochen wurde.«

»Weißt du das sicher?«

»Ziemlich, ja.«

Manni überlegt. »Berger war Nadas Kunde, er läuft aus dem Ruder. Sie sticht ihn nieder.«

Die Krieger runzelt die Stirn. »Eine Tat im Affekt? Warum dann auf den Gleisen?«

»Nicht Affekt, sondern Rache.« Manni angelt ein Fisherman's aus der Hosentasche, schiebt es mit der Zunge in die Backe. »Wie auch immer. Popolow hat auf jeden Fall das stärkere Motiv, Berger zu töten, immerhin wollte der ihm eins seiner Pferdchen ausspannen.«

»Swetlana, ja. Aber warum sollte Popolow auch sie umbringen?«

»Vielleicht haben sie und Berger sich doch wieder verbündet, vielleicht sogar mit Baldi.«

»Möglich, ja. Aber die Tatwaffe stammt eindeutig aus Nadas Atelier. Es muss also eine Verbindung geben.«

Manni denkt an die Panik der roten Russin und an die schockstarre Kleine. Er fragt sich, wie die Krieger wohl reagieren würde, wenn er ihr von seinen Recherchen erzählte, kommt zu keinem Schluss. »Popolow ist auf jeden Fall ein mieser Frauenschinder.«

Die Krieger seufzt, saugt an ihrem Glimmstängel. »Ja, ohne Zweifel. Aber ist er auch unser Mörder?«

Unser, nicht mehr deiner. Aber das sagt Manni nicht laut.

»Vielleicht ist es eine Frage der Perspektive. Wohin du schaust, welche Wirklichkeit du siehst.« Sie tritt ihre Zigarette aus, dreht sich sofort eine neue. »Berger beobachtet die Pizzeria wegen Swetlana. Doch der Mann, der Nada in ihrem Atelier umbringt, weiß das nicht. Für ihn sieht es so aus, als beobachte Berger ihn.«

»Und deshalb muss er sterben.«

»Wäre doch möglich.«

Manni schüttelt den Kopf. »Die Spurenlage spricht gegen deine Theorie, Judith. Nur Bergers Blut ist an der Tatwaffe.«

»Der Täter kann ein anderes Messer benutzt haben, um Nada umzubringen. Er kann sie erwürgt oder erschlagen oder erschossen haben. Was auch immer es für Spuren im Atelier gab, er hat sie verbrannt. Solange wir Nada nicht finden, können wir nur spekulieren.«

»Es geht aber nicht um Spekulationen, es geht um Fakten, ganz konkret.«

»Ich spreche von Fakten. Der Mord an Berger wurde nicht von einem Profikiller verübt. Der Brand im Atelier wurde laienhaft gelegt. Nur in der Pizzeria waren Profis am Werk.« Die Krieger zündet die fertig gerollte Zigarette an, inhaliert tief. »Es gab Streit. Misshandlungen. Seitdem ist Nada verschwunden. Beziehungsdelikt nennt man das, ganz klassisch. Warum willst du das nicht sehen?«

»Weil es zu viele Verknüpfungen zwischen Popolow, Berger, Baldi und Swetlana gibt.«

»Es gibt auch außerhalb des Rotlichtmilieus Männer, die Frauen misshandeln und töten, Manni.«

Das wird ihm zu dumm, das braucht sie ihm nicht zu sagen. »Ich muss los«, sagt er.

Sie zieht an ihrer Zigarette, guckt durch ihn durch. Dann eben nicht. Er sprintet los.

»Hey, Manni, krieg das Schwein dran!«

Er wirbelt herum. Sie lehnt noch immer an ihrer Ente, grinst jetzt aber schief und formt das Victoryzeichen, fast wie ein Abschied für immer sieht das aus. Er hat überhaupt nicht gefragt, was sie jetzt tun wird, fällt ihm plötzlich ein, aber nun ist es zu spät, die Kollegen warten. Er denkt wieder an die schockstarre Kleine, an Swetlana und die rote Russin, während sie zum Saunaclub fahren. Adrenalin pumpt in seinen Adern, als sie durch den Eingang stürmen. Hass, blanker Hass beißt in ihm, als er erkennt, dass das Hinterzimmer, in dem er die verängstigte Kleine befragt hat, tatsächlich einsehbar ist. Hass, der sich noch steigert, als Popolow und seine Ladys und Türsteher unisono versichern, dass es diese Kleine niemals gegeben habe.

Lässig und höflich sitzt Igor Popolow später am Resopaltisch des Vernehmungsraums im Polizeipräsidium. Bittet um ein Glas Wasser. Dann um einen Kaffee. Bespricht sich mit seinem geschniegelten Anwalt, der sich wie aus dem Nichts im Präsidium materialisiert hat, kaum dass sie dort waren. Ja, er sei Zuhälter, gibt Popolow zu, ja, davon lebe er und das gut. Doch das sei ja heute legal, er sei deutscher Staatsbürger, zahle seine Steuern und mit Menschenhandel habe er selbstverständlich nichts zu tun. Seine hellblauen Augen sind wie Gletschereis.

»Swetlana Daschkowa aus Archangelsk«, sagt Manni. »Sie ist minderjährig. Musste bei Ihnen anschaffen.«

»Bedaure«, Popolow trinkt einen Schluck Kaffee. »Das muss eine Verwechslung sein.«

»Wir haben eine Zeugin.«

»Tatsächlich.« Der Russe lächelt, lässt seinen Bizeps spielen. Seine Nase ist wohl schon hin und wieder von jemandem, der Popolow nicht so recht sympathisch fand, aus der Form gebracht worden, ein paar hässliche Höcker zeugen davon. Sein stachelig blondes Haar erinnert Manni an Schweineborsten.

»Wo waren Sie in der Nacht von Freitag, den 6., auf Samstag, den 7. Januar?«

»In meinem Club.«

»Und in der darauffolgenden Nacht?«

»Ebenfalls.«

»Ununterbrochen?«

»Am Wochenende ist immer viel zu tun.«

»Und dafür gibt es Zeugen.«

»Fragen Sie mein Personal.«

Das Personal, na klar. Wie praktisch. Aber sie werden wohl ein paar Kunden auftreiben, deren Erinnerung etwas präziser funktioniert. Vielleicht auch Anwohner. Manni lehnt sich über den Tisch, bringt sein Gesicht ganz nah vor der solariumsverbrutzelten Visage des Zuhälters in Position.

»Ich werde gewinnen, Igor Popolow, verlass dich drauf.«

* * *

KT Tunstall, sehr laut. Dann My Brightest Diamond. Judith läuft am Rhein entlang, raus aus der Stadt, über die Poller Wiesen bis zur Südbrücke und weiter, die Musik aus ihrem iPod in den Ohren. Nebel legt sich auf ihr Gesicht, Millionen Tröpfchen. Das Tageslicht verblasst schon wieder, Judiths Atem ist weiß. Neben ihr strömt der Fluss unaufhaltsam nach Norden. Was hat sie von Manni gewollt? Eine Absolution für ihr Schweigen? Die hat sie gewissermaßen bekommen, jetzt, wo sie nicht mehr ermitteln darf, waren sie sich so nah wie lange nicht. Aber sie hat es nicht geschafft, Manni von ihrer Sichtweise zu überzeugen. Hat sie gehofft, dass ihr das gelänge, dass er in ihrem Sinne weitermacht? Wahrscheinlich, ja. Judith dreht sich eine Zigarette, inhaliert tief. Die Zigarette schmeckt nicht, kann nicht schmecken, weil sie schon zu viele Zigaretten geraucht hat, trotzdem wirft sie sie nicht weg. Zwei verschiedene Verbrechen. Nur durch einen absurden Zufall miteinander verknüpft. Kann das wirklich sein? Viel spricht dagegen, die räumliche und zeitliche Nähe der Taten, die komplexen Verbindungen zwischen den Opfern, aus denen sich eine Vielzahl möglicher Motive ergeben. Und doch: Sobald man die verschwundene Künstlerin Nada nicht als Prostituierte betrachtet, die qua Beruf mit Baldi, Popolow, Swetlana und Berger auf irgendeine Art verbunden ist, wird die Theorie von zwei Tätern plausibel.

Judith kehrt um, läuft zurück nach Deutz, wo sie ihre Ente geparkt hat. Hunger, Erschöpfung und Frust machen sie stumpf, wenn auch nicht stumpf genug. Sie denkt an ihren Bruder Edgar, der sich wünscht, dass sie seine Trauzeugin wird, ausgerechnet sie, und an den Rest ihrer Familie, in der sie sich nie so zu Hause fühlte wie im KK 11. Sie versucht sich davon zu überzeugen, dass ein Wunder geschehen wird, dass Popolow alle Morde gesteht, Swetlana erwacht und aussagen kann, dass Nada noch lebt. Denn all das würde bedeuten, dass sie, Judith, sich nicht entscheiden muss, entweder Coras Vertrauen erneut zu verraten oder ihren Beruf zu verlieren, denn ja, sie kann Millstätt verstehen, sie ist Polizeibeamtin, er ist ihr Vorgesetzter, er hat ein Recht auf ihre Loyalität.

Aber es geht um mehr als um Coras und Millstätts

Erwartungen. Es geht um sie selbst, ihre eigenen Werte, ihr Vertrauen auf ihr eigenes Wissen und ihre Intuition, und um die Entscheidungen, die sie auf dieser Basis treffen muss. Jetzt weißt du, wie es ist. Abrupt bleibt Judith stehen, weil die Traumbotschaft so auf einmal, zum ersten Mal, einen Sinn ergibt.

Sie erreicht ihre Ente, lenkt sie in den Berufsverkehr auf der Severinsbrücke. *I wondered if the waves had taken all of me,* singt Laura Veirs. Frage mich, ob die Wellen mich ganz hinunter ins Schwarz gezogen haben, dorthin, wo die Würmer regieren, in den Tiefen der See. Es ist ein Versuch, nur ein Versuch, verspricht Judith sich, als sie eine Viertelstunde später vor Gero Sanders' Journalistenbüro parkt. Wenn es nicht klappt, fahre ich sofort heim.

Sanders springt auf, sobald er sie sieht. Judith muss lächeln, weil er so eifrig ist, sich so offensichtlich freut, sie zu sehen. Sie lässt sich den Mantel abnehmen und eine Tasse Kaffee bringen, bevor sie seine Hoffnung auf eine Topstory zerstört.

»Das mit dem Interview hat sich erledigt, Anweisung von oben. Ich bin bei meinen Vorgesetzten gerade nicht allzu beliebt.«

Er schiebt ihr eine Schale mit Erdnusskeksen hin, ohne den Blick von ihr zu wenden. »Und um mir das mitzuteilen, sind Sie hier?«

Sie nimmt einen Keks. »Ich brauche Ihre Hilfe als Journalist.«

»Sie wollen, dass ich eine Nachricht lanciere?«

»Nein, im Gegenteil, ich brauche Recherchehilfe. Alte Artikel, Klatsch und Tratsch über gewisse Personen. Beruflich und privat.« Sie beißt in das Gebäckstück, verschluckt sich, hustet so sehr, dass Sanders aufspringt und ihr auf den Rücken klopft.

»Danke.« Es ist mehr ein Keuchen als ein klares Wort.

Der Journalist reicht ihr ein Glas Wasser. »Das klingt nicht gut.«

»Ich muss mit dem Rauchen aufhören, es ist nicht gesund. Irgendjemand hat mir das neulich verraten.«

Sanders grinst. »Sie wollen also meine Recherchekünste in Anspruch nehmen. Was zahlen Sie?«

»Wie wär's mit einem Abendessen?«

Sanders' Grinsen wird breiter. »Wann?«

»Sobald die Ermittlungen der Soko S-Bahn abgeschlossen sind.« Judith trinkt einen Schluck Wasser. »Die Recherche brauch ich aber sofort.«

Sie fährt Sanders zum WDR-Pressearchiv am Dom, wartet in einem Café in der Fußgängerzone auf ihn, starrt auf die Menschen, die sich an den Fenstern vorbeischieben, instinktiv darum bemüht, einander nicht zu berühren. Die meisten sehen aus, als hätten sie sich mehr erhofft als diese prall gefüllten Tüten, die sie wie Trophäen mit sich herumschleppen. Zeit vergeht, quälend, zu langsam. Zeit, die Zweifel darüber in Schach zu halten, ob es richtig ist oder Wahnsinn, Sanders zu vertrauen. Zeit, ein Sandwich zu essen. Zeit, im Notizbuch zu blättern und die Fakten zu rekapitulieren, die sich dann doch wieder in Fragen verwandeln. Alexander Nolden oder Paul Klett. Hat Judith recht und einer von beiden ist Nadas Mörder? Ist ein ihr noch unbekannter Liebhaber der Künstlerin der Täter? Ist sie auf dem Holzweg, und es gab gar keinen Mord im Atelier?

»Klatsch und Tratsch und Personalitynews, ganz wie Frau Kommissarin wünschen!«

Gero Sanders hat den hinteren Eingang des Cafés benutzt, Judith hat ihn nicht kommen sehen. Sie zuckt zusammen, als er einen Stapel Kopien vor sie auf den Bistrotisch klatscht. Er bestellt sich einen Espresso, betrachtet interessiert, wie Judith durch die Artikel blättert. Interviews mit Paul Klett über die Kunstfabrik. Ein paar wenige Kurzartikel über Ausstellungen. Unpersönlich, uninteressant. Nada ist ergiebiger, sogar im *Art-Magazin* gibt es ein Porträt von ihr, das jedoch wenig über ihr Privatleben verrät. Eine Reportage über den Tag der offenen Ateliers in der Kunstfabrik. Ein Foto von Paul Klett und Thea Markus, strahlend, Arm in Arm. Noch ein Report über die Kunstfabrik, diesmal hält der Künstler ein Kleinkind an der Hand. Alexander Nolden und seine Mutter Roswitha bei deren Emeritierung und in diversen Galerien. Nolden bei der Jahrespressekonferenz seiner Bank, dann auf einem Wagen der Prinzengarde beim Rosenmontagszug. Noldens erste Hochzeit. Die Scheidung wird nirgendwo erwähnt. Wieder ein Interview von Paul Klett über die Kunstfabrik. Dann die zweite Hochzeit Noldens, sehr pompös in den Boulevardblättern präsentiert. Zwei jüngere Ichs von Alexander und Marlene, strahlend und teuer gekleidet, in einer weißen Kutsche vor dem Rathausportal. Die Brauteltern. Noch ein Porträt von Nada, anlässlich eines Stipendiums. Paul Klett mit seinem Sohn, in dessen Namen er eine Reihe von Kunstdrucken für die Kinderkrebshilfe spendet. Wohltätigkeit scheint in Künstlerkreisen angesagt zu sein. Auch Alexander Nolden engagiert sich sozial, allerdings bei einer Gala für die Aids-Hilfe. Dann sieht sie es. Das eine kleine Detail, auf das sie gehofft hat. Judith springt auf, rafft die Artikel zusammen, drückt dem verblüfften Gero Sanders 30 Euro in die Hand.

»Können Sie die Rechnung bezahlen und mit dem Taxi zurückfahren? Ich ruf Sie wieder an.«

Sie wartet seine Antwort nicht ab, hastet aus dem Café, bahnt sich einen Weg zurück zu ihrem Auto. Sie hatte recht, sie hat es gewusst, Popolow ist nicht der Täter. Sie könnte Millstätt anrufen, Manni, den Anfänger. Doch erst will sie ganz sicher sein.

* * *

Unruhe. Sobald Ekaterina ihr Arbeitszimmer betritt, ist sie wieder da, stärker noch als am Morgen. Nein, nicht Unruhe. Besorgnis. Angst. Zwei ungewöhnlich langwierige Obduktionen liegen hinter ihr, dann noch ein Gerichtstermin, zu dem sie Oberarzt Müller auf seine ausdrückliche Bitte hin begleitet hat, und zwischendurch Smalltalk bei einer Portion Schlabberlasagne inmitten von Müllers Chaos. Schritt für Schritt tappt Ekaterina durch ihr Büro. Es gibt überhaupt keinen Zweifel: Jemand war hier. Ines! Mit zwei Schritten ist Ekaterina bei der Hängeregistratur. Warum hat sie das am Morgen nicht geprüft? Sie zerrt den obersten Schuber heraus, blättert durch die Mappen. Erst sucht sie unter I, wie Ines, dann unter A, wie anonym, dann immer hektischer durch die gesamte Kartei. Alles ist ordentlich, wirkt unberührt. Nur Ines' Mappe ist nicht mehr da, auch nicht auf dem Schreibtisch, in den Ablagekörbchen oder irgendwo sonst in Ekaterinas Büro. Es ist, als ob es sie niemals gegeben hätte.

Was soll sie tun? Ekaterina beginnt, die Telefonnummer der Kommissarin Judith Krieger zu wählen, legt sofort wieder auf, weil ihr auf einmal bewusst wird, dass jemand, der nachts in ihr Büro eindringt, sehr wohl auch in ihre Wohnung gelangen kann. Angst treibt Ekaterina vorwärts, Angst um Tjuollda, vor den Schemen von Männern, die einer schreienden Katze den Hals umdrehen. Bitte nicht, bitte nicht, bitte nicht, betet sie im Rhythmus ihrer aufs Pflaster trommelnden Stiefelabsätze. Ihre Zehen schmerzen, ihre Knie stechen, sie merkt es kaum. Heim, nur heim will sie, nicht am Kanal entlang, sondern über die Straßen, deren schwarze Pfützen Ekaterinas Schritte spiegeln.

Endlich erreicht sie ihr Mietshaus, endlich steht sie vor ihrer Wohnungstür. Sie wirkt unversehrt, ist aber nicht abgeschlossen. Ekaterina stößt sie auf, macht zwei Schritte in ihren Flur, drückt die Wohnungstür sofort wieder hinter sich zu, um zu vermeiden, dass Tjuollda entwischt.

Sie schaltet das Flurlicht an und ruft nach dem Kater. Stille ist die Antwort. Totenstille.

»Tjuollda?«

Keine Antwort, keine Bewegung. Kein Miau. Niemand ist im Flur, niemand ist im Wohnzimmer, auch die Küche ist leer. Ekaterina erreicht das Bad. Etwas knirscht unter ihren Füßen, sie erstarrt. Katzenstreu, jemand hat Tjuollldas Katzenklo umgetreten und den Sack mit der frischen Streu auf den Boden geleert.

»Tjuollda!« Ein Angstschrei, kein Lockruf. Ekaterina stolpert zurück auf den Flur, dann ins Schlafzimmer, beginnt wahllos Schubladen und Schränke aufzureißen und auf dem Bauch liegend unter ihre Möbel zu spähen. Wo ist der Kater, was hat man ihm angetan? Sie weint jetzt, heiße, wütende, verzweifelte Tränen, weil es nicht aufhört, weil sie nicht entkommen kann, sosehr sie es auch versucht.

Später, viel später, sieht sie den Kater. Ganz flach auf dem Boden, in der hintersten Ecke unter dem Wohnzimmerschrank. Lebt er noch? Ja, zwei gelbe, runde Augen starren Ekaterina an. Sie liegt auf dem Teppich, lockt ihn, schmeichelt. Geduckt, immer noch wie auf den Boden gepresst, schleicht er schließlich auf sie zu. Er ist verängstigt, scheint aber unverletzt. Sie streichelt ihn vorsichtig, spricht auf ihn ein, während sie nach ihrem Handy tastet.

Die Kommissarin Judith Krieger klingt atemlos, so atemlos, wie Ekaterina sich fühlt.

»Tjuollda, jemand war in meiner Wohnung, Ines…« Sie schafft es nicht, klar zu berichten, stammelt nur.

»Was ist los, Ekaterina, was ist passiert? Warte kurz.« Ekaterina hört Musik, die leiser gedreht wird, das verebbende Surren eines Automotors, dann wieder Judith Kriegers Stimme, ein bisschen heiser, aber sehr professionell, sicher hat sie auf diese Weise schon oft aufgelöste Verbrechensopfer beruhigt. »So, jetzt hab ich geparkt. Also, was ist los?«

»Jemand war in meiner Wohnung und hat meine Katze erschreckt.«

Das ist natürlich nicht der richtige Anfang, aber nach und nach locken die Fragen der Kommissarin die Ereignisse der letzten Tage aus Ekaterina heraus.

»Wie nennt sich diese Frau, Iris?«, fragt sie schließlich.

»Ines.« Ekaterina wischt sich mit dem Ärmel über die Augen. Tjuollda schleicht zur Küche, immer noch auf der Hut. Sie folgt ihm, füllt einen Napf mit Futter, hört Papierrascheln durchs Telefon und leises Murmeln, als spreche die Kommissarin mit sich selbst. Dann hat sie offenbar gefunden, was sie suchte, und wendet sich wieder an Ekaterina.

»Beschreib mir diese Ines, wie sieht sie aus?«

»Sie ist groß, bestimmt über 1,80 Meter, sehr schlank, sehr zart. Sie hat dunkle, glatte, schulterlange Haare und grüne Augen.«

»Was weißt du noch über sie?« Die Anspannung der Kommissarin ist selbst durchs Telefon hindurch zu spüren.

»Sie hat Angst vor ihrem Mann, er hätte sie beinahe erwürgt. Sie ist vergewaltigt worden, jedenfalls hatte sie sehr heftigen Geschlechtsverkehr.« Ekaterina füllt einen frischen Napf mit Wasser für Tjuollda, froh über den Appetit, mit dem er sein Futter verschlingt. »Sie hat mir erzählt, dass sie Malerin werden wollte, selbst einmal eine Galerie hatte, aber es hat nicht geklappt.«

»Das ist sie.«

»Wer?«

»Marlene Nolden, die Ehefrau von Alexander Nolden. Ich hab hier ein Zeitungsfoto von Marlenes Eltern. Sie heißen Ines und Veit de Haan!«

»Ines!«

»Ja.« Wieder raschelt die Kommissarin mit Papier.

»Sie ist vielleicht gefährlich«, sagt Ekaterina. »Bei unserer ersten Begegnung war ihre Unterwäsche blutig, aber sie hatte nirgendwo am Körper eine offene Wunde. Sie wirkt sehr zerbrechlich, fast wie eine Schlafwandlerin, aber wenn sie will, ist sie erstaunlich stark.«

Eine kleine Pause entsteht, dann hört Ekaterina, wie ein Motor zündet. »Du hast mir sehr geholfen«, sagt Judith Krieger, jetzt wieder gehetzt. »Ruf bitte sofort Manni an und erzähl ihm das alles, er soll dir die Spurensicherung schicken.«

»Warum tust du das nicht, was hast du vor?«

»Ruf bitte Manni an«, wiederholt die Kommissarin, und bevor Ekaterina protestieren kann, ist die Telefonleitung tot.

* * *

Ein Mann war an Swetlanas Krankenhausbett, ein Mann, der allem Anschein nach versucht hat, sie zu töten. Die

Oberärztin, die Manni darüber informiert hat, rennt ihm im Foyer des Krankenhauses entgegen.

»Wo, wer, wie sieht er aus?« Manni winkt die Polizeimeister, die ihn begleiten, näher heran.

»Dunkelblond, sportlich. Er trug eine schwarze Lederjacke, Handschuhe und Jeans und sprach nur gebrochen Deutsch.« Der Piepser der Oberärztin beginnt zu nerven, sie ignoriert ihn. »Er ist nicht mehr hier. Die Schwester, die ihm auf der Intensivstation öffnete, folgte ihm nach ein paar Minuten zu Swetlana, um zu schauen, ob alles in Ordnung ist. Der Mann stand verdächtig nah bei den Überwachungsmonitoren, sah aus, als wolle er sie manipulieren, und als er die Schwester bemerkte, ist er sofort weggelaufen.«

»Swetlana, ist sie …«

Die Oberärztin fällt Manni ins Wort. »Ihr ist nichts geschehen.«

Manni atmet auf, wendet sich an die Uniformierten. »Schaut, ob ihr den Kerl noch findet, macht schon, los. Achtet auch auf einen dunklen Audi TT.«

Wieder nervt der Piepser der Oberärztin, sie zuckt die Schultern, trabt Richtung Treppenhaus. Manni heftet sich an ihre Fersen. Auch sein Handy beginnt zu fiedeln. Er schaut aufs Display. Der Anfänger, der ihn sonst niemals behelligt. Drehen denn jetzt alle durch?

»Kollegen im Saarland haben den gestohlenen Dienstwagen von Alexander Nolden geortet«, haspelt der Kollege, nachdem Manni sich gemeldet hat. »In einem Baggerloch.«

Die Oberärztin verschwindet in einem Fahrstuhl, Manni hechtet hinterher, die Telefonverbindung verschlechtert sich, verzerrt die Ausführungen des Anfängers zu gekrächzten Lücken.

»Judith wollte ... kümmere ... nicht da.«

»Kümmere du dich drum, ich kann jetzt nicht«, brüllt Manni, in der Hoffnung, dass Meuser versteht und ihn nicht weiter belästigt. Die Oberärztin zieht die Augenbrauen hoch. Manni lächelt entschuldigend und schaltet sein Handy aus, um der Krankenhausetikette Genüge zu tun.

»Es ist so merkwürdig«, sagt die Oberärztin. »Seit gestern Nacht geht es ihr besser, und da erscheint plötzlich dieser Mann.«

»Es geht ihr besser?«

Wieder fiept das Rufgerät der Ärztin, sie nickt Manni zu, hastet in eines der Zimmer.

Manni läuft über den Flur, den vertrauten Weg, selbst die Erinnerungen an seinen Vater hat er inzwischen im Griff. Im ersten Moment erkennt er keinerlei Veränderung an Swetlana. Er tritt näher heran, erschrickt, weil der Schlauch des Beatmungsgeräts nicht länger in Swetlanas Kehle spießt. Durchsichtige Leitungen, die in ihre Nase führen, haben ihn ersetzt.

»Das ist ein gutes Zeichen, ihre Lunge erholt sich.« Eine indisch aussehende Schwester hat das Zimmer betreten.

»Heißt das, sie kommt durch?«

»Wir wissen es nicht. Aber es ist ein gutes Zeichen.« Die Schwester lächelt. »Eigentlich ein Wunder.«

Ein Wunder. Nach einem Tag, der mit der Festnahme Popolows begann und dann in endlosen, fruchtlosen Vernehmungen des Zuhälters und der Seinen zerfaserte, ist Manni Wundern aller Art durchaus nicht abgeneigt. Irgendwas muss passieren, irgendwie muss er weiterkommen. Dringend. Sehr dringend, denn wenn es so weitergeht wie bisher, müssen sie Popolow laufen lassen.

»Haben Sie den Mann gesehen?«

»Die Oberärztin hat mich geschickt.« Trotz ihres exotischen Aussehens spricht die Schwester akzentfreies Deutsch. Was sie über Swetlanas mysteriösen Besucher aussagen kann, ist dennoch nicht sehr erhellend.

»Sie haben gesagt, er sprach gebrochen Deutsch. Was glauben Sie, woher er stammt?«

»Russland, vielleicht auch Polen, aber beschwören kann ich das nicht.«

Manni zieht sich einen Besucherstuhl neben Swetlanas Bett, lässt die Schwester gehen. Jemand ist ihm gefolgt. Jemand beobachtet ihn. Immer wieder hatte er diesen Verdacht. Er hätte das ernst nehmen müssen, ernster, statt sich in seinen Liebesqualen zu suhlen. Spätestens um den dunklen Audi gestern hätte er sich kümmern müssen. War es überhaupt ein TT?

Manni beugt sich vor, nimmt ganz vorsichtig Swetlanas Hand, streichelt die dünnen Finger, stellt sich vor, dass es Sonjas wären. Sie hat ihn heute Mittag angerufen, wollte ihn treffen, ausgerechnet heute, mitten im Verhör. Sie hat geweint, sie hätte einen Fehler gemacht, sich viel zu sehr in ihn verliebt, um noch abspringen zu können. Ob sein Angebot noch stehe, dass sie es noch mal probieren könnten. Er hat sie abgewimmelt, lass uns in Ruhe drüber reden, ich kann jetzt nicht. Warum hat er das getan, fragt er sich jetzt? Warum hat er nicht einfach gesagt, was er fühlt: Ja, na klar?

Die Oberärztin eilt auf quietschenden Gummisohlen ins Zimmer, betont ebenfalls, dass es einem Wunder gleichkäme, dass Swetlana sich auf einmal erholt. Manni fragt sie nach einem Telefon, bittet sie, solange bei Swetlana zu wachen. Er wählt Holger Kühns Nummer, dann Axel Millstätts, kriegt schließlich wieder den Anfänger an den Apparat.

»Wir brauchen Überwachung für Swetlana, organisier das bitte«, sagt Manni, nachdem er die Ereignisse skizziert hat. »Ich bin schon vor Ort, übernehme die erste Schicht.«

»Ja, gut, bis Mitternacht löst dich jemand ab, aber …«

»Und check bitte, ob auf irgendjemand in Popolows Umfeld ein dunkler Audi zugelassen ist, wahrscheinlich ein TT.«

»Der Wagen von Nolden …«

»Nicht jetzt«, schreit Manni. »Nicht jetzt.«

* * *

Die Angst aus Judiths Albträumen belauert sie, das Gefühl zu fallen. Es gibt keinen Grund für diese Angst, sie ist so irrational wie in den Nächten zuvor. Judith zwingt sich zur Ruhe, folgt Marlene Nolden in ihr klinisch aufgeräumtes Wohnzimmer. Die Gattin des Kunstmäzens wirkt angeschlagen, kränklich, ließ sich nur mühsam dazu überreden, mit Judith zu sprechen. Ihr Mann werde erst spät zurückkommen, betont sie ein ums andere Mal, ohne zu wissen, dass Judith dies bereits durch ein Telefonat mit Noldens Bank herausgefunden hat. Ist Noldens Ehefrau gefährlich, hat Ekaterina Petrowa recht? Das Risiko ist vertretbar, denkt Judith, die Chance, Marlene Nolden allein zum Reden zu bringen, ist gut. Durchhalten, nicht aufgeben, auch ohne Dienstwaffe und offizielle Befugnis, darauf kommt es an. Sie will es zu Ende bringen, sie ist ganz dicht dran. Warum ruft Manni nicht zurück?

Das Wohnzimmer liegt im Halbdunkel, wenn sie allein ist, verzichtet Marlene Nolden offenbar darauf, die Kunstwerke an den Wänden mit Halogenspots anzustrahlen. Judith lässt sich in einen Sessel dirigieren, hält Marlene

Nolden den Zeitungsartikel über die Aids-Gala hin, die Spur, die sie endlich gefunden hat, das eine kleine Zeichen. »Bankboss knackt Türschlösser wie ein Profi.«

Marlene Nolden nickt desinteressiert. »Mein Mann hat das im Betrieb seiner früheren Schwiegereltern gelernt.«

Judith betrachtet sie. Den blassgrünen Seidenanzug, perfekt abgestimmt auf die Farbe von Marlene Noldens Augen. Das dezente Make-up. Die aufrechte Haltung. Eine gewalttätige Beziehung ist ein Kreislauf, wird nicht selten zur Sucht. Der schwächere Part – wenn es um körperliche Gewalt geht, fast immer die Frau – duckt sich, beschwichtigt, versucht, keinen Anlass zum Ärger zu geben. Die Anspannung steigt trotzdem, kleine Misshandlungen nehmen zu, steigern sich zum Gewaltexzess. Dann kommt die Versöhnungsphase, Reue, Versprechungen, Liebesschwüre, oder manchmal auch eine vorübergehende Trennung. Die Frau lernt, den Schmerz auszuhalten und zu verbergen, sie gibt sich die Schuld an den Misshandlungen, schämt sich dafür. Sie versucht den Beteuerungen zu glauben, dass es nie wieder vorkommen wird, obwohl sie aus Erfahrung sehr wohl weiß, dass mit der Versöhnung alles von vorn beginnt.

»Ihr Mann schlägt Sie«, sagt Judith leise. »Und er betrügt Sie.«

Marlene Nolden lächelt gequält. »Diese jungen Dinger, das hat nichts zu bedeuten.«

»Auch dann nicht, wenn er seine Geliebte tötet?«

Marlene Nolden macht eine abwehrende Geste, zeitlupenartig, beinahe so, als sei sie in Trance. Nimmt sie Beruhigungs- oder Schmerzmittel? Gut möglich. Der Hausarzt verschreibt Tabletten, der Gatte spendiert Wellnesswochen zur Erholung und schlägt so, dass die Blessuren unter der Kleidung verschwinden, das alte Lied in vornehmen

Kreisen. Im Frauenhaus landen fast immer nur die Mittellosen.

»Es liegt an mir«, flüstert Marlene Nolden. »Ich habe Alex enttäuscht, war nicht gut genug. Jetzt bin ich nutzlos. Immer krank.«

»Sie sind nicht so gut wie seine Mutter, meinen Sie.« Ist es so banal, immer noch, immer wieder? Ein Sohn, der sich für die übermächtige Mutter rächt oder die Kälte seines Vaters imitiert. Eine Tochter aus bestem Hause, die bis in alle Ewigkeit um die Liebe eines gestrengen Daddys buhlt und dabei Talent und Vermögen verliert. Es ist so banal, und auch wieder nicht, weil sich Abgründe dahinter verbergen. Abgründe, die dennoch nicht vernünftig erklären, warum einige Paare zu Täter und Opfer werden und andere nicht.

Die Stille im Haus scheint greifbar, wie eine physische Präsenz. Judith zwingt die Albtraumbilder beiseite, konzentriert sich auf das Verhör.

»Ines braucht Hilfe.«

Marlene Nolden erstarrt.

»Sie sind zu Doktor Petrowa gegangen. Heimlich, wie Sie hofften. Aber Ihr Mann hat es herausgefunden.«

»Nein!«

Judith tippt auf den Zeitungsartikel. »Er ist ins Büro von Dr. Petrowa eingedrungen und in ihre Wohnung.«

»Nein!«

»Sie hatten geglaubt, wenigstens Ihre Katze sei in Sicherheit.«

»Mohrli.« Lautlose Mascaratränen fließen über Marlene Noldens Wangen, sie beginnt zu zittern.

»Die Geliebte Ihres Mannes heißt Nada, Nanette Dannen. Ihr Mann hat sie getötet.«

»Nein.« Marlene Noldens Stimme ist tonlos.

»Es ist vorbei.« Judith versucht, Sicherheit in diese Worte zu legen, Sicherheit, die sie nicht spürt. »Ich werde gegen Ihren Mann wegen wiederholter schwerer Körperverletzung Anzeige erstatten. Als Polizeibeamtin bin ich dazu per Gesetz verpflichtet.«

»Ich kann das nicht.«

»Doch, Sie können. Am frühen Morgen des 7. Januar sind Sie zum ersten Mal zu Doktor Petrowa gegangen. Sagen Sie mir, was davor passierte.«

»Er kam von ihr, es war schon spät.« Die Worte sind wie ein Windhauch, kaum zu verstehen. »Ich hatte auf Alex gewartet. Ich kann nie schlafen, wenn er bei ihr ist. Er war ganz voller Blut. Nasenbluten, hat er gesagt. Der schöne Mantel, ich wollte ihn reinigen lassen, aber er hat ihn einfach in den Müll geworfen.«

»Ihr Mann war also in der Nacht vom 6. auf den 7. Januar nicht die ganze Zeit hier?«

Marlene Noldens Augen weiten sich, sie springt auf, schreit, aber bevor Judith begreift, ist es zu spät. Ein Schlag wirft sie nach vorn, ihr Kopf knallt auf den Couchtisch. Dann nichts mehr. Schwärze.

Als sie wieder zu sich kommt, hört sie leises Stöhnen. Ihr eigenes? Sie weiß es nicht, sie liegt auf dem Boden, kann sich nicht bewegen, der Schmerz ist zu groß. Mühsam versucht sie sich zu orientieren. Wie lange war sie bewusstlos? Was ist passiert? Sie hört Schritte, wieder dieses Stöhnen, dann plötzlich Queens *Spread your Wings*, blechern, distanziert. Ihr Handy. Manni. Warum erst jetzt? Der Schmerz ist überall, in ihrem Kopf, in ihrem Rücken. Ihr linker Arm gehorcht ihr nicht mehr. Ihr rechter Arm ist unter ihrem Körper begraben. Mühsam zieht sie ihn hervor, tastet nach ihrer Handtasche. Sie liegt neben ihr auf dem Parkett. Judith öffnet die Augen. Das Handy ist herausgefallen. Ein blank polierter schwarzer Herrenschuh tritt darauf, fegt die Trümmer und Splitter zur Seite. Tötet Queen, die Hoffnung auf Rettung. Der Schuh kommt näher, landet mit voller Wucht auf Judiths Unterarm, nagelt sie fest. Ein Fußtritt in ihren Bauch jagt eine neue Welle Schmerz durch ihren Körper. Sie beginnt zu würgen, versucht den Kopf zur Seite zu drehen, damit sie nicht erstickt. Noch ein Tritt, diesmal gegen ihre Brust. Jetzt weiß sie es sicher, das Stöhnen ist ihres. Der Schmerz brennt. Gleißend. Etwas zerbricht. Beim nächsten Fußtritt driftet sie wieder weg.

Schmerz weckt sie auf, jemand schleift sie über den Boden. Judith öffnet die Augen, erkennt Marlene Nolden, seltsam verdreht und schlaff auf dem Parkett liegend, wie eine weggeworfene Puppe.

»Meine Kollegen kommen …« Es ist mehr ein Gurgeln als ein verständlicher Satz, Blut und Erbrochenes verkleben Judiths Mund.

»Du bist allein hier.« Alexander Nolden hat sie offenbar trotzdem verstanden. Er reißt hart an Judiths Haaren, zerrt sie weiter über den Boden. »Allein, ohne Waffe, ohne Kollegen, in deiner Ente.«

Was hat er mit ihr vor? Sie muss bei Bewusstsein bleiben, ihn zum Reden bringen, Zeit gewinnen, die Panik in Schach halten. Sie versucht, ihren Mund freizubekommen.

»Sie kommen damit nicht durch.«

Nolden lacht, schleift sie in den Flur. »Meine Frau ist psychisch krank. Sie hat sich selbst gerichtet und Sie dabei mitgenommen. Erweiterter Freitod.« Er öffnet eine Tür, zieht den Schlüssel ab, stößt Judith in ein winziges Gäste-WC. »Sehr bedauerlich, wirklich. Und dann zündet sie auch noch meine Villa an.«

»Oh, bitte nicht!« Hat sie das gedacht, geflüstert, geschrien? Es ist egal, die WC-Tür knallt zu, wird verschlossen, Noldens Schritte entfernen sich.

Panik. Rot glühend, überwältigend, stärker sogar als der Schmerz. Bilder stürmen auf Judith ein. Das Feuer in der Pizzeria, das sich auf den gefesselten Baldi zufrisst. Der Fallschirmsprung, den sie nun niemals machen wird, wirkt dagegen so harmlos, dass sie sich beinahe danach sehnt. Hört sie schon Flammen, riecht schon den Rauch? Sie muss hier raus, augenblicklich, sofort, aber es tut so weh, sie kommt einfach nicht hoch.

Übelkeit, schon wieder. Judith dreht den Kopf zur Seite, erbricht sich erneut, fühlt etwas Warmes, Nasses an ihren Hosenbeinen – Urin oder Blut. Jeder Zentimeter ist Schmerz, aber sie gibt nicht auf, bis sie nach einer kleinen Ewigkeit endlich aufrecht sitzt. Fahles Laternenlicht fällt durch das WC-Fenster, zeigt überdeutlich die Konturen eines schmiedeeisernen Gitters.

Sie ist verloren, eingesperrt in ein gefliestes Gefängnis, sie wird verbrennen. Der Reihe nach denkt sie an Manni, Cora, ihren Bruder Edgar. Sehnt sich absurderweise nach Gero Sanders. Verpasste Chancen. Sie hätte mit Sanders essen gehen sollen, ach was, ins Bett. Wie einen Nachruf glaubt sie Laura Veirs Sirenengesang zu hören. Abgründe, grün und salzig. Hungrige Würmer. Schwarzes Nichts. Aber all das ist immer noch besser als ein Tod im Feuer.

Es kann nicht sein, darf nicht sein, sie will doch leben. Denk nach, Judith, komm schon, gib nicht auf. Du brauchst eine Waffe, ein Werkzeug, du musst dich retten. Sie kämpft die Übelkeit nieder, sieht sich um. Handtücher, Seife, Klobürste, Klopapier, Vase, Handcreme – das WC ist so leer.

Sie hört Noldens Schritte auf dem Flur, sie kommen

näher, verstummen, setzen wieder ein. Etwas gluckst. Benzin. Jetzt riecht sie es schon, und die Angst treibt sie hoch, lässt sie den Schmerz überwinden, trägt sie zum Fenster. Luft, sie braucht Luft, sie will atmen, um Hilfe schreien. Sie umklammert den Fenstergriff, will ihn drehen, vergebens, er gibt nicht nach, nur die Glasvase auf der Fensterbank bewegt sich, fällt, zerbricht. Zu laut, viel zu laut.

Schwindel erfasst Judith, Schwäche, eine neue Welle Übelkeit, Stiche durchbohren ihre Brust. Sie sackt zu Boden, fühlt kaum, wie sich eine der Glasscherben in ihre Handfläche bohrt. Schon wieder beginnt sie zu würgen, es dauert eine Weile, bis sie begreift, dass sie weint.

Schritte nähern sich, halten vor dem WC. Nolden muss das Klirren der Vase gehört haben. Die Tür fliegt auf, Licht dringt in den Raum. Benzingestank. Er hält ein Messer in seiner Hand.

»Hast du noch nicht genug?«

»Du mieses Schwein!«

Er lacht auf, beugt sich über sie, hebt das Messer. Eine Chance nur, eine einzige, winzige Chance. Judith zwingt ihre Hand vor, die Hand mit der Scherbe. Etwas Warmes sprudelt. Stechender Schmerz. Ein Gewicht sinkt auf sie, löscht sie aus. Schwarz und schwer.

* * *

Es ist sehr friedlich in Swetlanas Zimmer, das monotone Surren der diversen Anlagen macht Manni schläfrig. Er fragt sich, was in Swetlana vorgeht, ob sie ihn bemerkt, ob sie traumlos schläft oder ob sie – was er ihr nun wirklich nicht wünscht – wieder und wieder durchlebt, was man ihr angetan hat. Die Polizeimeister haben nach ihrer erfolglosen Suchaktion auf dem Krankenhausparkplatz

Bericht erstattet und sind wieder abgezogen. Der Mann, der Swetlana wahrscheinlich töten wollte, ist spurlos verschwunden und passt auch mit viel gutem Willen nicht zu irgendwelchen Daten aus der Fahndungskartei.

Manni geht zum Waschbecken, benetzt Gesicht und Hände mit kaltem Wasser. Sie werden es nicht schaffen, Makowski hat recht, der Zuhälter Popolow ist zu groß für sie, zu gut organisiert, agiert zu international. Manni ballt die Fäuste, setzt sich wieder neben Swetlana. Archangelsk. Er versucht sich vorzustellen, wo das wohl ist, ob es dort kalt ist, ob sie es vermisst. Wer war der Mann, der sich hier eingeschlichen hat, ein Lakai Popolows? Es kann nicht anders sein. Er will raus, das beweisen, hofft, dass die Ablöse bald kommt. Noch über zwei Stunden bis Mitternacht.

Er muss eingedöst sein, denn als die Tür plötzlich auffliegt, braucht er ein paar Sekunden, um zu kapieren, dass nicht ein wild gewordener Eskimo auf ihn zufliegt, sondern die Petrowa. Noch nie hat Manni sie so außer sich gesehen. Ihr russischer Akzent ist viel stärker als sonst. Ihre Schminke ist verschmiert, die Schlitzaugen geweitet, sie reißt sich die obligatorische Pelzmütze vom Kopf, dass die drahtigen Haare wie elektrisiert in alle Richtungen abstehen.

Manni springt auf. »Was ist los?« Die Rechtsmedizinerin besinnt sich kurz, sprudelt dann los. Spurensicherung, Nolden, Nada, irgendein Katzenvieh und Judith, die angeblich nicht mehr zu erreichen ist. Manni reißt sein Handy aus der Hosentasche, flucht, weil es tot ist. Er hat es ausgeschaltet und dann vergessen. Er sieht die Petrowa an. »Seit wann versuchst du, mich anzurufen?«

»Schon lange, seit etwa 20 Uhr.«

Zwei Stunden hat er hier in seliger Unwissenheit rumgesessen, während die Krieger … Manni hämmert seinen Pincode in die Tastatur, vertippt sich, flucht erneut. Hat die Krieger etwa recht und ihr Mann heißt Alexander Nolden?

»Wie hast du mich gefunden?«, fragt er die Petrowa, während sein Mobiltelefon nervtötend langsam zum Leben erwacht.

Ihre dunklen Augen brennen. »Du bist oft hier, es war ein Versuch.«

Die Stimme der Krieger ist auf seiner Mobilbox, einmal und noch einmal. Ich fahr jetzt zu Noldens, irgendwas stimmt da nicht. – Ich geh jetzt in die Villa, befrage Marlene Nolden, ruf mich bitte dringend an oder komm nach. Die Kriegerin im Alleingang, war ja klar. Aber sie bittet ihn um Hilfe, klingt regelrecht nervös.

Kein Anschluss, er erreicht nicht mal ihre Mobilbox, nur eine elektronische Standardansage, die verkündet, dass dieser Teilnehmer vorübergehend nicht erreichbar ist. Zur Sicherheit probiert er es noch bei ihr zu Hause. Nur der Anrufbeantworter. Er drückt die Verbindung weg.

»Bleib hier bei Swetlana, pass auf sie auf und schlag sofort Alarm, falls jemand Fremdes aufkreuzt«, sagt er zur Petrowa, die ohne Protest auf den Besucherstuhl sinkt. »Ich fahr zu den Noldens und schau nach, was da los ist.«

Er überlegt, ob er direkt Verstärkung anfordern soll, entscheidet sich aber dagegen. Vielleicht hat Judith Krieger ihr Handy ausgeschaltet. Vielleicht ist auch einfach ihr Akku leer. Nolden, denkt er, Alexander Nolden, kann das wirklich sein, hatte die Krieger wieder mal recht? Die Erinnerungen an seine Eltern begleiten Manni ins vornehme Lindenthal. Seine Mutter hat sich geduckt, immer geduckt, wenn der Vater sie schlug. Eine Frau ohne Rückgrat, gefangen in einer verkorksten Ehe, hatte Manni geglaubt. War es nur eine Illusion, dass es im Hause Korzilius niemals zu einem Mord hätte kommen können, schon gar nicht, als Manni Karate erlernte? Oder wäre die Gewalt immer weiter eskaliert, wenn nicht der Schlaganfall seinen Vater zum Krüppel gemacht hätte?

Die Ente Judith Kriegers parkt auf dem Bürgersteig vor der Villa mit der Hausnummer 45, ein silberner Mercedes dahinter. Manni klingelt, mehrmals. Wählt ein weiteres Mal Judiths Handynummer. Nichts. Das Tor ist leicht zu überwinden. Bewegungsmelder erfassen Manni, als er über den Kiesweg zur Haustür trabt, fluten den Garten mit Licht. Die Eingangstür ist verschlossen, nichts bewegt sich dahinter, alles wirkt ruhig. Wo ist Judith Krieger, was ist passiert?

Etwas stimmt hier nicht, überhaupt nicht. Manni eilt im Laufschritt um das Haus herum. Gedämpftes Licht fällt aus der bodentiefen Fensterfront des Wohnzimmers. Irgendein Geruch sticht Manni in die Nase, signalisiert Gefahr. Benzingas, verflucht. Adrenalin pumpt durch seinen Körper, als er die Fensterfront erreicht. Judith! Nein, nicht Judith, eine andere Frau liegt in ihrem Blut auf dem Parkett. Eine brennende Kerze klebt neben ihr in einer durchsichtigen Pfütze, sehr kurz, ohne Halter. Eine Stehlampe taucht das Szenario in sanftes Licht.

»Feuerwehr, Notarzt, Verstärkung, sofort!« Manni schreit in sein Handy, greift, ohne nachzudenken, nach einem der schweren Steine aus einem Japangartenarrangement, wirft ihn in das Fenster. Der Benzingestank wird stärker, kommt ganz ohne Zweifel von drinnen. Nervtötendes Geheul erfüllt die Luft. Die Alarmanlage. Gut. Manni drückt mit der wattierten Schulter seiner Fliegerjacke Glasscherben aus dem Fensterrahmen, duckt sich ins Haus, die Walther in der Hand, rutscht fast aus. Der ganze Boden schwimmt in Benzin. Ein Sprung und Manni kniet vor der Kerze, reißt sie hoch, glühendes Wachs läuft in seine Handfläche, als er die Flamme erstickt, verzweifelt bemüht, keinen Funken entkommen zu lassen. Geschafft. Gut.

Die Alarmanlage verstummt. Manni rutscht auf Knien zu der Frau hinüber. Aus ihren Pulsadern sickert Blut. Auf ihrer Schläfe prangt ein fettes Hämatom, sie atmet nicht mehr. Er späht unter das Sofa und den Couchtisch, entdeckt noch eine Kerze, sehr kurz, hungrig brennend. Er fühlt die Verbrennung nicht, als er auch sie erstickt. Widerspenstige Judith, anstrengende Judith, stur, so stur. Er hätte wissen müssen, dass sie nicht aufgibt, sie hat sogar versucht, ihn anzurufen, und er hat es nicht bemerkt. Hat nichts kapiert, wollte nicht hören, was sie ihm zu sagen versuchte, wollte ihr nicht glauben, wollte nicht verstehen. Angst treibt ihn hoch, so stark, wie er sie nicht kennt.

Es ist zu still, zu totenstill. Nichts bewegt sich außer ihm. Das erneute Aufjaulen der Alarmanlage pumpt noch mehr Adrenalin durch seinen Körper. Manni entsichert die Walther, hastet auf den Flur. Noch mehr Benzin, noch eine Kerze. Die Hosenbeine eines Mannes, leblos aus einem Zimmer ragend. Manni läuft darauf zu, die Walther im Anschlag. Benzin auf dem Boden, ein Kanister nahe den Beinen, noch mehr Blut und ein weiterer Körper, halb begraben unter dem Gewicht des Mannes. Abgetretene Lederstiefel, Cargohosenbeine, so verdammt vertraut.

Manni wälzt den Mann zur Seite. Es ist Nolden. Tot und schwer. Blut, überall ist Blut, auf Judiths Gesicht, in ihren Haaren, ihr ganzer Pullover ist durchtränkt. Er muss das Blut stillen, die Wunde finden, Judith stabilisieren. Atmet sie? Manni weiß es nicht, er sucht nach dem Puls an ihrem Hals, berührt ihre Wange, sie ist noch warm. Vorsichtig dreht er Judith in die stabile Seitenlage, und während endlich, endlich das rettende Martinshorngeheul näher kommt, tut er etwas, das er nie für möglich gehalten hätte: Er hält Judith Krieger fest und heult.

4. Teil

Hoffnung

as I walk away
I look over my shoulder
to see what I'm leaving behind
pieces of puzzles
and wishes on eyelashes fail
and I'm feeling my way through the dark
trying to find a light on somewhere
I'm finding I'm falling
in love with the dark over here

THROUGH THE DARK
KT Tunstall

Samstag, 21. Januar

Sie träumt nicht mehr. Driftet durch die Nächte in wohltuender Leere, verliert jeden Abend den Sinn für die Zeit. Liegt in einem fremden Bett, halb weggetreten, was wohl an dem Medikamentencocktail liegt, den die Ärzte in ihren Körper trichtern. Es ist sehr schön auf eine Art, sie beginnt diese dunkle Stille zu mögen, begreift jetzt, warum Menschen valiumsüchtig werden. Man muss nichts fühlen in diesem Zustand. Nichts fühlen, nichts wissen, sich keiner Verantwortung stellen, nicht für die Vergangenheit und nicht für die Zukunft. Man muss nicht leben.

Eine schwere Gehirnerschütterung. Ein angebrochener Wirbel, ohne Verletzung des Rückenmarks. Mehrere gebrochene Rippen. Ein lädierter Arm. Glück gehabt, sagen die Ärzte zu dieser Bilanz, immer wieder, jeden Morgen, beinahe als sei das ein Glaubensbekenntnis. Glück gehabt, Frau Krieger. Und ganz allmählich fahren sie die Medikamentendosierung herunter, und der Schmerz kommt zurück, wenn auch gedämpft, und sie lassen die ersten Besucher vor. Wie aus dem Nichts stehen sie plötzlich an Judiths Bett, überreichen Blumen und Obst und wiederholen die Formel vom Glück. Millstätt. Manni. Karl-Heinz Müller. Gero Sanders. Cora, die aus Judiths Wohnung anschleppt, was sie begehrt. Sogar Thea Markus, die sich für Judiths

Ermittlungen bedankt und erzählt, dass sie sich nun endlich ein künstliches Kniegelenk implantieren lassen und danach aufs Malen verlegen will.

Glück gehabt, Judith. Glück gehabt, sagen sie alle. Und sie nickt und sagt Ja, aber wenn sie wieder weg sind und die Schlafmittel noch nicht wirken, denkt sie darüber nach, ob das stimmt. Ob es Glück sein kann, einen Menschen getötet zu haben.

»Judith, hey.« Am Samstagnachmittag steht wieder Manni vor ihrem Bett, einen gigantischen Tulpenstrauß in den Händen, die kleine, dunkle Ekaterina Petrowa an seiner Seite. Was für ein Paar! Judith lächelt, tastet mit der intakten Rechten nach der Elektrobedienung, um das Kopfende ihres Bettes ein bisschen aufzurichten. Sie müsse Geduld haben, sagen die Ärzte. Noch so ein Wort mit G, das Judith misstrauisch macht. Ihre Besucher ziehen sich Stühle ans Bett, eine Schwester bringt eine weitere Vase.

»Wir haben Nada«, berichtet Manni. »Ekaterina hatte den richtigen Riecher. Marlene Nolden hatte ihr mal erzählt, dass sie ein Haus in Frankreich besitzt, dort aber nie hinfährt. Tatsächlich hat Nolden Nada dort hingeschafft und begraben.«

»Und dann hat er sein Auto im Saarland versenkt.«

Manni nickt. »Es besteht keinerlei Zweifel, dass er Nadas Leiche darin transportiert hat, die KTU hat ihre helle Freude an all den Spuren und Fasern.«

»Wie hat er Nada umgebracht?«

»Sie hat Würgemale am Hals«, sagt die russische Rechtsmedizinerin. »Aber die Todesursache war ein Schädelbruch. Sie muss sich heftig gewehrt haben, schlug im Verlauf des Kampfes auf eine Kante, vermutlich von einem Tisch.«

Ein paar Zentimeter, denkt Judith. Ein paar Zentimeter weniger, als ich vornüber auf den Couchtisch stürzte, und es wäre aus gewesen. Auch diese paar Zentimeter sind also Glück. Sie sieht Manni und Ekaterina Petrowa an. Sie wusste nicht, ob es ihr gelungen war, Noldens Halsschlagader mit der Glasscherbe zu zerfetzen, als er auf sie fiel. Der Schmerz seines Gewichts auf ihrem lädierten Körper war so stark, dass sie überzeugt war, er hätte sie getötet. Sie war erstaunt, wie leicht dieses Loslassen war, der Fall ins Nichts.

»Danke für die Lebensrettung«, sagt sie zu Manni und Ekaterina. Es sind so karge Worte für etwas sehr Großes, aber die beiden betonen augenblicklich, dass sie sich selbst gerettet habe, dass sie alle Glück gehabt hätten, denn wenn Manni nur ein paar Minuten später gekommen wäre und die Kerzen... Schon wieder Glück also, und verschwommen wie ein Traum darin ein Bild von Manni, der sich über sie beugt und weint.

»Wir haben in Noldens Haus auch Nadas Chipspeicherkarte und Festplatte gefunden«, sagt der reale Manni an Judiths Bett.

»Und was war drauf?«

»Kunst und das eine oder andere Foto von Nolden und Nada zusammen.«

»Nolden hat die Kamera also tatsächlich nur zum Fenster gedreht, um mögliche Zeugen seiner Tat zu identifizieren.«

»Wir haben das rekonstruiert. Bergers S-Bahn muss zum Zeitpunkt des Mordes an Nada noch an der Haltestelle gestanden haben. Leer. Dann fuhr Berger zur Endhaltestelle, stellte im Triebwagen alles für die Rückfahrt um, lief schließlich an den Gleisen entlang nach vorn. Das alles dauert so zwischen fünf und fünfzehn Minuten.«

»Nolden muss sehr schnell gewesen sein, wenn er es in diesem Zeitraum tatsächlich schaffte, Berger auf den Gleisen abzufangen.«

»Die Spurenlage ist eindeutig, es gibt keinen Zweifel«, sagt Manni.

»Er war außer sich«, ergänzt die Petrowa mit ihrer dunklen Stimme. »Und der Weg ist nicht weit.«

Sie schweigen eine Weile, hängen ihren Gedanken nach, jeder für sich und doch miteinander verbunden.

»Was ist mit Popolow?«, fragt Judith schließlich, weil sie merkt, dass das Schweigen sie müde macht.

Mannis Gesicht verfinstert sich. »Es ist scheißeschwer. Wir brauchen eine Zeugin, die den Mut hat auszusagen.«

Sie muss mit Cora reden, vielleicht wird Olga doch aussagen, später, wenn es ihr besser geht.

»Swetlana wacht auf«, behauptet Ekaterina Petrowa.

Manni ballt die Faust. »Das Problem ist der Pizzeriabrand. Es war nicht Nolden, und Popolow hat ein Alibi. Bleibt also wirklich nur die Mafia.«

»Baldi war in Finanznot. Vielleicht hat er Swetlana von Popolow übernommen, um an Geld zu kommen. Schutzgeld für die Mafia, die dann trotzdem zuschlug.«

»Vielleicht, ja, wahrscheinlich sogar. Aber es gibt keinen Beweis dafür, nur die Analyse der Brandtechnik. Und Popolow leugnet, Swetlana überhaupt zu kennen.«

»Scheißkanaken«, sagt Judith. »Das hat doch diese Obdachlose dauernd gesagt. Vielleicht solltet ihr die noch mal befragen, vielleicht hat sie doch irgendwas gesehen.«

Mannis Faust landet hart auf seinem Knie. »Ein russischer Mädchenschänder führt mich vor. Das kotzt mich so an.«

»Du kriegst ihn, ganz bestimmt«, sagt Judith mit mehr

Zuversicht, als sie fühlt, und dann verabschiedet sich Ekaterina Petrowa, weil sie noch Swetlana besuchen will. Die Stille, die sie zurücklässt, ist sehr intim. Sie grinsen sich an, geben sich Mühe, ihre Verlegenheit zu überspielen.

Judith sinkt wieder in diesen halb wachen Zustand, als Manni sich verabschiedet hat, die Musik KT Tunstalls im Ohr. Eine Polizeipsychologin wird sie unterstützen, wenn es ihr körperlich besser geht, hat Manni gesagt. Niemand im KK 11 macht ihr irgendeinen Vorwurf, alle freuen sich schon auf sie. Es ist alles sehr harmonisch, sehr glücklich, wenn man so will.

Aber sie hat getötet, ist fortan gezwungen, damit zu leben. Und auch, wenn es ihr um Alexander Nolden nicht wirklich leidtut, lastet er auf ihr. Aus. Vorbei. Nicht mehr zu ändern. Es gab keine andere Möglichkeit, sich selbst zu retten. Sie hat es nicht einmal mehr geschafft, Marlene Nolden zu sagen, dass ihr geliebter Kater lebt. Judith schließt die Augen. Als Alexander Nolden auf sie fiel, sah er genauso erstaunt aus wie sein Opfer Wolfgang Berger. Und vielleicht ist das alles, was man erwarten kann. Leben und Tod. Ein Kreis, der sich schließt.

I'm feeling my way through the dark, singt KT Tunstall. Ich suche nach Licht und beginne die Dunkelheit zu lieben.

* * *

Der Gutschein, den ihm Judith Krieger zugesteckt hat, steckt in Mannis Hosentasche, als er im Laufschritt durch die Ehrenstraße eilt. Ihr Weihnachtstombola-Hauptgewinn, ihr Fallschirmsprung, als kleines Dankeschön hat sie ihm den zum Abschied zugesteckt. Er hat protestiert, aber davon wollte sie nichts hören. Sie dürfe ja vorerst sowieso nicht springen, hat sie gesagt und dabei regelrecht fröhlich ausgesehen, fröhlicher als während seines gesamten Besuchs. Cool, denkt Manni, wirklich cool. Nach dem ganzen Scheiß ist so ein Sprung mal was Nettes. Doch erst mal hat er noch was anderes vor.

Er erreicht das Tattoostudio pünktlich um 17 Uhr. Er ist der letzte Kunde an diesem Tag, der Tätowierer erwartet ihn schon. Ein Mann, der ohne Zweifel sein eigenes Werbebanner ist, und Manni trotzdem noch mal fragt, ob er auch wirklich sicher sei, während er ihm die Vorlage zeigt. Sonjas Zeichen. Mühsam hat Manni es vor ein paar Tagen aus dem chinesischen Schriftzeichenangebot des Studios herausgesucht. Es sieht ein bisschen aus wie ein überdachter Stern.

»Geht schon in Ordnung, fangen wir an.« Manni setzt sich auf den Behandlungsstuhl. Zuerst wollte er sich den Bauch tätowieren lassen, wie Sonja, dann hat er sich doch für den linken Oberarm entschieden, ein Rest Individualität kann schließlich nicht schaden. Der Tätowierer reinigt die Haut, beginnt dann die Konturen des Zeichens aufzumalen. Mannis Überraschung für Sonja. Sein Geschenk. Wird sie es mögen oder vor Schreck gleich wieder abhauen? Haben sie überhaupt eine Chance? Manni hat das vage Gefühl, dass das alles keineswegs einfach wird, doch er weiß, dass er es mit ihr versuchen will und dass das sehr viel mit ihr zu tun hat, aber auch etwas mit den vergangenen zwei Wochen.

»Stillhalten jetzt, auch wenn's ein bisschen ziept«, befiehlt der Tätowierer und wirft seine Maschine an.

Manni nickt, spannt den Bizeps. Es gibt Schmerzen, die sich ziemlich gut aushalten lassen, andere weniger. Er beschließt, an diese anderen Stimmungsverderber erst wieder am Montag zu denken, nach seinem freien Wochenende mit Sonja.

Das Zeichen brennt auf seinem Arm, als er eine halbe Stunde später das Studio verlässt. Leben. Ein gutes Motto.

Nachts

Sie muss flach atmen, leise, denn wenn sie zu tief Luft holt, muss sie weinen, und dann muss sie schreien und kann nicht mehr aufhören damit.

Sie atmet sehr vorsichtig und denkt an die Schönheit. Sie gibt sich große Mühe dabei. Die Schönheit ist wie eine Sommerwiese, mit einem weiten Himmel drüber. Saftiges Gras mit surrenden Insekten. Der feine Duft von Erde und Blüten und Tau. Sommerwiese, Sommerwiese, Sommerwiese, wiederholt sie stumm.

Früher hat sie geglaubt, alle Menschen achteten die Schönheit. Sie hat versucht, selbst schön zu sein. Ein schönes Mädchen mit einem Traum.

Jetzt ist sie nicht mehr so naiv, jetzt weiß sie mehr über die Menschen, als sie jemals wissen wollte, und trotzdem zerbricht bei jedem Gedanken daran etwas in ihr in abertausend Stücke, jeden Tag, jedes Mal. Nicht, wollte sie sagen. Bitte. Nein. Hört auf.

Schönheit. Sie hat tatsächlich einmal geglaubt, das sei ein Wert, den alle Menschen respektieren.

Sie hat nicht gewusst, dass es Bestien gibt, die in einem menschlichen Körper stecken. Kopf, Arme, Beine, Rumpf, das ist ein Mensch, hat sie gedacht. Ein Mensch, der fühlen kann und deshalb nicht zerstören will. Wie dumm sie war. Wie furchtbar dumm.

Dort, wo sie ist, ist es dunkel und friedlich. Sie atmet sehr vorsichtig und denkt an die Schönheit.

Manchmal kommt eine Frau und hält ihre Hand. Ganz leicht, ganz vorsichtig, als sei sie ein Vögelchen. Die Stimme der Frau dringt bis in ihre Träume, spricht zu ihr in ihrer eigenen Sprache.

»Wach auf, Swetlana«, fordert sie. »Ty besopasnosti.« Du bist in Sicherheit.

Nachwort

Ein Roman ist ein Roman und erlaubt seiner Verfasserin folglich dichterische Freiheiten. Ortskundige Leser und Leserinnen werden schnell erkannt haben, dass es in Köln keine S-Bahn-Haltestelle Gewerbepark als Wendepunkt einer Linie S 5 gibt. Auch das Großbordell Amor, die Kunstfabrik und der Verein Frauen für Frauen existieren nur in diesem Buch. Ebenfalls erfunden sind alle Figuren. Den Straßenstrich Geestemünder Straße gibt es hingegen wirklich. Ebenfalls den Tatsachen entspricht, dass den Kölner Künstlern in den letzten Jahren durch Neubaumaßnahmen viel erschwinglicher Atelierraum verloren gegangen ist. Wahr sind auch die Geschichten der russischen Solowetzkij-Inseln, sowie jene des Volks der Sami.

Ebenfalls auf Tatsachen beruhen die zitierten Daten und Statistiken zu Zwangsprostitution und häuslicher Gewalt. Auch das Kölner Modellprojekt »Häusliche Gewalt« am Rechtsmedizinischen Institut der Universität gibt es wirklich, ebenso den von der Nonne Lea Ackermann gegründeten Verein Solwodi (**Sol**idarity with **Wo**men in **Di**stress). Viele andere Frauenhilfsorganisationen kümmern sich in Köln und anderen Städten ebenfalls um in Not geratene Frauen – oft unter schwierigsten finanziellen Bedingungen.

Seit dem 1. Januar 2002 gilt in Deutschland das Gewaltschutzgesetz (GewSchG), das zivilrechtlichen Schutz vor Gewalttaten und Nachstellungen im privaten Bereich bieten soll. In Nordrhein-Westfalen gilt zusätzlich das Polizeigesetz (PolG NRW, § 34a), das der Polizei im akuten Fall erlaubt, dem gewalttätigen Partner auch ohne Gerichtsentscheid ein vorläufiges Rückkehrverbot in die gemeinsame Wohnung zu erteilen. Zudem ist jeder Polizeibeamte verpflichtet, bei häuslicher Gewalt ein Strafverfahren einzuleiten.

Doch auch wenn sich das politische Bewusstsein seit Beginn der Frauenbewegung verändert hat, suchen in Deutschland jährlich rund 45 000 Frauen in einem der 400 Frauenhäuser Zuflucht. Die Dunkelziffer häuslicher Gewalt ist höher. Jede vierte Frau wird im Laufe ihres Lebens Opfer häuslicher Gewalt, konstatiert das Bundesministerium für Familie, Senioren, Frauen und Jugend.

Noch ein weiteres real existierendes Gesetz spielt eine Rolle in diesem Roman: Ebenfalls am 1. Januar 2002 trat in Deutschland das reformierte Prostitutionsgesetz (ProstG) in Kraft. Ziel der damaligen rot-grünen Bundesregierung war es, die soziale und rechtliche Situation von Prostituierten zu verbessern. Prostitution gilt mit dem ProstG nun nicht mehr als »sittenwidrig«. Dadurch erhielten Prostituierte erstmals eine rechtliche Grundlage, für ihre Arbeit ein Entgelt einzufordern. Zudem gelten »sexuelle Dienstleistungen« unter bestimmten Bedingungen nun als Beschäftigung im Sinne des Sozialversicherungsrechts. Prostituierte als Angestellte eines Bordells können sich nun theoretisch kranken- und sozialversichern und ihre Einkommen versteuern.

Tatsächlich jedoch geschieht dies kaum. Zuhälter und Bordellbetreiber profitieren hingegen von der neuen Legalität. Die boomende Sexindustrie – virtuell wie real – zeugt davon. Es war deshalb nicht schwer, im Internet für Mannis Recherchen in Freierforen Vorbilder zu finden. Die Zitate, die ich wählte, sind verfremdet. Sie spiegeln jedoch eine real existierende Frauenverachtung wider, von der sich mit wenigen Mausklicks jeder überzeugen kann.

Danke

Der Anfang dieses Romans ist auf der Insel Juist entstanden, wo ich dank des Krimi-Stipendiums *Tatort Töwerland* im Februar 2007 zwei herrliche Wochen verbringen durfte. Thomas Koch, Buchhändler und Schirmherr dieses Stipendiums, Hilkea und Rainer Hilmar Jacobs vom *Hotel Haus Worch* sowie Petra und Thomas Breeden vom *Haus Atlantis* sorgten dafür, dass es mir an nichts fehlte. Da Thomas Breeden der Juister Feuerwehr vorsteht, beantwortete er auch gleich noch meine Fragen über Brände und Löscharbeiten.

Bereits zum dritten Mal gebührt mein Dank Dr. Frank Glenewinkel vom Rechtsmedizinischen Institut der Universität zu Köln, der mir erneut geduldig über Sektionen und Tatortarbeit Auskunft gab. Durch ihn wurde ich zudem auf das Kölner Modellprojekt »Häusliche Gewalt« aufmerksam. Die Rechtsmedizinerin Dr. Sibylle Banaschak betreut es und gab mir einen Einblick in die Untersuchung misshandelter Frauen.

Die Diplom-Sozialarbeiterin Margret Schnetgöke von FrauenLeben e. V. nahm sich die Zeit für ein langes Gespräch über ihre Arbeit mit Opfern häuslicher Gewalt und die Veränderungen, die es seit den siebziger Jahren dabei gab. Ute Schäfer, Kriminalhauptkommissarin in Ludwigshafen, erzählte mir von ihren Erfahrungen mit geschlagenen Frauen und schlagenden Männern. Der Chirurg und Notfallmediziner Guido Sadlo half mir, den Krankheitsverlauf Swetlanas sowie die Knieverletzung Thea Markus' zu beschreiben.

Die Künstlerin und Bildhauerin Henrike Schwarz führte mich in ihrer Werkstatt in die Grundlagen künstlerischen Denkens und die Arbeit mit Stein und Holz ein. Die Künstlerin Ute Bartel ließ mich die Luft in ihrer Ateliergemeinschaft in den Kölner Clouthwerken schnuppern und sprach mit mir über Inspirationsquellen und Überlebensstrategien im Künstleralltag. Auch einer Kölner Streetworkerin, die mit Prostituierten arbeitet und hier nicht namentlich genannt werden will, gebührt Dank für ihre Offenheit und für das Vertrauen, das sie mir entgegenbrachte.

Musik war auch diesmal wichtig für mich, insbesondere jene vier Alben, von denen die im Buch zitierten Songs stammen: Patti Smith Group: *Easter,* My Brightest Diamond: *Bring Me the Workhorse,* Laura Veirs: *Saltbreakers* und KT Tunstall: *Eye To the Telescope.*

Meine Freundin Katrin Busch hat mir mit ihren klugen Anmerkungen zum Manuskript geholfen. Wunderbar waren die Gespräche mit meinem Mann Michael, seine Kritik und seine Ideen. Ich danke auch meinen schreibenden Kolleginnen Brigitte Glaser, Ulla Lessmann, Mila Lippke und Ulrike Rudolph für unsere Abendessen, die Fachsimpeleien und die freundschaftliche Solidarität, sowie Andrea Wildgruber und dem Ullstein Verlag.

Köln, Oktober 2007
Gisa Klönne